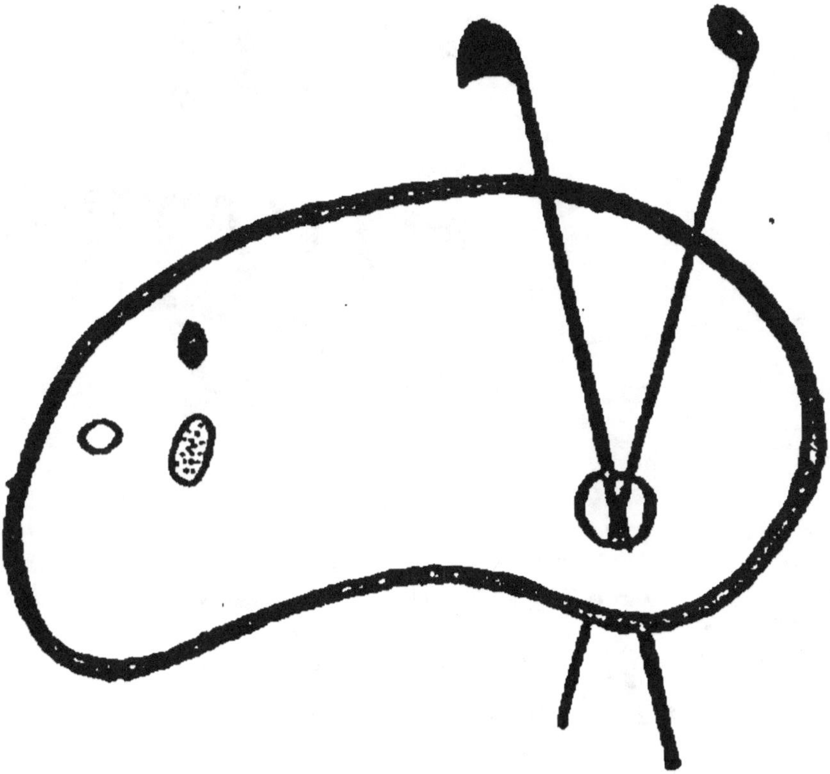

COUVERTURE SUPERIEURE ET INFERIEURE
EN COULEUR

LA A YLON ELECTRIQU

PARIS
MAISON QUANTIN

LA

BABYLONE ÉLECTRIQUE

LA

BABYLONE ÉLECTRIQUE

PAR

A. BLEUNARD

DOCTEUR ÈS SCIENCES

———

ILLUSTRATIONS DE MONTADER

PARIS

MAISON QUANTIN

COMPAGNIE GÉNÉRALE D'IMPRESSION ET D'ÉDITION

7, rue Saint-Benoit, 7

PREMIÈRE PARTIE

—

LA MÉSOPOTAMIE

—

CHAPITRE PREMIER

LE PROJET DU CAPITAINE LAYCOCK

Une nombreuse société était réunie ce soir-là chez lord Badger. On y remarquait les principaux membres du parlement, du barreau, de la finance. Les arts, la littérature et les sciences y avaient aussi leurs plus illustres représentants.

Lord Badger était un homme de cinquante ans environ, robuste, de haute taille. Veuf de bonne heure d'une femme tendrement aimée, il lui restait une jeune fille

1

de vingt à vingt-deux ans, miss Nelly, sur laquelle s'était reportée et concentrée toute sa puissance d'affection. L'un des plus riches propriétaires de l'Angleterre, — on évaluait sa fortune à plus de cent millions, — lord Badger se plaisait à encourager les entreprises hardies, pour peu qu'elles lui parussent avoir un but utile. Fier de l'esprit aventureux de ses compatriotes, il savait semer l'or à pleines mains quand il s'agissait d'un voyage lointain ou d'une découverte importante.

— Gladstone, disait en ce moment un membre influent du parlement, Gladstone fait trop de concessions à propos de l'Égypte. Il nous faut rester les maîtres de ce pays, si nous ne voulons pas être chassés des Indes par les Russes.

— Certes, répondit un petit vieillard à la figure rasée, les Anglais font tous leurs efforts pour conserver les routes qui conduisent aux Indes. L'île de Chypre nous appartient, et nous avons le protectorat de l'Asie Mineure. Quant à l'Égypte, il faut espérer que nous sortirons bientôt vainqueurs des difficultés actuelles. L'Angleterre, quand ses intérêts sont en jeu, ne recule jamais.

On applaudit à ces paroles patriotiques, d'autant plus importantes qu'elles avaient été prononcées par un homme occupant une situation considérable dans le ministère.

La conversation prit alors un autre tour. On parla du dernier roman, de l'exposition de peinture, de la pièce en vogue.

— Messieurs, dit tout à coup un personnage qui n'avait pas encore pris la parole, permettez-moi de revenir un instant sur la question égyptienne.

Celui qui parlait de la sorte était un grand gaillard à la figure rouge et hâlée, aux favoris flottants. Sa physionomie énergique annonçait un homme habitué à braver le danger. C'était le capitaine Laycock, de la marine royale, qui avait fait cinq fois le tour de la terre et s'était battu dans maintes occasions.

— L'Angleterre, continua-t-il, cherche à prendre possession des deux chemins qui conduisent aux Indes. Le premier et le plus important à l'heure actuelle est l'Égypte : on peut dire qu'elle nous appartient. Quant au second, il commence vis-à-vis l'île de Chypre, contourne l'Arabie et aboutit au golfe Persique. Ce chemin peut, dans un avenir rapproché, devenir le rival du premier. Je vous demande, messieurs, s'il ne serait pas temps, pour l'Angleterre, de songer dès maintenant à préparer les voies de l'avenir, en améliorant une route qui sera des plus actives pour l'échange de nos produits. Quelques personnes ont déjà songé à construire une voie ferrée pour relier la Méditerranée aux Indes. Plusieurs plans ont été proposés, mais ils se heurtent tous à de grandes difficultés.

— N'avez-vous pas fait partie d'une expédition dans l'Asie Mineure et en Mésopotamie? interrompit Badger en s'adressant au capitaine.

— Oui, mylord.

— Donnez-nous donc sur ce curieux pays quelques renseignements de nature à mieux fixer nos idées.

— Volontiers, dit le capitaine. Nous voyons que, depuis les temps les plus anciens, la Mésopotamie fut la rivale de l'Égypte, avec laquelle, du reste, sa configuration physique lui donne plus d'un trait de ressemblance. Tour à tour, ces deux contrées privilégiées se disputèrent le monopole des échanges entre l'Europe et

l'Asie. L'histoire nous apprend que, sous le règne de Nabuchodonosor, Babylone devint le grand entrepôt de monde. Térédon, sur le golfe Persique, et Tyr, sur la Méditerranée, étaient les deux points extrêmes où commençait et finissait la voie de communication entre l'Asie et l'Europe.

A ce moment, le capitaine fut interrompu par miss Nelly, qui invitait les hôtes de lord Badger à se rapprocher de la table de thé que deux domestiques venaient

d'apporter. Rien de plus charmant que la grâce discrète avec laquelle cette jeune fille, type accompli de la beauté anglaise, faisait les honneurs du salon de son père. Tout en se levant et s'avançant pour se rendre à son appel, les hommes continuaient leur conversation.

— Permettez-moi de vous faire remarquer, mon cher capitaine, ajoutait en ce moment un célèbre géologue, que la supériorité de la voie de communication de Térédon à Tyr est due à la disposition naturelle de cette partie de l'Asie. La Mésopotamie est une vaste plaine qui aboutit au nord-ouest à la Méditerranée. Il est vrai qu'une chaîne de montagnes longe les bords de cette mer. Mais, en face de l'île de Chypre, cette chaîne s'abaisse pour laisser communiquer facilement la vallée de l'Euphrate avec celle de l'Oronte. Vous voyez donc que la route de Nabuchodonosor était toute tracée par la nature.

— Votre remarque ne prouve qu'une chose, mon cher monsieur Monaghan, reprit le capitaine, c'est que la Mésopotamie est fatalement destinée à reconquérir un jour le rang dont elle est à présent déchue. Les routes commerciales ne peuvent quitter les sillons naturels. La suite de l'histoire prouve la vérité de ce que je viens d'avancer. Lors de la conquête de la Mésopotamie par les Perses, les nouveaux occupants barrèrent, il est vrai, le fleuve dans un but défensif ; mais dès qu'Alexandre eut chassé les Perses, il se hâta de rétablir les routes commerciales. Il fit creuser à Babylone un immense bassin, et cette ville devint un port important où des milliers de navires venaient débarquer leurs marchandises. Plusieurs siècles après, les Arabes chassent les Grecs ; cependant, la prospérité de Babylone se maintient pendant les premières années de l'occupation musulmane, et il a fallu la conquête turque pour réduire ces pays à l'état misérable où nous les voyons aujourd'hui. Ainsi, messieurs, vous le voyez, la Babylonie resta pendant de longs siècles la principale voie de commerce entre l'Asie et l'Europe. Il est vrai que cette splendeur est bien disparue de nos jours : là où les villes s'élevaient autrefois nombreuses, riches et populeuses, on ne voit plus que des amas de décombres dispersés au milieu des sables du désert. Mais ce qui a été peut être encore. Pourquoi notre audacieux compatriote, lord Badger, qu'aucune difficulté n'arrête, n'entreprendrait-il pas la résurrection de cette vaste contrée ?

La proposition du capitaine Laycock était certainement faite pour plaire à l'esprit aventureux du lord ; mais Badger n'était cependant pas homme à s'enflammer et à accepter ainsi, sans réfléchir à toutes les difficultés de l'entreprise. Il désira donc se rendre un compte exact de la situation des pays dont il venait d'être question.

— Capitaine, répondit-il aussitôt à celui qui venait de faire appel à son initiative, pourriez-vous me dire pourquoi la Mésopotamie est devenue déserte après une aussi longue période de prospérité ? Vous comprenez l'importance de ma question. Il est à craindre, en effet, que les causes de décadence ne soient irrémédiables. Il me semble étrange qu'une contrée, habitée pendant une longue succession de siècles, soit devenue peu à peu un désert stérile. Si la décadence de ces contrées est due aux fautes des habitants ou aux migrations de la civilisation, il est possible d'en faire revivre l'ancienne prospérité. Mais si la nature s'est modifiée, si les fleuves sont moins abondants, si les sources se sont taries, si les sables de l'Arabie ont envahi les riches cultures d'autrefois, je pense qu'il faut abandonner ces régions à leur sort, car il n'est pas au pouvoir de l'homme de rétablir l'ordre antérieur de la nature.

— Mylord, répondit le capitaine, voici ce que j'ai pu constater pendant mon voyage dans la Mésopotamie. Aujourd'hui, comme autrefois, le sol est d'une fertilité prodigieuse partout où il y a de l'eau. Je crois donc qu'il suffirait de remettre les canaux en bon état pour couvrir la Mésopotamie d'une végétation aussi luxuriante que dans les temps anciens et lui permettre de nourrir des millions d'habitants.

Monaghan prit alors la parole :

— Je ne puis, dit-il, laisser passer ce que vient de dire le capitaine Laycock sans vous soumettre quelques observations, qui seront peut-être de nature à modifier son opinion. Quand on parcourt l'Asie Mineure et les côtes de la Palestine, on s'aperçoit vite des changements qui se sont produits dans la nature du climat depuis les âges passés. Là où l'histoire nous apprend que de riches cultures nourrissaient de nombreuses populations, le désert morne s'étend au loin. C'est le manque d'eau qui est la cause de cette stérilité. Les pluies sont devenues moins fréquentes de nos jours, d'anciens lits de rivières sont actuellement à sec ou ne laissent plus couler qu'un filet d'eau insignifiant. Des collines, autrefois cultivées de la base au sommet, sont aujourd'hui brûlées par les rayons d'un soleil implacable.

— Et connaît-on la cause de cette disette d'eau ? demanda quelqu'un.

— Oui, répondit Monaghan. Elle est due à la disparition des anciennes forêts, et, ce qui est beaucoup plus grave, au changement de direction des courants atmosphériques qui n'apportent plus les vapeurs dont ils s'étaient chargés en traversant les mers.

Pendant toute cette partie de la conversation entre le capitaine Laycock et le géologue Monaghan, James Badger était demeuré silencieux ; on eût dit qu'il mettait en balance dans son esprit l'espérance que le premier lui avait donnée et les motifs de découragement que le second semblait lui suggérer.

— Capitaine, dit-il tout à coup en s'adressant au brave Laycock, je pense que votre proposition mérite d'être étudiée très attentivement, et, quelles que soient les objections qu'elle soulève, je vous remercie de m'en avoir fait part et d'avoir songé à moi pour la mettre à exécution... Et maintenant, messieurs, je vous invite à prendre une tasse de thé.

La conversation redevint encore une fois générale et s'étendit sur les sujets les plus divers.

Cependant lord Badger et le capitaine Laycock restaient silencieux, absorbés l'un et l'autre dans leurs pensées.

Lord Badger réfléchissait au projet du capitaine ; plus il y songeait et plus

l'exécution de ce projet lui plaisait par sa grandeur et les avantages que son pays en retirerait. Laycock, de son côté, ne pouvait mettre en doute les affirmations du géologue Monaghan. Évidemment, le climat de cette partie occidentale de l'Asie avait subi de grands changements. Pour faire renaître la civilisation au milieu de ces déserts, il fallait rétablir artificiellement ce que la nature avait elle-même détruit, en se servant de la puissance mise aux mains de l'homme par la science moderne, et suppléer à l'insuffisance des pluies en soulevant les eaux du Tigre et de l'Euphrate, de manière à répandre par des canaux plus nombreux le liquide fécondant sur toute l'étendue de la contrée.

Pendant que les conversations devenaient plus animées autour de lui, le capitaine Laycock s'abîmait de plus en plus dans la contemplation de cette œuvre future. Il voyait la Mésopotamie devenir, dans un bref délai, le grenier d'abondance de toute l'Europe. Outre le blé, on pourrait cultiver un grand nombre d'autres plantes utiles. Le Nord fournirait les meilleurs arbres fruitiers : cerisiers, pommiers, poiriers, pruniers, orangers, citronniers, grenadiers, tous originaires de l'Asie Mineure et de la Mésopotamie. Plus bas viendraient s'ajouter d'autres plantes encore plus utiles, la canne à sucre et le cotonnier, sources d'industries d'une extrême importance. Enfin, dans la basse Mésopotamie, autour de Babylone même, on cultiverait des forêts de palmiers-dattiers.

Nos livres saints avaient placé, non sans raison, le paradis terrestre dans la Mésopotamie. Où trouver un pays mieux disposé pour le bonheur de l'homme? Le ciel y est d'une splendeur inconnue dans les contrées brumeuses de l'Europe ; la terre, aussi fertile qu'en Égypte, s'y prête à des cultures plus variées. Pourquoi retarder plus longtemps une conquête pacifique qui fournirait de nombreux débouchés aux populations trop pressées du vieux continent ?

Malheureusement, pour creuser les canaux, pour élever les eaux, pour construire et exploiter des usines, une énorme force était nécessaire, et la Mésopotamie n'offrait aucune ressource par elle-même. Privée de forêts et de mines de houille, elle manquait de combustible, premier élément de toute activité.

Aussi, malgré la séduisante grandeur de l'œuvre, le capitaine Laycock fut-il obligé de reconnaître qu'on se trouvait en présence d'une impossibilité l'exécution presque absolue. Lord Badger, qui, par une naturelle coïncidence, était arrivé lui-même à une conclusion analogue, s'approcha du marin et lui dit brusquement :

— Capitaine Laycock, je me charge de l'exécution de votre projet, si vous me trouvez de la houille dans la Mésopotamie.

— Hélas ! mylord, s'écria le capitaine, que les paroles de Badger ne surprenaient pas, tant elles répondaient exactement à sa propre pensée, cela est impossible.

— Alors, répondit Badger, votre projet lui-même est impossible à réaliser?

— Pardon, dit un des assistants qui écoutait avec attention les paroles échangées entre le capitaine et Badger, il vous manque la houille, mais vous avez l'électricité.

Celui qui venait de parler ainsi était un grand jeune homme à la barbe noire, aux yeux vifs, à la physionomie plutôt méridionale qu'anglo-saxonne.

C'était un ingénieur du nom de Jack Adams.

— Expliquez-vous, monsieur Adams, dit le lord, qui ne comprenait pas bien la portée des paroles de l'ingénieur.

— C'est bien simple, mylord, répondit celui-ci. Si la houille manque, les forces naturelles abondent au cœur même de la Mésopotamie. Or, dès aujourd'hui, la science est assez avancée pour vous permettre de transformer toutes les forces

naturelles en électricité, et celle-ci en de nouvelles forces qui remplaceront avec
avantage la houille qui vous fait défaut.

À ce moment, Jack Adams fut brusquement interrompu par la voix d'un
gros personnage, qui criait au lord :

— On n'attend plus que vous pour compléter une partie de whist. Allons,
dépêchez-vous, vous causerez demain des choses sérieuses.

— C'est juste, dit Badger, s'adressant au capitaine et à Jack Adams ; ce
soir, je me dois à mes invités. Mais, demain matin, venez me voir, monsieur
Adams, nous causerons des moyens de reconstruire l'ancienne Babylone.

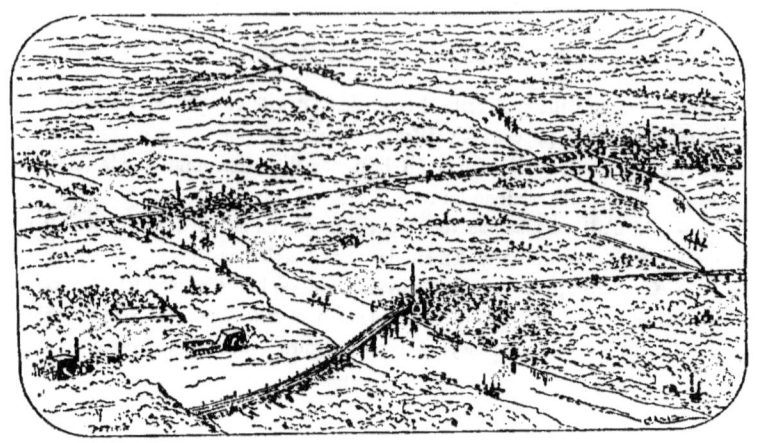

CHAPITRE II

UN RÊVE

Les paroles de Jack Adams avaient produit une grande impression sur lord Badger. Peu au courant des choses de l'électricité, cette science si nouvelle et pourtant déjà si féconde en résultats, il n'avait fait qu'entrevoir les conséquences de ce que l'ingénieur venait de lui révéler. C'était assez cependant pour qu'il entrevît la possibilité de mener à bonne fin le projet du capitaine Laycock.

Quand il eut pris congé du dernier de ses invités et embrassé plus tendrement encore que d'habitude sa chère Nelly, le noble lord descendit dans son parc. Il avait besoin d'être seul et de respirer à l'aise. Il lui semblait que l'air surchauffé des appartements obscurcissait les idées dont son cerveau était plein.

Tout en marchant lentement dans les allées, il songeait aux multiples incidents de cette soirée. La proposition du capitaine, les objections de Monaghan le laissaient indécis entre l'espérance et la crainte, quand le mot magique *électricité*, prononcé par Jack Adams, lui rendait la confiance, en ouvrant devant lui des perspectives nouvelles. Il lui semblait alors que la résurrection de la Mésopo-

2

tamie, la reconstitution de Babylone, dans sa puissance et sa splendeur primitives, étaient choses réalisables et il se voyait désigné pour cette œuvre.

Tandis qu'il s'abandonnait à ces pensées, que le silence profond qui s'était
fait autour de lui semblait favoriser, la fraîcheur de la nuit, l'air embaumé du
jardin ramenaient l'ordre et le calme dans ses idées tout à l'heure en ébullition.

Badger se coucha le cœur plein de foi dans l'avenir. Cependant, la nuit ne
l'avait que momentanément apaisé ; à peine dans son lit, la fièvre s'empara de lui.

Il se crut tout à coup transporté dans cette Mésopotamie qu'il voulait
reconstituer. Il n'était pas sur le sol ; il planait dans les airs à une hauteur de
plusieurs milliers de mètres. L'atmosphère était d'une pureté admirable ; malgré
l'éloignement, il distinguait nettement les moindres détails.

Un désert immense s'étendait sous ses pieds. Les sables ondulaient comme
les flots d'une mer en furie. Quelques îlots de verdure tranchaient de loin en loin
sur le fond grisâtre de la terre ; et ces îlots étaient habités par des familles de
pasteurs nomades qui faisaient paître leurs troupeaux. Il voyait quelques-uns de
ces pasteurs voyager au travers du désert, montés sur des chameaux, et passer
d'une oasis dans une autre.

Relevant les yeux, il n'aperçut d'abord dans le lointain qu'un amas confus
de chaînes de montagnes. L'aurore commençait à poindre. Les cimes des monts,
qui fermaient l'horizon vers l'orient, se teignaient des couleurs de l'arc-en-ciel.
Le désert semblait se continuer avec la même uniformité jusqu'à la base de cette
longue chaîne.

Il s'aperçut alors qu'un souffle léger le transportait peu à peu vers l'est. Les
montagnes devenaient de plus en plus visibles, avec des contours plus nets.

Le désert se transformait à mesure qu'il avançait. Des plaines immenses de
limon succédaient maintenant aux sables incultes. Les bouquets d'arbres se faisaient de moins en moins rares. Deux larges fleuves, d'un blanc d'argent, ser-
pentaient parallèlement à la chaîne des montagnes. En suivant leurs cours vers le
sud, il les vit se perdre dans la mer qui étincelait à l'extrême horizon.

Il lui sembla tout à coup qu'il n'était pas seul au milieu des airs. Un bruit
d'ailes se fit entendre. Il se retourna ; mais il ne vit que l'immensité du désert
qu'il venait de traverser. Bientôt, cependant, une voix s'éleva, qui lui dit :

« Ne crains rien, mortel ; je suis le génie des lieux que tu contemples. C'est
« moi qui t'ai amené ici. Tu ne me vois point, car les esprits ne prennent pas
« une forme matérielle ; tu ne peux que m'entendre. Le soleil se lève au milieu

« de son aurore brillante ; tu vas distinguer les moindres détails. Le désert,
« au-dessus duquel tu planais d'abord, c'est l'Arabie. Les deux fleuves sont le
« Tigre et l'Euphrate ; les montagnes qui bornent l'horizon séparent la Perse de
« la Mésopotamie. Il t'est facile de comprendre maintenant pourquoi cette contrée
« a été si longtemps un foyer de civilisation. La Mésopotamie est étroitement
« resserrée entre le désert de l'Arabie et de longues chaînes de montagnes. Grâce
« aux deux fleuves qui l'arrosent, elle est comme une seconde Égypte, une
« bande de terrains d'une fertilité incomparable au milieu de sables incultes. Les
« populations de l'Arabie, des hauts plateaux de l'Asie Mineure, de la Perse, ont
« toujours cherché à descendre vers ces plaines fécondes. Si j'ajoute encore que
« le Tigre et l'Euphrate mettent en communication presque directe la Méditer-
« ranée avec la mer des Indes, tu auras le secret de la prospérité de l'ancienne
« Mésopotamie. Les cités, continua l'esprit, après un moment de silence, ont
« acquis ici une splendeur incomparable. Les noms de Babylone et de Ninive ont
« traversé les siècles, donnant aux hommes l'idée de villes féeriques et étranges.
« Cependant, tu chercherais en vain les ruines de ces antiques capitales. Leurs
« palais sont réduits en poussière. Vois ces petites collines, éparses dans la
« plaine : ce sont les derniers vestiges des villes de la Mésopotamie.

   « Le spectacle que tu as sous les yeux est triste. Nulle part l'homme n'a
« tant remué le sol et transformé la nature ; mais, nulle part aussi, la nature n'a
« repris avec tant de rapidité possession de son empire et anéanti les œuvres des
« hommes. Les briques, dont les demeures étaient construites, se sont réduites
« en poussière sous l'action des éléments. Quant aux canaux, si péniblement
« creusés pour répandre l'eau partout et fertiliser le sol, ils ont été comblés par
« les sables du désert apportés par les vents.

   « Tant que les populations de la Mésopotamie ont été actives et laborieuses,
« l'homme a vaincu l'aridité de la terre ; ce pays a été florissant et prospère.
« Mais, depuis qu'un peuple affaibli a régné en souverain, l'antique splendeur a
« disparu pour laisser place à la ruine.

   « Les temps sont proches, ô mortel ! La civilisation va reprendre l'empire
« perdu pendant tant d'années. Regarde : tu vas pouvoir contempler les mer-
« veilles de l'avenir. »

   L'esprit se tut, et le silence le plus profond continua à régner pendant quelque temps. Tout à coup, un bruit formidable se fit entendre dans le ciel, semblable à un effrayant coup de tonnerre. L'air s'obscurcit subitement. Des vapeurs

légères montèrent lentement de la terre et roulèrent comme les vagues de la mer.

Mais voilà qu'un nouveau phénomène se produit. Les vapeurs oscillent, se déchirent de toutes parts, et le vent les emporte au delà des monts. Le soleil est radieux au milieu du ciel ; il inonde de ses rayons un spectacle magique.

Toute la Mésopotamie est transformée.

Le Tigre et l'Euphrate coulent maintenant au milieu d'un océan de verdure ; la Mésopotamie ressemble à une forêt de palmiers. Des villes somptueuses s'élèvent de toutes parts et dressent les splendeurs de leurs palais au milieu des airs. Une multitude de canaux serpentent à travers les arbres ; des navires sans nombre naviguent dans toutes les directions. Partout la foule bariolée est active et affairée.

Babylone est reconstruite. Elle est redevenue un port immense, où tous les navires du monde viennent charger et décharger des marchandises. L'Euphrate et le Tigre, réunis par mille canaux, emportent des flottes vers les deux mers. La Méditerranée communique avec les fleuves, devenus la principale artère du monde.

La voix du génie se fit entendre de nouveau :

« Vois, ô mortel, ce que peut l'activité des humains. Ils ont su employer les
« forces de la nature, et la prospérité a promptement remplacé la désolation.
« Je vais te révéler le secret de la puissance de ce peuple. La science l'a fait
« libre. Il vit conformément aux lois de la raison. Imprégné de toutes les idées
« nobles, il est devenu le plus civilisé de la terre. Il a su faire servir à ses besoins
« la plus grande puissance de l'univers : l'électricité. Celle-ci a centuplé les
« forces de l'homme. Ce petit coin de l'Asie te montre ce que deviendra plus tard
« la surface du globe.

« — Je veux m'approcher, s'écria Badger, et voir de plus près ce spectacle merveilleux. De la hauteur où je plane, les détails sont effacés et je ne puis voir que l'ensemble.

« — Impossible, répondit l'esprit ; je ne puis te laisser contempler l'ave-
« nir de plus près. C'est ainsi que le génie humain devine les âges futurs, sans
« avoir la conscience des détails.

« — Je m'approcherai donc malgré toi ! s'écria Badger, pris soudainement d'un désir insensé de tout savoir. Il suffit de me laisser tomber jusqu'au sol !

« — Soit, dit l'esprit ; il sera fait selon ta volonté. »

Badger se sentit alors tomber peu à peu. La chute commença, lente ; mais il vit bientôt avec effroi qu'elle s'accélérait rapidement.

O surprise! plus il se rapprochait du sol, plus le panorama qu'il admirait un instant auparavant allait en s'effaçant. Quelle déception! Les villes s'écroulaient; les forêts disparaissaient pour laisser reparaître les sables du désert. Les canaux se desséchaient et se remplissaient de terre.

La vitesse de la chute augmentait toujours. L'espace tournoyait follement; un sifflement aigu remplissait ses oreilles. Le vertige le prit. Il toucha enfin le sol avec un fracas épouvantable!...

Lord Badger se réveilla en sursaut. Il s'était précipité d'un seul bond jusqu'au milieu de sa chambre.

Un peu étourdi, son premier soin fut de constater qu'il ne s'était pas blessé. Les rayons d'un soleil éclatant pénétraient dans l'appartement. Le lord se souvint du rendez-vous qu'il avait donné à Jack Adams et passa aussitôt dans son cabinet de toilette pour être prêt à recevoir l'ingénieur. Tout en s'habillant, Badger repassait dans sa mémoire les diverses péripéties du rêve qui l'avait agité pendant la nuit, et il lui semblait y découvrir un sens prophétique. « N'importe, dit-il enfin, comme répondant à sa propre pensée, quand même je ne devrais avoir pour ma part que la lutte de chaque jour avec la nature et avec les hommes, sans jamais pouvoir juger mon œuvre dans son ensemble; quand même je devrais laisser à ceux qui viendront après moi la jouissance et le succès, j'essayerai. »

CHAPITRE III

UN CALCUL NÉGATIF

Nous sommes maintenant dans la vaste bibliothèque, qui sert en même temps de cabinet de travail.

Lord Badger, nous avons déjà pu l'entrevoir, n'était pas seulement un homme de grande et puissante imagination ; c'était aussi, à un haut degré, un esprit positif. Alliance moins rare qu'on ne se l'imagine généralement et qui seule fait les hommes vraiment supérieurs. Dès qu'il avait conçu quelque projet grandiose et qu'il l'avait bien embrassé dans toutes ses parties, il éprouvait le besoin de le faire passer de la théorie pure dans le domaine des faits et de lui faire subir l'épreuve de la pratique.

Il avait le bon sens de comprendre que, n'ayant reçu qu'une culture intellectuelle très complète à la vérité, mais générale, il n'était pas apte à juger
à lui tout seul jusqu'à quel point ses projets étaient réalisables, pas plus qu'il
n'eût été capable de les exécuter par lui-même, une fois qu'ils avaient été reconnus
possibles. Il avait donc le soin de s'entourer de gens spéciaux, et dans le choix
qu'il en faisait, il avait presque toujours la main heureuse. Il venait de le prouver
une fois de plus, en s'adressant à l'électricien Jack Adams, qui lui avait laissé
entrevoir la possibilité de réaliser son projet.

Jack Adams s'était déjà rendu célèbre par plusieurs brillantes inventions.
Jeune encore, trente-cinq ans à peine, il avait la foi ardente qui soutient le courage et fait exécuter des prodiges. Il croyait à l'avenir de sa science de prédilection, au bien que l'électricité apporterait un jour à la civilisation. Libre de sa
vie, il se donnerait corps et âme à une grande entreprise telle que celle dont le
cerveau de Badger était maintenant illuminé.

On comprend donc avec quelle impatience ce dernier, maintenant assis dans
son cabinet de travail, attendait l'ingénieur. Le rêve de Badger était bien indécis;
il flottait dans des nuages de pourpre, étincelant au milieu de la lumière dorée
du soleil; mais ses formes vagues étaient fuyantes et semblaient s'envoler quand
il voulait les fixer.

N'était-il pas à craindre qu'une discussion approfondie ne vînt mettre à néant
toutes ces belles illusions? Son entretien avec l'ingénieur allait-il donner un corps
à une âme, ou détruire sa chimère en lui prouvant qu'elle était irréalisable? La
science de l'électricité était-elle assez avancée pour autoriser une expérience
aussi grandiose?

Heureusement, Jack Adams était lui-même un illuminé, — la science a les
siens tout comme la foi. — Ce rêve du lord, il l'avait fait souvent, mais sans jamais
y fixer sa pensée, car il ne voyait aucune réalisation possible. L'argent lui manquait. La communion d'idées entre ces deux hommes était donc infaillible;
Badger et Jack Adams avaient la même aspiration. Le premier apportait au
second de quoi réaliser leur idéal commun.

A l'heure fixée pour le rendez-vous, le timbre d'arrivée retentit, et, presque
aussitôt, Jack Adams fut introduit auprès du lord. Celui-ci alla avec empressement à sa rencontre et, à peine les premières poignées de mains échangées, sa
préoccupation se traduisit par cette question :

— Hé bien! la nuit porte conseil, dit-on; croyez-vous encore ce matin, comme

vous l'affirmiez hier au soir, que la science de l'électricité soit assez avancée pour
nous permettre de reconquérir à la civilisation les déserts de la Mésopotamie ?
L'homme sait-il manier ce fluide avec assez de facilité pour que nous puissions
diriger sur Babylone les forces naturelles des alentours ?

— Je crois au succès de l'entreprise, répondit Jack Adams. Les forces
naturelles que nous pouvons trouver avec certitude dans le voisinage de la
Mésopotamie sont : les rayons du soleil, les torrents et les rivières, les vents, les
vagues de la mer et ses marées. Peut-être aurons-nous la chance de rencontrer du
charbon de terre et du pétrole. S'ils sont en grande quantité, notre besogne sera
simplifiée. Mais nous ne devons pas beaucoup compter sur ces auxiliaires, si rares
dans cette partie de l'Asie. Les autres forces nous suffiront d'ailleurs amplement.
Au moyen des appareils solaires de M. Mouchot, nous produirons la vapeur nécessaire pour mettre en mouvement les machines électriques. Les turbines nous
serviront à accaparer la force des torrents et des rivières ; les moulins utiliseront la
violence des vents. Quant aux vagues et aux marées de l'Océan, nous pourrons les
transformer en mouvement utilisable par des procédés très ingénieux.

— Je vois bien, reprit le lord, sur quoi vous comptez pour obtenir la
quantité d'électricité dont nous aurons besoin. Mais, à supposer que vous l'obteniez
en quantité suffisante, pourrez-vous convenablement l'employer ?

— Sans aucun doute, répondit l'ingénieur. Les câbles, se frayant un passage
dans les airs, dans les sables, dans le sein des mers, nous apporteront le fluide
dans d'immenses réservoirs où il s'accumulera. Puis, reprenant notre provision
d'électricité au fur et à mesure des besoins, nous la ferons travailler à notre guise.
Par elle, nous circulerons avec rapidité au milieu des villes nouvelles et des plaines
de la Mésopotamie ; avec elle, nous éclairerons nos demeures d'un éclat compa-
rable à celui du soleil. Nous l'obligerons à animer nos charrues, à creuser les
sillons d'où naîtront d'abondantes moissons. Grâce à l'électricité, nous deviendrons
de nouveaux demi-dieux. Alors, nous aurons réellement ravi le feu du ciel pour le
faire descendre sur la terre. Nous l'aurons transformé en une arme de civilisation,
lui qui n'était autrefois qu'un terrible agent de mort !

— Voilà que vous vous enflammez, dit en souriant le lord. Calmez-vous, car
je crains toujours que la réalité ne puisse être à la hauteur du rêve. Êtes-vous
absolument certain que la Mésopotamie offrira les ressources dont vous m'avez
parlé tout à l'heure ?

— Oui, répondit l'ingénieur. Avez-vous une carte de ce pays ?

3

— Une excellente, dit Badger. Montons dans mon cabinet ; nous trouverons des cartes et des livres pour nous renseigner exactement.

James Badger était un lettré. Sa bibliothèque contenait tout ce qui avait paru de remarquable depuis plusieurs siècles. La géographie, particulièrement, occupait de nombreux rayons.

Un gigantesque atlas fut étalé sur la table. Jack Adams l'ouvrit à la carte qui représentait la mappemonde.

— Vous voyez sur cette mappemonde, mylord, dit l'ingénieur, une vaste zone blanche, parallèle à l'équateur. Elle représente la place occupée par les déserts tropicaux. Cette zone commence dans l'Afrique du Nord, sur les bords de l'océan Atlantique ; puis elle traverse ce continent dans toute sa largeur. C'est le Sahara, dont la sécheresse et l'aridité sont à peine troublées par quelques oasis couvertes de verdure et par la ravissante vallée du Nil. Elle traverse ensuite la mer Rouge et va se perdre dans l'Asie, en passant par l'Arabie, la Perse, la Boukharie et la Mongolie.

— Quelle est la cause de ces vastes solitudes ? demanda le lord.

— Ces déserts tropicaux, répondit Adams, sont les régions de la terre où les nuages ne viennent que bien rarement troubler l'azur des cieux. Elles sont comprises entre deux anneaux parallèles au delà lesquels les pluies sont fréquentes ; mais, ici, il ne pleut presque jamais.

— Pourquoi avez-vous spécialement attiré mon attention sur cette bande de territoires incultes ?

— C'est que, dit aussitôt l'ingénieur, l'énergie des rayons solaires ne peut être utilisée qu'ici. Plus que partout ailleurs, la nature s'y montre active, regorgeant de puissance et de force. Les déserts du Sahara, de l'Arabie, de la Perse, grâce à la puissance de l'électricité, grâce à la transformation de la chaleur en cet agent si souple, se convertiront tôt ou tard en de vastes usines. Les rayons incandescents du soleil qui brûlent tout aujourd'hui seront convertis en électricité. Des villes populeuses et riches s'élèveront de toutes parts. L'eau circulera en abondance et donnera la fertilité au sol. Des câbles monstrueux traverseront ces antiques déserts, pareils à des aqueducs sans fin. Ils s'engloutiront dans les mers et aborderont sur les côtes de la vieille Europe, devenue la dominatrice du monde entier. De ces câbles, pareils aux branches d'un arbre immense, partiront dans toutes les directions des câbles plus petits, aboutissant aux villes, aux villages, à tout lieu habité. Et c'est ainsi que la chaleur, la lumière, la force motrice, consommées en un point de l'Europe, auront pris leur source dans le Sahara, au cœur de l'Afrique ! Mais que de luttes bouleverseront la terre avant que de pareils résultats aient été atteints ! Ce n'est pas sans efforts qu'on déplace ainsi l'axe de la civilisation. Les luttes ont déjà commencé ; elles ne feront que

s'accentuer avec le temps. Les peuples du Nord ont une vague intuition du rôle qu'ils sont appelés à jouer dans les pays du soleil. L'Angleterre garde l'Inde et étend ses conquêtes dans toutes les parties de la terre. La France s'est emparée de la Tunisie, s'étend au Sénégal, s'installe à Madagascar et dans l'Indo-Chine. Tous les peuples sentent que les temps sont proches et tournent leurs regards vers l'équateur. Ils devinent que là est l'avenir. Les anciens berceaux de l'humanité redeviendront des centres de civilisation. Les peuples du Nord, condamnés actuellement à une agitation stérile, retrouveront à ce contact une nouvelle vigueur, et l'étendard du progrès se lèvera glorieux sur le monde régénéré !

Jack Adams était vraiment beau dans son enthousiasme. Tout en lui s'était transfiguré. Debout devant la carte, il semblait dominer le monde, commander aux éléments. Son regard, plongé dans l'infini, voyait les spectacles sublimes que sa parole évoquait.

James Badger le regardait avec admiration. Son rêve se développait plus grandiose qu'auparavant; la science complétait admirablement ce que l'imagination lui avait inspiré.

L'ingénieur rompit le premier le silence :

— Revenons à ce qui nous intéresse, mylord, dit-il. Vous voyez que la Mésopotamie se trouve sur la zone des déserts de l'ancien continent. Le soleil ne nous fera donc pas défaut. Le golfe Persique, avec ses marées et ses vagues, est à nos portes. Cependant cette mer ne peut nous être d'une grande utilité ; les marées y sont peu sensibles et les vagues peu élevées. Quant aux vents, ils sont très réguliers dans ces contrées. De mai à septembre, nous aurons la mousson méridionale ; pendant les autres six mois, les vents septentrionaux ne cesseront de souffler. Les fleuves et les rivières abondent en Mésopotamie. Outre le Tigre et l'Euphrate, qui la traversent dans toute sa longueur, un grand nombre de rivières descendent des montagnes. Au nord, voici le Batman-Sou, dont les eaux sont aussi torrentueuses que celles du Tigre à sa naissance. L'Arzen-Sou, le Botan-Sou, le Bitlis, le Grand-Zab, le Petit-Zab, la Diyalah sont d'importants tributaires du Tigre. Le Mourad, le Kara-Sou, le Tokma-Sou sont des tributaires de l'Euphrate. Les chutes d'eau ne nous manqueront pas ; un grand nombre de cascades existent dans les montagnes. L'Euphrate lui-même forme plusieurs cataractes importantes. Voici les quarante défilés, où plus de trois cents rapides se succèdent sur une longueur de cent cinquante kilomètres.

— Je vois avec plaisir, dit lord Badger, que la Mésopotamie est heureusement située pour nos projets. Il semble que la nature y a entassé les moyens les plus propres à nous seconder. Mettez-vous à l'œuvre le plus promptement possible, monsieur l'ingénieur. Faites vos calculs ; n'engageons rien à la légère. Je veux reconstruire Babylone ; je veux faire sortir cette ville de la poussière et rendre la Mésopotamie à son antique splendeur. Vous m'avez fait entrevoir la possibilité de cette résurrection au moyen de l'électricité. Il vous reste à calculer nos chances de succès. La journée est encore peu avancée. Midi n'a pas sonné. Veuillez descendre avec moi à la salle à manger, où nous attend un frugal repas. Vous consacrerez votre soirée aux calculs. N'attendons jamais au lendemain pour prendre un parti : les grandes œuvres se décident vite. La réflexion humaine perd ses forces à attendre.

Jack Adams était seul dans la bibliothèque du lord. Des monceaux de papier, noircis de chiffres et de calculs algébriques, étaient étalés devant lui. De longues équations, hérissées d'x et d'y, tout un langage cabalistique, tourbillonnaient autour de sa plume. Il ressemblait à un magicien évoquant les esprits de la terre et du ciel.

Et n'était-ce pas un magicien en effet que cet homme courbé sur son travail? Force surprenante de l'esprit! il sondait la nature, cette éternelle énigme.

Titan moderne, il combinait et amalgamait dans ses formules mathématiques la puissance de l'être mystérieux. Il transformait à son gré, sous sa main savante, la chaleur et la lumière, le mouvement et l'énergie chimique en cet insaisissable fluide, l'électricité. Guidé par les formules des illustres physiciens de notre siècle, les Ampère, les Faraday, les Laplace, les Joule, les Ohm, les Coulomb, il manipulait à sa guise les différentes manifestations de la force.

Accablé de fatigue, couvert de sueur, il alignait toujours chiffres sur chiffres. Pas un moment de repos n'avait encore calmé ses nerfs tendus outre mesure.

À six heures, le lord entra dans son cabinet. Adams, sourd et aveugle, ne s'aperçut pas de sa présence. Sir Badger n'osait pas l'interrompre ; il comprenait que le moment était décisif.

Un grand quart d'heure s'écoula dans le silence le plus complet. La nuit était peu à peu venue. Un brouillard jaune, monté de la Tamise, ne laissait plus filtrer qu'une lumière indécise. L'ingénieur fit enfin un mouvement. Il aperçut le lord qui le regardait anxieusement.

— Mylord, s'écria-t-il en se levant et s'avançant vivement vers lui ; mylord, je n'ai plus qu'une seule équation à résoudre. C'est elle qui résume toutes mes recherches et va décider du sort de notre œuvre.

— Allez, dit Badger. J'attends avec impatience les résultats de vos derniers calculs.

L'obscurité était devenue complète. Le lord sonna. Un valet apporta une lampe allumée.

Dix minutes, un siècle pour Badger, s'écoulèrent. Il entendait dans sa poitrine les battements de son cœur que l'émotion rendait plus rapides.

Enfin, pâle, les yeux troublés, Jack Adams dit d'une voix sourde :

— Mylord, il faut renoncer, au moins quant à présent, à votre projet. La science est encore incapable de nous donner les moyens de réaliser notre rêve. Nos machines sont trop imparfaites pour nous donner la somme de calorique dont nous aurions besoin. J'avais trop vite espéré; mais la réalité montre l'impossibilité de réaliser maintenant nos espérances.

CHAPITRE IV

UNE GRANDE DÉCOUVERTE

Deux semaines se sont écoulées depuis les événements que nous venons de raconter. Le temps a un peu calmé la fièvre de Badger, si cruellement frappé par le résultat négatif auquel avaient abouti les calculs de Jack Adams. La déception était cruelle pour un homme audacieux, habitué à vaincre tous les obstacles. Badger avait bien essayé de lutter, au commencement, et avait refait avec Adams les calculs sous toutes les formes. Mais il fallut à la fin se rendre à l'évidence.

Le lord avait revu le capitaine Laycock et lui avait exposé les péripéties par lesquelles son projet avait successivement passé. L'idée de se servir de l'électricité avait paru très originale à Laycock ; aussi regretta-t-il beaucoup l'impossibilité à laquelle on avait abouti. Il dit à Badger qu'il fallait encore espérer et qu'on trouverait peut-être un meilleur moyen pour accomplir l'œuvre.

Transportons-nous maintenant dans la demeure de lord Badger; nous le trouvons assis dans un fauteuil, lisant le *Times* d'un œil distrait. Ce n'est pas que le journal manque d'intérêt : non, mais l'esprit du lord est autre part. Toujours sous l'influence d'une idée fixe, il lit des phrases et des pages entières sans chercher à en comprendre le sens. Le corps de Badger est à Londres; son esprit est en Asie.

Mais voilà que son œil s'illumine tout à coup. Il se lève précipitamment. Il s'approche de la fenêtre pour lire plus facilement un entrefilet qui vient de lui tomber sous les yeux.

Cet entrefilet ne contenait que quelques lignes :

« On nous annonce qu'un électricien français a découvert une nouvelle pile « *thermo-électrique* d'une grande puissance. L'invention est encore secrète. Il « paraît qu'au moyen de cette pile on parvient à transformer en électricité les « soixante centièmes de la chaleur des rayons solaires. »

On comprend l'émotion ressentie par le lord. Si la découverte était réelle, elle modifiait la situation du tout au tout : on pourrait enfin réaliser son projet. Il fallait prévenir immédiatement Jack Adams et lui demander son avis.

Il écrivit un mot à la hâte pour prévenir l'ingénieur de venir chez lui, sonna un domestique et lui donna l'ordre de porter la lettre à son adresse.

Le domestique allait sortir, quand on prévint le lord que Jack Adams demandait à lui parler. L'ingénieur entra précipitamment et courut au-devant de Badger.

— Victoire ! s'écria-t-il. Babylone sera reconstruite !

Le lord et l'ingénieur se serrèrent la main avec effusion. Ils étaient transportés de joie.

— Vous avez donc appris la nouvelle découverte? dit le lord.

— Je viens justement, répondit Adams, de recevoir à ce sujet une lettre de Paris. Mon correspondant a lui-même assisté aux expériences de l'inventeur, un nommé Cornillé. Il me donne des détails qui me permettent d'en conclure avec certitude la possibilité d'entreprendre avec succès votre projet.

— Dieu soit loué! dit le lord. Expliquez-moi maintenant d'une façon précise en quoi cette récente découverte va nous permettre de réaliser nos plans. J'avais entrevu tout à l'heure le résultat en lisant l'entrefilet du *Times*; et c'est pour cela que je vous envoyais chercher quand vous êtes venu de vous-même.

Le lord et l'ingénieur prirent chacun un siège.

— Rien n'est plus facile, mylord, dit l'ingénieur. J'avais supposé, dans mes calculs, que les rayons du soleil serviraient à chauffer l'eau d'une chaudière selon l'ingénieux système de M. Mouchot. Il en résulte que, par ce procédé, je ne pouvais transformer en électricité que les six ou sept centièmes de la chaleur solaire. Cette quantité était beaucoup trop faible.

— Je comprends maintenant le reste, interrompit Badger. La découverte de Cornillé permet de convertir en électricité les soixante centièmes de la chaleur solaire. Nous sommes maintenant en possession d'une quantité suffisante d'électricité.

— Parfaitement, répondit l'ingénieur. J'ai d'ailleurs fait de nouveaux calculs. Ils prouvent que nous pouvons aller de l'avant.

Jack Adams ouvrit son carnet et en retira une feuille couverte de calculs. Il expliqua longuement au lord les transformations qu'il avait dû faire subir à ses opérations et comment il était arrivé au résultat final.

— J'ai lu dans le *Times*, dit Badger, que l'inventeur avait gardé le secret sur sa découverte.

— C'est vrai, répondit Jack Adams, mais je ne pense pas que ce soit là un obstacle pour vous. Il vous sera facile d'acheter le secret de l'inventeur. D'ailleurs, quand Cornillé connaîtra le mobile qui vous fait agir, il est certain qu'il n'hésitera pas à joindre ses efforts aux vôtres. Le Français, mylord, a l'esprit aussi aventureux que l'Anglais ; et, quand il s'agit d'une noble action, les deux peuples savent se tendre une main amie.

— Enfin, quoi qu'il en soit, dit Badger, je vais immédiatement écrire à Cornillé, lui faire mes propositions et le prier de venir ici. Sa réponse ne saurait tarder ; nous saurons bientôt à quoi nous en tenir.

Dix jours après l'envoi de la lettre de sir James Badger, Cornillé arrivait à Londres. C'était un grand garçon, aux yeux vifs et intelligents, à la chevelure noire et à la peau d'un brun mat. Il était de deux ou trois ans plus jeune que Jack Adams.

Cornillé avait accepté avec enthousiasme les propositions du lord. Il aimait d'instinct l'Orient et se faisait une joie d'aller y expérimenter sa découverte.

Quant à vendre cette découverte à James Badger, il ne voulut pas en entendre parler. Son ambition était plus haute ; il se contenterait d'abord de la

4

gloire si les projets du lord réussissaient. La fortune viendrait naturellement après.

Sur de telles bases, l'accord ne pouvait manquer d'être promptement conclu entre Badger et Cornillé. Comme on était déjà

assuré du concours des autres associés, il ne s'agissait plus que de passer à l'exécution. Aussi, deux jours à peine après l'arrivée à Londres du jeune ingénieur français, le retrouvons-nous aux côtés du lord, dans le cabinet de travail où ont été convoquées nos deux anciennes connaissances, le capitaine Laycock et le géologue Monaghan, auxquels ont été adjoints deux nouveaux personnages qui doivent également faire partie de l'expédition. Le premier, Flatnose, est un célèbre reporter d'un des plus grands journaux de Londres. Gros et gras, le ventre retombant sur deux jambes courtes, la face perpétuellement épanouie dans un large sourire, clignotant des yeux et marchant en se dandinant d'une jambe sur l'autre, avec cela pas mal gourmand, notre journaliste a une vague et lointaine ressemblance avec le Falstaff de Shakespeare. Hâtons-nous d'ajouter que la ressemblance s'arrête à ces traits physiques. Gai, jovial, bon camarade, Flatnose est en outre un brave et loyal cœur, dont personne ne s'aviserait de se railler, et toujours prêt à mettre sa plume au service d'une bonne action. Quand on le voit pour la première fois, on se demande comment ce gros personnage est capable de se mouvoir. Toujours cramoisi, toujours s'épongeant le front avec un mouchoir à grands carreaux, il n'en fait pas moins consciencieusement son métier de reporter, et revient chaque soir au journal avec un carnet bourré de faits divers et d'anecdotes. Le second est un nommé Blacton, ingénieur

éminent, à la tête d'une des plus importantes usines de Londres. C'est un homme de quarante ans environ, prématurément vieilli par un travail acharné. Penché sur son bureau pendant tout le jour et une partie de la nuit, son dos s'est légèrement voûté ; excellent homme, très instruit, ayant beaucoup voyagé et beaucoup observé, d'une conversation à la fois sérieuse et attachante.

Devant une table, placée au milieu de la chambre et sur laquelle se trouvent un cahier formé de plusieurs feuilles réunies de papier grand format, à larges marges, couvertes d'une écriture serrée et lisible, une plume et un encrier, sir James Badger se tient debout; sa figure si sérieuse d'habitude est encore plus grave.

Les autres personnages, rangés en demi-cercle autour de lui, se tiennent immobiles, aussi sérieux que le lord. On devine que le moment est solennel pour tout le monde. La gravité de l'assemblée a gagné Flatnose lui-même.

Badger prit le cahier sur la table :

— Messieurs, commença - t - il d'une voix lente, nous connaissons tous d'avance l'objet de cette réunion, nous poursuivons en commun le même but : la résurrection de Babylone et de la Mésopotamie. Nous jurons de rester fidèles à notre œuvre jusqu'à la mort.

— Nous le jurons! répétèrent ceux qui l'entouraient.

— L'agent au moyen duquel nous espérons atteindre ce but est l'électricité. Nous jurons de garder le secret de notre compagnon et ami Charles Cornillé jusqu'à l'accomplissement de nos essais. Ceux-ci terminés, chacun de nous redevient libre.

— Nous le jurons!

— Chacun de nous s'engage en outre à exécuter loyalement et avec zèle la partie du programme qui lui est échue dans l'œuvre commune.

— Nous nous y engageons !

— Je vais donc vous donner lecture une dernière fois de notre acte d'association, après quoi il ne restera plus à chacun de nous qu'à apposer sa signature au bas de ce document.

Badger lut lentement le contenu du cahier, s'arrêtant après chaque paragraphe afin de laisser aux observations le temps de se produire s'il y avait lieu. Il ne recueillit que des signes d'assentiment. Ayant donc terminé sa lecture, il remit le cahier sur la table, et, trempant la plume dans l'encrier, il signa le premier de sa belle écriture ferme et nette. Tous l'imitèrent et vinrent signer à leur tour.

— Maintenant, messieurs, dit le lord quand tout fut terminé, vous savez quel est notre rôle à tous. Qu'on se hâte et que chacun exécute sa tâche; il faut que tout soit prêt dans six mois.

Après ces paroles, il ne restait plus qu'à prendre congé du lord.

Quelles résolutions avait-on prises? Quel était le rôle affecté à chacun de nos personnages ? Pourquoi voulait-on garder le secret sur la découverte de Cornillé?

Autant de questions auxquelles nous allons successivement répondre.

Nous venons de voir qu'une association s'était formée pour exécuter les projets inspirés par le capitaine Laycock. Jack Adams était chargé de la direction générale des travaux. Cornillé, dont la découverte rendait l'exécution du projet possible, avait pour mission spéciale de perfectionner sa pile thermo-solaire et d'en construire une gigantesque.

Quant à Badger, il se réservait la direction suprême de l'œuvre. C'était lui, d'ailleurs, qui consacrait une grande partie de sa fortune à l'entreprise et qui se chargeait des démarches diplomatiques.

Il avait été décidé que l'on consacrerait les premières années à des essais indispensables si l'on ne voulait pas courir au-devant d'un échec certain. Il fallait expérimenter en grand la pile de Cornillé qui n'était encore qu'une tentative. On pourrait élargir les bases de l'association et faire appel au crédit général quand des essais préalables auraient démontré la possibilité d'accomplir les transformations projetées.

On conçoit maintenant la cause qui avait amené le lord à exiger le secret sur la découverte de Cornillé. Ce n'était pas un but de spéculation, puisqu'il se proposait de la livrer à la publicité dès que ses essais seraient terminés dans la

Mésopotamie. Mais, si l'on avait fait connaître immédiatement le secret de la pile de Cornillé, une foule d'inventeurs se seraient jetés sur une proie si facile à exploiter. De nouveaux perfectionnements auraient été annoncés chaque jour avec fracas et auraient jeté la perturbation dans l'œuvre entreprise à Babylone. Or, pour mener à bonne fin cette œuvre, il était nécessaire de conserver tout son calme et toute sa sérénité d'esprit.

Cornillé devait se mettre immédiatement au travail pour chercher les derniers perfectionnements de sa merveilleuse découverte. Lord Badger mettait à sa disposition tous les crédits nécessaires. Les essais devaient s'exécuter dans une partie du parc du lord, transformé en usine. On était ainsi certain de se mettre à l'abri des curieux et des espions qui chercheraient à surprendre le secret.

Jack Adams ne manquerait pas non plus de besogne pendant ces six mois. Il aurait à se procurer ou à faire construire les appareils qu'on installerait en Mésopotamie : turbines, machines dynamo-électriques, condensateurs, câbles, moulins à vent, etc. Il fallait songer à tout, aux moindres détails, car on ne trouverait là-bas ni usine pour compléter le matériel manquant, ni marchand pour fournir une vis ou un boulon oublié. Que de matériaux à recueillir pendant ce court laps de temps !

Jack Adams était encore chargé de recruter le personnel nécessaire pour installer les appareils et les faire manœuvrer ensuite. Que d'habileté ne fallait-il pas déployer ! Ouvriers et chefs devaient offrir un zèle à toute épreuve et du courage pour lutter contre un peuple qui déteste la science.

La mission de Badger était relativement plus facile. Il fallait obtenir du sultan l'autorisation de fonder une ville et une colonie sur les bords de l'Euphrate, à la place occupée autrefois par Babylone. Pour hâter la conclusion du traité, Badger prit la résolution d'aller lui-même à Constantinople ; il se mettait ainsi directement en rapport avec les personnages influents dont il aurait besoin.

Quant au capitaine Laycock, le premier promoteur du projet, il était désigné pour diriger les navires destinés au transport des voyageurs et du matériel. Deux grands bateaux à vapeur devaient gagner l'océan Indien par le canal de Suez et débarquer leurs colis dans le port de Bassorah, sur le Chat-el-Arab.

Un troisième petit navire à vapeur, de faible tirant d'eau, devait conduire James Badger et sa suite jusque sur les côtes de la Syrie. De là, il gagnerait à son tour le port de Bassorah et servirait à transporter les machines sur les eaux peu profondes du Tigre et de l'Euphrate.

La place du géologue Monaghan était nécessaire au milieu des membres de l'expédition. Sa connaissance approfondie du pays qu'on allait parcourir et habiter serait plus d'une fois d'une grande utilité.

Blacton serait chargé de la direction générale des moteurs électriques. Ayant fait depuis quelques années sa spécialité de ces sortes de moteurs, il avait été présenté à Badger comme un auxiliaire indispensable.

Les fonctions de Flatnose étaient tout indiquées : il enverrait à son journal, suivant l'occurrence, des notes, des informations, des narrations, qui auraient pour résultat d'empêcher l'attention publique de se détourner d'une entreprise dont les préparatifs exciteraient sans doute au plus haut point la curiosité, mais qui ne tarderait guère à tomber dans l'oubli si l'intérêt qui s'attachait à ses débuts n'était constamment tenu en éveil. Quelle est l'entreprise aujourd'hui qui peut se flatter de réussir sans le concours de la presse ? — D'ailleurs, à cette société si grave et si savante, Flatnose apporterait la note gaie, un rayon de belle et joyeuse humeur.

Tels étaient les personnages et les rôles attribués à chacun d'eux, au moment où Badger faisait signer l'acte qui était comme la préface de la résurrection de Babylone.

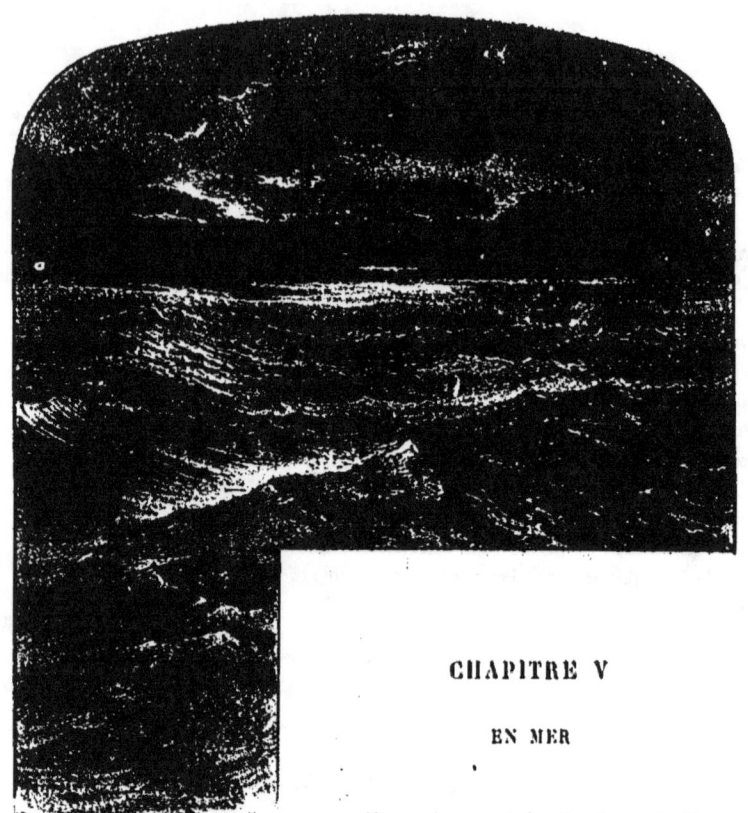

CHAPITRE V

EN MER

Nous sommes à la fin du mois d'août, huit jours avant le départ fixé pour le 3 septembre. Les préparatifs sont achevés.

Lord Badger est revenu de Constantinople, ayant obtenu tout ce qu'il désirait. Sa tâche avait été facile. Pauvre d'argent, le gouvernement turc avait vu dans le projet du lord un moyen de s'enrichir.

Lord Badger s'était mis en relation avec plusieurs personnages importants, qui lui avaient donné des lettres de recommandation pour les chefs des pays où il installerait ses appareils. Il était porteur d'un firman qui lui concédait la propriété de l'emplacement de l'ancienne Babylone et des portions de territoires où il jugerait convenable d'établir ses usines. De plus, le firman ordonnait aux gouverneurs de provinces de venir en aide, par tous les moyens, aux besoins et à la

sécurité de l'entreprise dirigée par le lord. L'ordre était formel et nul n'oserait
s'y soustraire.

Les recherches de Cornillé avaient parfaitement réussi. La pile thermo-électrique avait reçu des perfectionnements importants. Son rendement, de soixante
centièmes au début, avait pu être élevé jusqu'à soixante-quinze. La construction
d'une pile gigantesque de cinquante mille éléments était achevée. Jack Adams, de
son côté, avait acheté et fait construire tous les appareils nécessaires.

Miss Nelly accompagnerait son père. Elle voulait le suivre dans cette expédition hardie, partager ses fatigues et ses périls. Elle conservait près d'elle sa
gouvernante, la sèche et longue miss Jenny Ross, qui n'aurait pu se séparer
de sa jeune maîtresse.

Le capitaine Laycock avait facilement obtenu un congé de trois ans.

Un membre fort utile avait encore grossi l'expédition : c'est le cuisinier
Green. Son modeste emploi n'était ni le moins important ni le plus facile ; mais,
ayant déjà beaucoup voyagé, Green connaissait les secrets de la cuisine de toutes
les parties du monde. On pourrait donc se fier à lui pour ne pas mourir de faim.

Pendant cette dernière semaine, on se proposait d'embarquer le matériel sur
les deux grands transports le *Davy* et le *Faraday*. Le petit bateau à vapeur
l'*Electricity* était spécialement destiné à emporter les chefs de l'expédition avec
leurs bagages.

Les trois navires partiraient en même temps. Le *Davy* et le *Faraday*, outre
le matériel, devaient recevoir le nombreux personnel recruté par Jack Adams.
Soixante hommes, ouvriers et contremaîtres, avaient été partagés entre les deux
navires. Leur destination était Bassorah, au fond du golfe Persique, comme nous
l'avons déjà dit.

Quant à l'*Electricity*, il devait débarquer à Iskanderoun, sur les côtes de la
Syrie, Badger et sa fille avec miss Ross, ainsi que Cornillé, Monaghan, Blacton,
Flatnose et Green. Laycock et Jack Adams iraient rejoindre le *Davy* et le *Fara-
day* à Suez, pour se rendre avec ces deux navires à Bassorah.

Le 3 septembre arriva enfin. Ce jour-là, le soleil se leva radieux, comme pour
saluer de ses rayons le départ des voyageurs. N'était-il pas le roi de la fête, cet
astre qui allait donner une partie de sa chaleur pour ressusciter l'empire de Sémiramis ? Sa présence était donc d'un heureux augure, et il semblait dire à tous :
vous pouvez compter sur moi.

L'*Electricity* se balançait mollement sous le souffle d'un vent léger. Déjà sous pression, un léger panache de vapeur sortait de sa large cheminée. Près de lui, deux autres navires, d'un tonnage beaucoup plus fort, achevaient leurs préparatifs de départ. C'étaient le *Davy* et le *Faraday*, qui devaient suivre l'*Electricity* à quelques heures d'intervalle.

Un peu avant six heures, le capitaine Laycock apparut sur le quai Sainte-Catherine, marchant d'un pas résolu et sifflant un air guerrier. Les mains dans les deux poches de son veston, la casquette crânement posée sur la tête, les favoris au vent, il répondait par un bonjour amical aux saluts des matelots. Le brave marin, que la vie turbulente des villes ennuyait, était heureux de reprendre la mer qu'il n'avait pas vue depuis plusieurs mois.

Il monta sur le navire, le visita minutieusement dans ses moindres détails, voulant s'assurer par lui-même que rien ne manquait et que tout était en ordre. Il prit enfin possession de sa cabine et attendit l'arrivée des autres voyageurs.

Le départ était fixé pour onze heures précises, moment de la marée haute. L'animation des quais de la Tamise augmentait à chaque instant. Les navires, pressés les uns contre les autres, embarquaient ou débarquaient des marchandises. Plusieurs d'entre eux attendaient également l'heure de la marée pour gagner la haute mer.

Jack Adams, Cornillé, Monaghan, Blacton, arrivèrent l'un après l'autre. Leurs bagages étaient depuis la veille à fond de cale ou dans leurs cabines. Ils se promenaient sur le pont, causant ou fumant un cigare, en attendant la venue de Badger. Quant à Green, il était déjà à ses fourneaux depuis le matin : on devait déjeuner à bord en descendant la Tamise.

Le lord, sa fille et la gouvernante arrivèrent en voiture quelques minutes avant onze heures. Donnant le bras à miss Nelly, Badger traversa rapidement la passerelle et monta sur son navire. Les passagers et les matelots s'étaient rangés sur le pont pour les recevoir. Miss Nelly était radieuse. Quelle joie pour elle de faire un si long voyage ! Son costume de voyageuse au long cours, robe de drap léger bleu foncé, chapeau de feutre mou à bords relevés et voile de même couleur que la robe, lui allait à ravir. Ses joues, sous l'impression du plaisir et de l'émotion, étaient encore plus roses qu'à l'ordinaire ; ses yeux étincelaient davantage et avaient une expression plus énergique. Un peu trop portée vers la rêverie, elle se laissait maintenant dominer par les objets extérieurs. Puis elle se sentait reine au milieu de cette société d'élite ; elle savait qu'elle serait la choyée, la gâtée de tout le monde. N'était-elle pas aussi la fée, en qui tous mettaient leur confiance et qui ferait trouver moins longues les heures passées sur la mer? Les passagers se sentirent émus quand la jeune fille pénétra sur le navire et le regard de miss Nelly resta gravé au fond de plus d'un cœur.

Le lord serra la main à tous.

— Et Flatnose, dit-il, où est-il donc? Il me semble que notre journaliste nous fait défaut.

En effet, Flatnose manquait à l'appel. L'heure s'avançait cependant et le navire partait à onze heures. Les Anglais n'attendent jamais ; tant pis pour les retardataires.

Onze heures sonnèrent à une horloge voisine. Badger donna le signal du départ. Tout à coup, des appels désespérés se firent entendre sur le quai, et l'on vit apparaître un homme qui courait aussi vite que le permettaient ses petites jambes, rouge comme un homard, soufflant comme une locomotive. C'était Flatnose, que son embonpoint avait failli laisser au point de départ.

Le pont de Londres s'éloignait peu à peu. L'*Electricity* passait fièrement le long des docks qui bordent la rive gauche de la Tamise, entre deux lignes interminables de navires venus de tous les points du globe. Les monuments de la capitale se profilaient maintenant au fond d'un horizon grisâtre.

On passa bientôt devant Greenwich et son bel hôpital, les Invalides de l'Angleterre. On pouvait dire adieu à Londres. Les passagers descendirent dans leurs cabines pour mettre en place les quelques objets qu'ils avaient pris avec eux au dernier moment. Il leur fallait également apporter quelques modifications dans leur toilette : la vie maritime commençait et devait durer plusieurs semaines.

La cloche du bord sonna le déjeuner, et chacun remonta sur le pont, où la table était servie.

Le navire avait déjà bien marché. On avait dépassé Woolwich et ses pontons, restes glorieux des frégates prises aux Français à la bataille de Trafalgar. La Tamise, aux rives basses, traversait des prairies plates et nues. Le paysage était monotone et ne méritait guère d'attirer l'attention.

On porta des toasts à la santé de lord Badger et de miss Nelly, et l'on but au succès de la résurrection de Babylone.

Après le déjeuner, on se promena sur le pont en fumant et en causant. Le navire passa devant Gravesand et ses beaux jardins, lieu de rendez-vous des habitants de la capitale pendant l'été. C'est à Gravesand que se termine la Tamise.

Dès ce moment, l'*Electricity* voguait en pleine mer. Le soir, il contournait la pointe du North-Foreland et pénétrait dans la Manche.

Nous ne suivrons pas le navire dans sa marche rapide à travers la Manche et l'océan Atlantique. Le temps se maintint au beau, avec un vent calme qui ne fatiguait pas le petit bâtiment. On resta au large de toute terre. Il n'y eut de visibles que les falaises de la France et de l'Angleterre, et les rochers granitiques du Finistère, quand on contourna la Bretagne.

On ne s'ennuyait pas à bord, car chacun savait varier ses études et ses divertissements. Miss Nelly jouait du piano; Laycock était également musicien et jouait du violon. Jack Adams et Cornillé accompagnaient miss Nelly de leurs chants. Cornillé surtout, grand amateur d'opéra, connaissait les principaux airs de la musique française, italienne et allemande. Quant à Flatnose, il faisait des jeux de mots, composait des charades, racontait toute sorte d'anecdotes ; c'était le bel esprit de la troupe.

Le travail sérieux n'était pas négligé non plus. On revoyait les plans, on étudiait les cartes du pays qu'on allait visiter, on combinait de nouvelles applications de l'électricité. A ce dernier sujet, les imaginations se montaient parfois jusqu'à l'extravagance. Le joyeux Flatnose ne proposa-t-il pas, un jour, de construire des hommes électriques pour peupler la nouvelle Babylone !

Le temps se passait ainsi à bord. L'*Electricity* était un bon marcheur et l'on avançait vite. Le 7 au soir, on se trouvait déjà en vue des côtes d'Espagne. On longea de près les côtes du Portugal et l'on fit halte à Gibraltar, pour prendre du charbon.

A partir de ce moment, on quittait l'Atlantique pour entrer dans la Méditerranée. La chaleur devint beaucoup plus forte et le ciel plus bleu. Le voisinage des terres et des déserts de l'Afrique se faisait sentir.

Le 13, on se trouvait avoir dépassé la Sicile et l'île de Malte. Le navire naviguait tranquillement dans le vaste lac compris entre la Sicile, la Grèce et la Tripolitaine, quand le ciel se couvrit brusquement et un vent violent se mit à souffler en tempête. La mer, démontée, déferlait au-dessus du pont du navire. Celui-ci se cabrait et se relevait aussitôt, semblant défier les éléments soulevés contre lui. Sa coque tressaillait, ses mâts tremblaient ; mais il sut résister aux fureurs des flots. Les passagers s'étaient réfugiés dans leurs cabines. Miss Nelly, non encore suffisamment aguerrie, était un peu effrayée; il lui semblait à chaque instant sentir le navire s'engouffrant dans la mer.

Le capitaine Laycock ne perdait heureusement pas la tête. En fait d'ouragan, il en avait vu de bien plus terribles. Cramponné à la balustrade de sa passerelle, il dirigeait la manœuvre d'une voix ferme. La terre était loin, la Méditerranée profonde ; il y avait peu de chose à redouter.

La tempête dura huit heures. Enfin, le calme se rétablit. La mer redevint unie et bleue comme auparavant. Les passagers remontèrent sur le pont. Un bon dîner de maître Green, arrosé de champagne et éclairé par les feux du soleil couchant, acheva de dissiper les angoisses de la journée.

La conversation roula nécessairement sur les incidents de la tempête. Le capitaine, d'après ses calculs et la hauteur du soleil, conclut qu'on ne devait pas se trouver loin des côtes de l'Afrique, vers le promontoire de Barka. Il était temps que la tempête prît fin, sinon on risquait de se briser contre un écueil.

Pendant qu'on prenait le thé à la lueur de la lune et des étoiles qui brillent d'un si vif éclat dans ces nuits bleuâtres et transparentes des pays orientaux, miss Nelly demandait à Cornillé la cause de ces brusques passages d'un temps calme à une tempête furieuse, et d'une tempête à un calme comme celui dont on jouissait dans ce moment. L'ingénieur était en train d'expliquer à la jeune fille le mécanisme des tempêtes et la théorie générale des vents, toujours produits par le brusque refroidissement de certaines couches atmosphériques qui fait comme un vaste courant d'air, lorsqu'il fut brusquement interrompu dans sa démonstration par une vive lumière qui éclaira le ciel. On crut d'abord à un éclair et à l'arrivée d'un nouvel orage : c'était un magnifique bolide. Il traversa le firmament dans toute sa longueur, marchant lentement et laissant des myriades d'étincelles après lui. Puis il disparut à l'horizon, vers l'orient.

— Mon père, s'écria miss Nelly, ce globe de feu nous invite à le suivre ! — C'est un messager que le ciel vous envoie pour vous encourager dans vos projets !

— J'accepte votre augure, ma chère Nelly, répondit Badger en embrassant sa fille. Nous sommes certains du succès si le ciel nous aide.

Comme si toutes les merveilles de la terre s'étaient donné rendez-vous ce soir-là, la mer devint phosphorescente. Le navire semblait voguer sur un océan de feu. Les sillons que la proue laissait au loin derrière elle, l'écume que soulevait l'hélice, les plus légères rides de la surface des vagues étaient autant de gerbes qui étincelaient dans la nuit. Tous les passagers réunis sur le pont admiraient ce spectacle splendide.

Vers minuit, la phosphorescence cessa brusquement, et chacun regagna sa cabine, profondément impressionné par les événements variés de la journée.

Le ciel resta inaltérablement pur pendant le reste de la traversée. On approchait d'ailleurs du premier port où l'on devait faire escale, et les passagers faisaient déjà leurs préparatifs de débarquement.

Un soir, l'île de Chypre fut enfin signalée. On aperçut au loin la cime du Troodos, qui fait partie du massif de l'Olympe. Puis, peu à peu, l'œil discerna les cimes des Deux-Frères, les pics de Makhéras, et enfin le promontoire du Stavro-Vouno. Ce promontoire, surtout, frappait les yeux par ses formes élancées. Le navire longea la base de la montagne, et l'on put apercevoir avec une lunette le temple des Bénédictins, construit à son sommet. Une légende raconte que le chevalier Tannhaüser attend dans les cavernes de cette montagne le son de la dernière trompette.

Le soleil était déjà couché quand l'*Electricity* mouilla au large devant le port de Larnaka, l'ancienne Citium des Grecs.

La nuit était trop avancée pour songer au débarquement, car il est impossible aux navires d'un tonnage un peu considérable d'approcher du rivage. Il fallut donc encore coucher à bord, malgré tout le plaisir que chacun éprouvait à gagner la terre ferme, après un si long espace de temps passé sur mer.

Le lendemain matin, le transbordement des voyageurs commença dès l'aube. Des barques, conduites par des rameurs indigènes, vinrent prendre les passagers et les amenèrent à terre. La garde de l'*Electricity* fut confiée au second. Le capitaine Laycock, qui connaissait Chypre pour y être allé plusieurs fois, voulait servir de guide à Badger et à ses compagnons.

Depuis le traité de 1878 avec la Turquie, l'île de Chypre est administrée par l'Angleterre. Après quinze jours de navigation, on se retrouvait sur une terre anglaise. On avait résolu de consacrer une journée à la visite de Larnaka. Celle-ci est une ville double. La Marine est un nouveau quartier, construit sur le bord de la mer. Quant à la ville proprement dite, elle est bâtie à un kilomètre du rivage, au milieu d'une vaste plaine sans culture, où l'on n'aperçoit çà et là que quelques palmiers aux longues tiges se balançant au souffle du vent.

Quel contraste! Passer brusquement de Londres à Larnaka, des brouillards de la Tamise au ciel d'azur de l'Asie! En mer, on s'était bien aperçu de la transition à la différence de limpidité du ciel; mais le contraste éclata dans toute sa grandeur quand on se retrouva à terre.

La ville n'est, en réalité, qu'une pauvre bourgade. Les maisons sont basses, les toits plats, les murs à demi écroulés. Cependant ce singulier mélange plaisait aux yeux et à l'imagination. La lumière intense colorait les murailles de reflets inconnus dans les climats sombres du nord de l'Europe. Tous les objets se détachaient avec vigueur et avec un relief étrange sur l'azur foncé du ciel.

Et que d'originalité dans les costumes variés des passants! Les Grecs, les Turcs, les Arméniens, les Juifs, les Arabes, toutes les populations de l'Orient se coudoyaient dans les rues, formant par leur mélange les plus curieux contrastes de couleurs. A l'extrémité de la ville, nos voyageurs gravirent une légère éminence, d'où la vue s'étendait au loin sur la mer et sur les montagnes de Chypre. Le ciel, la terre et la mer étincelaient sous les ardents rayons d'un soleil de feu. L'œil se trouvait ébloui par une lumière à laquelle il n'était pas encore accoutumé. Cet enchantement merveilleux qu'éprouvent tous ceux qui voient pour la première fois l'Orient, miss Nelly l'éprouvait. C'était un nouveau monde dans lequel elle entrait. Il lui semblait qu'elle faisait un beau rêve.

Les chaînes de montagnes qui traversent l'île dans toute sa longueur bornaient l'horizon vers le nord et l'occident. Leurs cimes dentelées, leurs pics aigus, leurs plateaux ondulés, tous les détails de leur structure, s'accusaient aux regards avec une étonnante netteté. L'œil, sous la vive lumière de ces régions, a besoin de se refaire une nouvelle éducation. Les distances ne sont plus appréciées avec certitude; les objets lointains semblent se rapprocher, car les teintes ne sont plus successivement adoucies par la brume.

Miss Nelly resta longtemps accoudée sur le bord d'une terrasse construite au sommet de cette colline. Elle ne pouvait s'arracher à sa contemplation. L'heure avançait cependant avec rapidité, et il fallut redescendre à Larnaka. Le soir, chacun était installé de nouveau dans sa cabine, et l'*Electricity* s'apprêtait à reprendre la mer dès le lendemain matin.

CHAPITRE VI

SUR LES BORDS DE L'ORONTE

L'*Electricity* devait débarquer ses passagers à Iskanderoun, petite ville située sur les côtes syriennes, en face de l'île de Chypre. De Chypre à Iskanderoun, la traversée n'est pas longue ; un simple bras de mer sépare l'île du continent asiatique. Le vent était favorable, la mer peu agitée. Le débarquement se fit sans aucune difficulté.

Iskanderoun est située au fond du golfe du même nom. Elle s'appelait Alexandrette avant la conquête arabe. Bâtie sur un fond marécageux, elle est d'une grande insalubrité pendant les fortes chaleurs. Aussi les familles riches ont-elles l'habitude de la fuir pendant l'été et de se réfugier à Beïlan, sur les premiers escarpements de l'Amanus.

Il ne restait dans la ville que les habitants les plus pauvres. Leur aspect malingre, surtout celui des femmes et des enfants, n'était pas fait pour réjouir les yeux des voyageurs.

6

A partir d'Iskanderoun, l'expédition devait se partager en deux corps, qui rejoindraient, chacun par des routes différentes, le rendez-vous commun. L'une de ces deux troupes, commandée par le capitaine Laycock et dont Jack Adams faisait également partie, continuerait par la route maritime. Elle longerait les côtes de Syrie, traverserait la mer Rouge et pénétrerait dans le golfe Persique jusqu'à l'embouchure de l'Euphrate, que l'*Electricity* remonterait jusqu'à Babylone. Lord Badger, sa fille, la gouvernante, Cornillé, Monaghan, Blacton, Flatnose formeraient le second groupe, qui suivrait la route de terre et voyagerait en caravane.

La caravane étant encore à présent à peu près le seul mode de transport par terre qui existe en Asie, aussi bien pour les personnes que pour les marchandises, nous allons dire quelques mots de cette manière de voyager, dont l'organisation a dû peu varier depuis l'époque où les marchands madianites venus de Galaad traversaient le désert pour porter en Égypte le baume et la myrrhe, et, entre temps, achetaient de jeunes garçons, qu'ils revendaient ensuite comme esclaves.

La seule différence, c'est qu'aujourd'hui, quand on veut aller en caravane, on s'adresse à un industriel d'un nouveau genre, qui probablement n'existait pas au temps de Jacob, et à qui on loue autant de chevaux et de mulets qu'il est nécessaire.

Cet industriel, que nous pourrions comparer à nos entrepreneurs de transports et de messageries, est propriétaire parfois de plusieurs centaines de bêtes. Avec ses *tcharvadar* — palefreniers, — il accompagne la caravane, ou se fait remplacer par un délégué, et a la responsabilité de tout ce qui peut arriver.

Les tcharvadar forment une classe d'hommes d'une certaine importance. Ils représentent nos chemins de fer et nos bateaux à vapeur. Des rives de la mer Caspienne à celles du golfe Persique, des frontières de l'Inde à celles de la Chine, voyageurs et marchandises passent par leurs mains. On n'a qu'à se louer de leur probité. Ils conduisent les mulets, les chargent et les déchargent ; ils s'occupent du raccommodage des selles, sacs et autres accessoires. Par n'importe quel temps, ils marchent au pas des animaux et souvent les devancent. La nuit, ils veillent à tour de rôle sur les voyageurs ou les marchandises.

Ce fut à l'un des membres les plus avantageusement connus de cette utile corporation que lord Badger fut adressé par le résident anglais, et jamais caravane ne fut formée dans de meilleures conditions. Chevaux à l'allure douce pour les dames, chevaux de fatigue pour les hommes, pas une bête qui ne fût l'objet d'un examen sérieux et soumise à un essai préalable.

L'escorte militaire fut fournie par les autorités du pays, qui s'inclinèrent avec respect devant les ordres formels du sultan. La route qu'on allait suivre jusqu'à l'Euphrate n'est pas toujours à l'abri des attaques. Mais grâce aux soldats turcs et aux excellentes armes dont on était abondamment pourvu, il n'y avait rien à craindre.

Plusieurs jours furent employés aux préparatifs du départ. En Orient, le voyageur qui s'écarte des villes habitées par des Européens doit tout emporter avec lui. Il prend ses repas en plein air et couche le plus souvent sous la tente. La moindre négligence, le moindre oubli pourrait lui devenir préjudiciable. Sur les routes fréquentées par les caravanes, on rencontre à la vérité un nombre suffisant de caravansérails. Ce sont les hôtels du pays. Mais la seule chose qu'on y trouve toujours préparée, — et elle n'est certes point à dédaigner, — c'est d'excellent café servi brûlant. On y peut abriter les bêtes et les bagages, et y chercher un refuge momentané. Quant aux chambres, elles consistent en petites loges carrées, que les voyageurs doivent garnir eux-mêmes de tous les objets nécessaires, car elles sont dénuées de tout. Quelques-uns de ces caravansérails ont une grande cour avec bassin et fontaine, ombragée d'orangers et de citronniers ; mais la plupart sont fort sales et il est préférable de camper en plein air.

On était arrivé aux derniers jours de septembre. Aux chaleurs torrides de l'été avait succédé la température plus douce des belles journées d'automne. Le voyage se faisait sans grandes fatigues pendant le jour. Les nuits seules sont vraiment à craindre en Orient, car, en raison de la quantité d'humidité absorbée, pendant le jour, par les rayons solaires et convertie ensuite en abondantes rosées, les nuits sont toujours fraîches et humides, même aux époques les plus chaudes de l'année.

Pour se mettre à l'abri de ces brusques alternances de froid et de chaud, nos voyageurs firent une ample provision de manteaux, de burnous arabes et d'étoffes de laine du pays.

Pendant que la caravane achève de prendre ses dernières dispositions de route, nous devons dire quelques mots du mobile qui avait déterminé lord Badger et ses compagnons à gagner l'Euphrate, en prenant pour point de départ cette partie du littoral de l'Asie Mineure.

Plusieurs ingénieurs avaient conçu le projet de construire un chemin de fer

qui mettrait en communication la Méditerranée et l'Euphrate. Or c'est précisément dans le voisinage d'Iskanderoun qu'il avait été question de placer la tête
de ligne du chemin de fer projeté. L'Euphrate, en effet, après être sorti des montagnes de l'Arménie, s'infléchit brusquement vers l'ouest ; puis, faisant un nouveau coude vers le sud, il coule, pendant un court espace, parallèlement à la
Méditerranée, dont il n'est plus séparé que par cent cinquante kilomètres environ, à la hauteur d'Iskanderoun.

L'intention de Badger était de reprendre ces projets pour son propre compte.
C'est pourquoi il avait tenu à visiter la région en compagnie de Monaghan, afin
de se rendre compte par lui-même de la configuration du sol, des avantages ou
des obstacles qu'elle pourrait offrir, et des travaux à exécuter. Il s'agissait enfin
de déterminer quel était l'endroit du littoral qui pourrait être le point de départ
de la nouvelle ligne.

Il était facile de constater à la première inspection qu'Iskanderoun serait
une excellente tête de ligne. On y exécuterait des travaux d'assainissement pour
la rendre habitable en toute saison. Malgré les violentes tempêtes qui descendent
parfois de la montagne et s'engouffrent dans la vallée, son port est encore le plus
sûr de toute la côte ; on y ferait les agrandissements et les appropriations nécessaires. Partant de là, la voie ferrée traverserait les hauts plateaux de l'Amanus
qui séparent la mer de l'Euphrate, longerait ensuite le fleuve, passerait à Babylone et gagnerait les bords du golfe Persique. Elle mettrait ainsi en communication rapide l'Angleterre et les Indes. A la vérité, il faudrait des travaux d'art
considérables pour percer des tunnels à travers la montagne et construire des
viaducs au-dessus des ravins ; mais ces difficultés ne sont pas pour effrayer des
ingénieurs, anglais ou français.

La veille de leur départ, les voyageurs étaient allés visiter un des ravins au-
dessus desquels devait s'élever le chemin de fer en question. On l'appelait le ravin
du Diable. Profondément encaissé au milieu des rochers, qui formaient comme
une gigantesque entaille au milieu des couches terrestres, il devait son origine
à l'un des tremblements de terre si fréquents dans ces parages. Un torrent
passait dans les entrailles du sol, à cent soixante mètres au-dessous de l'endroit
où se trouvaient les excursionnistes.

Durant cette promenade, on put constater combien les procédés de la culture
indigène sont en retard sur les nôtres. Pour labourer leurs champs, les cultiva-
teurs se servent de la charrue primitive, — employée également par les Arabes de

l'Algérie, — et qui consiste uniquement en un long timon en bois muni d'un soc également en bois, et pénétrant à peine la couche superficielle du sol.

La végétation était d'ailleurs fort différente de celle de l'ouest de l'Europe. Miss Nelly vit pour la première fois le cotonnier arborescent, dont les cultures couvraient de vastes espaces, et admira ses fleurs d'un jaune safran, jaspé de

rouge vif. Monaghan cueillit quelques échantillons des plantes les plus curieuses : l'*Allium Neapolitanum*, superbe liliacée à fleurs blanches ; le *Daphne sericea*, et surtout l'*Arum dioscoridis*, admirable fleur, si elle ne répandait pas autour d'elle une odeur empestée. La robe de miss Nelly fut déchirée au passage par les épines d'un petit arbrisseau.

— C'est le *Ziziphus spina Christi*, répondit le géologue à la jeune fille, qui lui en demandait le nom. On l'appelle ainsi, je suppose, en souvenir de la couronne d'épines du Christ.

Le lendemain, au lever du soleil, après avoir pris congé du capitaine et de Jack Adams, et leur avoir donné rendez-vous à Babylone, les voyageurs faisant partie de la caravane quittèrent Iskanderonn en longeant les bords de la mer. Le temps était splendide, la petite troupe marchait vite et en bon ordre. Voici les dispositions qu'on avait adoptées et qu'on devait suivre jusqu'à la fin :

En avant marchaient les mulets, accompagnés de leurs conducteurs et des bagages : tentes, matelas, couvertures, batterie de cuisine, provisions de bouche, bois. Cette petite troupe était escortée par une dizaine de soldats turcs, en compagnie desquels se trouvait le cuisinier Green ; elle précédait le gros de la caravane, de façon qu'en arrivant aux endroits où l'on devait faire halte, on trouvât tout disposé pour le repas ou le coucher.

Badger, sa fille, la gouvernante, Cornillé, Monaghan, Blacton, Flatnose, un guide et un interprète formaient un groupe en tête du reste de la caravane. Une voiture ou pour mieux dire un très grand chariot, *Takht-i-ravan,* les suivait, portant les menues provisions et les instruments dont on pouvait avoir besoin pendant la marche. *Takht-i-ravan* peut se traduire littéralement par : *couche-qui-marche.* C'est une litière longue, à fond plat, avec des panneaux à vitres et des brancards entre lesquels on attelle un ou plusieurs mulets. Le haut est fermé. On garnit l'intérieur de matelas et de coussins. Deux personnes peuvent y être à l'aise. Ce véhicule, particulier au pays, devait servir de moyen de transport à miss Ross et aux autres voyageurs lorsqu'ils seraient fatigués d'être restés trop longtemps à cheval. Miss Nelly n'en usa que rarement ; mais Flatnose et miss Ross furent plus souvent en voiture qu'à cheval. Grâce à cette circonstance, et probablement aussi à la loi des contrastes, une douce intimité s'établit bientôt entre la longue et sèche gouvernante et le gros et gras journaliste.

A quelque distance en arrière de Badger et de ses compagnons, le reste de l'escorte turque fermait la marche. En cas d'attaque, on serait vite secouru par les soldats. On était d'ailleurs assez nombreux et assez bien armé pour soutenir un premier choc et laisser à la troupe le temps de se rallier.

Grâce à leurs excellentes montures, les voyageurs avançaient rapidement. On faisait halte plusieurs fois dans la journée. Le matin, on était debout au lever du soleil. Badger et Cornillé, qui étaient d'habiles chasseurs, battaient les buissons et purent tuer quelques pièces de gibier. Les petits lièvres de Syrie n'étaient pas à dédaigner, surtout quand ils avaient passé par la main savante de maître Green.

Monaghan s'écartait souvent du reste de la troupe pour étudier la nature des terrains et des rochers. En se livrant à ses recherches de prédilection, il lui arrivait aussi de découvrir quelques spécimens intéressants des animaux particuliers au pays. C'est ainsi qu'un jour, en explorant une petite éminence, il eut la chance de capturer vivant une espèce de rat qui ressemble beaucoup à une taupe. Cet animal a le corps trapu, des poils fins et soyeux, une grosse tête, avec un cou si peu développé que l'on pourrait croire qu'il en manque totalement. Avec cela, des oreilles très petites et des yeux presque complètement enfoncés dans la peau.

Ce jour-là, tout le monde rapportait en trophée quelques échantillons de la faune du pays. Miss Nelly ramassa plusieurs petites tortues qui dormaient au bord d'un étang, et Flatnose lutta de vitesse avec une grosse tortue d'Afrique qui s'enfuyait dans les herbes. Ce fut notre gros journaliste qui sortit vainqueur de la course et qui rapporta triomphalement l'animal dans ses bras.

Le premier jour, dans la soirée, la caravane arriva aux ruines de Séleucie, ou plutôt sur l'emplacement qu'on croit avoir été celui de cette ancienne ville. La place du port est aujourd'hui comblée par les sables. Il ne reste que quelques vestiges informes de l'antique cité. Les tentes avaient été dressées au bord de la mer. La lune, alors dans son plein, donnait aux flots bleus des reflets argentés. Les côtes de Syrie se profilaient jusqu'aux plus lointains horizons, avec leurs caps avancés et leur bordure montagneuse. Il était difficile d'imaginer un endroit mieux choisi pour une première nuit de campement. Plus tard, sans doute, on n'en trouverait pas toujours d'aussi agréable.

Le lendemain, on continua à suivre les bords de la mer. Le chemin côtoyait une pente sablonneuse qui descendait jusqu'au niveau des eaux. Parfois, cependant, l'uniformité de la plaine était interrompue par un rameau détaché de la chaîne de l'Amanus, qui venait mourir en molles ondulations jusque sous les flots, ou se terminait brusquement en saillie au-dessus d'eux. On s'élevait alors de quelques mètres et l'horizon s'élargissait. La Méditerranée étincelait au loin, et l'œil était ébloui par l'éclatante lumière que les vagues réfléchissaient en mille directions. Dans la soirée, on atteignit l'embouchure du Nahr-El-Ahey, qui n'est autre que l'ancien Oronte.

Le campement fut établi auprès des ruines d'un ancien khan abandonné, en dehors des murs du petit village de Souedieh, sur la rive même du fleuve, et qui sert de port à la ville jadis si importante d'Antioche.

La caravane devait remonter, assez avant dans les terres, le cours de l'Oronte. Sa vallée pouvait être un excellent chemin pour la voie ferrée. L'Oronte coule d'abord du sud au nord, en suivant la base de l'Amanus. Puis, trouvant une cluse pour lui livrer passage, il court à travers d'étroits défilés et va se jeter dans la mer.

De Souedieh à Antioche, les bords de l'Oronte sont charmants. Le paysage change à chaque détour de la vallée. Des arbres fruitiers couvrent les pentes de leur feuillage. Des maisons blanches, aux toits plats, disparaissent presque complètement au milieu des touffes de verdure. Des rochers dénudés s'avancent parfois en saillie sur le fleuve et le surplombent à une grande hauteur. Le ciel, les arbres, les terres, les eaux, forment un admirable ensemble.

Ces régions fortunées ont cependant été témoins des plus affreuses catastrophes. Point de jonction de deux mondes, les peuples de l'Europe et ceux de l'Asie s'y sont heurtés dans des chocs formidables. Les innombrables armées des conquérants barbares — depuis celles de Darius et de Xerxès jusqu'aux hordes de Timour-Lang et de Gengis-Khan — les ont traversées et saccagées, et des milliers d'hommes y ont laissé leurs dépouilles.

Et comme si ce n'était point assez des hommes, la nature elle-même semble s'être donné pour tâche d'y détruire ses propres œuvres. Incessamment miné par des feux souterrains, le sol s'y est souvent entr'ouvert dans d'épouvantables tremblements de terre, qui ont renversé des villes et détruit des populations entières.

Qu'importe à l'éternel renouvellement de la vie universelle? Partout où la terre a bu en abondance le sang des hommes, l'herbe pousse plus drue, les moissons plus abondantes. Les laves et les cendres des volcans, qui ont dévasté des territoires entiers, forment, avec le temps, des terrains d'une fertilité incomparable, qui se couvrent de fleurs et de fruits.

Comment s'étonner qu'à l'exemple de la nature l'homme aussi oublie et, sans souci du réveil soudain et terrible, reconstruise ses demeures sur ce même sol qui a englouti plusieurs des générations qui l'ont précédé?

A dix heures du matin environ, la caravane atteignit la petite ville turque d'Antakieh, autrefois la grande et opulente cité d'Antioche, la plus importante de l'Asie romaine. L'ancienne capitale de la Syrie s'élève au milieu d'une vallée fermée par des montagnes et baignée par l'Oronte qui, avant d'atteindre la ville, se divise en plusieurs branches dont les eaux font tourner un grand nombre de moulins et arrosent de beaux jardins.

Comme la plupart des villes jadis célèbres de l'Asie Mineure, Antioche a passé par bien des vicissitudes diverses. Le moment de sa plus grande prospérité correspond au commencement de l'ère chrétienne.

Fondée par Séleucus Nicator et peuplée d'abord par une colonie d'Athéniens habitant la ville voisine d'Antigonie, elle s'accrut rapidement, devint la capitale de la Syrie et la résidence des Séleucides, *la reine de l'Orient.*

Le christianisme y fut apporté peu d'années après la mort de son fondateur par ses disciples immédiats. Saint Paul y demeura plus d'une année et saint Pierre en fut le premier évêque. Les mœurs asiatiques de ses habitants, leur passion pour le luxe, les fêtes brillantes et les spectacles pompeux, les habitudes raffinées et élégantes de ses riches commerçants semblaient en faire un centre peu propice au développement de la nouvelle doctrine. Cependant, c'est à Antioche que les sectateurs de l'Évangile se multiplièrent le plus rapidement et qu'ils commencèrent à être désignés par le nom de Chrétiens. A son importance administrative et commerciale vint alors s'ajouter une grande notoriété religieuse, car elle devint bientôt une des plus illustres métropoles du monde chrétien : il s'y tint dix conciles de 252 à 380, et au vi° siècle elle devint le siège d'un patriarchat qui s'étendait sur la Syrie, la Cilicie et la Mésopotamie.

En l'an 115, un terrible tremblement de terre détruisit une partie de la ville et fit périr cent mille de ses habitants. On peut ainsi se faire une idée de ce qu'était alors sa population totale. Elle s'était cependant relevée de ses ruines, notamment sous le règne de l'empereur Justinien. Un second tremblement de terre, arrivé en 583, commença la période de sa décadence, accélérée par la conquête des Sarrasins qui s'en emparèrent avec toute la Syrie en 635. Réunie au x° siècle à l'empire d'Orient, puis reprise par les Sarrasins, elle leur fut enlevée en 1098 par les Croisés, commandés par Bohémond I⁰ᶜ qui devint prince d'Antioche.

Sous l'empire latin de Constantinople, elle reconquit une certaine importance, aussi éphémère que la cause qui l'avait produite. Néanmoins la petite principauté chrétienne d'Antioche subsista jusqu'en 1268 et Baudouin VII fut son dernier prince. Elle appartint depuis lors aux Musulmans, sous lesquels sa décadence fut rapide et complète. Les tremblements de terre de 1822 et de 1872 lui ont fait subir de nombreux dommages. Elle ne compte plus aujourd'hui que quinze mille habitants.

Nos voyageurs traversèrent la ville sans s'y arrêter. Son enceinte munie de cent trente tours, sa puissante citadelle relevée par les Croisés, ne sont plus que des murs lézardés par les soulèvements du sol. On avait hâte de retrouver les bords de l'Oronte et d'arriver à Hamah.

Après Antioche la route devient difficile, l'Oronte coule au milieu de gorges profondes d'un accès peu commode. On fut parfois obligé de quitter la vallée et de s'élever le long de sentiers ardus. Les chevaux s'en tiraient encore ; mais la litière menaçait à chaque instant de se briser en morceaux.

En sortant de la montagne on rencontra des marais. La campagne, assez

7

peuplée jusque-là, devint à peu près déserte. La végétation elle-même se ressentait de l'air empesté qui rend le pays peu habitable. On atteignit enfin Hamah,
l'ancienne *Epiphania*, située au fond d'une vallée étroite et profonde sur
un banc d'alluvions apportées par les eaux de l'Oronte.

Hamah pourrait être une des stations de la future
voie ferrée qui gagnerait cette ville en traversant la chaîne de l'Amanus sans dé-
passer cinq cents mètres d'altitude, et se
dirigerait ensuite vers l'Euphrate à
travers le désert.

Les dames éprouvaient
un peu de fa-
tigue d'une

manière de voyager à laquelle
elles n'étaient point encore accoutu-
mées. Il fut décidé que Monaghan et Cornillé iraient seuls jusqu'à Homs, à quarante
kilomètres en amont d'Hamah, et que le reste de
la caravane les attendrait dans cette dernière localité où
l'on trouverait tout ce qui était nécessaire pour se remettre
des fatigues précédentes : des eaux fraîches, des fruits exquis,
des légumes en abondance auraient bientôt réparé les forces des voyageurs.

Homs, l'ancienne *Cinèse*, a une importance considérable au point de vue des
transactions commerciales. Plus de dix mille chameaux la traversent après les
récoltes d'automne. Elle n'est pas seulement un grand marché, elle est aussi le
centre d'une industrie très prospère. Elle possède des fabriques de soies brochées
d'or, de cotonnades et d'étoffes plus grossières. On cultive dans ses environs beaucoup de garance.

Un cours d'eau de peu de longueur, le Nahr-el-Kébir, s'est frayé un passage à travers la chaîne de l'Amanus ; sa vallée pourrait être utilisée pour une voie ferrée qui aurait son point de départ à Tripoli de Syrie sur la Méditerranée et gagnerait l'Euphrate par la plaine.

Ainsi trois voies naturelles s'ouvraient au chemin de fer destiné à relier l'Euphrate à la Méditerranée. Pour le moment, il ne s'agissait que de relever des plans ; plus tard, quand on aurait réuni tous les documents, on prendrait en commun une décision définitive.

Pendant que Cornillé et Monaghan se livraient à ces recherches, le reste de la caravane profitait de ce temps d'arrêt pour visiter Hamah et ses environs.

Le séjour d'Hamah est délicieux. Ses jardins sont les plus beaux que l'on trouve en Syrie, qui en possède de si beaux. Lord Badger avait loué un de ces jardins, situé en dehors de la ville, au bord de la route, et y avait installé son campement.

Les plateaux supérieurs qui entourent la ville produisent en abondance le blé et le coton. Pour faire monter jusqu'à ces plaines supérieures l'eau nécessaire aux cultures, on s'est servi, suivant l'usage immémorial de l'Orient, de gigantesques *norias* ou roues hydrauliques établies tout le long des berges et qui donnent à cette partie du cours de l'Oronte une animation inusitée.

La culture du cotonnier a fait naître en cette contrée une industrie prospère ; plus de trois mille tisseurs y fabriquent des étoffes communes pour les gens du pays.

Le mode de tissage est aussi primitif que le mode de labourage, et le métier, qui pourrait figurer au musée rétrospectif à côté de la charrue, remonte probablement à la même antiquité.

Dans une de ses promenades pédestres, miss Nelly eut l'occasion d'en voir un en pleine activité. Au fond d'une petite case, trop basse pour que l'on pût s'y tenir debout, et uniquement éclairée par l'ouverture servant de porte, une jeune femme de seize à dix-huit ans, du plus pur type arabe, dont le costume rappelait celui de la *Rébecca à la fontaine* d'Horace Vernet, était assise à l'orientale, c'est-à-dire accroupie par terre devant un cadre de bois grossier, sur lequel étaient tendus les fils destinés à former la chaîne de l'étoffe. Avec ses doigts effilés, qui remplissaient l'office de la navette, la tisseuse passait alternativement, en dessus et en dessous de chacun des fils de la chaîne, celui qui devait former la trame. Elle mettait à cette délicate opération une dextérité surprenante. Tout en continuant son travail, elle penchait sa fine tête d'où tombait sur sa poitrine nue une opulente natte de cheveux d'un noir d'ébène, tantôt à droite, tantôt à gauche du cadre en bois, et de ses beaux yeux d'enfant espiègle et doux, elle regardait curieusement la jeune Anglaise, tandis qu'un rire d'étonnement naïf entr'ouvrait ses lèvres rouges et découvrait ses dents éclatantes.

Ces courses à pied, reposant des longues étapes à cheval, cette connaissance des usages et des mœurs intimes d'un pays que l'on n'acquiert qu'en y séjournant et en voyant de près ses habitants, ces scènes d'une beauté agreste que surprend si rarement le voyageur habitué à suivre les routes classiques, employèrent d'une agréable façon les six jours qui s'écoulèrent jusqu'au retour des explorateurs Monaghan et Cornillé. On fut heureux toutefois de se trouver de nouveau réunis et l'on reprit joyeusement le voyage interrompu.

En quittant Hamah, on abandonnait la vallée de l'Oronte, pour gagner Alep en remontant vers le nord-est.

Le chemin suivi par la caravane passait sur des plateaux faiblement ondulés, d'une altitude variant entre trois cent cinquante et quatre cents mètres. La végétation devenait rare. Pas d'arbres. De temps à autre quelques arbustes nains et rabougris. On commençait à entrer dans l'immense zone de déserts qui, en Arabie, s'étend sur de vastes espaces et vient se terminer en pointe arrondie dans cette partie de l'Asie Mineure que les voyageurs traversaient en ce moment.

Cette vaste plaine, s'étendant à perte de vue jusqu'à l'extrême horizon, n'est pas plane et uniforme comme on est d'abord tenté de se la figurer. A mesure qu'on avance, on s'aperçoit que le sol, tantôt faiblement déprimé, tantôt légèrement bombé, est, au contraire, fort inégal. Au loin cette inégalité disparaît pour l'œil qui n'aperçoit qu'un océan de sables rayé, comme la surface des eaux par un temps calme, d'une multitude de petites *stries* longitudinales.

La mer de sables n'est pas plus que l'autre à l'abri des tempêtes. Les vents qui viennent du sud y soufflent avec une extrême violence, car aucun obstacle sérieux ne s'oppose à leur action et, en plusieurs endroits, ils ont amoncelé des bancs de graviers, des dunes, des récifs.

Çà et là, une roche s'élève au-dessus du sol sur la surface duquel apparaissent de loin en loin de grandes taches brunes que l'on ne peut s'empêcher de comparer à des îles : ce sont les oasis.

L'analogie entre le désert et la mer est d'ailleurs tellement frappante, qu'elle s'impose aux natures les moins cultivées. C'est la même impression de grandiose et d'infini ; mais celle que donne le désert, quand on l'entrevoit pour la première fois, est peut-être plus saisissante encore.

Il était environ neuf heures du matin. La chaleur commençait à blanchir le ciel. On approchait de l'oasis de Marrah où l'on devait séjourner et se reposer pendant quelques heures. Pressentant le voisinage du gîte, les chevaux prirent d'eux-mêmes le trot.

Peu à peu, l'oasis grandissait. Les palmiers montraient leurs panaches d'un vert sombre se détachant en vigueur sur le ciel pâle. Bientôt d'autres arbres apparurent : les arbousiers, les orangers, les citronniers, les mimosas mêlaient leurs feuillages variés. Une végétation luxuriante se révélait à mesure qu'on avançait.

Quand, après une longue course à travers le désert morne et silencieux, on aperçoit ce nid humain plein de verdure et de fraîcheur émerger tout à coup de l'aridité des sables, il est difficile de ne pas se croire le jouet d'une illusion. Comment imaginer, en effet, que les deux extrêmes de la stérilité la plus nue et de la fertilité la plus exubérante puissent se trouver réunis et vivre pour ainsi dire côte à côte, sans rien perdre de leur caractère absolu ?

Il n'y avait pas à s'y tromper cependant, c'était bien une réalité que l'on avait devant soi. Les blanches maisons du *ksour*, la flèche élancée de la mosquée, la masse carrée de la *Casbah,* se profilaient au milieu des jardins séparés par des haies de cactus et arrosés par mille ruisseaux murmurant à travers l'herbe touffue. L'odeur douce des caféiers en fleur, celle plus pénétrante des daturas et des jasmins faisaient monter au cerveau comme une griserie de parfums. D'un accord tacite, les voyageurs mirent leurs montures au pas pour jouir plus longtemps du magique tableau qui se déroulait devant leurs yeux.

Depuis leur départ d'Hamah, le matin, ils éprouvaient la sensation qu'ont éprouvée tous ceux qui — sans même aller jusqu'en Syrie — ont pénétré dans le Sahara algérien par le défilé d'El-Kantara : celle d'un Orient nouveau, inconnu jusque-là, l'Orient de la Bible et du *Cantique des cantiques.* Tout ce qu'on a vu précédemment est beau sans doute, splendide, merveilleux, mais n'offre rien cependant dont la France méditerranéenne et l'Europe méridionale ne puissent donner une idée. Tout à coup, sans que rien vous ait préparé à cette brusque transition, au détour d'une vallée, au sortir d'un étroit couloir entre deux rochers, en un clin d'œil, le ciel, la terre, la lumière, le relief des choses, tout a changé. Les vives peintures de la Bible s'imposent alors aux sens et à l'imagination, la notion du temps s'évanouit, le sentiment de l'actualité disparaît, on se sent vivre à trois ou quatre mille ans en arrière au milieu des campagnes de Galaad ou des jardins de Saaron.

Tout le monde se taisait; miss Nelly semblait absorbée par la contemplation d'une vision qu'elle craignait de voir s'envoler. Ce qu'elle éprouvait, Cornillé, dont le cheval marchait à côté du sien et qui, lui aussi, voyait l'Orient pour la première fois, l'éprouvait sans doute, car il lui dit d'une voix émue :

— C'est beau, n'est-ce pas, mademoiselle?

— Très beau, répondit-elle, avec un léger sursaut, comme si elle sortait d'un rêve. Et savez-vous à quoi je pensais? ajouta-t-elle en souriant. Je plaignais mes amies de Londres, qui ne verront jamais ce que nous voyons.

Le cheik de Manah, prévenu de l'arrivée de ses hôtes, alla à leur rencontre jusqu'à l'entrée de sa casbah et introduisit lord Badger et les siens, tandis que ses serviteurs s'occupaient de l'escorte.

La casbah était un lourd bâtiment carré, enfoncé, comme toutes les demeures arabes, sur les quatre côtés d'une cour intérieure. Autour de la cour règne une galerie sur laquelle s'ouvrent les portes qui donnent accès dans les appartements. Sous cette galerie, des servantes broyaient du froment et du maïs dans un moulin formé de deux meules de pierre tournant l'une sur l'autre.

Au milieu du divan, c'est-à-dire de la pièce qui, dans toute maison orientale, sert à la réception des visiteurs, une table avait été dressée, et une collation composée de couscous, de dattes, de pastèques, de laitage et d'œufs se trouvait toute préparée.

Ce divan était une grande salle carrée, avec plafond en forme de voûte, située au rez-de-chaussée, haute d'environ deux étages, exposée au nord, et n'ayant de fenêtres que de ce côté. Tout y était admirablement disposé pour se défendre de la chaleur et y goûter les douceurs du far-niente oriental. Le cheik voulut absolument faire fumer à ses hôtes chi-bouks et narghilés, et nos voyageurs apprécièrent fort le tabac doux et parfumé qu'on leur offrit.

Le repas achevé et le café bu, miss Nelly et la gouvernante se ren-dirent dans la partie du palais attribuée aux femmes, où elles pénétrèrent seules : quelque large et cordiale que soit l'hospitalité orientale, la règle qui interdit aux femmes de paraître à visage découvert devant les hommes est restée inflexible. Les visiteuses furent reçues par la femme du cheik, et par ses filles qui, veuves toutes les deux et sans enfants, étaient revenues chez leur père en

attendant, sans aucun doute, qu'il lui plût de leur choisir de nouveaux
époux.

Malgré son âge — avancé pour une femme de sa race — et l'embonpoint
qui commençait à l'envahir, *lady* Mohammed était encore belle. De haute nais-

sance, elle avait l'aisance gracieuse
d'une vraie grande dame et se prêta
avec une simplicité charmante à satisfaire la curiosité de miss Nelly au
sujet des modes, des coutumes, des
usages.

En prenant congé de la partie
féminine de la famille du cheik et en
répondant de son mieux aux vœux et
aux compliments, dont les Orientaux
se montrent toujours prodigues envers
leurs hôtes, miss Nelly ne put se défendre d'une certaine émotion. Elle
exprima aux trois dames l'espérance de
les revoir si elle repassait par le désert
en retournant en Angleterre. Ce désir
était sincère. Pour la première fois elle
venait de recevoir l'hospitalité dans un
véritable intérieur arabe et elle subis-
sait le charme de cet accueil à la fois
discret et spontané, gracieux et grave,
si différent des banalités de la politesse européenne, et qui fait que le voyageur
ne se sent pas un étranger, même dans la ville où il passe pour la première fois,
même au milieu de gens qu'il ne reverra peut-être jamais.

Elle alla rejoindre son père et le reste de la société au milieu des plantations
et des délicieux jardins, où un réseau de petits canaux d'eaux vives entretenaient la
fraîcheur pendant la plus forte chaleur du jour.

Lord Badger s'entretenait avec le cheik et les principaux propriétaires de
l'oasis de tout ce qui concernait les cultures et les irrigations. Ce qu'il voyait et ce
qu'il entendait était un encouragement à poursuivre son œuvre.

— Vous voyez ce que l'on peut faire avec de l'eau, disait-il à ses compagnons, on transforme le désert en un jardin. Que ne ferons-nous pas lorsque, grâce à nos machines électriques, nous la puiserons en plein Euphrate? La Mésopotamie tout entière deviendra une immense oasis.

Il était quatre heures et l'on tenait à arriver à Alep avant la nuit. On se remit donc en marche en remerciant le grand seigneur arabe de sa cordiale hospitalité.

Peu de temps après avoir quitté Marrah, la caravane rencontra un *Douar* d'Arabes nomades. Un douar est un village où les tentes remplacent les maisons. Quand la tribu veut changer son campement et le transporter ailleurs, on enlève les peaux et les étoffes qui forment les tentes, on les roule autour des pieux qui servaient à les soutenir, et on les charge ainsi que le mobilier, colis, bagages, sur des mulets et autres bêtes de somme. Les hommes montent à cheval. Les femmes et les enfants voyagent à dos de chameau.

Au moment où la caravane passa à proximité du douar, on avait allumé du feu pour préparer le repas du soir, composé principalement de riz et de lait caillé. Des enfants nus, ou simplement couverts d'un burnous attaché au cou, jouaien autour des tentes auprès desquelles de gros chiens — assez semblables à ceux de la Kabylie — faisaient bonne garde, poussant de formidables aboiements et montrant leurs dents menaçantes. Des femmes, affreusement tatouées et à peine vêtues d'une mauvaise robe en étoffe bleue, ramassaient de menues broussailles. Leur aspect, il faut le dire, n'avait rien d'attrayant et laissait facilement deviner que, si l'on eût réclamé de leur part quelque léger service, leur accueil n'eût pas été des plus bienveillants.

Quant aux hommes, les uns fumaient gravement leur chibouk, tranquillement assis sur le sol ; les autres, montés sur des chevaux, caracolaient à quelque distance. Leurs immenses chapeaux, ressemblant un peu à ceux de nos forts de la halle, leurs lourdes lances où pendaient des couronnes de plumes noires, indiquaient des chefs de *grande tente*. Les bœufs et les moutons, que ces nomades traînent partout après eux, couraient au hasard dans la plaine, cherchant, entre les cailloux, de maigres brins d'herbe.

Le soleil avait disparu à l'horizon. Des milliers d'étoiles brillaient d'une clarté douce, comme à travers une gaze diaphane. Le phénomène de la lumière diffuse se reproduisait sous un autre aspect que pendant le jour. On apercevait distinctement les objets les plus éloignés, mais sous des formes qui semblaient mouvantes, immatérielles, intangibles.

8

Au bout de deux heures de marche au milieu de cette obscurité lumineuse, on atteignait les portes d'Alep. Pendant quelques jours, les voyageurs allaient vivre dans un milieu européen et retrouver momentanément toutes les recherches du confortable anglais.

CHAPITRE VII

FATMA

Alep, ou Haleb en arabe, est située aux confins des déserts sur le prolongement du bassin de l'Oronte. Une dépression du sol continue la vallée de ce fleuve vers l'Orient. Son cours moyen arrose la province d'Alep ; les principales villes de cette région sont Homs et Hamah.

Alep a partagé le sort d'Antioche dont elle n'est éloignée que de quelques kilomètres à l'est de cette cité ; le tremblement de terre de 1833 détruisit la moitié de la ville et fit périr une partie de sa population. Mais, plus heureuse que sa voisine, elle s'est relevée de ses ruines et compte aujourd'hui quatre-vingt-dix mille habitants.

Elle possède une forteresse bâtie sur une éminence au milieu de la ville.

Les caravanes qui font le trajet d'Iskanderoun à l'Euphrate s'arrêtent à Alep, qui se trouve à peu près à égale distance de la mer et du fleuve. Il serait peut-être possible de relier un jour la Méditerranée avec l'Euphrate au moyen d'un canal dont le tracé est tout indiqué par la nature.

La situation d'Alep n'est pas à beaucoup près aussi belle que celle des

autres villes de la Syrie. L'eau y manque; la petite rivière El-Koïech qui la
traverse suffit à la consommation de ses habitants, mais les eaux ne sont point
assez abondantes pour produire la fertilité. L'industrie des indigènes, et surtout
celle des Européens établis dans la ville, a réussi à créer de beaux jardins atte-
nant aux faubourgs; toutefois ces jardins, bien que cultivés avec soin, n'approchent
pas, pour la beauté des arbres et la fraîcheur des gazons, de ceux d'Hamah,
d'Antioche et de la plupart des villages arabes. Alep est une sorte d'oasis artifi-
cielle qui ne peut rivaliser avec celles où la nature a tout fait.

En revanche, les rues sont mieux pavées, plus larges, plus propres que dans
la généralité des villes orientales, même les plus grandes. Le bazar n'a rien qui
le distingue des établissements du même genre. Ce sont les mêmes échoppes
en bois rangées sur les côtés des passages étroits et couverts où l'air et la
lumière ne pénètrent que faiblement. Seulement ce bazar, où s'entassent et
s'échangent les produits de trois continents, est le plus considérable de la région.
A lui seul, il vaudrait la peine que l'on s'arrêtât plusieurs jours à Alep.

Les Européens sont assez nombreux à Alep. Comme dans tout l'Orient
musulman, l'élément latin domine. Il est surtout représenté par les Génois et
les Vénitiens, qui forment une sorte d'aristocratie commerciale, tenant le *haut
du pavé*. Ces riches négociants font un clan à part où ne pénètre pas qui veut.
Leurs maisons — de peu d'apparence à l'extérieur, mais qui renferment à l'intérieur les beaux meubles, la massive argenterie, les riches bibelots accumulés par
plusieurs générations — forment, dans l'enceinte même du bazar, une sorte de
square qui porte le nom de *Khan des Francs*.

La colonie anglaise, beaucoup moins nombreuse, occupe aussi un quartier à
part dont les jolies maisons — à défaut d'un luxe de vieille date — renferment
tout ce que l'installation moderne a de séduisant.

C'est dans une de ces élégantes demeures que lord Badger et ses compagnons de voyage allèrent passer le temps de leur séjour à Alep.

Monaghan désirait étudier d'une manière spéciale la dépression qui relie
Alep à l'Oronte. Il fut donc décidé qu'on pousserait une pointe vers l'est jusqu'à
Dana.

Quelques heures après avoir quitté Alep, on traverse un amas de ruines d'un
singulier aspect. Au fond d'une crevasse du sol, abritée au nord et au midi par des
parois abruptes de rochers noirâtres, on aperçut les ruines d'un village abandonné. Les murs des maisons — construits en grosses pierres de basalte — étaient

encore debout. Les toitures seules avaient été enlevées, sans doute pour servir à d'autres usages.

En s'approchant pour examiner ces vieux débris, Monaghan fit remarquer à ses compagnons les lézardes qui sillonnaient les murs de quelques-unes de ces maisons ; en certains endroits même, les murailles semblaient avoir été arrachées du sol dans leur entier et transportées verticalement à quelques mètres de distance.

Ces témoins muets, remontant sans doute à plusieurs siècles, disaient

assez pour quelle cause ce village avait été abandonné. La population — chrétienne selon toute apparence — avait dû fuir la violence des tremblements de terre et chercher un refuge ailleurs. On avait sous les yeux une représentation en petit d'Herculanum ou de Pompéi. Toute cette partie de l'Asie est d'ailleurs essentiellement volcanique. Les montagnes coniques, comme celles de notre Auvergne, s'y rencontrent fréquemment. De leurs cratères éguculés, — aujourd'hui éteints et recouverts d'arbres fruitiers, — les laves trachytiques et basaltiques ont coulé sur les campagnes environnantes. Décomposées par les pluies, elles ont répandu sur le sol les éléments d'une incomparable fertilité. Sous l'influence du fer et de l'acide phosphorique, les végétaux y acquièrent une surabondante vitalité. Malheureusement, l'activité souterraine se manifeste encore souvent

par de violentes secousses. Les gaz souterrains, cherchant une issue et n'en
trouvant plus à travers les cheminées obstruées des anciens cratères, font explosion ; la terre s'agite et s'entr'ouvre, engloutissant parfois en quelques secondes
le travail de bien des années.

On arriva à Dana sans encombre. Après y avoir déjeuné et mis leurs montures
au frais, Monaghan et Cornillé se mirent en marche pour aller lever des plans
dans la vallée, tandis que Badger, sa fille et la gouvernante, accompagnés
seulement d'un guide, allèrent visiter le célèbre tombeau romain, que l'on montre
encore dans les environs de la ville. C'est le monument de ce genre le mieux
conservé de la Syrie. Il porte la date de l'an 324 de l'ère chrétienne.

En approchant du tombeau, nos touristes aperçurent non sans surprise une
masse blanche qui semblait appuyée contre une pierre détachée du monument.
Tout en se demandant ce que cela pouvait signifier, ils continuaient d'avancer,
lorsque tout à coup la forme blanche se redressa, et une femme, — une enfant
plutôt, — que le bruit des pas des voyageurs avait fait se retourner, montra son
charmant visage baigné de larmes. Elle paraissait âgée de quinze à seize ans au
plus ; ses cheveux épars, ses vêtements en désordre semblaient annoncer une fuite
précipitée. Elle portait le pittoresque costume des femmes grecques de Syrie, à
peu près semblable à celui des esclaves des riches pachas turcs : veste courte et
flottante, couverte de galons ; pantalon bouffant de soie à fleurs, serré aux reins
par une ceinture frangée d'or ; *chechia* brodée d'or et brodequins en maroquin
jaune.

En voyant venir à elle des étrangers, l'enfant se leva d'un bond et s'élança
comme prête à s'enfuir de nouveau. Mais ses forces trahirent sans doute la
pauvrette, car elle s'arrêta, se mit à trembler et retomba sur la pierre qui la
soutenait auparavant. Miss Nelly s'approcha, lui prit la main avec bonté, essayant
de lui faire comprendre par ses caresses la part qu'elle prenait à son chagrin.
Cette douce voix sembla ranimer la jeune fille. Elle releva la tête, regarda la
jeune miss avec confiance, semblant la conjurer de ne pas l'abandonner. A tout
hasard, miss Nelly lui demanda en arabe, dont elle avait appris quelques mots,
qui elle était et comment elle se trouvait là. A son grand étonnement et à celui
de lord Badger, ce fut en pur anglais que la jeune fille répondit.

Voici en peu de mots l'histoire qu'elle raconta : Grecque de naissance, elle
avait été — dès son plus jeune âge — enlevée par des Turcs et vendue à un
riche lord anglais qui possédait des terres considérables en Asie Mineure. C'était

le seul temps de sa vie qu'elle se rappelât avec bonheur. Élevée comme l'enfant de la maison, elle avait vécu heureuse jusqu'au moment où la guerre éclata entre les Russes et les Turcs. Son maître avait été tué, sa maison pillée et saccagée ; sa maîtresse était morte de saisissement et, tandis que des serviteurs fidèles réussissaient à faire évader les deux enfants, elle-même, tombée entre les mains des pillards, avait été vendue à un pacha turc.

Elle n'aurait pas trop eu à se plaindre de son nouveau maître qui n'était point un méchant homme et l'eût traitée avec assez de douceur sans les mauvais conseils de sa femme. Celle-ci, voyant dans son esclave une future rivale, la maltraitait et la tyrannisait sans merci, et ne perdait aucune occasion de l'accuser auprès de son mari.

Le pacha était venu depuis peu s'établir à Alep. Elle avait réussi à s'enfuir ; mais, épuisée de faim et de fatigue, elle était tombée sans force au pied du tombeau où miss Nelly et son père venaient de la rencontrer.

Badger avait écouté la jeune fille avec une vive émotion.

— Quel était le nom de votre maître anglais ? lui demanda-t-il, quand elle eut achevé.

— Lord Harrigton, répondit-elle.

— Je l'avais pressenti en écoutant votre récit, car je connaissais déjà les douloureuses circonstances de sa mort et de celle de sa malheureuse femme. Lord Harrigton était mon parent et, en m'efforçant d'adoucir votre sort, ma pauvre enfant, j'accomplirai un double devoir, car je ne ferai que me conformer aux volontés de mon infortuné cousin. Je vais vous reconduire moi-même à votre maître, j'obtiendrai sans peine qu'il vous pardonne votre tentative de fuite et qu'il vous traite mieux à l'avenir que par le passé.

Mais, à la seule pensée de retomber au pouvoir de ses persécuteurs, Fatma, c'était le nom que son maître turc avait donné à la jeune esclave, recommença à pleurer et à sangloter. La femme du pacha était sans doute ravie d'être débarrassée de sa servante. Le retour de celle-ci lui causerait de nouvelles alarmes, et elle ne manquerait pas de les lui faire payer bien cher. Plutôt que d'affronter le ressentiment de sa terrible maîtresse, la fugitive eût préféré se donner la mort. Se précipitant aux pieds de miss Nelly, elle la suppliait de l'accepter comme esclave, lui jurant de l'aimer toujours et de la suivre partout comme un chien fidèle.

Lord Badger fit relever la jeune fille et tâcha de lui redonner un peu de courage.

— Je ne puis disposer de vous, malgré votre maître, mon enfant, lui dit-il ; d'après les lois du pays, vous lui appartenez légitimement. Essayer de vous cacher au milieu de nous, ou repousser par la force les gens que votre maître va envoyer, s'il ne l'a déjà fait, à votre poursuite, ce serait nous exposer tous à être massacrés, car les populations au milieu desquelles nous sommes ne manqueraient pas de prendre contre nous le parti de vos ravisseurs. Mais rassurez-vous : j'espère, en vous remettant aux mains de votre maître, m'y prendre de telle façon qu'il consentira à ce que je vous rachète. Nous aviserons ensuite à ce qu'il y aura de mieux à faire.

Fatma remercia lord Badger avec effusion et regagna Dana avec ses nouveaux compagnons. En route, elle raconta les incidents de la mort de lord Harrington. Elle avait d'ailleurs peu de chose à en dire. Une bande de soldats turcs en désordre avait envahi la maison du lord. Celui-ci s'était défendu ; mais, écrasé par le nombre, obligé de fuir d'une tour où il s'était réfugié, parce que les soldats y avaient mis le feu, il avait été tué par une balle.

Le géologue et Cornillé furent très surpris en apercevant Fatma en compagnie de Badger et de sa fille. On les mit rapidement au courant de l'aventure. Ils félicitèrent le lord de sa bonne action et approuvèrent son plan. Quant à Flatnose, il déclara l'événement fort ordinaire. Il fit remarquer que, dans une expédition lointaine, il arrivait toujours qu'on délivrât quelqu'un et que, logiquement, Fatma devait infailliblement être rencontrée un jour ou l'autre.

Les chevaux, qu'on avait mis au frais, étaient tout prêts. On s'empressa de se remettre en selle. Fatma succombait à la fatigue et aux émotions de cette journée. Le guide l'installa tant bien que mal sur sa monture qu'il conduisit par la bride en marchant à côté d'elle. La jeune fille et son conducteur furent placés au centre de la petite cavalcade et l'on se mit en marche.

On venait à peine de quitter Dana, quand on aperçut sur la route une troupe de soldats turcs. Mal vêtus, débraillés, comme ils le sont souvent dans cette partie de l'empire, ils arrivèrent devant la caravane dans le plus complet désordre.

Celui qui paraissait être le chef de la bande n'eut pas plus tôt aperçu Fatma plus morte que vive, qu'il se mit à pousser de grands cris et se précipita sur la malheureuse avec l'intention évidente de la garrotter. Prompt comme l'éclair, Cornillé lança son cheval entre la jeune fille et son agresseur. Celui-ci tira son sabre et appela ses compagnons à son secours. Cornillé, le revolver au poing, maintint le chef à distance, prêt à lui brûler la cervelle s'il faisait un pas en avant. Badger, Monaghan, Flatnose, miss Nelly elle-même, s'armèrent de leurs revolvers. Devant cette attitude menaçante, les soldats turcs hésitèrent un instant, puis, se jugeant les plus faibles, remirent leurs sabres à la ceinture. Le chef seul, ivre de colère, continuait à caracoler autour des Européens, faisant tournoyer son  sabre au-dessus de sa tête et poussant des cris inarticulés. Mais, trouvant toujours un revolver braqué sur lui, il se tenait à distance respectueuse. Tout à coup son cheval se déroba sous lui et l'homme et la bête disparurent à la fois. Ils étaient tombés dans un trou creusé au bord du chemin. Les soldats vinrent au secours de leur chef qui poussait des hurlements de douleur, car il était piétiné par sa monture au fond du trou. Après bien des efforts, ils parvinrent à retirer le pauvre diable qui avait un bras et une jambe cassés.

Cet incident apaisa tout à fait l'ardeur des belligérants. Les soldats inclinèrent à penser que leur chef était dans son tort, puisqu'il avait été si inopinément puni par Allah. Quelques pièces d'argent que Badger leur fit adroitement distribuer achevèrent de les convaincre, si bien qu'ils finirent par être plus disposés à suivre les ordres de Badger que ceux de leur chef blessé. On commença à parlementer. Les soldats expliquèrent qu'ils avaient été envoyés par le pacha à la poursuite de son esclave fugitive. Le guide, leur traduisant les paroles de Bad-

ger, leur répondit que l'on reconduisait précisément Fatma à son maître, que par
conséquent ils n'avaient qu'à se joindre à la caravane et à faire route avec elle
jusqu'à Alep. C'est à quoi ils se décidèrent, après avoir attaché le blessé sur un
cheval. Le malheureux poussait des cris de douleur à chaque mouvement de sa
monture, ce qui ne l'empêchait pas de montrer le poing qu'il avait encore de libre
à Fatma, qui, presque défaillante après tant d'émotions, se serrait contre miss
Nelly comme si elle eût été la seule puissance capable de la protéger.

Le retour à Alep ne fut marqué par aucun incident nouveau. Lord Badger se
rendit chez le pacha. Celui-ci, désireux peut-être de remettre la paix dans son
ménage et d'apaiser les criailleries de sa femme, ne fit aucune difficulté pour
vendre son esclave à l'Anglais. Et puis, la somme offerte était forte et le
pacha dépourvu d'argent, chose qui n'est pas rare en Turquie.

Exprimer la joie de la jeune fille quand elle apprit qu'elle n'avait plus rien
à démêler avec ses oppresseurs est chose impossible. Lord Badger lui offrit les
moyens de quitter la Turquie et de regagner son pays natal. A cette proposition,
le visage tout à l'heure joyeux de l'enfant se rembrunit tout à coup. Elle n'avait
plus de parents, elle serait comme une étrangère dans sa propre patrie. N'ayant
jamais connu que la servitude, l'idée d'être libre ne lui présentait aucun sens
précis. Le bonheur tel qu'elle se le figurait, c'était d'avoir de bons maîtres auxquels on peut se dévouer et s'attacher.

— J'ai été esclave depuis mon enfance, disait-elle avec ingénuité, gardez-moi
comme esclave auprès de vous, je vous servirai avec dévouement tous les jours de
ma vie.

Les doux yeux de miss Nelly, en ce moment fixés sur ceux de son père,
appuyaient la touchante requête. Badger décida que la jeune fille resterait au
milieu d'eux et qu'elle ferait partie de l'expédition.

La nouvelle recrue n'était pas le moindre ornement de la société. Vive, gaie,
espiègle, toujours prête au chant et au rire, elle mettait sa note joyeuse d'oiseau
gazouillant et jasant au milieu de cette réunion de gens sérieux. Miss Nelly ne
conçut aucun ombrage de sa nouvelle amie. La plus sincère affection ne cessa
jamais d'exister entre ces deux aimables personnes nées sous des cieux si différents. Miss Nelly était la blonde incarnation des brumes du nord, Fatma la
création de l'ardent soleil de l'Asie.

Il fut décidé que la jeune Grecque conserverait, au moins jusqu'au retour en
Europe, le costume un peu garçonnier qui lui allait à merveille. Quand on séjour-

nerait dans les villes, elle aurait soin de ne sortir dans les rues que strictement voilée et enveloppée dans son *haïck,* les musulmans n'admettant pas qu'une femme en costume oriental, c'est-à-dire étant censée appartenir, comme eux, à la religion du Prophète, puisse se montrer au dehors le visage découvert.

Le surlendemain du jour marqué par l'épisode que nous venons de raconter, le voyage recommença plus monotone que celui d'Hamah à Alep.

Alep se trouve sur les confins du désert. De là jusqu'à l'Euphrate, l'immensité nue s'étend presque sans interruption jusque sur les bords du fleuve, puis le désert se continue vers l'Orient pour ne finir que sur les bords du Tigre. Jabul est la seule station un peu importante que la caravane rencontra.

En quittant Jabul, où l'on renouvela la provision d'eau, le ciel jusqu'alors inexorablement bleu prit une teinte pâle. La température se refroidit brusquement. Vers le soir la pluie commença à tomber. La nuit menaçait d'être mauvaise. La caravane s'arrêta et l'on s'occupa sans perdre une minute de procéder au campement. Il n'était que temps. A peine les préparatifs étaient-ils terminés, que le vent s'élevait avec une violence extrême et menaçait à chaque instant d'arracher les tentes pourtant solidement fixées au sol. La pluie tombait à flots. On ne pouvait songer à prendre aucun repos au milieu de ce déchaînement des éléments. Badger et les siens s'étaient réunis dans la tente principale : les hommes debout formant un groupe, miss Nelly et sa gouvernante assises tant bien que mal sur des piles de châles et de manteaux, tandis que Fatma, saisie de frayeur et accroupie à leurs pieds, cachait, à chaque nouvelle rafale, sa jolie tête effarée entre les bras de son amie.

Monaghan exhorta tout le monde à prendre patience ; la pluie ne pouvait être de longue durée dans ce pays et sous ce climat. En effet, au bout de deux heures, le vent s'apaisa, la pluie cessa tout à coup de tomber. Chacun regagna sa tente et bientôt les voyageurs s'endormirent paisiblement dans leurs hamacs gardés par des sentinelles qui veillaient tour à tour.

Le lendemain le ciel était redevenu aussi limpide que les journées précédentes. Le soleil se leva dans un horizon de feu, comme revivifié par l'averse de la nuit. La caravane reprit sa marche.

Le soir, les voyageurs purent contempler un de ces spectacles comme on n'en peut voir que dans ces pays du rêve. Deux à trois cents chameaux cheminaient à la file à plusieurs kilomètres d'eux. Les profils de ces animaux, avec les Arabes qui les montaient, se découpaient nettement sur le ciel clair. La transparence de l'air était telle que l'œil percevait tous les détails des formes et jusqu'aux ondulations cadencées de la marche. Sans le raccourci de la perspective, on eût pu se croire à une faible distance et, dans ce silence d'une nuit d'Orient, instinctivement l'oreille se tendait pour saisir le bruit des pas heurtant le sol. Ce démenti infligé aux habitudes précédemment acquises, cette contradiction qui semble exister entre les deux sens qui nous mettent en relation directe avec le monde extérieur, contribue certainement beaucoup à donner à tout habitant du nord, nouvellement transporté en Orient, cette sorte d'enchantement où il semble que tout ce que l'on voit participe à la fois de la réalité et de la vision.

Quand la silhouette du dernier chameau eut disparu, les regards des voyageurs restaient encore fixés sur l'horizon. Ce fut la voix railleuse de Flatnose qui, la première, rompit le charme.

— Regardez, s'écria le journaliste en saisissant tout à coup le bras de Badger, regardez cette longue masse qui se meut rapidement dans le désert. Un fanal précède le gigantesque reptile et éclaire sa marche. Voilà qu'un coup de sifflet strident annonce son arrivée ; c'est le chemin de fer de vos rêves, mylord, c'est le railway qui met en communication Londres et Calcutta.

— Vous oubliez de voir autre chose, répliqua le lord en riant. Tournez-vous un peu vers la droite, mon cher Flatnose, que dites-vous de ces longs mâts qui se profilent au loin ?

— Pardieu, s'écria le journaliste, ce sont les navires électriques qui traversent la Syrie en remontant votre canal.

Décidément il fallait renoncer à surprendre jamais Flatnose en flagrant délit d'enthousiasme ou de sérieux. — Est-ce une influence de l'embonpoint sur les idées ? — Aux physiologistes à résoudre la question.

Le lendemain vers midi, des changements dans la nature du sol, des buissons, des touffes d'herbe verte, annoncèrent le voisinage du fleuve. Bientôt, en effet, à travers un rideau d'arbres apparut la surface argentée de l'Euphrate, cet Euphrate dont on allait maintenant descendre le cours jusqu'à Babylone.

Le lieu où l'on s'arrêta est Balis. D'une antique cité il ne reste plus que des débris informes, un château délabré sur une butte de craie autour de laquelle sont groupées les maisons d'un misérable village turc.

CHAPITRE VIII

L'EUPHRATE

On ne voyage pas aussi facilement sur l'Euphrate que sur la Tamise ou la Seine. Badger et ses compagnons avaient cependant résolu de gagner Babylone par la voie fluviale. On se servirait pour cela d'un radeau d'une forme particulière, — déjà en usage du temps où Hérodote visita ces contrées, — et que l'on nomme *Kellek*.

Le kellek, dont le nom seul a peut-être varié à travers les siècles, est formé par deux rangées croisées de troncs d'arbres sciés en deux et solidement reliés, de façon à former une surface plane. Au-dessous sont attachées des outres en cuir, gonflées d'air, qui maintiennent ce plancher flottant au-dessus de l'eau.

Deux *kellekjis,* bateliers, assis sur des sacs, font aller les rames, qui ne sont
autre chose qu'un long bâton droit, aminci du bout, que l'on tient à la main, et
muni à l'autre bout, en guise de palettes, de morceaux de roseaux de vingt centimètres de long, coupés en deux et mis en travers sur une longueur d'environ
un mètre.

Les voyageurs durent attendre à Balis que la construction d'un vaste kellek
fût achevée. Les matériaux ne manquaient heureusement pas. Balis, étant le point
de départ et d'arrivée de nombreuses caravanes se rendant de l'Euphrate dans
l'intérieur de la Syrie, possède des chantiers de construction où l'on a emmaga-
siné du bois et des outres.

Pour tromper l'ennui de ces jours de repos forcé, une chasse fut organisée
sur les bords du fleuve. On partit un matin et l'on remonta le cours de l'Euphrate. Un léger brouillard couvrait l'immense plaine. Puis, le soleil s'élevant
au-dessus de l'horizon, les vapeurs s'évanouirent, et le ciel apparut dans toute sa
splendeur.

On marcha pendant plusieurs heures sur la rive droite, au milieu des roseaux.
Plusieurs coups de fusil annoncèrent que les chasseurs avaient rencontré du
gibier.

En effet, au moment de la halte, lord Badger, Monaghan et Cornillé dépo-
sèrent sur le gazon des canards, des oies et même un castor. Ce dernier animal
devait faire partie d'une troupe établie dans les marécages qui bordent, en cet
endroit, le cours de l'Euphrate.

 ·ès le déjeuner, les dames allèrent se promener dans la direction du fleuve.
Elles · · t à peine fait une centaine de mètres, qu'on les entendit pousser de
grands cri · et appeler à leur aide. En arrivant à l'endroit où elles se trouvaient,
on les vit courbées vers le sol et cherchant à retenir une tortue, de près d'un
mètre de long, qui voulait se réfugier sous les eaux. Une balle, tirée à bout portant, fracassa la tête de l'animal. Une corde, passée autour de sa carapace, servit
à le remorquer et à le hisser sur la voiture qui avait amené les provisions.

Au retour, on décida d'abandonner les bords marécageux de l'Euphrate et de
continuer la chasse sur les petites falaises crayeuses qui bordent le fleuve à peu
de distance. On espérait y trouver une autre espèce de gibier, et tout particulièrement des perdrix, assez communes dans le pays. La chasse, déjà abondante le
matin, fut encore plus heureuse sur ces plateaux. Mais le plus beau coup de
fusil échut à Flatnose, à son dire du moins. Il prétendit avoir tué un oiseau

rare, inconnu en Europe, et qu'il destinait à la collection du British Museum, dès son retour à Londres. On eut beau le prier de montrer cet oiseau, il resta inflexible. Enfin, revenu au campement, notre excellent journaliste tira majestueusement de sa carnassière la trouvaille qui devait un jour faire sa gloire. Un immense éclat de rire vint aussitôt déconcerter le pauvre homme : son oiseau n'était qu'une pie vulgaire!

Le souper fut extrêmement joyeux. Perdrix, canards et oies, accommodés à toutes les sauces par l'habile maître Green, furent arrosés par des vins généreux de France et d'Espagne. Au milieu de la table, sur un lit de feuillage, s'étalait pompeusement le trophée de Flatnose. C'étaient les deux jeunes filles qui avaient ainsi tenu à honorer la pie tuée par leur ami.

Quant à la tortue, elle fut dépecée et portée sur le radeau, pour servir le lendemain à la confection d'un excellent potage et d'un rôti pantagruélique.

Le kellek était précisément terminé ce soir-là. Dès le lendemain matin, tout le monde s'embarquait, et la descente de l'Euphrate s'effectuait paisiblement. Le radeau était en somme très confortable. Des cabines mettaient les voyageurs à l'abri des pluies ou des ardeurs du soleil, encore redoutable malgré la saison avancée. On se laissait aller au courant du fleuve, marchant ainsi plus vite qu'on ne l'aurait cru au premier abord. Quelques pluies, déjà tombées sur les montagnes du bassin supérieur, avaient accéléré le courant de l'Euphrate.

Pendant les premiers jours de navigation, le paysage resta monotone. Le fleuve coulait au milieu des plaines unies, se creusant parfois une large vallée au milieu de la craie ou de ses alluvions. De loin en loin, on distinguait sur les berges de petits monticules isolés. C'étaient les ruines informes d'anciennes cités grecques, qui avaient cependant· en leurs heures de prospérité, Thapsacus, Nikephorion, Leontopolis, Kallinikon, dont il ne reste aujourd'hui qu'un faible souvenir.

La végétation était pauvre. Elle se composait presque exclusivement, dans certaines portions privilégiées du sol, des arbres à fruits qui abondent dans ces pays. Un peu plus au sud commençaient quelques plantations d'oliviers et de cotonniers. En même temps, le désert faisait place à des régions plus habitées, car les villages, qui manquaient complètement au sud de Balis, devenaient de moins en moins rares.

On passa devant Rakka, ancienne capitale de Haroun-al-Raschid. Mais cette capitale est bien déchue de son ancienne splendeur : ce n'est plus qu'un faible

10

village. Plus loin, voilà Zélibi, au sommet d'un roc. Ses anciens monuments, construits avec des pierres d'albâtre translucide, évoquent le souvenir de ces palais aériens et fantastiques, dont il est question dans les contes des *Mille et une Nuits.*

Le séjour sur le kellek n'était pas désagréable. La fraîcheur des nuits avait été gênante pendant les premières étapes; mais, à mesure qu'on descendait vers le sud, l'air devenait plus tiède. Aussi les voyageurs préféraient-ils souvent, au sommeil sous la tente, quelques bonnes heures de causerie et de contemplation à l'avant du radeau. On y avait installé des bancs et une table pour prendre les repas.

L'air est si pur et la lune brille d'un si vif éclat sur ces bords de l'Euphrate, qu'on pouvait continuer la navigation pendant la nuit.

La température tiède avait conduit tous les passagers ce soir-là sur l'avant du kellek. On causait, tout en fumant et buvant du thé. Le spectacle qu'on avait sous les yeux était attachant. Des collines légèrement ondulées suivaient les deux rives du fleuve; les jardins se succédaient sans interruption, avec leurs blanches maisons de campagne aux toits plats. On approchait évidemment d'une ville importante, d'un centre de trafic et de culture. Le pilote annonça Deïr.

« Deïr, lut Monaghan en ouvrant son guide, remarquable par ses rizières, ses « plantations de cotonnier et de tabac, les ruines de son pont récemment emporté « par une crue de l'Euphrate. »

— Voici les ruines, s'écria miss Nelly, en montrant au loin une masse noire qui semblait barrer le passage au fleuve.

C'étaient bien elles, en effet. Le kellek en approcha rapidement et les eut vite dépassées.

Le lendemain, quand on se réunit de nouveau pour le déjeuner, la physionomie générale de la contrée avait changé. Aux rives basses du fleuve ou aux faibles collines avaient brusquement succédé des escarpements accidentés. La direction de l'Euphrate était elle-même modifiée. Au lieu de descendre vers le sud, il marchait maintenant vers l'ouest. C'était la longue chaîne de montagnes du Djebel-Abgad qui produisait ces perturbations. En même temps que le sol se relevait, la végétation devenait verte et luxuriante. Ce phénomène tenait à l'accroissement de l'humidité de l'air qui augmente rapidement avec l'altitude. Les hauts sommets condensent les vapeurs sur leurs flancs et forment des sources qui filtrent jusque dans les plaines et y produisent la fertilité.

Les rochers de la montagne, brûlés par le soleil, avaient une teinte rougeâtre qui contrastait avec la couleur bleu indigo du ciel et le gris des sables du désert. Les gorges se faisaient de plus en plus étroites ; les rochers surplombaient sur le fleuve. La marche du radeau devenait en même temps plus pénible. Il fallait gouverner cette longue bande de bois au milieu de rochers qui émergeaient pêle-mêle du milieu des eaux. Heureusement que le kellek flottait à la surface du fleuve et qu'il était solidement construit. Malgré les précautions de l'habile pilote, on ne

put éviter plusieurs chocs, heureusement sans gravité. Pas une seule outre ne fut endommagée.

Brusquement, l'Euphrate fit un coude et reprit sa direction normale vers le sud. Il s'était frayé un passage à travers l'une des cluses de la montagne.

— Tiens ! s'écria tout à coup Fatma, voici là-bas un second Euphrate.

Ce nouveau cours d'eau était le Khabour, le plus grand tributaire de l'Euphrate, le déversoir des eaux que reçoit le massif montagneux du Djebel-Abgad. La jonction des deux rivières se produit au pied d'un énorme rocher qui baigne sa base dans les eaux de l'Euphrate.

La nuit arrivait et l'on n'était pas encore sorti des gorges. Comme il serait impossible de continuer la navigation dans l'obscurité, au milieu d'une nature si tourmentée, on dut faire échouer le radeau contre le rivage et attendre le retour de la lumière.

Le lendemain, on quitta la montagne. L'Euphrate coula de nouveau dans une plaine plus unie ; sa vallée s'élargit.

Les jours suivants furent moins monotones que ceux qui s'étaient écoulés depuis le départ de Balis.

Le fleuve s'était creusé un lit profond à travers des terrains calcaires. De hautes falaises bordaient sans interruption les deux rives de l'Euphrate. La contrée qu'on traversait avait été autrefois le centre d'une nombreuse population. Les ruines abondaient de toutes parts sur les crêtes des rochers. Ici, c'était une tour à demi écroulée, aux murs lézardés, laissant passer le jour à travers ses fenêtres. Là, c'était quelque château fort dont il ne restait que des pans de murailles noircies par le temps. Celui qui attira le plus l'attention des voyageurs fut le château de Rahaba, près de Mayadim, dont les ruines encore grandioses s'élèvent au sommet d'un rocher abrupt.

Le kellek avance toujours. Voici la ville d'Anah, la longue cité qui s'étend pendant huit kilomètres sur les rives de l'Euphrate. Anah est bien plutôt une oasis qu'une ville. Ses maisons, largement espacées, sont bâties le long des routes qui serpentent au milieu d'une forêt de cocotiers, de palmiers, de figuiers, de grenadiers et d'orangers. Cette oasis n'a malheureusement que peu de profondeur. Elle est comprise sur une bande de terrain, limitée d'un côté par le fleuve et de l'autre par des falaises à pic.

A la vue de cette végétation tropicale, contrastant si singulièrement avec ce qu'on avait rencontré jusque-là, nos voyageurs ne purent s'empêcher de faire des réflexions sur le brillant avenir réservé à la Mésopotamie. Que ne pouvait-on pas attendre d'un pays où le sol devient si fertile quand il est convenablement cultivé, quand l'homme se donne la peine de travailler ? La Mésopotamie est une terre promise pour les générations futures.

On rencontrait à Anah la première palmerie. A partir de ce point, en descendant vers le sud, les palmiers allaient devenir de plus en plus communs. Le pays changeait complètement d'aspect, par suite de cette transformation de la flore. Ce sont les arbres, en effet, qui donnent à une contrée sa physionomie spéciale. Solitudes glacées des pôles, forêts des pays du Nord, verts rivages de la Méditerranée, oasis du Sahara, forêts vierges des tropiques, prairies et pampas des Amériques, steppes de la Russie, sont caractérisés par leur flore spéciale.

Des barques nombreuses, des kelleks chargés de marchandises, stationnaient le long des berges d'Anah. Cette ville est le centre d'un commerce considérable. On cultive tout alentour d'immenses champs de cotonniers et de cannes à sucre. On y récolte également un excellent vin. Nos voyageurs purent voir les vignes qui s'enroulaient autour des arbres, passant de l'un à l'autre en guirlandes et en festons, comme dans la Lombardie.

Dans les projets de Badger et de ses compagnons, Anah devait plus tard acquérir une importance encore plus considérable. Ils se proposaient d'y fonder plusieurs industries : fabriques de sucre, tissages de coton, etc., que les cultures locales rendraient productives.

On mit pied à terre, et on passa la journée à visiter la ville et ses environs. La population est laborieuse, calme ; elle accueillit les étrangers avec sympathie.

Au sud d'Anah, l'Euphrate continue à couler entre deux hautes falaises de rochers. Les villages d'Hadidha, d'El-Ouz, de Djebah sont construits sur les flancs abrupts de ces falaises. Les habitants se sont contentés, la plupart du temps, de creuser leurs demeures dans l'intérieur du rocher. Un simple pan de mur constitue toute la maçonnerie. Les cheminées, passant à travers la voûte de la grotte, viennent déverser la fumée sur les gazons supérieurs ou à travers les arbres qui tapissent les flancs du coteau.

Mais là n'est pas encore ce que ces villages offrent de plus curieux. Ne pouvant plus bâtir sur la falaise, les habitants ont dû établir leurs demeures sur les îlots du fleuve. Pour éviter les crues subites de l'Euphrate, ils ont complètement entouré leurs habitations de hautes et épaisses murailles, qu'il faut escalader et redescendre pour pénétrer jusqu'à eux.

— C'est un village construit au fond d'un puits, dit avec raison miss Nelly, quand on passa près du premier.

Voici maintenant Hitt, avec ses sources d'asphalte. Monaghan voulut montrer un singulier phénomène à ses compagnons. On fit donc arrêter le radeau contre les berges du fleuve, et l'on descendit à terre.

Devant les voyageurs se trouvait une haute colline, en forme d'entonnoir renversé, du haut de laquelle coulait un faible ruisseau. Monaghan fit goûter un peu de cette eau ; elle avait un goût fade et une odeur de pétrole. C'est qu'elle contenait, en effet, une petite quantité de cette substance.

On escalada la colline. Arrivé tout en haut, on se vit en présence d'une sorte de chaudière, au fond de laquelle jaillissait la source qui donnait naissance au ruisseau. Celui-ci s'était creusé un passage souterrain et sortait un peu plus bas sur les flancs du coteau.

Au sud de Hitt, les falaises s'abaissent brusquement, et l'Euphrate coule sur un sol absolument plat. Des pâturages s'étendent à perte de vue sur les deux rives du fleuve. En ce moment, le spectacle que présentaient ces vertes prairies était magique. Des milliers de chevaux et de chameaux paissaient l'herbe tendre qui pousse en toute saison, grâce à l'humidité produite par le fleuve dont les eaux filtrent à travers un terrain poreux.

Puis, après les pâturages de Saklaviyad, vinrent des marécages au milieu desquels l'Euphrate semblait vouloir se perdre. L'herbe fit place à des joncs et à de nombreuses plantes aquatiques. Le fleuve, dont on ne voyait plus les bords, diminuait rapidement de profondeur. On n'avançait plus qu'à travers un étroit chenal entre les roseaux. Enfin, le 20 décembre, le guide signala l'approche d'Hillah, petite ville bâtie sur l'emplacement de l'ancienne Babylone. On était enfin arrivé au terme du voyage.

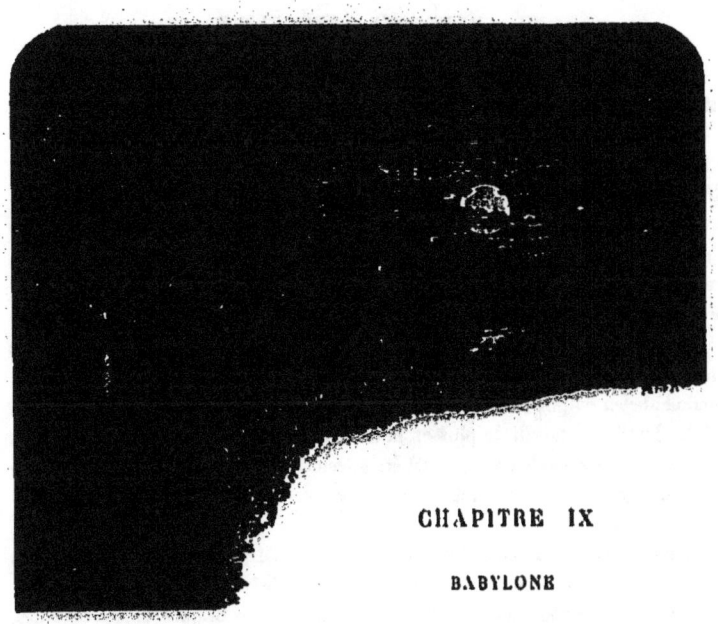

CHAPITRE IX

BABYLONE

Il était nuit quand nos voyageurs débarquèrent près d'Hillah, sur la rive gauche de l'Euphrate. La soirée avait été chaude ; mais l'atmosphère s'était fortement rafraîchie, dès que le soleil s'était caché derrière les sables du désert. Le voisinage des marais était la cause de ce changement de température, particulier d'ailleurs aux pays chauds.

La lune brillait d'un vif éclat dans un ciel d'un bleu foncé, et les objets environnants prenaient un aspect fantastique sous cette lumière blafarde. On distinguait de grandes masses noires sur l'extrême horizon, masses qui semblaient parfois se soulever de terre et flotter indécises dans les airs. Le silence n'était troublé que par les chants mélancoliques de quelques mariniers, attardés le long du fleuve, ou par la voix lointaine du muezzin qui invitait les fidèles à la prière.

Les tentes furent dressées sur les bords de l'Euphrate, à un kilomètre environ de la ville. Tout le monde était fatigué et heureux d'être enfin arrivé à destination. Maintenant, toutes les fatigues et toutes les privations seraient vite oubliées. N'était-on pas à Babylone, sur l'emplacement sacré de l'ancienne civilisation, sur le sol qui devait briller d'une nouvelle splendeur, grâce à l'application des découvertes de la science moderne ?

La dernière partie du voyage avait paru plus longue que tout le reste. Quand on approche du but, on voudrait toujours se hâter, et les caractères les plus calmes sont en proie à une sorte de fièvre.

Sir James Badger se réveilla le premier le lendemain matin. L'aurore commençait à faire pâlir les étoiles et à chasser la nuit du côté de l'occident. Les rives de l'Euphrate étaient couvertes d'une vapeur transparente qui s'agitait au souffle d'un vent léger.

Chacun sortit successivement de sa tente et vint se ranger en silence autour du lord. Le moment était solennel : c'était comme une prise de possession de l'ancien empire de Sémiramis.

La lumière se faisait de plus en plus vive. Sur les bords du fleuve, au loin, jusqu'au plus extrême horizon, le sol était accidenté et tourmenté. La plaine uniforme du désert faisait place à des monticules recouverts d'arbustes et de buissons épineux.

Chacun de ces monticules était la ruine informe de quelque palais de l'ancienne Babylone. Les constructions, entièrement faites en briques et en bitume, s'étaient affaissées sous l'action des éléments et des hommes. Les briques, cuites ou crues, avaient été de nouveau converties en argile et formaient ces collines artificielles.

Voilà donc tout ce qui restait d'une si merveilleuse capitale! Où étaient les palais, les murailles, les temples, les jardins suspendus qui avaient fait de Babylone la plus étonnante et la plus vaste cité du monde ? De tout cela, il ne reste plus que poussière. Quelques masures d'Arabes s'élèvent seules aujourd'hui sur l'emplacement de la cité, où tant de peuples divers s'étaient donné rendez-vous, qui avait été tant de fois conquise et relevée de ses ruines, qui avait donné asile aux grands conquérants du monde, depuis Cyrus et Alexandre jusqu'aux Arabes.

La ville d'Hillah fermait l'horizon vers le sud : Hillah-el-Feïdah, c'est-à-dire Hillah la grande, qui occupe une partie de l'ancienne Babylone. Elle est ombragée par des dattiers et est entourée de jardins magnifiques. On voyait le pont de bateaux, long de deux cents mètres, qui fait communiquer la ville bâtie sur la rive droite avec le faubourg de la rive opposée.

A peu de distance du campement, des Arabes avaient aussi dressé leurs tentes. C'étaient des pèlerins se rendant à la ville sainte de Kerbela.

Badger, armé d'une lorgnette, regardait avec anxiété du côté de la ville, derrière le pont de bateaux. Enfin, il poussa un cri de joie :

— L'*Electricity* est enfin arrivé à Hillah ! dit-il. J'aperçois très distinctement

sa cheminée et son mât où flottent le pavillon de l'Angleterre et le mien.

Les dames furent laissées au campement, sous la protection de Monaghan, de Blacton et de Flatnose. Ce dernier était ravi d'être arrivé à Babylone : c'est qu'à partir de ce moment, son rôle de *reporter* allait commencer. Il s'était déjà commodément installé devant un petit bureau portatif et couvrait plusieurs

11

feuilles de papier de sa prose joviale. Que de choses à raconter à son directeur dans ce premier article !

Quant à Badger et à Cornillé, ils se dirigèrent vers Hillah. Badger ne s'était pas trompé : c'était bien réellement l'*Electricity* qui flottait sur les eaux de l'Euphrate. Une demi-heure après, ils étaient sur le petit navire et serraient avec effusion les mains du capitaine Laycock. Qu'on était heureux de se revoir sain et sauf, après six semaines d'absence !

Laycock et Jack Adams étaient arrivés sans accidents à Bassorah avec la petite flottille. On avait immédiatement déchargé le *Davy* et le *Faraday* et remisé le matériel dans les docks du port.

Cela fait, on avait chargé l'*Electricity* et remonté le Tigre jusqu'à Tekrit avec Jack Adams et le personnel des usines hydrauliques. Là, le bateau à vapeur ne pouvant continuer sa route à cause du manque d'eau, on avait déchargé les machines sur des barques plates qui pouvaient remonter sans difficulté jusqu'à Mossoul.

L'*Electricity* était redescendu jusqu'à Bassorah. Après un nouveau chargement, il avait remonté cette fois l'Euphrate jusqu'à Hillah, où il se trouvait à l'ancre depuis deux jours, attendant l'arrivée de Badger. En même temps que le matériel, le navire amenait le personnel destiné spécialement à Babylone.

Après s'être fait communiquer ces renseignements et s'être assuré que tout était en bon ordre, Badger, accompagné de Cornillé et du capitaine Laycock, se rendit chez le représentant du gouvernement turc à Hillah. Celui-ci avait reçu des ordres formels du sultan par l'intermédiaire du gouverneur de Bagdad. Il était même arrivé de cette dernière ville une centaine de soldats, destinés à mettre les travaux de Babylone à l'abri d'une attaque armée.

Toute la matinée avait été employée de la sorte. Nos trois compagnons ne restèrent au campement qu'à l'heure du déjeuner. Ce furent encore de nouveaux serrements de main et des questions à n'en plus finir sur les péripéties des deux voyages. Si Laycock avait beaucoup de choses intéressantes à raconter sur sa traversée et son voyage sur le Tigre, Badger et ceux qui l'accompagnaient avaient aussi passablement à dire de leur côté.

La présentation de Fatma au capitaine et celle du capitaine à la jeune fille furent faites avec tout le cérémonial anglais.

— Enchanté d'une aussi aimable recrue, dit le vieux loup de mer en serrant la main de la jeune fille. Puissions-nous n'en faire jamais que d'aussi agréable!

Le repas fut très gai. En ce moment, ces hommes étaient réunis autour d'une table posée sur les sables du désert qui les entourait de toutes parts. Ils paraissaient bien petits. Et cependant c'étaient eux qui allaient transformer ces déserts en une riche contrée. Avec l'électricité pour arme, ils feraient surgir sur cette terre infertile la plus éclatante manifestation de la puissance créatrice de l'homme.

— A l'ouvrage, dit Badger en se levant le premier. Nous avons de quoi remplir utilement le reste de la journée. La première chose que nous ayons à faire, c'est de rechercher l'emplacement le plus commode pour l'établissement de notre usine électrique. Allons, en route !

Tout le monde voulut être de la partie. On avait les jambes tellement rouillées par le long séjour fait sur le kellek, que chacun était bien aise de faire une longue promenade à pied. De plus, la curiosité était fortement surexcitée : on voulait voir les ruines de l'ancienne Babylone, cette capitale quasi légendaire aujourd'hui.

Il était nécessaire de construire l'usine sur les bords mêmes de l'Euphrate. On avait ainsi deux avantages : celui d'avoir l'eau à portée et celui de pouvoir débarquer plus facilement les objets apportés par les navires. Il fut donc décidé qu'on suivrait les bords du fleuve en le remontant. En effet, c'était surtout en amont de l'Euphrate qu'il y avait le plus de chance de trouver une position favorable.

La première impression ne fut pas bonne. Le rivage était bas, marécageux, constitué par un sol mobile. On devait renoncer à choisir un tel emplacement, car les constructions n'y auraient aucune solidité, et on serait exposé chaque année à des inondations désastreuses.

Par bonheur, on distinguait vers le nord des buttes élevées : on se dirigea

donc directement de ce côté. On fit ainsi cinq à six kilomètres ; puis on parvint
au pied d'un monticule que les Arabes désignent sous le nom de *Kasr*, c'est-
à-dire château. L'aspect de ce monticule le fit prendre d'abord pour un accident
naturel du terrain. Il était couvert de gazon et de broussailles comme la plus
vulgaire des collines. Aussi miss Nelly ne fut-elle pas peu étonnée d'apprendre
qu'on se trouvait au pied des ruines d'un immense monument élevé par Nabuchodonosor.

En escaladant les côtés du kasr, on découvrit en effet des pans de murailles
en briques.

— Singulier mortier, dit Monaghan en arrachant une des briques. Vous
voyez, messieurs : on employait ici comme en Égypte tantôt un mélange de chaux
et de bitume, tantôt le bitume seulement.

Un peu plus haut, c'était une véritable carrière creusée dans les flancs mêmes
du monticule : un entassement prodigieux de briques cuites ou crues. Les habitants pauvres d'Hillah venaient y chercher depuis plusieurs siècles des matériaux
pour leurs demeures.

Du sommet du kasr, la vue s'étendait au loin. On embrassait d'un coup d'œil
l'immense périmètre autrefois occupé par Babylone. Une multitude de petits *tells*,
épars dans la plaine à gauche et à droite du fleuve, indiquaient les emplacements
des palais et des monuments disparus.

— Faut-il croire réellement ce que l'on dit de la prodigieuse étendue de Babylone ? interrogea miss Nelly en s'adressant à Monaghan ; était-elle aussi grande
ou plus grande que Londres ?

— Au moins aussi grande, mademoiselle, affirma le géologue. Elle avait la
figure d'un carré de vingt-quatre kilomètres de côté, ce qui donne une superficie
de cinq cent soixante-seize kilomètres carrés. Mais il est probable que les habitations ne couvraient pas tout cet espace. Les anciens avaient coutume de laisser
entre la ville et les murs d'enceinte une assez large bande de terrain sur laquelle
il était interdit de construire.

— Connaît-on le motif de cette interdiction ?

— Probablement une prescription religieuse. Mais je vous avoue ma profonde ignorance en fait de rituel ancien ou moderne.

Pendant cette petite digression archéologique, Blacton, qui avait achevé
l'examen du plateau sur lequel on était réuni, le déclara un excellent emplacement
pour la future usine. A proximité de l'Euphrate, il était à un niveau assez élevé

pour être à l'abri des plus fortes crues. La surface, à peu près horizontale, était assez considérable. Quant à la base, très irrégulière, Cornillé et lui ne l'évaluaient pas à moins de quinze cents mètres. Il remplissait donc toutes les conditions exigées.

A quelques centaines de mètres du premier plateau, on apercevait un second monticule, également situé sur les bords de l'Euphrate, mais d'une élévation un peu moindre. Cette autre ruine portait dans le pays le nom de *Babel,* — c'est-à-dire complètement ruinée.

On redescendit du kasr et l'on se dirigea du côté de Babel. De même que le premier, ce monticule est un immense amas de briques cuites ou séchées au soleil et réunies par un ciment de chaux ou d'asphalte. La masse s'est écroulée sous l'action répétée des éléments, formant un plateau de forme rectangulaire dont les côtés ont soixante-dix et cent soixante mètres, et la hauteur environ soixante mètres.

— Excellent emplacement pour ma pile thermo-solaire, exclama Cornillé, qui atteignit le premier le sommet du plateau. Babel est à deux pas du kasr, la pile sera à proximité de l'usine.

— Dans tous les cas, dit Laycock, ce ne seront pas les matériaux qui vous feront défaut pour élever vos constructions. Vous aurez sous vos pieds des carrières de briques inépuisables. Les ouvriers babyloniens qui fabriquaient ces briques, il y a quelque quatre mille ans, ne soupçonnaient guère qu'elles serviraient un jour à construire une usine électrique.

La course avait été longue. Depuis Hillah, on avait fait près de sept kilomètres. On décida de se reposer une demi-heure au sommet de Babel.

— Ainsi, insista Badger, c'est bien entendu, le kasr servira d'emplacement à l'usine, et Babel deviendra le support de la pile thermo-électrique? Je n'ai aucune objection à faire à votre choix, messieurs ; dès demain, mettez-vous à l'œuvre.

— Moi, dit miss Nelly, il y a une chose que je ne puis arriver à me représenter. Bien que j'aie éprouvé la différence qui existe entre le soleil d'Orient et notre pauvre soleil de Londres, je me demande comment vous trouverez ici une assez grande quantité de chaleur solaire pour créer de nombreuses usines, donner le mouvement à des locomotives électriques, éclairer et chauffer des cités ! Quel foyer de chaleur est donc le soleil ?

— J'ai précisément dans mon carnet de quoi vous convaincre, dit Cornillé ;

c'est un calcul de M. Marcel Desprez, qui va vous donner une idée de l'immense quantité de chaleur solaire inutilement perdue dans certaines régions du globe.

L'ingénieur lut alors ces quelques lignes :

« Pour vaporiser un kilogramme d'eau sous la pression de dix atmosphères, il faut lui fournir une quantité de chaleur égale à 650 calories. Or l'appareil de M. Mouchot permet de vaporiser par heure environ un kilogramme d'eau. Voyons ce que cela représente sur une surface égale à celle de la France, par exemple. La surface de la France étant de 500,000 kilomètres carrés environ, on trouve facilement que la quantité d'eau qui serait évaporée dans une heure, pendant une belle journée d'été, est de cinq cents millions de mètres cubes ou cinq cents milliards de kilogrammes. Pour vaporiser une pareille quantité d'eau dans une bonne chaudière, il faudrait brûler soixante millions de tonnes de houille, c'est-à-dire la cinquième partie de la consommation totale actuelle du monde entier. Les puissantes machines locomotives qui remorquent les trains express sur nos chemins de fer évaporent, lorsqu'elles développent toute leur puissance, environ six mètres cubes d'eau par heure, en produisant une puissance de cinq cents chevaux sur les pistons. Il en résulte que la radiation solaire, sur une surface égale à celle de la France, pourrait évaporer assez d'eau pour alimenter plus de quatre-vingts millions de locomotives, produisant ensemble quarante milliards de chevaux. Si cette quantité de vapeur, engendrée sous la pression de dix atmosphères, s'écoulait librement dans l'air, il faudrait, en supposant un débit de six cent dix kilogrammes par seconde et par mètre carré, que le tuyau eût un diamètre de cinq cent quarante mètres, c'est-à-dire celui d'un cratère de volcan. »

— Je m'incline devant la science et devant les chiffres, dit en souriant miss Nelly, et je fais mes très humbles excuses au soleil. Non, certes, je ne lui soupçonnais pas une telle puissance.

— La Mésopotamie, reprit l'ingénieur, jouit d'un ciel toujours pur ; la radiation solaire y est rarement troublée par les nuages. Douze mètres carrés de surface suffisent pour donner, à l'aide de la pile thermo-électrique, une puissance d'un cheval pendant toute la journée. La surface de Babel est de douze mille mètres carrés environ ; nous atteindrons, pour nos premiers essais, une force de mille chevaux.

— Debout, mes amis, dit Badger, voici une demi-heure que nous nous reposons, le déjeuner nous attend, et nous aurons encore de quoi employer utilement notre temps d'ici l'heure du dîner.

Tout le monde se leva. Flatnose bâilla, s'étira les bras, se frotta les yeux. Il avait dormi pendant cette conversation, trop sérieuse pour lui. Les secrets de la science le tentaient peu. Il se contentait d'en admirer les résultats et de les faire connaître ; lorsque, pour satisfaire aux exigences du public moderne, il jugeait nécessaire d'émailler son style fantaisiste d'une citation savante et de mots techniques, il avait toujours sous la main quelque ami charitable pour lui fournir les éléments de ce morceau à effet. Grâce à cet innocent subterfuge, il joignait à sa réputation de charmant conteur, d'incomparable reporter, celle de ne le céder à personne en fait de savoir encyclopédique.

CHAPITRE X

DÉCOUVERTE
DE GRIMMITSCHOFFER

Dès le lendemain, on se remit à l'œuvre. Le campement fut établi à cinq cents mètres à l'est du kasr, dans l'intérieur des terres et sur une butte assez élevée pour être à l'abri des inondations. On décida de construire en cet endroit les ateliers, les magasins, les maisons d'habitation et tous les bâtiments nécessaires pour une aussi vaste entreprise.

Le soir du cinquième jour, le camp présentait un aspect pittoresque et

12

animé. Blacton et Cornillé, confortablement installés pour un séjour prolongé, occupaient un baraquement au sommet de l'éminence ; en sorte que, à toute heure du jour et de la nuit, ils pouvaient surveiller, même de loin, et se rendre compte des moindres incidents qui se seraient produits à n'importe quel endroit du chantier. Autour d'eux, et convenablement espacées, se groupaient les baraques occupées par les contremaîtres et les surveillants des travaux. Plus de cent tentes, destinées aux ouvriers, et près de chacune desquelles un feu allumé servait à préparer le repas de trois ou quatre personnes, se dressaient sur les pentes gazonnées de la butte. Outre les ouvriers amenés d'Angleterre, il y avait encore les ouvriers indigènes embauchés à Hillah et même à Bagdad. Plus loin, les soldats turcs, dont la mission se bornait à protéger les travaux contre les attaques des pillards, allongés autour des feux de leur bivouac, fumaient silencieusement leurs longues pipes, tout en préparant un frugal souper.

Des matériaux considérables avaient été achetés avant l'arrivée de Badger, par les soins du consul anglais. On n'attendait qu'un ordre pour les transporter sur l'emplacement choisi pour la future usine. Cet ordre était parti de la veille ; aussitôt après l'arrivée des bois et du fer, les constructions seraient commencées.

Jack Adams était retourné dans la haute vallée du Tigre, où, dans une quinzaine, Badger devait aller le rejoindre. Cornillé et Blacton restaient pour construire l'usine électrique et la pile thermo-solaire. Le capitaine Laycock était déjà reparti depuis la veille. Il regagnait Bassorah avec son petit vapeur, pour apporter un nouveau chargement de machines. Il lui fallait à peu près deux semaines pour gagner le golfe Persique et remonter jusqu'à Babylone. La nouvelle caravane, composée de Badger et de sa fille, de Flatnose et de miss Ross, attendrait son retour avant de se diriger sur Bagdad.

Une nouvelle existence commençait pour Cornillé et Blacton. Depuis leur départ de Londres, ils avaient voyagé en amateurs, en touristes ; à présent, ils se devaient tout entiers à leur immense tâche.

Blacton était heureux de reprendre ses occupations familières. Il avait converti tout son logis en atelier : partout des plans, des dessins de machines, des modèles d'appareils de toute sorte. C'était lui qui distribuait à chacun sa besogne. C'était à lui qu'on s'adressait pour avoir des ordres et des instructions. Il était le centre vers lequel tout convergeait. Silencieux et se tenant toujours à l'écart pendant tout le temps du voyage, il déployait maintenant une activité qu'on n'eût jamais soupçonnée. Plongé dans son élément, Blacton, assez gauche dans un salon, redevenait l'incomparable ingénieur autour duquel chaque chose prenait vie et se transformait.

Quant à Cornillé, jamais homme au début de sa carrière, et doué d'une noble et légitime ambition, n'avait vu s'ouvrir devant lui des perspectives plus belles. Si l'entreprise réussissait, — et tout semblait présager qu'elle réussirait, — non seulement son nom deviendrait célèbre entre tous ceux des ingénieurs contemporains, mais la fortune venait forcément à lui et lui ouvrait tous ses trésors. Célèbre, jeune et riche, à quel sommet ne devait-il pas atteindre?

Cependant, s'il eût soigneusement interrogé sa conscience, Cornillé se fût aperçu peut-être que l'ambition ne l'absorbait pas tout entier. Vivant depuis de longs mois déjà dans l'intimité de lord Badger, qui le traitait plus en ami qu'en simple collaborateur, en rapport de tous les instants avec miss Nelly, il n'avait pu se défendre d'éprouver pour cette charmante jeune fille une affection plus tendre qu'il n'eût été à souhaiter pour son repos. Mais cet amour, il voulait l'ignorer, décidé qu'il était à le refouler au plus profond de son cœur. Nature essentiellement droite et fière, notre ami eût rougi de céder, même en secret, à un sentiment qu'il ne pourrait hautement avouer à celle qui en était l'objet. La position sociale de miss Nelly, le rang que son père occupait dans la haute aristocratie anglaise s'opposaient à cet aveu, qui, de la part de l'ingénieur, eût été un acte d'indélicatesse envers l'homme qui lui témoignait tant de confiance et d'amitié. Il était donc bien résolu à dissimuler sa passion et à chercher dans le travail une protection contre toute défaillance indigne de lui.

Badger, accompagné de Monaghan et des deux jeunes filles, visita les environs de l'usine pendant les quelques jours qu'il avait à passer à Babylone. L'emplacement de l'ancienne capitale n'est plus qu'une morne solitude. Disséminées dans la plaine, un grand nombre de buttes indiquent seules la place des anciens palais. Ces buttes sont formées par l'amoncellement des briques, cuites ou crues, réduites à l'état de poussière pour la plupart. Les Babyloniens ne pouvaient employer la pierre dans leurs constructions, car leur cité était trop éloignée des terrains calcaires ou granitiques. Avec le limon de l'Euphrate, ils fabriquaient des briques ; avec des roseaux et de l'asphalte, qu'on trouve en abondance dans les environs, ils reliaient ces briques entre elles et en construisaient des murs. Les siècles et les éléments ont eu raison de matériaux aussi fragiles. Encore quelques siècles, et il ne restera aucun vestige de la cité de Nemrod, de Sémiramis et de Nabuchodonosor, de la capitale qui a étonné l'antiquité par ses splendeurs,

Les Babyloniens avaient su transformer en un pays fertile cette plaine immense, qui est redevenue un désert sous la domination turque. Ils étaient arrivés à ce résultat par un arrosement bien compris de la Mésopotamie. Là où il y a de l'eau, la végétation est féerique. Le limon est saturé d'engrais ; les

arbres ont les racines dans l'eau et la tête dans un air embrasé. Toutes les conditions sont donc réunies pour obtenir une fécondité extraordinaire.

Badger et ses compagnons en eurent un exemple dans leur première excursion. Arrivés sur le bord d'un terrain marécageux, ils virent, penché sur le sol, un Arabe qui, tenant à la main un long bâton, s'en servait pour tracer de petits sillons sur la terre humide. Intrigués par ce spectacle, ils s'approchèrent. L'Arabe avait déjà gratté une large surface. Il ne fit aucune attention à la présence des Européens et continua son travail. Quand il l'eut terminé, il prit un sac et répandit du blé à pleines poignées sur le terrain qu'il finissait de labourer ; puis, avec son bâton, il recouvrit grossièrement la semence d'une légère couche de terre et partit sans dire un mot.

De retour au campement, on apprit que c'était de la sorte que les Arabes cultivaient la terre. Et cependant, malgré cette grossière méthode de labourage et de semailles, les résultats obtenus dépassent toute croyance. Quatre mois après les semailles, c'est-à-dire vers avril, la moisson est mûre et bonne à être récoltée. Un seul grain de blé a donné naissance à trente ou quarante épis.

Badger acquit la certitude que la Babylonie deviendrait bientôt le grenier d'abondance de l'Europe. Ces résultats ne doivent pas nous étonner, car la Mésopotamie est la patrie d'origine du blé. Quels résultats n'obtiendrait-on pas, lorsqu'on aurait remplacé les procédés de culture par trop primitifs des Arabes par les méthodes perfectionnées de l'Europe!

La veille du jour où le capitaine Laycock devait revenir de Bassorah, une expédition fut organisée pour aller reconnaître la rive droite de l'Euphrate. Babylone s'étendait sur les deux rives du fleuve que la reine Nitocris avait reliées par un pont. Il ne reste plus aujourd'hui aucun vestige de ce monument.

Pour cette fois, la troupe était au complet, sauf Blacton, qu'il était maintenant impossible de distraire pour une heure de ses occupations. Cornillé désirait visiter une butte importante, le Birs-Nimrod, dont il serait peut-être possible de tirer plus tard un parti utile. Peut-être aussi, intérieurement, l'ingénieur était-il heureux de voyager encore une fois aux côtés de miss Nelly. Elle devait partir le surlendemain; qui sait s'il la reverrait jamais?

Flatnose lui-même avait daigné être de la partie. Ce serait l'occasion d'un nouvel article pour son journal; enfin, ce qui l'avait complètement décidé, c'est qu'on serait escorté de la voiture à provisions, et que, dans ce véhicule, il pouvait confortablement s'installer et en compagnie de la charmante miss Ross.

On partit dès l'aube, car il ne fallait pas moins de la journée entière pour aller et revenir commodément. La caravane descendit le long de l'Euphrate; on passa près de l'endroit où l'on avait débarqué la première fois. Un kilomètre plus loin, on pénétrait dans les faubourgs d'Hillah, pauvres masures habitées par des Arabes aux trois quarts vagabonds. Après avoir longé une ruelle qui paraissait déserte, on atteignit le pont de bateaux qui met en communication le faubourg de la rive gauche avec la ville construite sur la rive droite, puis on pénétra dans Hillah. Cette ville ressemble à toutes celles qui bordent l'Euphrate : murailles blanchies à la chaux, maisons aux toits plats servant de lieu de réunion à tous les membres de la famille pendant les soirées d'été, vastes jardins où des palmiers balancent leur tête au vent, mosquée aux minarets élancés.

La ville fut vite traversée, et l'on se retrouva au milieu de la solitude. Le paysage était le même que sur la rive gauche, aux environs de Babel et du kasr.

Même plaine monotone parsemée de buttes formées par des amoncellements de bitume et de briques. Ces tells y étaient cependant moins nombreux. C'est que Babylone s'étendait principalement sur la rive gauche de l'Euphrate; l'autre partie n'était, à proprement parler, qu'un vaste faubourg.

Dans le lointain se dressait une sorte de colline qui dominait la plaine. On se dirigea en ligne droite de ce côté. L'éminence de Birs-Nimrod est située à neuf kilomètres environ d'Hillah, à quinze kilomètres du kasr et de Babel. La caravane, peu pressée dans sa marche, avait mis près de quatre heures à les franchir.

Le Birs-Nimrod, c'est-à-dire la tour de Nimrod, est un des rares monuments qui ont échappé à l'effondrement complet des anciens palais de Babylone. Construit sur le bord d'un des bras de l'Euphrate, — celui qui apporte au lac Nedjef la majeure partie des eaux du fleuve, — c'était autrefois un immense observatoire élevé à la science sous le règne de Nabuchodonosor. Il portait le nom de *Tour des sept Sphères*. Les Arabes croient voir en lui les ruines de l'ancienne tour de Babel.

Birs-Nimrod est un exemple frappant de la rapidité avec laquelle ont disparu les monuments de Babylone. Les dimensions du monticule, sensiblement rectangulaires, sont de 104 mètres de longueur sur 150 de largeur. Sa hauteur, au-dessus du niveau de la plaine, est actuellement de 60 à 70 mètres. Or Strabon lui donnait de son temps une élévation de cinq stades, ce qui correspond à 185 mètres. Depuis Strabon, la tour de Nimrod a donc baissé de 115 mètres; si la rapidité de destruction ne subit pas de temps d'arrêt, il n'en restera plus aucune trace dans mille ans. Comment s'étonner que les autres monuments, construits avec moins de solidité, aient déjà à peu près complètement disparu?

On fit l'ascension du monticule, entreprise peu difficile, à cause de la faible déclivité de la pente. Parvenus au sommet, nos voyageurs se trouvèrent en face d'un joli massif de dix mètres de hauteur, qui occupe à peu près le centre du plateau.

— Tiens, s'écria tout à coup Flatnose, en regardant au sommet de la tour, un télégraphe aérien! Illustre Chappe, que je suis heureux de pouvoir saluer ici le dernier spécimen de ton admirable invention!

Tous levèrent les yeux vers l'endroit indiqué et aperçurent avec stupéfaction une longue machine noire qui faisait des signaux à l'aide de deux bras énormes. En même temps, des sons inarticulés, paraissant venir du même point, frappèrent leurs oreilles. Ils s'approchèrent; la longue machine noire se mit à tourner autour de la plate-forme et à redoubler ses signaux.

Badger prit ses jumelles et regarda.

— Mais c'est un homme, dit-il. Il est habillé de noir, maigre et sec comme don Quichotte. Que diantre fait-il là-haut?

L'homme, puisque c'en était un, se pencha et s'écria en arabe :

— Venez à mon secours! Je meurs de faim ; je suis ici depuis trois jours!

Badger connaissait un peu l'arabe ; il comprit ce que disait le personnage.

Comment le délivrer? Cela ne paraissait pas facile de prime abord. La tour était massive, sans escalier. Quelques fenêtres, placées à des intervalles égaux, trouaient bien l'épaisseur des murs; des fragments d'arceaux se détachaient également sur un des angles. Mais, à moins d'être un chat ou un singe, il ne fallait pas songer à escalader l'édifice par ce moyen.

— Par où parvenir jusqu'à vous? comment monter?

— Relevez l'échelle qui est tombée au pied du mur de l'autre côté, répondit l'étranger en français.

On passa de l'autre côté de la tour, et l'on vit en effet une longue échelle couchée dans les broussailles.

Il était facile de comprendre maintenant comment notre homme avait été laissé au sommet de la tour : il en avait atteint le sommet au moyen de l'échelle ; mais, par un accident quelconque, celle-ci avait glissé jusqu'au sol, laissant ainsi le visiteur prisonnier.

L'échelle fut hissée contre le mur, et le malheureux captif put enfin redescendre.

Pâle, défaillant, affamé, le pauvre homme était dans un triste état. Heureusement, le déjeuner était servi au bas du Birs-Nimrod. Toute la troupe redescendit le coteau, et l'on se mit bientôt à table.

— Allez-vous mieux maintenant? demanda Badger, quand l'inconnu eut dévoré ses premières bouchées.

— Beaucoup mieux, merci, répondit celui-ci en pur anglais. J'étais mort de faim quand vous m'avez délivré de là-haut.

— Pouvez-vous maintenant nous dire qui vous êtes? dit Badger.

— Ya, dit l'inconnu, la bouche pleine.

— Mais il connaît donc toutes les langues, celui-là? s'écria Flatnose. Après tout, ce n'est pas étonnant, puisque nous sommes à Babylone.

Après avoir repris des forces, l'homme raconta ses aventures. Il se nommait Grimmitschoffer et s'occupait pour l'instant de recherches archéologiques relatives à l'ancien empire d'Assyrie. Il explorait depuis quelques jours les ruines de Babylone et avait commencé ses recherches par les monuments de la rive droite. Désireux de faire l'escalade de la tour du Birs-Nimrod, il s'était fait accompagner de deux Arabes porteurs d'une longue échelle. Mais quelle n'avait pas été sa stupeur et son épouvante lorsque, parvenu au faîte de l'édifice, il avait vu ses deux coquins d'Arabes renverser l'échelle et s'enfuir à toutes jambes!

Pendant trois jours, il avait appelé à son secours. Nul être humain n'avait paru dans les environs de la tour. Décidé à ne pas mourir de faim, il allait se précipiter dans le vide d'une hauteur de dix mètres, quand la caravane de Badger était apparue à l'horizon.

Par quelles transes mortelles n'avait-il point passé pendant une heure! Si les voyageurs allaient s'éloigner du Birs-Nimrod sans voir ses signaux ni entendre ses appels désespérés!

Grimmitschoffer connaissait de nom Badger et ses compagnons. On lui avait appris à Hillah l'arrivée des Européens et le but qu'ils poursuivaient. Ils voulaient, disaient les habitants, retrouver les trésors enfouis depuis des siècles au kasr et à Babel.

Quant à lui, il était, ainsi qu'il le déclarait modestement, un archéologue distingué. Il avait fait paraître plus de cent mémoires et écrit plus de douze volumes sur les monuments de tous les pays du monde. Il voulait reconstituer le plan de Babylone, afin de démontrer aux érudits que l'ancienne Rome avait été construite exactement sur le même plan que l'antique capitale de l'Assyrie, avec des procédés analogues à ceux des monarques assyriens.

Il avait déjà publié nombre de volumes et écrit plusieurs manuscrits sur ce sujet. « J'ai là précisément quelques notes comme preuve à l'appui », dit-il en tirant un manuscrit de sa poche... et il se disposait à les lire.

— Plus tard, plus tard! s'écrièrent les convives en chœur. Mangez d'abord, vous lirez ensuite.

Grimmitschoffer remit à regret son manuscrit dans sa poche.

— Vous êtes trop long, fit remarquer Flatnose un moment après. Je propose de vous couper, Grimmitschoffer; il faut une minute pour prononcer votre nom. Je vous appellerai Grimm tout court.

— Adopté à l'unanimité, dirent tous les convives en se levant.

Quelques heures après, les excursionnistes et le savant Grimm étaient de retour à Babel.

— A propos, lui demanda Badger quand ils se retrouvèrent en présence, vous avez oublié tantôt, monsieur Grimm, de nous dire quelle était votre nationalité.

— Je n'en ai aucune, mylord, répondit l'antiquaire; un homme comme moi est au-dessus des questions de frontières et de nationalités, je suis citoyen de l'Univers.

— S'il en est ainsi, riposta Flatnose, votre véritable nom n'est pas Grimm-mitschoffer, mais bien le Volapück.

CHAPITRE XI

DE BAGDAD A MOSSOUL

Le capitaine Laycock arriva le lendemain avec une nouvelle cargaison de machines et de matériel.

La caravane, nous le savons déjà, devait se composer des personnes suivantes : Badger et miss Nelly, Fatma et miss Ross, Monaghan et Flatnose. Il faut y ajouter Grimmitschoffer, que l'on n'appelle plus que Grimm et auquel Badger avait proposé de voyager de conserve avec lui, tant que ses recherches archéologiques le retiendraient dans ces régions. Il éviterait ainsi des accidents semblables à celui dont il avait failli être la victime. Grimm, qui désirait précisément remonter vers le nord en suivant les bords du Tigre, pour explorer les innombrables ruines disséminées le long du fleuve, s'empressa d'accepter l'offre obligeante du lord. C'était encore un nouveau membre qui se joignait à l'expédition. L'adjonction de cette autre recrue ne fut pas, il faut bien le dire, accueillie avec une très grande faveur. L'arrivée de Fatma avait été acclamée avec joie par tout le monde, celle de Grimm ne fut pas acceptée avec autant d'enthousiasme.

Grimm était cependant un excellent homme ; mais ses quarante-cinq ans, — qui en paraissaient au moins soixante, — son front chauve, ses longs cheveux tombant en mèches sur son cou, son grand nez et les énormes lunettes qui lui cachaient la moitié du visage ne pouvaient lutter ni avec les quinze ans, ni avec les grâces naïves de la jeune Grecque.

La veille, de retour au campement, Grimm avait de nouveau voulu lire son manuscrit sur son étude comparée de Rome et de Babylone. Malheureusement, à cause de la fatigue générale, chacun s'était retiré sous sa tente après le repas du soir. Le lendemain, nouvelle tentative infructueuse : toute la journée fut employée aux préparatifs du départ. Notre archéologue dut se résigner à serrer son précieux

mémoire en attendant des temps meilleurs.

Cinq jours furent nécessaires pour achever l'équipement complet de la caravane. Enfin, le 6 janvier, on put se mettre en route. L'*Electricity* était déjà repartie depuis trois jours. Le petit vapeur devait descendre l'Euphrate jusqu'à sa jonction avec le Tigre, remonter ensuite ce dernier fleuve jusqu'à Bagdad où l'attendraient Badger et ses compagnons. Ceux-ci avaient préféré se rendre directement de Babylone à Bagdad par la route de terre. Le voyage durerait seulement trois jours et serait, par conséquent, beaucoup plus rapide que sur l'*Electricity*.

La séparation fut cordiale. Blacton et Cornillé souhaitèrent un bon voyage à leurs anciens compagnons. Badger fit ses dernières recommandations et leur serra les mains, beaucoup plus ému qu'il n'aurait voulu le laisser paraître.

Quand Corneillé dit adieu à miss Nelly, il lui sembla que la jeune fille avait les yeux humides. Elle lui répondit d'une voix mal assurée et comme contractée par l'émotion. Puis il rencontra le regard de Fatma dont le malicieux sourire semblait dire : il y a longtemps que je l'avais prévu.

« Serais-je aimé ? » se dit intérieurement l'ingénieur. A cette seule pensée, une joie immense remplit son âme. Mais faisant appel à toute l'énergie de sa volonté, il se dit que, dans l'intérêt même de son idole, il devait souhaiter qu'elle l'oubliât.

La distance qui sépare l'Euphrate du Tigre, entre Babylone et Bagdad, est de soixante-dix-huit kilomètres seulement. Le voyage peut se faire facilement en deux jours, surtout au mois de janvier où la température est supportable.

Les Arabes ont donné le nom de Djezireh à la région qui s'étend entre les deux fleuves. C'est une vaste plaine monotone, solitaire et unie, dont l'horizon n'est borné que par l'infini. Le gouvernement turc a fait construire de modestes caravansérails ou khans qui, de distance en distance, offrent un abri et un lieu de repos aux caravanes.

Six heures après avoir quitté Babel, on atteignit le premier de ces khans. On s'arrêta pour se reposer et prendre le repas de midi. Dans la soirée on atteignit le second. Les tentes furent installées pour la nuit et l'on se disposa à souper à proximité d'un grand feu de broussailles sèches.

La nuit était superbement étoilée. La flamme du foyer improvisé éclairait de lueurs étranges les alentours du campement. On causa longuement du voyage qu'on entreprenait, de Jack Adams dont on espérait avoir des nouvelles à Bagdad ou à Mossoul, des machines hydrauliques et des turbines.

Le lendemain, dès l'aube, la caravane se remit en route. A quelques kilomètres on rencontra un de ces canaux qui servaient à répandre sur la plaine les eaux du Tigre et de l'Euphrate. Celui-ci, de vingt mètres environ de largeur, bordé à droite et à gauche de hauts talus, traversait le désert en ligne droite et le convertissait en une plaine fertile. Il est actuellement à moitié comblé. De longues flaques d'eau stagnante couverte d'algues vertes, entrecoupées par de grands espaces de sable sont tout ce qui reste de ce beau travail des ingénieurs babyloniens. Combien ne serait-il pas facile de le rétablir dans son état primitif !

On était sur le point d'arriver au troisième khan, lorsque survint un accident qui aurait pu avoir des suites graves et qui, heureusement, tourna au comique.

Flatnose et Grimm qui, malgré leurs prises fréquentes, ou peut-être à cause de cela, éprouvaient parfois l'irrésistible besoin de se trouver ensemble, chevauchaient en tête de la troupe. Tout à coup on vit leurs montures osciller de droite à gauche et tomber lourdement sur le sol. Aussitôt le reste de la caravane se précipita à leur secours. Monaghan, arrivé le premier, dut arrêter son cheval qui enfonçait dans des trous profonds. Il mit pied à terre et fit signe aux autres de s'arrêter.

Cependant Grimm se releva, se palpa des pieds à la tête et constata qu'il ne s'était rien brisé. Quant au gros Flatnose, il fallut le hisser sur ses deux jambes. Il poussait des gémissements à faire croire qu'il ne possédait plus un seul os intact.

— Essayez de marcher, lui dit Monaghan.

Il fit quelques pas en avant, mais il s'enfonça dans un autre trou et retomba lourdement. On réussit enfin à le retirer de cet endroit doublement dangereux pour lui, et à le ramener sur la terre ferme.

Il était meurtri, mais non blessé.

Le guide donna l'explication de ce qui venait d'arriver. On avait passé sur les terriers d'une colonie de gerboises. Ces animaux creusent, à fleur de terre, des galeries souterraines très profondes qui s'effondrent quand un corps lourd passe dessus. Il ajouta que les accidents du genre de celui qui venait d'arriver n'étaient pas rares.

Le soir du même jour, on aperçut à l'horizon les minarets et les coupoles des mosquées de Bagdad, en arabe *Dar-es-Salam,* la demeure de la paix.

Vue ainsi à la distance de deux ou trois kilomètres, l'ancienne capitale des khalifes Abbassides apparaît aux yeux surpris et charmés du voyageur telle qu'il a pu se la représenter dans un passé qui semble autant appartenir à la féerie qu'à la réalité.

La ville couvre à peu près la même étendue qu'au temps où elle renfermait une nombreuse population, et rien ne s'oppose à ce que l'imagination lui attribue les splendeurs et les magnificences d'autrefois. Les blanches maisons, sur les terrasses desquelles on croit deviner les ombres des femmes qui viennent respirer la fraîcheur embaumée de la nuit; les flèches découpées des minarets, luttant de sveltesse et de légèreté avec les tiges élancées des palmiers; le Tigre, qui se déroule comme une large ceinture argentée; le ciel d'une transparence sans égale, même en Orient, annoncent bien la ville des *Mille et une Nuits,* où, dans un des

fantastiques palais entrevus à la clarté des étoiles, Scheherazade est peut-être en
train d'achever un de ses merveilleux récits.

Malheureusement la féerie disparaît à mesure qu'on approche. Quand la caravane eut franchi les murs d'enceinte, elle se trouva dans un vaste emplacement

désert, au milieu duquel émergeaient seulement çà et là les ruines de quelques
misérables cabanes. Quelques centaines de mètres plus loin, on pénétra dans le
faubourg de la rive droite du Tigre. Au bout d'une longue rue, on arriva au
bord du fleuve que l'on traversa sur un pont de bateaux, et non loin duquel
Badger et ses compagnons prirent possession d'un vaste bâtiment que le consul
anglais avait loué pour eux et avait fait meubler à l'européenne.

Le lendemain, miss Nelly et Fatma, réveillées les premières, voulurent visiter la maison avant le déjeuner. Elle se composait, comme toutes les demeures des
riches Arabes, de bâtiments à un seul étage disposés autour d'une grande cour

carrée. La galerie donnant accès dans les pièces du rez-de-chaussée était soutenue par de légères colonnettes en bois de palmier, avec de gracieux encorbellements et de délicats chapiteaux.

Les deux jeunes filles descendirent par un étroit escalier dans une sorte de cave, ou plutôt de chambre voûtée creusée au-dessous du niveau de la cour. On leur apprit que c'était le *serdab*. C'est là que se réfugiaient les habitants de la maison pendant les fortes chaleurs. On y trouve à la fois de la fraîcheur et de l'ombre.

Il ne restait plus rien à voir dans le bas, elles gagnèrent les toits plats par un escalier intérieur. La vue était splendide sur la ville et les alentours.

— C'est trop beau ! s'écria miss Nelly, après avoir contemplé ce spectacle pendant quelques minutes. Fatma, va chercher mon père et nos amis.

Peu d'instants après, tout le monde était réuni sur la terrasse. Flatnose seul manquait à l'appel. Il ronflait comme un tuyau d'orgue, oubliant dans le sommeil ses infortunes de la veille. On n'avait pas eu le courage de le réveiller.

Le panorama qui se déroulait sous les yeux était vraiment magique. Bagdad, avec ses entassements de maisons, ses jardins débordant entre les terrasses, ses coupoles et ses minarets recouverts de faïence aux éclatantes couleurs, s'étendait sur les deux rives du Tigre. Le fleuve, large et scintillant, serpentait dans la plaine, au milieu d'une forêt de palmiers. A l'Occident, au Nord et au Midi, c'était le désert sans limite, le désert inculte, au sol de limon et de sable. A l'Orient, les montagnes de la Perse élevaient jusqu'au ciel leurs sommets couverts de neige. La distance empêchait de voir les détails, mais les pics, les dômes arrondis, les crêtes dentelées se distinguaient avec la plus extrême netteté. Dans le bas, des masses sombres se détachaient ; c'étaient les contreforts et les chaînes latérales qui semblent si grandioses au voyageur placé à leurs pieds et qui disparaissent devant la masse énorme de la chaîne centrale, quand on les regarde de loin.

Accoudés au balcon de la terrasse, nos amis ne pouvaient s'arracher à leur contemplation. Un soleil éclatant, reflété sur l'or des sables environnants, inondait tous les objets d'une lumière si vive, que la ville paraissait enchantée.

Miss Nelly était transportée de voir enfin Bagdad, la ville isolée au milieu des déserts qui semblent la séparer du reste du monde, la cité presque fabuleuse pour des Occidentaux.

Hélas ! la réalité ne ressemblait pas tout à fait à la fiction. Les palais d'Haroun-al-Raschid, les monuments de Zobéïde sont tombés en poussière. Tout

a contribué à détruire les splendeurs des anciens khalifes : les Turcs, les Tar-
tares, les orages et jusqu'aux inondations du Tigre. Bagdad est bien déchue du
rang qu'elle a occupé autrefois. Ses murailles sont devenues trop larges pour ses
habitants actuels, réduits au nombre de cinquante mille.

Heureusement, les vrais observateurs et les vrais artistes ne sont pas sujets
aux mêmes déceptions que le vulgaire des touristes, pour lesquels les plus belles
choses ont tout juste la valeur d'un décor d'opéra. A ceux qui savent voir, la réa-

lité offre des compensations qui remplacent avantageusement le rêve. Si la Bagdad d'aujourd'hui ne ressemble pas à celle des *Mille et une Nuits,* il lui reste son
ciel bleu, son beau fleuve, son incomparable climat. Dans ses mosquées et dans ses
bazars se coudoient encore les foules variées appartenant aux diverses nationalités
qui se sont partagé cette partie de l'Asie. La domination turque n'a pu lui enle-
ver son cachet essentiellement arabe. Elle reste la plus orientale des villes d'Orient,
la capitale idéale d'un poétique empire disparu.

On ne pouvait pourtant pas rester éternellement en contemplation sur la terrasse, il fallait mettre à profit les quelques jours qui devaient s'écouler avant l'ar-

14

rivée du capitaine Laycock, pour visiter la ville et ses environs. Il fut décidé que chacun suivrait sa fantaisie et irait où il voudrait.

Badger, accompagné de sa fille et de Fatma, se dirigea du côté du pont de bateaux qui sert à relier les faubourgs de la rive droite avec la cité située sur la rive gauche. Les villes de la Mésopotamie se sont toujours développées principalement dans la direction du couchant.

Après avoir traversé le pont, nos trois promeneurs entrèrent dans un café composé d'une galerie couverte servant de divan et sous laquelle plusieurs négociants turcs, nonchalamment étendus sur des coussins, fumaient leur chibouk tout en buvant du pur moka.

En face du café se trouvait une mosquée abandonnée, vouée à une ruine certaine par l'insouciance et l'incurie des indigènes. Les Arabes ne détruisent pas les monuments — comme on les en a accusés à tort, — mais ils laissent les plus beaux d'entre eux se détruire par l'action du temps et des éléments, sans essayer jamais d'y opposer aucun obstacle.

Depuis qu'il s'est laissé dépouiller des plus belles contrées de l'univers, ce peuple, qui a jadis fondé le plus étonnant empire du monde, semble en proie à une immense nostalgie. Devenu conquérant par esprit de prosélytisme religieux, il attend, croirait-on, qu'un nouveau prophète se lève et recommence la merveilleuse légende dont le souvenir le poursuit. Jusque-là, à quoi bon s'agiter? Rien ne vaut la peine de rien, telle paraît être sa devise.

Sur le Tigre, c'était un perpétuel va-et-vient d'embarcations de toute forme et de toute provenance. Des barques aux longs mâts flexibles et aux voiles gonflées par le vent descendaient au fil de l'eau, rapidement emportées par le courant. Des navires et des kelleks, échoués sur la grève ou amarrés près du rivage, apportaient à la capitale les bois coupés sur les montagnes de la Perse, chargeaient et déchargeaient des marchandises.

Mais ce qui divertit le plus les deux habitants de Londres, ce fut de regarder les nombreux *kouffehs* descendant le fleuve ou le remontant, transportant d'une rive à l'autre passagers et colis.

Ces kouffehs sont des bateaux d'un genre fort curieux, contemporains sans doute des kelleks et remontant aussi à l'époque assyrienne, car on en voit des représentations sur les bas-reliefs trouvés dans les fouilles. On ne peut mieux les comparer — sans l'anse — qu'aux paniers ovales dont se servent nos paysannes pour porter au marché le beurre et les œufs. Ils sont en jonc tressé et recouverts de bitume. On les dirige avec une seule rame qui les fait avancer en tournant.

Le pont de bateaux aussi présentait l'aspect le plus animé. Il était incessamment parcouru par une procession variée : des Arabes du désert, montés sur leurs petits et vifs chevaux ; des promeneurs ou des négociants juifs allant à leurs plaisirs et à leurs affaires, au petit trot égal de grands ânes blancs bariolés de dessins de couleur au henneh ; des femmes indigènes, soigneusement voilées, ressemblant un peu à des paquets ambulants ; des femmes kurdes, au visage découvert, accompagnant leurs maris, de grands gaillards à l'air dur et fier.

Puis c'étaient de grands troupeaux de moutons, — nourris dans les prairies qui bordent le Tigre, — et allant aux boucheries de la ville ; des chameaux pesamment chargés des produits de la Perse et de l'Arabie.

Le lendemain fut consacré à la visite des mosquées. Le consul anglais avait obtenu — non sans peine — l'autorisation du gouverneur militaire de Bagdad, sous la réserve expresse que les visiteurs laisseraient leurs chaussures à la porte, condition à laquelle les dames comme les hommes se soumirent de bonne grâce. On ne doit jamais froisser inutilement les susceptibilités religieuses. Pour le penseur et pour le croyant sincère, toute religion est respectable par cela seul qu'elle est une religion.

Les mosquées les mieux conservées sont celles d'Abd-el-Kader, d'Abd-el-Rhaman et du cheik Yousouf. Construites en briques, elles sont revêtues à l'extérieur de carreaux en faïence de couleur qui forment de fort jolis dessins et donnent au minaret une apparence légère et gracieuse.

A l'intérieur, les mosquées rappellent un peu — par la nudité et la simplicité — les temples protestants. Pas de statues ni d'autels ; aucune représentation de figures d'homme ou d'animal. L'architecture arabe n'admet guère d'autre ornement que les dessins géométriques. Sur les murs, blanchis à la chaux, sont inscrits des versets du Coran ; pas de bancs, ni de sièges d'aucune sorte, les fidèles prient prosternés sur des nattes ou des tapis. On ne peut nier que ces temples, où l'âme se sent, sans secours ni intermédiaire d'aucune sorte, face à face avec le Dieu unique, ne produisent un effet très saisissant.

Bagdad possède un chemin de fer, — ou plutôt un tramway, — le seul qui existe en Mésopotamie, et qui sert à relier la ville avec le coquet et élégant village de Khazhmein, composé de jolies villas et de jardins remplis de fleurs. Nos voyageurs partirent un jour après le déjeuner pour s'y promener.

Khazhmein est le lieu de plaisance de la capitale, le rendez-vous des riches
Arabes pendant les chaleurs de l'été. C'est aussi un lieu de pèlerinage vénéré par
les Persans, qui viennent faire leurs dévotions au tombeau de l'iman Moussa-
Ibn-Djaffar, célèbre martyr chiite.

Ce tombeau repose dans une superbe mosquée couverte de faïences bleues,
noires, blanches et roses. Une grande affluence de pèlerins s'y étaient donné rendez-
vous. Il fallut renoncer à en visiter l'intérieur, car, pour ces musulmans fanatiques, la présence seule des Européens aurait souillé l'enceinte sacrée. On dut
se contenter d'admirer l'extérieur du monument, grande construction carrée, au
fond d'une cour entourée d'arcades. La plate-forme est surmontée de deux coupoles
dorées, en forme de champignons. Aux quatre coins, quatre minarets dont le haut
est doré. L'ensemble est beau et riche. Les nuances sont fines et douces.

Huit jours s'écoulèrent ainsi bien vite, en promenades et en excursions,
jusqu'à l'arrivée du capitaine Laycock. On s'embarqua de nouveau sur l'*Electricity* pour remonter le Tigre jusqu'à Mossoul.

A sa sortie de Bagdad, le fleuve coule au milieu d'une forêt de palmiers.
Dans les profondeurs des bois, des maisons de campagne avec leurs vergers formaient des taches lumineuses.

A droite et à gauche, c'était la plaine unie. Du côté du Maghreb, c'est-à-dire
du couchant, le désert s'étendait jusqu'aux extrémités de l'horizon.

A l'Orient, la campagne était fertile. Auprès des ruines de Ctésiphon, une
vallée parallèle à celle du Tigre, et encore plus fertile, se prolonge en superbes
tapis de verdure jusqu'au pied des montagnes de la Perse. C'est la vallée de la
Diyalah, l'un des plus importants affluents du Tigre, qui se jette dans ce fleuve un
peu en amont de Bagdad.

Après avoir dépassé le joli village de Mahdhîm, à moitié caché au milieu des
dattiers, le fleuve fait un coude, et l'on perd de vue Bagdad et ses minarets.

Un peu plus loin, les passagers de l'*Electricity* purent voir une dernière fois
les coupoles de Khazhmein, étincelant aux rayons du soleil à son midi.

En amont de Khazhmein, le paysage devient plus monotone. Le désert se
rapproche de plus en plus du fleuve. Celui-ci fait un grand détour vers l'est, puis
remonte de nouveau vers le nord.

Le second jour, on passa devant Samarra et sa célèbre mosquée. Sous les
khalifes, Samarra était une grande et florissante ville. Elle fut la résidence de
prédilection du huitième khalife, — Motassem-Bellah, — qui en fit sa capitale

pour punir les habitants de Bagdad de leur caractère turbulent. Ce n'est plus aujourd'hui qu'une bourgade sans importance. Que de capitales sont nées et ont ainsi disparu dans la Mésopotamie !

Cependant, si l'on en croit la tradition chiite, de grandes destinées sont encore réservées à Samarra. C'est de cette ville que sortira le Mahdi qui apparaîtra comme un autre Messie.

Un peu avant Samarra, on peut voir une digue, formée par un rempart de terre très élevé, qui commençait au Tigre et se prolongeait à perte de vue dans le désert. Le savant Grimm affirma que l'on avait sous les yeux la célèbre muraille de Nimrod, qui servait à la fois de ligne de défense et de limite entre la Mésopotamie et la Médie.

On remontait en effet rapidement vers le nord. A défaut de la muraille médique, la température et l'éclat du ciel en auraient suffisamment averti les voyageurs. Le milieu du jour était encore chaud; mais, le matin et le soir, le froid devenait assez vif pour que l'on fût obligé de se vêtir comme en hiver, et bien en prit à l'expédition d'être abondamment pourvue de couvertures et de fourrures.

A l'Orient, les montagnes de la Perse, de plus en plus visibles, découvraient non seulement leurs pics et leurs sommets, mais leurs pentes mêmes couvertes de neige. La nappe éblouissante descendait des hauteurs jusqu'aux abords de la plaine.

En aval de Tekrit, les eaux du Tigre changèrent subitement de couleur et devinrent jaunâtres et huileuses. Ce phénomène était produit par le naphte qui coule à leur surface. Monaghan en recueillit une certaine quantité à laquelle il put mettre le feu.

Un peu plus loin, le navire passa au-dessus des sources mêmes du liquide inflammable qui vient crever en gros bouillons noirs et fétides au-dessus des eaux, pour se répandre ensuite à leur surface. Le géologue expliqua que la présence du pétrole n'était pas rare dans le voisinage de la chaîne de montagnes ; on entrait dans un pays volcanique extrêmement curieux, et l'on aurait l'occasion d'étudier un grand nombre de phénomènes naturels.

A Tekrit, on dut quitter l'*Electricity* et dire de nouveau adieu au capitaine Laycock. Celui-ci retournait à Babylone pour y transporter le reste du matériel. On le chargea de mille compliments pour Cornillé et Blacton. Miss Nelly lui remit même pour Cornillé un petit mot d'amitié au bas duquel Fatma voulut ajouter un bonjour en français.

Il fut facile de se procurer à Tekrit une grande barque pour remonter le Tigre jusqu'à Mossoul. On s'y installa commodément et l'on reprit le cours de la navigation.

Le désert monotone recommença après Tekrit, mais pas pour longtemps. La chaîne de montagnes, que l'on avait toujours sur la droite, se rapprochait sensiblement du fleuve. Bientôt elle dressa ses escarpements en face du Tigre. On entrait dans un défilé étroit, d'un aspect sauvage, où le fleuve s'est frayé un passage.

Toute cette région paraît profondément bouleversée. A droite et à gauche du Tigre s'élèvent des murailles abruptes, d'où, chaque année, à la fonte des neiges se détachent d'énormes blocs de rochers. Le défilé est encombré de grosses pierres entre lesquelles le fleuve se précipite en mugissant.

Le soir, au clair de lune, l'effet de ce chaos est fantastique. Il semble que la montagne va se refermer et vous engloutir. Les rochers prennent alors des formes étranges. On dirait les génies de la terre gardant l'entrée de ces gorges profondes et en défendant l'approche aux audacieux.

A la sortie du défilé de Hamrin, on entre dans une large vallée. A gauche, s'étend le massif que l'on vient de traverser; à droite, s'élèvent les parois escarpées d'une autre chaîne de montagnes. Le Petit Zab, affluent du Tigre, vient faire sa jonction avec lui, au milieu de marécages remplis de joncs.

A ce moment, le Tigre remonte d'abord vers le nord-ouest, puis directement vers le nord.

Sur la rive droite, Grimm fit remarquer un monticule élevé. C'est la butte

de Kalaat-Shergat, qui marque l'emplacement d'une des plus anciennes villes de
l'Assyrie, Calah, ou Chalat, une des quatre cités primitives mentionnées dans la
Genèse. Les trois autres étaient : Ninive, Réhobot-Her, Resen. Toutes les quatre
eurent pour fondateur Assur, petit-fils de Noé, d'où les Assyriens tirent leur nom.

On avait quitté en effet la Babylonie, c'est-à-dire l'empire du Sud et des
plaines, pour pénétrer dans l'Assyrie, l'empire du Nord et des montagnes. Les
ruines devenaient aussi nombreuses qu'aux environs de Babylone et de Bagdad.
On se trouvait dans la région qui, d'après la Bible, aurait vu s'élever les plus
anciens empires. Les tells se continuaient presque sans interruption sur les deux
rives du fleuve. Grimm eut ainsi de fréquentes occasions de faire profiter ses compagnons de voyage de ses profondes connaissances en archéologie. Il fut vraiment
fort intéressant à entendre.

Les hautes montagnes se rapprochaient rapidement, fermant brusquement,
à l'est, la plaine que traverse le Tigre. Leurs glaciers s'élèvent à une hauteur
prodigieuse. Sur leurs flancs noirâtres, les champs de neige formaient des taches
d'une blancheur éblouissante. Au coucher du soleil, ces neiges et ces glaces se
teignent des nuances les plus variées. Toute la gamme des tons y apparaît dans
une décroissance de couleur dont aucun pinceau ne saurait rendre la délicatesse.

A l'embouchure du Grand Zab, le spectacle est vraiment admirable. On
coupe le massif perpendiculairement à son axe. On voit défiler successivement
les chaînes parallèles et les vallées comprises entre ces chaînes. Il en résulte
une variété de points de vue qui tient constamment l'admiration en suspens,
car aucune de ces vallées n'est semblable à l'autre.

Cependant, plus on avance, plus le paysage devient gigantesque. Les cimes
s'entassent et écrasent tout de leurs masses énormes, les neiges descendent toujours plus bas.

Quelques kilomètres plus loin, les deux versants s'écartent de nouveau.
Le fleuve s'épand largement entre deux berges verdoyantes et fleuries. Comme
dans toutes les vallées abritées entre de hautes montagnes, l'air était calme, la
température chaude et pénétrante. La flore était celle des contrées méridionales
de l'Europe, tandis que, sur les différents étages de la montagne, se superpo-
saient les zones de cultures des régions tempérées et froides, jusqu'à la limite
des glaces persistantes où toute trace de végétation disparaît.

A deux kilomètres environ du Tigre s'élèvent les ruines de Nimroud. En
creusant le tell, on a mis à découvert le palais d'Assour-Nazirpal et des inscrip-

tions qui ont permis de reconstruire une portion très intéressante de l'histoire d'Assyrie.

Quelques heures après, la barque arrivait à Mossoul et nos voyageurs quittaient leur demeure mobile pour une habitation plus commode.

Le premier soin de Badger fut d'aller chercher, au consulat anglais de Mossoul, des nouvelles de Jack Adams. Il en eut de toutes récentes. L'ingénieur avait presque terminé sa première usine hydraulique près de Djézireh-Ibn-Omer dans la haute vallée du Tigre; tout son personnel était en bonne santé et il attendait avec impatience l'arrivée du lord pour inaugurer sa première station électrique.

Tranquille de ce côté, Badger s'occupa des moyens de transport pour le conduire, lui et ses compagnons, d'abord à Djézireh, puis ensuite dans les différentes vallées des tributaires du Tigre. On ne pouvait plus songer, en effet, à se servir des cours d'eau comme moyen de communication. Pendant deux mois on allait s'engager dans la région des hautes montagnes qui séparent la Perse de l'Assyrie et de la Mésopotamie, gravir des cols escarpés et franchir les arêtes de séparation de plusieurs vallées profondes.

Comme il fallait une huitaine de jours pour organiser la nouvelle caravane, recruter les bêtes et les gens, se munir des provisions nécessaires pour un si long voyage à travers des contrées sauvages et désertes, on décida de consacrer cette semaine d'attente à visiter les ruines de Ninive, de Khorsabad et de Bavian.

Le départ pour cette excursion fut fixé au surlendemain. Pendant ces deux jours on visiterait Mossoul.

Toutes les villes d'Orient se ressemblent. Vouloir décrire chacune d'elles, ce serait s'exposer à des répétitions. La moderne capitale de l'Assyrie mérite cependant une mention spéciale.

Mossoul est, par sa position, une des villes les plus considérables de la Mésopotamie. Point de jonction des principales vallées tributaires de celle du Tigre, elle fait un grand commerce avec la Perse, le Caucase et les tribus kurdes de la montagne. Elle a quarante mille habitants environ; son importance ne tient pas seulement à son commerce, mais à la fabrication d'étoffes merveilleuses. On dit que Mossoul a donné son nom au tissu léger que nous fabriquons en Europe sous le nom de mousseline et qui a été importé d'Orient.

Mossoul est construite en amphithéâtre au sommet d'une colline qui n'est qu'une ramification avancée de la chaîne du Seindjar. Le Tigre coule au pied de cette colline et se divise en plusieurs branches. A cet endroit le fleuve est déjà navigable pour des radeaux de quelque importance. Un beau pont de bateaux donne accès dans la ville.

L'aspect de Mossoul est assez grandiose. Les principaux édifices et les maisons de quelque importance sont construits en albâtre que l'on nomme marbre de Mossoul. Un des deux bazars est très beau et présente le spectacle le plus animé. L'autre ressemble à tous les établissements du même genre. Au sommet de la colline, au centre d'un magnifique jardin, on a construit des bains alimentés par une source thermale. Turcs et Arabes viennent y chercher pendant toute l'année des remèdes à leurs maux ou des occasions de plaisirs.

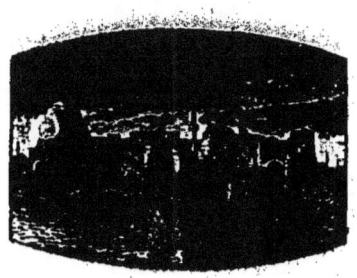

15

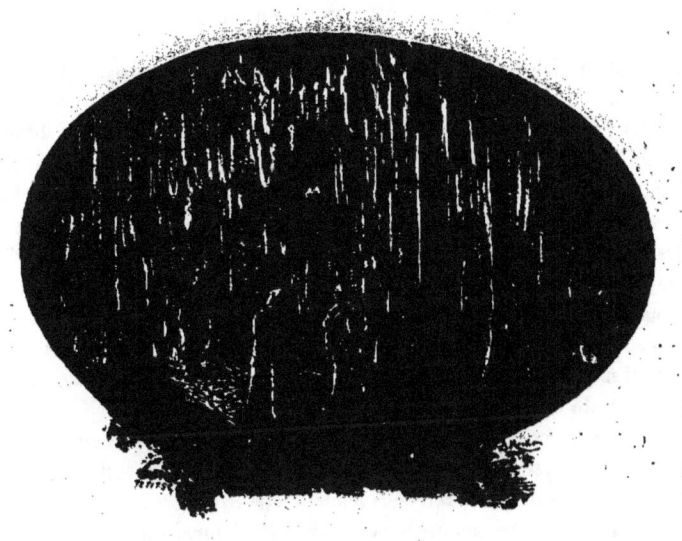

CHAPITRE XII

LA GROTTE DE BAVIAN

A l'heure fixée, tout le monde fut prêt pour l'expédition projetée aux ruines et à Bavian.

Après avoir traversé le pont de bateaux qui relie Mossoul à la rive gauche du Tigre, on suivit une berge de deux kilomètres environ et l'on arriva en face d'une butte élevée dont la masse ne couvre pas moins de dix hectares. C'est le Kouyoundjick où fut l'ancienne Ninive, Ninive la grande ville, « de trois journées de marche ».

Comme emplacement d'une capitale, il était difficile de mieux choisir. A proximité des montagnes d'où elle pouvait tirer les pierres et tous les matériaux de construction; au bord d'un grand fleuve qui avait alors, sans nul doute, un débit d'eau beaucoup plus considérable qu'aujourd'hui, elle ouvrait et fermait à son gré la voie qui mettait en communication l'Orient et l'Occident. Elle tenait en respect aussi bien les tribus indisciplinées de la montagne que les peuplades du plat pays.

Quand l'empire assyrien est solidement fondé, Babylone remplace Ninive. C'est la loi invariable. Toute domination qui s'établit de par le droit du plus fort doit autant se préoccuper de se défendre que d'attaquer. Le premier souci du vainqueur est de se cantonner dans les positions acquises. Les hordes qu'il lance sur des populations sans défiance doivent pouvoir se réfugier au besoin derrière des remparts inexpugnables.

Plus tard, ce sont des considérations d'un autre ordre qui l'emportent. A la période conquérante et guerrière succède la période du développement et de la richesse. Ninive est le nid d'aigle des Assur et des Nimrod ; Babylone, la brillante capitale du fastueux empire de Sémiramis.

Grimmitschoffer désirait vivement faire une étude approfondie de l'ancienne Ninive. Dans son système, tout ce qui se rapportait à l'empire assyrien avait une importance de premier ordre, car, de la fondation de ce puissant empire, commençaient, selon lui, tous les malheurs de l'humanité. Nimrod avait été le premier despote; le premier il avait mis en pratique, s'il ne l'avait formulé, l'axiome célèbre : la force prime le droit. Les tyrans et les Césars venus après lui n'étaient que ses continuateurs et ses plagiaires. Mais le règne de la force, dont l'emblème était les têtes ailées de taureaux trouvées dans les fouilles, touchait à sa fin. Le droit et la justice, figurés par l'agneau et le bélier, allaient de nouveau régner sur la terre et lui, Grimm, serait peut-être le Moïse destiné à faire entrer l'humanité dans cette nouvelle terre promise ou plutôt dans ce paradis retrouvé.

Le Konyounndjick avait été fouillé en tous sens par les explorateurs précédents. Éventré à coups de pioche, il laissait apercevoir en plusieurs points des galeries souterraines qui s'allongeaient dans toutes les directions.

Grimm, portant une lanterne à la main et suivi de deux hommes également munis chacun d'une lanterne et d'une pioche, pénétra dans le plus grand de ces souterrains.

— Surtout, s'écria Flatnose, au moment où l'archéologue disparaissait dans les ténèbres, surtout, n'oubliez pas de nous rapporter un Ninivite, mort ou vivant.

— Et choisissez-le joli, s'écria à son tour miss Nelly en riant, je le donnerai pour mari à Fatma.

Pendant que Grimm, à la piste de quelque précieuse trouvaille, s'engageait ainsi dans les profondeurs du sol, les autres, guidés par Monaghan, examinaient les débris mis à découvert. On put se rendre compte que les pièces intérieures des anciens palais étaient revêtues tout autour, jusqu'aux deux tiers de la hauteur environ, de plaques de marbre et de pierres sculptées. Les sculptures représentaient des combats ou des chasses. On trouva des fragments de sphinx, de lions et d'immenses taureaux ailés comme ceux qui ont été envoyés au Louvre. Les briques émaillées étaient nombreuses. On mit de côté les plus jolies pour les emporter.

Cependant le temps s'écoulait et l'antiquaire ne reparaissait pas. On alla visiter, à côté de la butte de Kouyoundjick, et également sur un petit monticule, le village de Nabi-Younnès où l'on dit que le prophète Jonas est enterré. Dieu

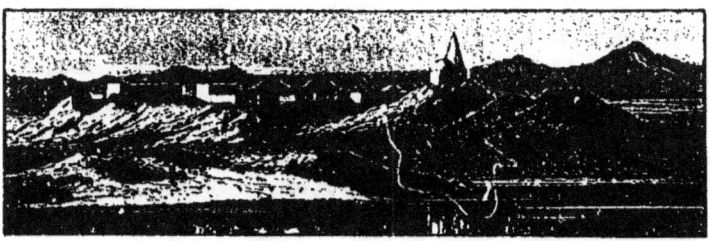

lui avait commandé d'aller prêcher la pénitence aux Ninivites. L'irascible voyant, qui n'eût peut-être pas été fâché de voir de ses yeux la destruction des méchants, se garda bien d'obéir et s'enfuit sur un navire. Ce ne fut qu'après les aventures que l'on sait qu'il se décida à remplir le rôle de messager de paix dont il comprenait si peu la grandeur. On montre encore le figuier sous lequel, sa prédication terminée, il s'endormit, non sans maugréer encore en lui-même contre la mansuétude divine.

On revenait du côté de la butte, lorsqu'on vit accourir à toutes jambes les deux hommes qui avaient suivi Grimm pour l'aider dans ses recherches. Ils racontaient qu'un accident venait d'arriver au pauvre savant. S'étant avancé dans une étroite fissure du sol, un éboulement était survenu et il avait été enseveli sous un amoncellement de décombres.

Les secours furent vite organisés. Monaghan, à la tête d'une dizaine d'hommes armés de pioches, s'avança jusqu'à l'endroit où l'éboulement s'était produit et se mit en devoir de délivrer la victime de l'archéologie.

Disons de suite que, cette fois encore, Grimm devait en être quitte pour la peur. Protégé par un angle de mur, l'éboulement ne l'avait pas atteint ; mais sa position était des plus gênantes, car il ne pouvait faire un seul mouvement. Au bout d'une heure de travail, il fut délivré sans une égratignure et porté en triomphe au milieu de ses compagnons.

Mais le pauvre homme était ahuri. Rien de comique comme sa figure bouleversée.

— La mauvaise fortune me poursuit partout, dit-il tristement. Elle ne veut pas que j'attache mon nom à d'immortelles découvertes.

— Elle vous récompensera plus tard, dit gravement Badger, pendant que les autres ne pouvaient s'empêcher de rire aux éclats à la vue de la piteuse mine de ce chevalier de la triste figure ; ne perdez point si facilement courage.

Réconforté par ces bonnes paroles, Grimm put remonter à cheval et l'on prit enfin le chemin de Khorsabad, situé à environ vingt-huit kilomètres au nord-est de Mossoul. Après une course agréable à travers un pays accidenté et déjà couvert d'une luxuriante végétation, vers onze heures, on se trouva en face des ruines. La fin de janvier, dans ces contrées, équivaut à notre mois d'avril d'Europe; les arbres fruitiers en pleine floraison donnaient à toute la campagne un air de fête.

L'ancien palais de Khorsabad était la résidence d'été, le Versailles ou le Compiègne des rois de Ninive; sa situation dans une riante vallée, au pied d'une chaîne de montagnes assez élevées, sans être toutefois abruptes et sauvages, prouve que ces tyrans cruels, ces despotes capricieux et sanguinaires avaient un très vif sentiment de la nature.

Rien n'est nouveau sous ce soleil : il y a quelque quarante siècles, comme de nos jours, les souverains et les gens riches quittaient pendant l'été leurs somptueux palais et leurs opulentes demeures, pour venir habiter de riantes villas comme celles dont les ruines se trouvent si fréquemment sur les collines et sur les monts des environs de Ninive. Et alors, comme aujourd'hui, il eût sans doute été du plus mauvais ton de se soustraire à cette coutume imposée autant par la mode que par un attrait réel.

Les ruines de Khorsabad s'étendent sur une surface de trois kilomètres carrés. Elles sont assez bien conservées pour avoir permis de reconstituer le plan géométral des constructions. Autour du palais et de ses dépendances s'était élevée une petite ville, où venaient résider les courtisans et les grands seigneurs qui ne voulaient pas s'éloigner de la cour.

Le palais fut construit sous le règne de Sargon, le Salmanazar de la Bible, selon quelques-uns. Les fouilles ont mis à découvert — sur une longueur de plus de deux kilomètres — des murs de vingt-quatre mètres d'épaisseur sur trente de hauteur. Sur ce vaste déploiement de surface, une multitude de bas-reliefs représentent les principaux événements du règne de Sargon.

Khorsabad possédait aussi un observatoire, consistant en une tour à quatre étages dans un assez bon état de conservation. Construits en pierres, — très abondantes dans les montagnes, — les villes et les monuments de l'Assyrie proprement dite se sont beaucoup mieux conservés que ceux de la Mésopotamie, pour lesquels on n'a employé que des matériaux fort destructibles. Les ruines de Khorsabad ont permis aux savants de refaire en partie l'histoire de l'ancien empire.

Grimmitschoffer ne se sentait pas de joie à la vue de ces trésors. Sa mésaventure du matin était complètement oubliée. Mais ce qui acheva de le plonger dans une de ces extases dont les antiquaires ont seuls le privilège, ce fut la visite d'un vaste caveau ayant servi de magasin à un marchand de ferraille. On en avait extrait plus de cent soixante tonnes d'instruments en fer de toutes les formes, ayant servi aux usages journaliers de la vie.

A l'aide de ces documents authentiques, il eût été facile d'écrire un chapitre sur la vie privée des anciens et de les faire voir agissant comme des personnages réels et non comme des ombres chinoises.

Ayant fait donner quelques coups de pioche dans un coin, Grimm eut la joie de voir apparaître au jour quelques nouveaux spécimens. Il fallut modérer son ardeur. Si on l'eût écouté, on aurait employé toute une semaine à fouiller le sol et on aurait rapporté à Mossoul plusieurs tonnes de ferraille rouillée.

Flatnose s'approcha de lui et, avec le plus grand sang-froid du monde :

— Vos fouilles déplaisent à lord Badger, lui dit-il à l'oreille. Il craint que vous ne découvriez, au milieu de ces amas de fer, une machine dynamo-électrique ou une pile thermo-solaire, et alors, adieu son ardeur et son enthousiasme. Car si les anciens Ninivites ou Babyloniens se servaient de ces machines, il ne serait plus qu'un vil plagiaire, et son orgueil ne lui permettrait plus de continuer son œuvre.

En entendant ces paroles, qu'il était loin de prendre pour une plaisanterie, Grimm éprouva un violent soubresaut. On eût dit qu'il venait d'être frappé de la foudre. Ses yeux fixés sur Flatnose semblaient dire : comment a-t-il pu pénétrer mon secret? C'est que l'étude comparée de Rome et de Babylone n'était que le moindre des titres que Grimm croyait avoir à l'immortalité. Le principal était la découverte du rôle de l'électricité chez les anciens. De ce secret-là Grimm ne parlait à personne. Il eût même craint de le confier au papier, tant qu'il n'avait pas réuni tous les éléments d'une irréfutable démonstration.

On comprend dès lors quel coup lui avait porté l'innocente saillie du bon Flatnose. Il se remit pourtant et, au bout d'un instant, il avait recouvré tout son sang-froid.

On passa la nuit sous des tentes, en face des ruines. Tout le monde était plein d'entrain et de gaieté, sauf miss Ross à qui ces déplacements perpétuels commençaient à peser; son humeur devenait chagrine. Elle n'était plus de première, ni même peut-être de seconde jeunesse. Il était visible qu'un petit intérieur confortable — dont la vision la hantait de plus en plus — eût bien mieux été son objectif que la position qu'elle occupait chez un homme cent fois millionnaire qui vivait en prince, et que les brouillards de la Tamise lui eussent semblé préférables au plus beau lever de soleil sur les montagnes de l'Assyrie. Fidèle au devoir, elle suivait la caravane sans trop se plaindre, mais sans le moindre enthousiasme. Elle ne quittait guère la voiture pendant les marches, la tente pendant les campements.

Le lendemain, — à l'aube, — on se remit en marche pour Bavian. Il fallait traverser la chaîne de montagnes qui sépare Khorsabad de cette dernière localité.

La montée fut assez pénible. Miss Ross avait été installée sur un mulet. La pauvre femme se cramponnait à la bête en désespérée. A chaque mouvement de l'animal, elle croyait tomber dans les ravins ou les précipices. Au sommet du

Mekloub, on eut une vue splendide sur la vallée du Tigre et les montagnes avoisinantes.

La descente se fit rapidement et l'on eut bientôt atteint les gorges profondes où se trouve Bavian.

Les voyageurs suivaient une étroite vallée dominée à droite et à gauche par des escarpements parallèles. On ne s'y croirait plus en Orient, mais dans une vallée de la Suisse ou du Tyrol. La végétation, complètement différente de celle du Tigre, est identique à celle des pays du Nord. Le chêne, le noyer et surtout le sapin y croissent comme dans un vallon des Alpes.

Brusquement, on se trouva en face d'une haute paroi calcaire, sur laquelle étaient gravées en relief des figures colossales et encore parfaitement conservées. Les diverses inscriptions qui accompagnent ces figures permettent de les attribuer avec certitude à l'époque de Sennachérib. Quant à leur but, il est probable qu'elles étaient destinées à perpétuer, pendant la durée des siècles, la gloire des monarques ninivites.

A une époque postérieure, des cavernes ont été creusées dans ces rochers et ont servi de demeures à des êtres humains. Ces troglodytes furent probablement des chrétiens des premiers siècles, qui cherchaient un abri contre les persécutions ou se réunissaient pour mener en commun la vie cénobitique. Sans respect pour ces monuments antiques, ils ont perforé les têtes, les corps, les emblèmes. Inutile de demander si cette mutilation provoqua l'indignation de Grimm. Il prononça une éloquente philippique contre ces chrétiens ignares, qui n'avaient jamais rien compris aux anciens mythes et aux anciens symboles, et voyaient partout des simulacres d'idolâtrie à détruire. Il envoyait au diable ces pauvres gens qui n'avaient peut-être agi de la sorte que dans l'espoir de mériter le ciel.

Mais la plus grande curiosité de la vallée n'était pas cet immense bas-relief. Le guide conduisit les promeneurs à quelques centaines de pas plus loin, au fond d'une gorge étroite, sombre et humide, où l'on avait découvert depuis peu l'entrée d'une grotte encore inexplorée. Quelle aubaine pour un archéologue ! Que n'allait-il pas découvrir dans les entrailles du sol !

C'était le consul anglais de Mossoul qui avait fait part à Badger de cette récente découverte et, si celui-ci avait accueilli avec empressement le projet d'une excursion à Bavian, c'était surtout dans le but d'être le premier à explorer cette caverne. L'Anglais porte toujours et partout avec lui la préoccupation d'affirmer

16

— sur n'importe quel terrain — la suprématie de l'Angleterre. Ayant la bonne fortune d'avoir précisément sous la main un savant véritable, — malgré toutes ses excentricités et ses travers, on ne pouvait dénier ce titre à Grimmitschoffer, — lord Badger avait décidé d'en profiter pour savoir s'il y avait vraiment lieu de pratiquer des fouilles sérieuses dans la grotte, auquel cas il n'aurait pas manqué d'en informer son gouvernement et de lui assurer ainsi un rôle d'initiative dans ce genre de découvertes qui passionnent aujourd'hui toutes les nations civilisées de l'Europe.

On s'était donc muni des torches et des outils nécessaires en pareil cas, et il avait été décidé que tout le monde entrerait dans la grotte et que chacun parti- ciperait aux recherches. L'entrée de la caverne était étroite. Mais, au bout de quelques pas d'une descente rapide sur un sol incliné et boueux, la galerie se faisait plus haute et plus large. Un air vif arrivait au visage et l'on entendait dans le lointain des bruits confus.

L'inconnu nous attire irrésistiblement, et la vague terreur qu'il inspire est pour quelque chose dans cet attrait. Il fut décidé à l'unanimité qu'on explorerait la grotte dans tous les sens. Miss Ross ne partageait pas le sentiment général ; elle s'arrêta soudain et déclara nettement qu'elle ne ferait plus un seul pas en avant.

— Soit, lui dit Badger, remontez à l'entrée de la grotte et attendez notre retour. Nous reviendrons dans deux heures au plus ; vous serez mieux là-haut qu'avec nous.

Miss Ross ne se le fit pas répéter deux fois ; elle retourna en arrière et eut bientôt regagné l'ouverture du souterrain.

L'exploration continua ; les couloirs se succédaient sans interruption. On se dirigea ensuite du côté d'où semblaient parvenir les bruits que l'on continuait d'entendre. On arriva ainsi dans une grande salle, de la voûte de laquelle pen- daient de superbes stalactites affectant les formes les plus diverses et les plus étranges. De longues colonnades, des piliers massifs, des bénitiers, des statues, se laissaient entrevoir dans une profondeur infinie. La clarté des torches, se reflétant sur chaque facette de cristal, en faisait jaillir des milliers de gerbes étincelantes. On eût pu se croire transporté, comme dans une féerie merveilleuse, au milieu des palais souterrains habités par les génies de la planète.

— Que c'est beau ! dirent en même temps les deux jeunes filles, qui se tenaient par la main.

Quant à Grimm, il n'admirait rien de ce qu'admiraient les autres. A dire vrai, les beautés de la nature avaient peu de charmes pour lui ; la seule chose qui l'intéressât sérieusement était de rechercher ce que l'humanité avait fait, cru et pensé aux époques les plus reculées de son existence sur cette terre. Son œil scrutait tous les coins et les recoins ; sa main, armée tantôt d'une pique, tantôt d'une pioche, interrogeait toutes les fissures des parois, toutes les boursouflures du sol.

— Quoi ! s'écria-t-il, pas une inscription, pas un tombeau, pas une trace quelconque du passage et des accents de l'homme ! Cette grotte était-elle donc aussi inconnue des anciens habitants de ces contrées que des habitants actuels ?

Après avoir fouillé la vaste salle dans tous les sens, on s'engagea dans une série de nouvelles galeries. On traversa encore plusieurs salles moins vastes que la précédente et offrant toutes quelque nouvelle curiosité naturelle, mais nul indice de l'industrie humaine.

En avançant, l'air devenait plus humide, les bruits plus distincts, et il devint facile de reconnaître que la cause qui les produisait était la chute d'une cascade. En effet, à l'issue d'un couloir tellement bas qu'il fallut presque ramper pour atteindre son extrémité, les explorateurs se trouvèrent devant une sorte de gouffre du fond duquel un torrent impétueux se précipitait avec furie. On avança avec précaution et en se cramponnant au bras des guides, le long d'une berge humide et glissante qui conduisait auprès de la chute d'eau. Le courant d'air était tellement violent que les torches faillirent s'éteindre.

Monaghan sortit de sa poche une flamme de Bengale et y mit le feu. Sous l'éclat violent de la pièce d'artifice, il fut possible de sonder du regard l'ensemble de la caverne. Pendant les quelques minutes que dura l'illumination, ce fut une extase générale. Quand tout fut rentré dans une obscurité relative sous la lueur blafarde que projetaient les torches, on entendit une voix sépulcrale murmurer d'un ton désolé :

— Rien ! encore rien !

Il ne restait plus qu'à retourner sur ses pas et à regagner l'entrée de la grotte. Si l'exploration n'avait pas été heureuse au point de vue archéologique, au point de vue pittoresque elle n'avait manqué ni d'intérêt ni d'imprévu. Pour en perpétuer le souvenir et ménager aux antiquaires du XL.ᵉ ou du L.ᵉ siècle le plaisir de déchiffrer au moins une inscription, on grava avec la pointe d'un couteau, sur l'une des parois intérieures, le nom des visiteurs qui, tel jour du mois, en l'an de grâce 18.., avaient les premiers exploré la grotte jusqu'aux chutes et l'avaient baptisée du nom de Victoria.

Trois heures après avoir pénétré dans le souterrain, nos touristes se retrouvaient réunis à son entrée. Miss Ross n'y était plus. On l'appela à plusieurs reprises, mais en vain.

On pensa qu'elle s'était trouvée incommodée par l'humidité et qu'on allait immanquablement la rencontrer, en remontant la vallée, auprès de la paroi aux bas-reliefs. Miss Ross ne s'y trouvait pas non plus.

On commença alors à être fort inquiet sur le sort de la bonne demoiselle. Que pouvait-il bien lui être arrivé? Des bêtes féroces? Il n'y en avait pas dans la région. Des voleurs, des brigands? Peut-être s'était-elle égarée, trompée de route. On battit tous les buissons environnants ; on fouilla chaque recoin de rocher. Le reste de la journée fut employé à ces recherches, mais en vain : la nuit arriva, et miss Ross n'était pas encore retrouvée.

On rejoignit le reste de l'escorte où on l'avait laissée la veille, et l'on campa de nouveau en plein air, mais en se tenant sur ses gardes. La disparition de la gouvernante prouvait que le pays n'était pas sûr. On pouvait être attaqué à l'improviste. Cependant aucun incident nouveau ne vint troubler le repos des voyageurs, et la nuit fut tranquille.

Dès l'aurore, les recherches recommencèrent sans plus de succès que la veille. Tout le monde était vraiment désolé. La disparition de miss Ross était le premier événement tragique arrivé à l'expédition. Un malheur n'arrive jamais seul, dit le proverbe. Flatnose, plus affligé encore que les autres, en conclut que l'on allait entrer dans la mauvaise série.

Il était maintenant inutile de prolonger les recherches. Il devenait évident que miss Ross n'était plus dans les environs. Le seul parti était donc de retourner à Mossoul et de prévenir le consul anglais, afin qu'il pût prendre, de concert avec les autorités indigènes, toutes les mesures nécessaires pour retrouver la malheureuse gouvernante.

Cependant, l'on ne pouvait prolonger plus longtemps le séjour à Mossoul. La caravane était prête; Badger décida de partir dès le surlendemain et de rejoindre Jack Adams. Comme on devait revenir à Mossoul dans quelques semaines, miss Ross attendrait le retour de la caravane chez le consul anglais.

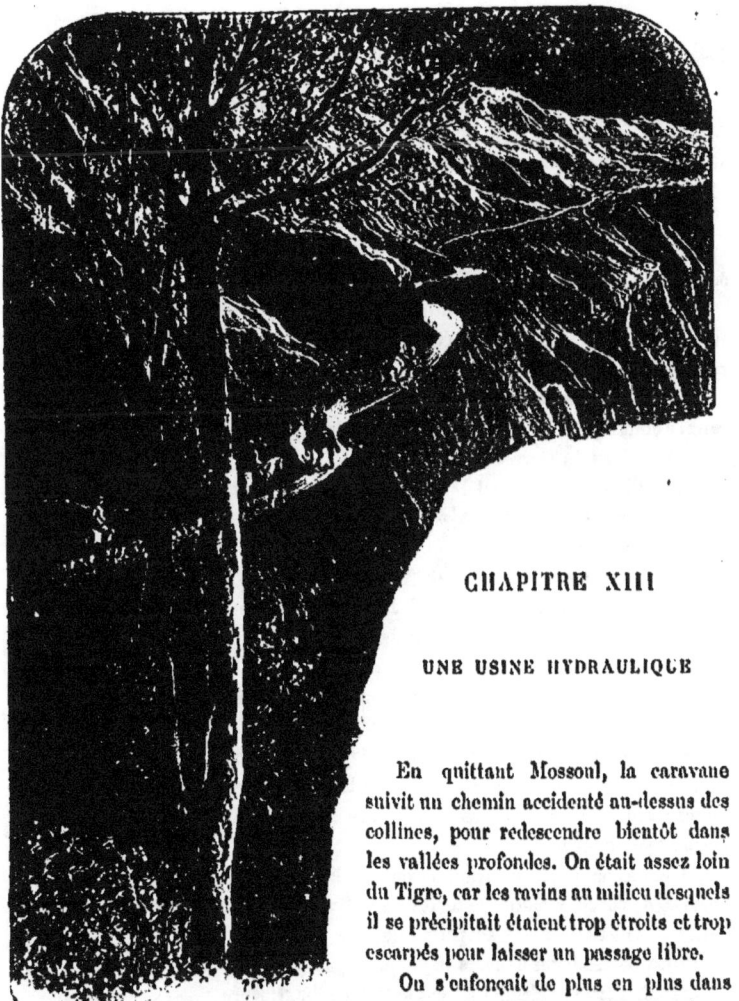

CHAPITRE XIII

UNE USINE HYDRAULIQUE

En quittant Mossoul, la caravane
suivit un chemin accidenté au-dessus des
collines, pour redescendre bientôt dans
les vallées profondes. On était assez loin
du Tigre, car les ravins au milieu desquels
il se précipitait étaient trop étroits et trop
escarpés pour laisser un passage libre.

On s'enfonçait de plus en plus dans
une contrée montagneuse. Les pics deve-
naient plus aigus, les sommets plus escarpés, et l'on se rapprochait de la limite des
neiges persistantes. Parfois, au passage d'un col élevé, le froid se faisait sentir. On
traversa des champs de neige où bêtes et gens enfonçaient jusqu'aux genoux.

Le deuxième soir, le campement fut établi sur un plateau raviné et crevassé. A peu de distance le Tigre mugissait au fond d'un précipice. Grimm annonça que l'on se trouvait sur l'emplacement d'Eski-Mossoul, c'est-à-dire la vieille Mossoul.

En quittant le plateau d'Eski-Mossoul, la route descend rapidement. On apercevait à l'horizon une vaste plaine au milieu de laquelle serpente le Tigre, échappé à la longue série des défilés.

Quelques heures après, on atteignit de nouveau les bords du fleuve, dont on suivit les bords. La température était redevenue printanière ; la verdure et les fleurs reparaissaient.

Au loin, dans les brumes du soir, une ville semblait s'élever du sein des eaux ; c'était Djézireh-Ibn-Omer, construite dans une île, ou plutôt sur un rocher isolé, au milieu du Tigre.

La ville s'étend au pied d'une vieille forteresse, qui se dresse fièrement au sommet d'un monticule formé par des assises régulières de basalte noir et de marbre blanc. Un vieux pont en ruines ajoute au pittoresque du paysage.

La caravane campa au bord du Tigre, en face de la ville déjà endormie. Tout le monde était joyeux, on était arrivé sur l'emplacement de la première usine ; demain on retrouverait certainement Jack Adams dont on était séparé depuis si longtemps.

Dès les premières lueurs du jour suivant, la caravane se mit en marche, afin d'atteindre l'usine avant midi. Les montagnes se rapprochaient rapidement du côté du nord, la plaine se transformait en terrain plus accidenté. Enfin, vers les onze heures, au fond d'un charmant vallon délicieusement ombragé par des arbres fruitiers et conifères, on aperçut une construction à l'européenne : c'était l'usine hydraulique.

L'approche de la caravane devait avoir été signalée par les ouvriers de l'usine, car on vit accourir de toutes les forces de ses jambes Jack Adams, que l'arrivée de lord Badger transportait de joie.

Tous descendirent de leurs montures, et, remettant les guides aux mains des hommes de l'escorte, s'empressèrent autour de l'ingénieur.

Oui, c'était avec une bien grande joie qu'on le revoyait, ce brave et courageux Jack Adams. Il avait eu à lutter contre les hommes et contre les éléments ; mais il était sorti victorieux de la lutte. Il avait la ténacité qui fait les hommes d'action. Badger lui avait dit de réussir, il avait réussi.

La première usine hydraulique était achevée. Le lendemain on pourrait faire tourner les turbines et transformer la force de l'eau en électricité.

Tout en marchant, Jack Adams racontait ses luttes, ses travaux, ses espérances. On avait aussi beaucoup d'événements à lui apprendre. Il avait été frappé tout d'abord de l'absence de miss Ross; sa disparition lui semblait inexplicable. Il connaissait déjà, par les lettres de ses amis, ce qui concernait Fatma; mais il ignorait la découverte de Grimm.

On approchait de la maison à l'européenne qui servait d'habitation au personnel de l'usine. Bâtie au pied d'un mamelon en pente douce, elle était abritée par une sorte de bois taillis. Une belle pelouse d'un vert d'émeraude s'étendait jusqu'au bord du Tigre, qui roulait à peu de distance ses eaux torrentueuses.

Aux branches de quelques arbres étaient fixées des boules blanchâtres, que l'on reconnut être des cocons.

— Vous élevez donc aussi des vers à soie? demanda miss Nelly à l'ingénieur.

— Ils s'élèvent tout seuls, répondit celui-ci. Ce sont des vers à soie sauvages qui vivent sur une variété de chêne vert. La soie qu'ils produisent n'est pas à beaucoup près aussi belle et aussi douce que celle de leurs congénères domestiques. Toutefois, les femmes du pays s'en servent pour tisser des étoffes très solides. C'est une indication dont on pourrait peut-être tirer parti. En plantant un grand nombre de chênes verts, on multiplierait par cela même le nombre des bombyx qui vivent sur ces arbres, et l'on produirait une matière textile qui ne coûterait que la peine de la manufacturer.

On pénétra dans la maison. La construction était fort simple, les meubles en bois. Les ustensiles nécessaires au ménage de six hommes, des livres, des cartes, des outils et des instruments, c'est tout ce qui s'offrait aux yeux des arrivants. Mais chaque objet était à sa place; rien qui ne présentât une image d'ordre et de propreté.

Chacun s'était mis en frais pour recevoir dignement lord Badger et sa suite. La plus agréable pièce de la maison avait été, comme de raison, réservée aux dames. A défaut d'ornements somptueux, cette chambre, que miss Nelly devait partager avec Fatma, était décorée de guirlandes de feuillage et de fleurs à profusion. Attention délicate dont la fille du lord se montra touchée.

Jack Adams avait cédé sa chambre à Badger; les autres personnages et lui-

17

même coucheraient sur des lits de camp, dans l'unique chambre qui restait disponible ou bien dans les magasins, dans les annexes de l'usine hydraulique.

Le déjeuner fut court; on avait hâte de visiter l'installation des turbines et des machines électriques. Aussitôt après le café, les convives se levèrent de table et déclarèrent à l'ingénieur qu'ils étaient prêts à le suivre. Grimm lui-même montra presque autant d'empressement que s'il se fût agi de la plus invraisemblable des ruines.

On prit un petit sentier ombragé à travers les bois. Cinq cents pas plus loin, on arriva au bord d'une sorte de bief formée par la rivière, qui, une centaine de mètres plus à droite, descendait en cascade le long d'une étroite gorge, une faille plutôt, entaillant la montagne dans toute son épaisseur.

A l'entrée du défilé, tout le monde s'arrêta pour admirer la chute d'eau. Le Tigre tombait en cascades, blanc d'écume et remplissant l'air d'un bruit assourdissant.

En levant les yeux, on aperçut un bâti-ment construit au-dessus de l'abîme et sus-pendu sur les eaux en furie; c'était l'usine.

Il faut avouer que Jack Adams avait su choisir un emplacement favorable. L'endi-guement du Tigre avait été facile, et l'on était certain d'avoir à sa disposition une force consi-dérable.

Rien de pittoresque comme cette usine assise au-dessus du torrent, presque impercep-tible au milieu des masses qui surplombaient. Jack Adams fit les honneurs de son installa-tion. On admira la disposition des travaux et des machines. Le lendemain, d'ailleurs, on verrait le tout en mouvement, et l'on pourrait juger de la perfection de l'œuvre.

— A demain donc, dit Badger : nous reviendrons admirer votre installation. Une usine n'est belle qu'en mouvement. En repos, elle ressemble à un
cadavre et n'inspire que la tristesse.

Jack Adams proposa de continuer la promenade
un peu plus loin et de monter pendant un millier
de mètres le défilé. On ne pouvait aller plus haut,
car le sentier cessait complètement. La proposition
cependant fut acceptée avec enthousiasme.

Le chemin qu'on suivait avait une pente douce,
mais continue. On longeait le torrent qui mugissait
bruyamment et roulait ses eaux à travers un chaos
de rochers éboulés, s'enfonçant de plus en plus dans
les entrailles de la terre.

Tout le long du sentier, les jeunes filles cueil-
laient une foule de petites fleurs nouvelles pour elles,
et dont le savant Monaghan leur indiquait aussitôt
les noms. Rien de délicat comme leurs feuilles découpées, rien de suave comme leur parfum.

Par un phénomène d'acoustique assez difficile à
expliquer, malgré le tumulte des cascades, l'oreille
percevait distinctement les moindres bruits, jusqu'au
chant des oiseaux, jusqu'au bourdonnement des insectes, comme si, dans le grand mouvement de la
nature, les plus humbles vies devaient conserver leur
individualité.

Le paysage était sublime. C'étaient partout des
murailles escarpées, toutes tapissées de longs sapins
noirs, s'accrochant aux aspérités du roc et poussant
leurs racines dans les moindres fissures. L'éloignement les faisait paraître de plus en plus petits,
et ceux qui garnissaient les sommets semblaient ne
plus avoir que quelques centimètres.

Quant aux murailles, elles s'élevaient à des
hauteurs prodigieuses, pouvant atteindre au moins de mille à douze cents pieds.
Par-dessus le gouffre, l'œil effrayé apercevait encore des pics plus élevés, qui se

perdaient dans les nuages. Ce spectacle est tellement grandiose, que celui qui ne
l'a pas vu ne peut s'en faire une idée, même avec la plus fidèle description. Un
peintre seul, et quel peintre faudrait-il être ! saurait rendre ces tons d'un vert si
tendre, ces jeux de lumière, ces ombres fantastiques qui remplissaient le fond de
la gorge. Le soleil, encore vif, mais fortement incliné à l'horizon, éclairait les
sommets de sa lumière intense et projetait de larges ombres à la base des pics.
Au fond du défilé, une énorme montagne toute blanche apparaissait dans la
majesté de ses formes élancées.

Si le regard, au lieu de s'élever, s'abaissait vers le sol, le spectacle n'était pas
moins grandiose. Depuis le sentier jusqu'au Tigre, c'était un vaste entassement
de rocs, par-dessus lesquels les troncs des sapins étendaient leur sombre feuillage.

On était arrivé au bout du sentier. Là, les rochers se resserrant davantage
et surplombant au-dessus de l'abîme, il fallut revenir sur ses pas. Il était temps
d'ailleurs de rentrer à la maison. La nuit se fait vite dans les gorges des montagnes ; et avec la nuit, l'air glacé des sommets envahit les profondeurs. Nos voyageurs surent éviter la nuit et le froid ; ils arrivèrent au logis, véritablement
affamés. Un bon dîner les attendait, et ils y firent honneur.

Le lendemain devait être un grand jour pour les membres de l'association.
L'inauguration de l'usine était le premier résultat tangible, le premier pas fait vers
l'achèvement de l'œuvre entière.

A huit heures, on reprit le chemin déjà suivi la veille. La matinée était splendide ; le soleil brillait dans un ciel sans nuages. La température douce promettait
une belle journée de printemps. Dans ces gorges élevées de la montagne, le climat
se rapprochait de celui de l'Europe méridionale.

Les ouvriers étaient déjà à leur poste. Quand Badger et ses compagnons
furent réunis dans la salle des machines, Jack Adams donna un signal. Les vannes
furent aussitôt ouvertes : l'eau, se précipitant alors de tout son poids sur les turbines, mit tout le mécanisme en mouvement. Les roues tournèrent avec une rapidité vertigineuse, les courroies de cuir sifflèrent en passant d'une poulie à une
autre ; les anneaux des machines dynamo-électriques, tournant avec une vitesse
effroyable entre les branches des électro-aimants, firent entendre leur bourdonnement particulier.

Mais ce n'étaient pas ces détails, surprenants pour le vulgaire, qui capti-
vaient en ce moment l'attention des assistants. Tous, réunis dans un coin de la
salle, ils suivaient anxieusement des yeux un petit instrument pendu le long du

mur. C'est que cet instrument était un dynamomètre destiné à donner la mesure de la force électrique produite par les machines.

Or, d'après le calcul, cette force électrique devait atteindre un minimum déterminé pour qu'on pût envoyer le courant depuis l'usine de Djézireh jusqu'à l'usine centrale de Babylone. On conçoit donc quelle devait être l'anxiété de tous les spectateurs. Si le minimum n'était pas atteint, si Jack Adams s'était trompé dans ses calculs, il fallait renoncer à cette partie si importante de l'entreprise. Il fallait renoncer à transporter à Babylone la force des chutes d'eau des montagnes.

L'attente ne fut pas de longue durée. Au bout de quelques minutes, pendant lesquelles la turbine prit un mouvement uniforme et la machine dynamo-électrique se satura d'aimantation, le dynamomètre, après quelques oscillations, se fixa à un point invariable.

— Quarante-huit, s'écria Jack Adams, d'une voix qui laissait deviner son émotion intérieure.

— Gagné ! répondit Badger. Il suffisait d'atteindre quarante.

Et, sans que la moindre émotion vînt faire tressaillir un muscle de son visage, mais avec une ardeur qui prouvait sa joie, il serra vigoureusement la main de Jack Adams.

On était enchanté du brillant succès obtenu par l'ingénieur. Aussi, pendant toute la durée du repas qui réunit à la même table Badger, ses compagnons et les employés de l'usine, les expériences du matin furent-elles l'unique objet de la conversation générale.

Le célèbre Green, le cuisinier modèle, s'était surpassé pour la circonstance. Il avait fait un voyage la veille à Djézireh, et y avait acheté des volailles exquises et les fruits les plus savoureux du pays. A prix d'argent, on a ce qu'on veut dans toutes les parties du monde; et l'on sait que l'argent était ce qui manquait le moins en la compagnie du lord.

A la fin du repas, les toasts se succédèrent sans interruption. On en porta à Badger, à Jack Adams, à Monaghan. On n'oublia même ni Flatnose ni Grimmitschoffer; le premier, à cause de l'admirable récit qu'il avait écrit sur les lieux, au pied de la machine électrique, et qui était destiné à plonger dans la joie ou dans la consternation les admirateurs ou les jaloux de la tentative de lord Badger; — le second, à cause de ses aventures extraordinaires, qui devaient porter un jour son nom jusqu'au ciel.

La série des toasts était épuisée, quand Badger se leva et dit :

— A la santé de Cornillé ! Il ne faut pas oublier l'absent. Comme Jack Adams, Cornillé réussira et aura également son heure de victoire.

Miss Nelly leva son verre comme tout le monde, ce qui n'empêcha pas Fatma de remarquer que sa jeune amie avait légèrement rougi quand son père avait prononcé le nom du Français.

— Mon cher monsieur Adams, dit Badger en s'adressant à l'ingénieur, veuillez maintenant nous dire où vous avez placé vos autres usines ? Les travaux sont-ils avancés, et espérez-vous bientôt en faire l'inauguration ?

— Mylord, répondit l'ingénieur, j'ai remonté le Tigre jusqu'à ses sources, et j'ai trouvé un emplacement convenable pour trois nouvelles usines. La première est située au confluent du Botan-Sou, près d'un village nommé Schebleh ; la seconde est à Bodia, sur le Batman-Sou. Quant à la dernière, elle se trouve plus haut à Egil, sur le Tigre même. Les constructions sont fort avancées, car elles ont été commencées peu de temps après celles de cette usine. Les résultats, obtenus ici ce matin, me prouvent que les trois autres usines donneront des résultats encore meilleurs, car les turbines employées sont plus puissantes. J'ai voulu faire d'abord l'essai de l'engin le plus faible, certain dès lors de la réussite avec de meilleurs appareils.

— C'est parfait, dit Badger, et je vous félicite de votre courage et de votre intrépidité à vaincre tous les obstacles. Allons, messieurs, ajouta le lord en se levant de table, je vois qu'il y a encore de beaux jours pour la science !

Quelques journées de repos étaient nécessaires avant d'affronter de nouvelles fatigues, dans un pays accidenté et encore peu connu. Il fut donc décidé qu'on resterait encore une partie de la semaine à l'usine hydraulique.

Le plus heureux de tous pendant cette halte fut Grimmitschoffer. Un soir, le célèbre archéologue put enfin lire son manuscrit. Pendant que Flatnose dormait dans un coin de la salle commune, que Badger songeait à ses projets, que miss Nelly et Fatma causaient doucement de ce dont causent les jeunes filles, Grimmitschoffer lisait lentement et pieusement son manuscrit. Sa lecture dura plus d'une heure. Quand elle fut enfin achevée, Badger le félicita et lui assura que cet ouvrage ferait les délices de toutes les sociétés savantes de l'Europe et de l'Amérique.

— Cher monsieur, ajouta le lord, vous serez couronné par les académies et nommé membre correspondant à votre retour en Europe.

Grimm était donc sous l'empire de la joie la plus profonde. Ses plus beaux rêves allaient se réaliser et il se voyait enfin arrivé au sommet de la gloire.

Badger et les deux jeunes filles aimaient à suivre les travaux de Jack Adams. Ils passaient souvent des heures entières assis sur les bords du Tigre, dont on entendait les mugissements lointains à travers les rochers. Rien ne charme l'imagination comme cette musique des eaux. On rêve sur les rives des torrents aussi bien que sur les plages de la mer.

Jack Adams était souvent interrogé par la curieuse fille du lord. Elle voulait absolument savoir quelle espèce de turbine avait été installée à l'usine.

— Mais, mademoiselle, lui répondait l'ingénieur, cela ne peut vous intéresser.

— Au contraire, disait-elle ; vous ne sauriez croire combien j'admire ces chefs-d'œuvre de la mécanique. Vous ne pouvez penser, monsieur l'ingénieur, qu'une jeune fille aime la science? Pour les hommes, une miss ne songe qu'à sa toilette et aux choses futiles. C'est une erreur, voyez-vous. Les jeunes filles savent également se passionner pour ce qui est grand et beau. Mon père a entrepris une œuvre de géant. Il est entouré d'hommes courageux. Je vous admire et j'aime vos luttes contre la matière.

— Qu'elle est belle ! se disait en lui-même Jack Adams, séduit par l'air inspiré de la jeune fille.

Son œil avait pris un plus vif éclat depuis son séjour en Orient. Ses joues pâles s'étaient colorées d'un carmin plus foncé. La vie au grand air avait développé son corps si souple ; loin de lui nuire, les courses vagabondes dans le désert et dans les montagnes avaient ajouté un nouvel attrait à sa séduction, déjà si grande autrefois.

CHAPITRE XIV

A TRAVERS LES HAUTS MONTS

La caravane est de nouveau à Mossoul et se prépare à partir pour les montagues du Kurdistan. La tristesse est peinte sur tous les visages.

Que s'est-il donc passé? C'est qu'au moment où nous retrouvons nos voyageurs, Badger leur a appris une mauvaise nouvelle. Il revient du consulat anglais, et il a été impossible de retrouver les traces de miss Ross. On a cependant fait les recherches les plus actives. On a fouillé les environs de la grotte; on a interrogé les rares habitants des villages voisins. Peine inutile : on n'a pu la retrouver ni morte ni vivante ; personne n'a entendu parler d'elle.

18

Il fallait donc se résigner et faire son deuil de la pauvre gouvernante. Elle était la première victime innocente de l'entreprise. On la regrettait sincèrement. Bonne et serviable, malgré son air revêche, elle laissait un vide difficile à combler.

Miss Nelly perdait en elle une amie dévouée, qui avait remplacé sa mère pour les soins et les prévenances. Badger était plus ému qu'il ne voulait le laisser paraître. Mais le plus affecté était encore Flatnose. On n'a pas oublié que miss Ross partageait avec le journaliste le fond de la grande voiture aux provisions. Là avait commencé un petit roman, qui, pour n'être pas aussi dramatique que celui de Roméo et Juliette, se serait cependant terminé à Londres par un bon mariage.

Une bonne nouvelle avait fait équilibre dans une certaine mesure à la mauvaise. Badger avait rapporté du consulat une longue lettre de Babylone. Les nouvelles étaient excellentes ; tout y allait à souhait. Cornillé annonçait que les constructions des usines sur le Kasr et sur Babel s'élevaient à vue d'œil. On avait revu le capitaine Laycock avec un chargement de machines. Il était immédiatement reparti pour le Tigre, qu'il allait remonter le plus haut possible, pour apporter les dernières turbines à destination des usines hydrauliques fondées par Jack Adams.

Cornillé avait ajouté quelques paroles aimables pour miss Nelly et sa petite amie Fatma. Ces bonnes nouvelles et le souvenir de Cornillé firent un peu oublier à miss Nelly la disparition de sa gouvernante.

Badger et ses compagnons allaient maintenant parcourir des contrées sauvages encore plus montagneuses que celles du haut Tigre. Peu d'Européens avaient pu pénétrer au milieu des hordes insoumises des Kurdes. Ces populations, semblables aux Monténégrins, ont su vivre dans une indépendance presque complète au milieu des plus terribles émigrations et des envahissements des conquérants asiatiques ou européens. Isolés dans leurs massifs montagneux et sur des plateaux élevés, les flots des inondations ont échoué contre les rocs de granit qui leur servent de demeure.

Il était nécessaire de visiter ces contrées, car c'était là qu'on devait trouver les plus puissantes chutes d'eau. Les cimes neigeuses des monts envoient dans la plaine une multitude innombrable de torrents impétueux. Il ne pouvait encore être question de construire des usines hydrauliques au milieu de ces populations hostiles. Mais, dans un avenir peu éloigné, Badger espérait lever les difficultés et y placer ses turbines en toute sécurité.

On poursuivait donc un double but en visitant les montagnes du Kurdistan.

On allait reconnaître un pays inconnu, visiter les torrents et les chutes d'eau, préparer l'installation des usines futures. Quant au deuxième but, il consistait à entrer en négociations avec les chefs des tribus et à en obtenir l'autorisation d'installer les turbines chez eux.

Badger était presque certain d'atteindre facilement ce dernier but. Il comptait pour cela sur l'instinct de ces peuples primitifs, qui les pousse à accepter avec enthousiasme tout ce qui est capable d'améliorer leur situation matérielle. Ne verraient-ils pas d'ailleurs avec une superstitieuse terreur ces prodiges de la science ? Quand, avec l'électricité, on enverrait dans leurs kanots[1] les torrents d'eau puisée aux sources ; quand, avec ce fluide, ils seraient éclairés et chauffés ne s'inclineraient-ils pas devant la puissance d'Allah ?

Mais nous laisserons la caravane s'engager au milieu des Kurdes Zibari et remonter paisiblement le Grand Zab. A Amadiah, Badger eut une longue entrevue avec le patriarche des Chaldéens, dans le fameux monastère de Rabban-Ormuz. Le patriarche promit sa protection et d'user de toute son influence dans la contrée pour favoriser les projets du lord. De là on se rendit à Djoulamerk, centre populeux, où Badger eut une conférence fort importante avec les principaux chefs du pays. Enfin, redescendant la même rivière, la caravane se rendit à Royandiz, où nous la retrouvons maintenant.

Royandiz occupe une vaste surface sur un terrain profondément raviné. Ses mille maisons aux toits plats, affectant la forme cubique, descendent dans un curieux pêle-mêle jusqu'au fond des ravins, pour remonter plus haut sur le versant opposé. On croirait voir les restes d'une gigantesque avalanche de blocs de pierre, écroulés des sommets des montagnes voisines. La chaleur s'y fait fortement sentir en été. Les habitants se retirent alors sur les toits, qui sont abrités contre les rayons du soleil par d'épais rideaux de feuillage.

Quand la caravane entra dans la ville, c'était jour de marché. Les bazars étaient encombrés par une foule affairée. Royandiz est un centre de passage pour les caravanes qui vont de la Mésopotamie dans la Perse ; aussi cette place a-t-elle une grande importance au point de vue commercial. Il s'y fait également une grande culture de tabac de bonne qualité qu'on vend en poudre, et l'on recueille sur les chênes des environs des noix de galle qu'on exporte en Europe.

1. Les kanots sont des conduits souterrains qui servent à transporter au loin les eaux puisées aux sources de la montagne.

En quittant Royandiz, on allait s'engager dans une série de défilés sauvages, d'un accès difficile et même périlleux. Le guide affirma qu'on rencontrerait encore de vastes amas de neige. N'importe, il fallait avancer et descendre dans la vallée du Petit Zab, dont on n'était séparé que par une arête franchissable en deux jours.

Pendant toute la matinée, le sentier n'offrit aucune difficulté sérieuse. On serpentait à la base de larges nappes coniques, produites par l'amoncellement séculaire des détritus descendus des sommités voisines. Ces cônes étaient garnis d'une riche végétation de chênes, de bouleaux, et surtout de conifères. Les pins et les sapins atteignaient des hauteurs et des grosseurs parfois extraordinaires.

L'eau était abondante. On rencontrait souvent des ruisseaux qui descendaient des pentes en murmurant à travers les arbres de la forêt, qui traversaient le sentier et allaient ensuite se perdre dans les profondeurs inconnues des ravins.

Vers les onze heures, comme on cheminait délicieusement sur un terrain plat et bien ombragé par les arbres, on rencontra une source fraîche qui sortait de la base d'un rocher. On décida de faire halte en ce lieu et d'y déjeuner.

Pendant que Green, aidé des marmitons, faisait flamber un bon feu destiné à rôtir une moitié de mouton, Badger et les autres voyageurs se reposaient, assis sur une rangée de pierres plates.

La conversation tomba sur les câbles électriques, destinés à relier les diverses usines à l'usine centrale de Babylone. En effet, semblables à une vaste toile d'araignée qui allait s'étendre sur la Mésopotamie, un grand nombre de câbles partiraient des montagnes du nord et de l'est pour concentrer au sommet du Kasr toute l'électricité des usines hydrauliques.

— Nos câbles, disait en ce moment Jack Adams, nos câbles seront souterrins. Si nous les tendions sur des poteaux, ils seraient trop exposés aux intempéries des saisons, aux tempêtes, et surtout au vandalisme de quelques fanatiques exaltés! Enfouis dans le sol, ils seront complètement à l'abri de ces causes de destruction.

— Ce sera un long travail, fit remarquer Monaghan.

— Avec du temps et de l'argent, répondit Badger, on arrive à tout.

— C'est vrai, mylord, répondit le géologue.

— Les travaux doivent être déjà commencés, reprit l'ingénieur. Dans six mois, au plus tard, Babylone sera reliée avec l'usine de Djézireh. Le *Davy* et le *Faraday* sont retournés en Angleterre prendre leur chargement de câbles et de machines. Ils doivent être maintenant de retour, et les ouvriers sont à l'œuvre du côté de Babylone.

— Admirable! admirable! s'écria Grimmitschoffer, enthousiasmé par les dernières paroles de Jack Adams. L'électricité est certainement la plus belle des sciences !

— Après l'archéologie cependant, dit Flatnose, en frappant sur l'épaule du savant.

Celui-ci se retourna furieux, mais sa colère s'apaisa brusquement : il avait trop de dédain pour un aussi ignare journaliste que Flatnose. Tout le monde d'ailleurs éclatait de rire ; et Grimm crut que ces rires s'adressaient à Flatnose, non à lui.

Le repas terminé, le guide apprit aux voyageurs qu'on se trouvait dans le voisinage de riches mines de plomb et de cuivre. C'était l'affaire de Monaghan. Il fut aussitôt décidé que les gens de bonne volonté iraient à la recherche de ces mines. Quand la petite troupe se fut formée, elle remonta le sentier, pendant deux cents mètres environ, jusqu'à un torrent à moitié desséché dont il fallut suivre le lit sur des cailloux pendant quelques minutes.

Monaghan, Jack Adams, miss Nelly et Fatma, les seules personnes dont se composait la petite troupe de géologues, non compris le guide, avaient chacun un petit marteau à la main pour briser les rochers et reconnaître leur nature.

Enfin, on s'arrête. Le guide fit escalader les pentes rapides de la rive droite du torrent. S'accrochant aux arbres et aux pointes des rochers, le premier arrivé aidant les autres, ils se trouvèrent bientôt réunis au pied d'une haute muraille grisâtre.

Détachant un éclat par un coup sec de son marteau, Monaghan montra à ses compagnons une masse lourde, d'un éclat vif comme du plomb récemment coupé. On ne pouvait se méprendre à ces caractères distinctifs : on se trouvait en présence d'un énorme filon de galène, d'une extraction très facile.

On redescendit, et le guide fit pénétrer de nouveau les voyageurs dans le lit du torrent. Sautant de pierre en pierre, ils atteignirent, au bout de deux cents mètres, une berge glaiseuse, qu'ils eurent beaucoup de peine à escalader. La terre glissante ne laissait pas d'appui. Le guide, plus agile, arriva le premier au sommet de la pente et tendit son bâton à Monaghan. Celui-ci, à son tour, aida les jeunes filles à monter. Quant à Jack Adams, resté le dernier, il voulut escalader seul la berge. Mal lui en prit ; car, le pied venant à lui manquer, il glissa et trempa ses jambes dans l'eau du ruisseau. On rit beaucoup de sa petite mésaventure. Acceptant alors l'aide du bâton que lui tendait Monaghan, l'ingénieur eut vite rejoint ses compagnons.

Pénétrant dans un taillis, le guide conduisit la troupe vers un escarpement de couleur rougeâtre. C'était une mine de fer, composée d'hématite rouge. Monaghan brisa un échantillon qu'il mit dans son sac avec celui de la galène. L'endroit où l'on se trouvait formait une sorte de clairière ; Jack Adams proposa de se reposer pendant une dizaine de minutes avant d'aller rejoindre Badger. Justement il se trouvait là quelques grosses pierres sur lesquelles on put s'asseoir. Les dix minutes écoulées, Fatma se leva la première, et, riant aux éclats, la petite folle s'écria :

— Je vais casser mon siège avec mon marteau !

Donnant alors un coup de l'instrument sur la pierre qui lui avait servi de siège, elle fit voler un gros éclat. Celui-ci vint tomber aux pieds de Monaghan. Il ramassa vivement ce débris. Après l'avoir examiné un instant, il s'écria :

— Mais c'est un minerai de cuivre! c'est de la malachite !

En effet, Fatma venait bien de briser cette pierre précieuse et rare qui sert à fabriquer des vases, des socles de pendule, des ornements de tout genre.

Le géologue eut l'idée de briser également son siège. Stupéfaction générale : c'était aussi un bloc de malachite. Alors, ce fut un délire de destruction. Tous, armés de leurs marteaux, se mirent à casser, non seulement leurs sièges de tout à l'heure, mais encore toutes les pierres voisines. Il fallut se rendre à l'évidence : c'était toujours le même minerai de cuivre.

Monaghan, désirant cacher la valeur de la découverte au guide, dit que ce minerai était pauvre et sans valeur. La peine était inutile, d'ailleurs, car les Kurdes n'avaient nulle envie d'exploiter ces gîtes métallifères. Ces trésors attendaient l'arrivée des Européens pour être convertis en fer, en plomb, en cuivre ou en pierres d'ornement.

— A cheval ! messieurs, s'écria Badger, dès que nos géologues eurent rejoint le reste de la caravane. La route est longue, et il ne faut pas perdre de temps si nous voulons arriver ce soir au lieu du campement.

Le ravin qu'on laissait à gauche se creusait davantage à chaque pas, tandis que les flancs des rocs se dressaient à droite à une hauteur vertigineuse. La marche était ralentie par la présence de cailloux qui roulaient sous les pas des hommes et des chevaux.

Pendant deux heures, on contourna ainsi la base d'un contrefort ; puis on s'engagea dans une profonde échancrure qu'il s'agissait de remonter pour gagner le point culminant de l'axe de la montagne. Plusieurs torrents se précipitaient du haut des monts par ce sillon jusque dans les vallées inférieures. Grossies par les récents orages, les eaux étaient abondantes et tumultueuses. Le passage de ces torrents n'était pas sans présenter quelque difficulté, et même du danger. Pour l'un d'eux, il fallut descendre de cheval. Les gens de l'escorte arrachèrent de grosses pierres sur les bords du torrent et les disposèrent adroitement au milieu des flots écumeux. Les hommes passèrent facilement. Quant aux chevaux et aux mulets, moitié dans l'eau, moitié sur les pierres, ils réussirent également à franchir le passage périlleux.

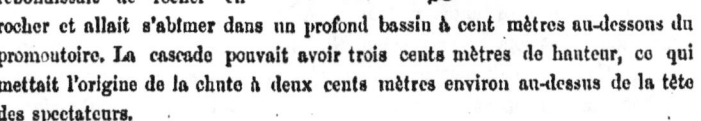

A cinq heures, on entendit le bruit d'une cascade assez rapprochée. Un quart d'heure après, la caravane débouchait sur une sorte de promontoire découvert. La forêt cessait brusquement à cet endroit. En face, une gigantesque gerbe d'eau rebondissait de rocher en rocher et allait s'abîmer dans un profond bassin à cent mètres au-dessous du promontoire. La cascade pouvait avoir trois cents mètres de hauteur, ce qui mettait l'origine de la chute à deux cents mètres environ au-dessus de la tête des spectateurs.

Le tableau était vraiment admirable. A gauche de la cascade, la montagne s'élevait à pic sur une hauteur de cinq à six cents mètres. Le rocher, aux tons rougeâtres, était entièrement nu, sans la moindre trace de verdure. A droite, l'horizon s'élargissait un peu à une altitude plus élevée. On apercevait une sorte de gorge, resserrée entre deux murailles de teintes verdâtres. Ces variations de couleur donnaient à ce site un aspect étrange. On devinait qu'au moment où la montagne avait pris naissance à la suite d'une effrayante commotion du sol, ce lieu avait été le centre de quelque éruption souterraine. En effet, Monaghan ramassa quelques pierres et déclara que ces roches étaient en grande partie composées d'amphibole. Or l'amphibole caractérise les roches d'origine profonde, sorties de l'intérieur de la croûte terrestre.

En tournant le dos à la cascade, dont le bruit était assourdissant, la vue plongeait au loin sur les montagnes et les plaines où serpentait le Grand Zab. Quel panorama ! L'œil planait sur une étendue immense. Le soleil, déjà fort à son déclin, laissait la plaine dans une ombre relative, tandis que les montagnes lointaines et les sommets voisins se coloraient des plus vives couleurs.

Le guide regardait l'horizon d'un œil inquiet :

— Il y aura de l'orage ce soir, dit-il.

Cette annonce fut accueillie d'un air incrédule. Le ciel paraissait pur ; aucun nuage ne se voyait au lointain. On connaît cependant la sagacité des montagnards : ils ne se trompent que rarement dans ces sortes de pronostics. La couleur des rochers, la température de l'air, l'intensité de la lumière, mille riens que l'étranger ne remarque point, sont pour eux des indices certains.

— A quoi voyez-vous qu'il y aura de l'orage ? demanda Jack Adams.

— La base des montagnes, au niveau de la plaine, répondit le guide, est voilée par des vapeurs.

— Ce qui prouve, dit aussitôt Monaghan, qu'il existe une couche d'air froid au-dessus de l'air chaud de la plaine. La pluie est donc à craindre.

— Montons, reprit le guide. Dans vingt minutes, nous aurons atteint le sommet de la cascade. Là, nous serons à l'abri du vent dans une charmante vallée, et vous dresserez vos tentes en toute sécurité.

La caravane reprit donc son ascension. Elle fut pénible pendant ces vingt minutes. Le sentier se repliait plusieurs fois sur lui-même, surplombant plusieurs fois à une hauteur vertigineuse les parois de la cascade. Les chevaux glissaient et ne savaient où poser les pieds. Une chute serait mortelle. On fut obligé de faire l'ascension à pied et de conduire les bêtes par la bride.

Mais quel ravissement quand on fut en haut ! On foulait une herbe tendre et d'un vert éclatant, émaillée de mille petites fleurs aux couleurs les plus variées. C'était le paradis après l'enfer. Un ruisseau serpentait voluptueusement au milieu de ce gazon, ne se doutant pas du sort qui l'attendait quelques mètres plus bas. Ce ruisseau était, en effet, celui qui donnait naissance à la cascade.

À droite et à gauche de la prairie, les montagnes s'élevaient à pic. On suivit le ruisseau ; dix minutes après, on atteignit le fond de la petite plaine. Là, à l'abri du vent, on éleva les tentes et on fit les apprêts pour passer la nuit.

Les prévisions du guide se réalisaient déjà. L'air s'obscurcit peu à peu, et l'on entendit bientôt dans le lointain les roulements du tonnerre. Malgré les menaces du ciel, Badger, les jeunes filles, Monaghan et Jack Adams revinrent au bord de la prairie, à l'endroit où le ruisseau tombait en cascade. Ils voulaient revoir encore une fois le sublime spectacle de la plaine du Grand Zab. Mais tout était maintenant troublé par le brouillard. L'orage passait au-dessous d'eux, en suivant le cours de la vallée.

Revenant alors sur leurs pas, ils regagnèrent lentement le lieu du campement. Quelle ivresse de se promener en un site semblable ! Tout à coup, le fond de la gorge s'éclaira d'une vive lumière rouge, et des ombres fantastiques coururent sur les flancs des rochers. C'était maître Green qui allumait ses fourneaux, c'est-à-dire qui faisait cuire le souper à la flamme d'un bûcher.

L'orage s'éloigna. Il ne tomba sur les hauteurs que quelques gouttes de pluie. La nuit se passa paisiblement ; on dormit au bruit sourd de la cascade.

Le lendemain matin, dès l'aurore, on reprit l'ascension de la montagne. Il fallait atteindre, vers le milieu de la journée, le point culminant de l'arête. La descente se ferait ensuite rapidement jusqu'à la vallée du Petit Zab.

Le sentier commençait au pied de l'escarpement de droite et montait en longs zigzags à travers les roches éboulées d'un ancien torrent. La pente n'était pas exagérée ; cependant, la marche fut pénible, à cause du sol peu solide qu'on foulait aux pieds. Enfin, au bout d'une heure, la caravane atteignit une sorte de plate-forme de quelques mètres de largeur. Des fleurettes poussaient à travers les fentes des roches. Cent pas plus loin, on tourna brusquement à droite, pour s'engager dans une gorge profondément encaissée. Le froid était vif, car on approchait des neiges. On apercevait même déjà quelques larges plaques blanches au fond de la gorge, dans les endroits abrités du soleil.

Impossible d'imaginer un site plus solitaire et plus sauvage. La gorge était limitée à droite et à gauche par des rochers presque perpendiculaires, aux teintes d'un noir olivâtre. Pas un brin d'herbe, pas même une mousse sur ces pierres aussi dures que le granit. Devant soi, on voyait la gorge qui montait rapidement, obstruée à sa partie supérieure par de gigantesques amoncellements de rochers.

— Cela ressemble à l'entrée des enfers, dit miss Nelly.

— Vous avez plus raison que vous ne pensez, lui répondit Monaghan. Je soupçonne beaucoup le feu d'être l'auteur de ces sublimes horreurs. Nous ne devons pas être éloignés d'un centre d'éruption volcanique.

— Tiens ! s'écria la jeune fille, en s'arrêtant devant une roche. Quelle est donc la singulière plante qui rampe à la surface de cette pierre ?

— Vous la connaissez cependant bien, mademoiselle, répondit le géologue. C'est elle qui compose la forêt que nous avons dû traverser pour arriver jusqu'ici.

— Comment, s'écria miss Nelly, ce serait là un sapin ! Il ne ressemble guère à ces arbres si vigoureux, si droits et si fiers que j'aperçois à deux ou trois cents mètres au-dessous de nous.

— Ce sont pourtant de vulgaires sapins, dit Monaghan. La montagne est pleine de surprises pour le voyageur, et celle-ci n'est pas une des moindres. Cette gorge est très froide et perpétuellement traversée par des avalanches et des tempêtes glacées. Les sapins ont donc dû modifier leurs conditions de vitalité pour résister aux intempéries de l'air. Ils rampent ici le long des pierres comme du lierre, collant leurs branches amincies contre la surface qui les protège. Comme plus bas, nous traversons encore une forêt de sapins. Mais quel changement dans la constitution des arbres ! Ils sont à peine visibles, se réduisant à quelques tiges grêles, semblables à du lierre.

— Étrange, en vérité, dit miss Nelly.

On était arrivé au pied du barrage qui terminait la gorge. Là, plus de sentier tracé. On dut escalader les blocs, entassés dans le plus affreux désordre. Tout le monde mit de nouveau pied à terre ; il fallut tirer les chevaux par la bride. On avait atteint le pas le plus difficile du passage. Enfin, après bien des efforts et bien des chutes, heureusement sans gravité, la caravane se retrouva intacte sur une longue surface, recouverte d'un fin gazon, semblable à un duvet. Ce fut alors une promenade agréable. On parvint au bord d'un lac, aux eaux limpides et bleues. Mais, par un contraste frappant, la cuvette de ce lac et les roches environnantes étaient d'un noir opaque.

Monaghan s'arrêta, ramassa des échantillons de la roche, les examina minutieusement et dit :

— Nous sommes arrivés, messieurs, sur le cratère d'un ancien volcan. Ce lac a comblé l'orifice par lequel se sont écoulées les laves que nous escaladons depuis la cascade. Je m'explique maintenant la cause de la couleur sinistre de ces montagnes et leur aridité si complète. Les roches que nous foulons aux pieds sont des euphotides et des serpentines. Leur dureté a résisté aux attaques des eaux et de l'air; nulle plante ne peut trouver sa subsistance dans un sol aussi ingrat.

La caravane contourna le lac. On s'arrêta un instant pour se reposer et prendre quelque nourriture. On stationna peu, car le froid était excessif.

Il restait à escalader une pente de trois cents mètres. Ce fut chose facile, car le sentier était large et la pente relative-ment douce. En trois quarts d'heure, on eut atteint le point culminant de l'arête montagneuse qui séparait la vallée du Grand Zab de celle du Petit Zab. De ces hauteurs, la vue était admi-rable. L'œil planait sur un horizon infini de cimes neigeuses, de pics altiers, de dômes étincelants au soleil, et de vallées profondément encaissées.

Malgré tout l'attrait de ce mer-veilleux panorama, il fallut bientôt redescendre. Une bise froide soufflait sur ce versant, plus exposé à l'ouest que l'autre. La neige, rare à la montée, tapissait le flanc de la montagne sur une pente longue de quelques centaines de mètres. Les guides recom-mandèrent de marcher avec prudence. Le sentier était étroit et glissant; un faux pas pouvait amener une catastrophe. Tout alla bien pendant les cent premiers mètres. Tout à coup on vit Flatnose perdre l'équilibre, tomber de son cheval sur le bord du sent… et et rouler vers l'abîme sur les flancs de la montagne.

Ce fut un cri d'alarme. Chacun s'arrêta, regardant avec terreur la chute … journaliste. Mais, chose étrange, le corps de Flatnose disparut aux yeux de spectateurs étonnés. Après qu'il eut roulé pendant quelques secondes, on vit se former une boule de neige qui grossit à vue d'œil, dévalant avec une vitesse effrayante sur les pentes, bondissant au-dessus des rochers, augmentant sans cesse de volume. La boule de neige s'était transformée en une gigantesque avalanche.

Enfin, arrivée au bas de la pente, elle frappa avec violence contre un rocher qui lui barrait le passage et s'éparpilla dans mille directions.

O surprise! du milieu de la boule, on vit jaillir un point noir, qui alla s'enfoncer à trente mètres de là dans un tapis de neige.

— C'est Flatnose! s'écria Badger. Il n'est pas mort! Je vois ses jambes s'agiter en l'air... Le voilà qui se redresse et se tâte. Le pauvre garçon!

On voyait, en effet, le point noir qui s'agitait. La caravane descendit le sentier le plus vite qu'il fut possible. Un quart d'heure après, on se trouvait auprès de Flatnose, encore étourdi de sa chute miraculeuse, mais n'ayant pas la moindre blessure. On lui fit boire un cordial. Le pauvre journaliste, tout ému, ne retrouva que fort tard la parole. Il ne comprenait rien à sa situation. On dut lui expliquer comment, son corps ayant formé le noyau d'une boule de neige, il s'était trouvé entraîné au centre de l'avalanche; comment il avait été justement préservé par cette enveloppe de neige; comment enfin le choc final avait brisé sa prison, où il courait le risque de mourir asphyxié.

Le soir, la caravane, à peine remise de son émotion, campait dans la vallée du Petit Zab.

CHAPITRE XV

UN TRISTE ÉVÉNEMENT

Le campement venait à peine d'être installé, quand le ciel se couvrit brusquement, et un orage formidable éclata dans la montagne. Les tentes, secouées
par un vent furieux, menaçaient à chaque instant de s'envoler. On fut obligé de
les replier en toute hâte et d'aller chercher un meilleur abri dans quelques misérables masures qui se trouvaient non loin de là. Ce hameau se nomme Khoï-
Sandjak.

La tempête dura deux grandes heures. Enfin une éclaircie se produisit dans le ciel. On en profita pour sortir du lieu obscur où l'on se trouvait enfumé et empesté. Le spectacle que nos voyageurs eurent alors sous les yeux ne peut se dépeindre. Aucune description ne peut en donner une idée. Nul pinceau ne serait même capable de reproduire un tel assemblage de merveilleuses couleurs.

Tandis qu'en aval, la gorge était encore plongée dans les ténèbres, en amont, le soleil resplendissait dans tout son éclat. Les neiges, les névés et les glaciers des hautes cimes se coloraient des teintes de la pourpre la plus intense. A la base, le blanc le plus éclatant reflétait des gerbes de lumière dorée. Étonnant contraste de la nature! Après la lutte acharnée des éléments, le jour reparaissait aussi pur, aussi beau qu'auparavant.

Cette accalmie ne dura qu'un quart d'heure; le ciel se voila de nouveau. Les teintes grises envahirent la vallée; une pluie fine et froide ne cessa de tomber pendant tout le reste de la soirée.

Les habitants de la masure, où nos voyageurs s'étaient réfugiés, dirent que la vallée était peu sûre pour le moment. Une bande de maraudeurs avait passé quelques jours auparavant et devait tenir la campagne dans les environs.

Le lendemain matin, le soleil brilla dans tout son éclat. La caravane reprit sa route, redoublant de prudence. Il fut défendu de s'écarter; les fusils et les revolvers furent visités avec soin.

La matinée se passa tranquillement; le pays paraissait désert. Après le repas de midi, on s'engagea dans une série d'étroits défilés. Tout à coup, les éclaireurs de l'avant-garde signalèrent un groupe d'une dizaine de Kurdes à mines suspectes. Badger donna immédiatement l'ordre de s'arrêter. Toute la caravane se dissimula derrière un gros rocher qui obstruait la gorge.

Badger résolut d'envoyer en avant quelques éclaireurs. Il fallait se renseigner sur les intentions de ces hommes. La caravane était assez nombreuse et assez bien armée pour résister à une attaque de dix maraudeurs; mais le lord désirait avant tout éviter une effusion de sang. Un combat, même livré contre des brigands, pouvait compromettre le succès de ses futures entreprises. Il était entré dans ces montagnes en apôtre de la paix et de la civilisation, il ne voulait pas tirer un coup de fusil inutile. Quatre hommes résolus furent choisis pour se porter en avant. Jack Adams voulut se mettre à leur tête. Flatnose, excité par son aventure de la veille, déclara qu'il voulait également se mêler à la troupe des éclaireurs. Tous cherchèrent à l'en dissuader.

— Je n'ai rien à craindre, dit-il d'un ton railleur. Il n'y a pas plus de voleurs dans ces montagnes qu'il n'y a de Kroumirs dans la Tunisie. Vous verrez que ces gens sont de paisibles bergers, qui viennent jouer des pastorales dans ce site poétique.

Nos six éclaireurs avancèrent lentement, en se dissimulant derrière les roches et les buissons. Ils se trouvèrent, dix minutes après, à une centaine de mètres à peine des Kurdes. Ceux-ci, assis à la ronde autour d'un foyer, étaient en train de prendre leur repas. Ils avaient attaché leurs chevaux aux troncs de quelques arbres voisins. Leurs fusils, couchés par terre à côté d'eux, étaient à portée de leurs mains.

Jack Adams et ses compagnons restèrent un moment immobiles, cherchant à deviner les intentions de ces Kurdes. Mais on ne pouvait s'y tromper. Ce n'étaient ni des marchands en voyage, ni des pasteurs conduisant des troupeaux : c'étaient bel et bien des voleurs de grand chemin.

On vit tout à coup un de ces hommes se lever et disparaître derrière un taillis. Un instant après, il reparut, traînant après lui deux prisonniers, les mains liées derrière le dos. Il les conduisait évidemment prendre leur part du repas. L'un de ces prisonniers était une femme, aux vêtements déchirés et demi-nue. Le second était un homme.

Flatnose tira sa lorgnette et regarda les nouveaux arrivants. Brusquement, il sortit son revolver de son étui. Puis, s'élançant en avant, il s'écria d'une voix stridente :

— C'est miss Ross !

Au cri poussé par Flatnose, les brigands se levèrent d'un seul bond et se précipitèrent sur leurs fusils. Flatnose, ivre de colère, courait devant lui comme un insensé. Jack Adams et les quatre éclaireurs essayèrent de le rattraper ; mais il était trop tard. Ils entendirent le brave journaliste qui s'écriait : « Non, il ne sera pas dit que je ne sauverai pas miss Ross des mains de ces brigands ! » En même temps, il tirait les six coups de son revolver dans la direction des voleurs. Immédiatement ceux-ci ripostèrent par des coups de fusil. Le pauvre Flatnose, atteint par une balle au milieu du front, tomba sur le sol et ne fit plus un mouvement. Il avait été tué raide.

Au bruit des détonations, Badger et ses compagnons accoururent au galop vers le lieu du combat. En voyant arriver une troupe aussi nombreuse, les brigands eurent peur. Ils détachèrent leurs chevaux, furent en selle en un clin d'œil et prirent la fuite, abandonnant leurs deux prisonniers. Jack Adams, que la mort de Flatnose avait rendu furieux, tira sur les brigands les deux balles de son fusil ; les quatre hommes qui l'accompagnaient l'imitèrent aussitôt. On vit alors deux brigands osciller sur leurs montures et tomber sur le sol, tandis que les bêtes continuaient leur course folle. Le reste des fuyards fut bientôt hors de portée.

Jack Adams se précipita au secours de Flatnose. Badger, Monaghan, le reste de la caravane, arrivaient au même moment. Ce fut une stupeur générale. A part Jack Adams et les quatre éclaireurs, les nouveaux venus ignoraient la catastrophe. Flatnose fut relevé. Monaghan, qui était un peu médecin, vit la blessure. Tous les soins devaient être inutiles ; la balle était entrée par le front, avait broyé la cervelle et était ressortie par derrière.

On déposa le corps sur le gazon. Pendant quelques minutes, ce fut un silence complet. Quoi ! Flatnose, leur gai compagnon, était maintenant mort ! On ne le reverrait plus jamais ! Et, cependant, rien n'était changé en apparence devant eux. Le ciel était bleu comme auparavant ; le torrent murmurait joyeusement entre les cailloux...

Miss Nelly fut la première à rompre le silence :

— Pauvre Flatnose, dit-elle, en essuyant ses larmes, c'était un brave garçon.

— Ce n'était qu'un journaliste, dit Grimmitschoffer, à qui l'épisode du caveau de Khorsabad était resté sur le cœur.

— Oui, monsieur, reprit Badger, irrité de cette réflexion au moins intempestive, c'était un journaliste, mais c'était aussi un brave cœur. Sa mort l'a prouvé.

— Vous interprétez mal ma pensée, mylord, reprit le savant. Je suis aussi peiné que vous de la mort de votre ami. J'ai voulu simplement dire que, pour le succès de votre entreprise, sa perte est moins irréparable que si c'était M. Jack Adams, par exemple, qui eût été tué.

— Devant un cadavre, et surtout le cadavre d'un compagnon, de celui qui a partagé nos joies et nos peines, l'intérêt est une pensée qui ne peut entrer dans nos cœurs, répliqua Badger.

Un nouveau silence succéda à ces brèves paroles. Tous contemplaient avec tristesse le corps de leur ami. La mort avait été si instantanée qu'aucun trait du visage n'était altéré. Les yeux demi-clos avaient la même expression de bonne humeur railleuse ; les lèvres semblaient encore sourire après un dernier jeu de mots.

Cette fois, ce fut Jack Adams qui parla le premier :

— Messieurs, dit-il, je pense qu'il est temps de nous occuper des prisonniers.

— Il y a des prisonniers! s'écrièrent en chœur ceux qui l'entouraient.

— C'est vrai, messieurs, j'ai oublié de vous dire que c'est en essayant de délivrer miss Ross que Flatnose a trouvé la mort.

— Miss Ross, s'écria Badger, miss Ross est ici!

Le lord, guidé par Jack Adams, se dirigea vers l'endroit où miss Ross et son compagnon attendaient qu'on vînt les délivrer. Ils avaient vu les brigands s'enfuir; ils comprenaient que les Européens étaient restés maîtres du champ de

20

bataille. Miss Ross ne doutait pas que la caravane attaquée ne fût celle de Badger ; elle voyait enfin venir la fin de toutes ses souffrances. Elle ne soupçonnait guère qu'un nouveau et plus irréparable malheur était le prix de sa liberté.

Quand Badger et l'ingénieur furent assez près d'elle pour être reconnus, la pauvre fille se précipita à leur rencontre. Elle ne put d'abord exprimer son contentement que par des larmes et des paroles entrecoupées.

Badger, que le spectacle de cette joie navrait, ne savait quel moyen employer pour la préparer à la triste nouvelle.

— Quel est cet homme qui est avec vous? demanda-t-il.

— C'est un nommé Cahuzac, un photographe, un Français, que les brigands avaient fait prisonnier avec moi.

Le lord fit quelques pas du côté du photographe, lui tendit la main, en lui disant qu'il était le bienvenu parmi eux.

Les événements que nous venons de raconter s'étaient succédé si rapidement que le prisonnier ne comprenait encore rien à la situation. Il avait devant lui des personnages dont il ignorait les intentions. Tout ce qu'il savait, c'est qu'une bataille avait eu lieu, que des hommes avaient été tués ou blessés et qu'il était libre.

— Veuillez nous suivre, monsieur, lui dit Badger en français.

Cependant miss Ross avait comme le pressentiment d'une catastrophe.

— Tous vos compagnons sont-ils sains et saufs? interrogea-t-elle avec hésitation.

— Nous avons un terrible malheur à déplorer.

Tous les quatre arrivaient auprès du groupe qui entourait le corps de Flatnose. D'un geste, l'institutrice écarta ceux qui lui barraient le passage et, sans un cri, sans une larme, vint s'agenouiller auprès des restes inanimés de son fidèle compagnon, dont elle tint longtemps la main entre les siennes. La douleur de la pauvre femme était d'autant plus touchante qu'elle croyait de son devoir de la contenir. Fidèle, jusque dans l'écroulement de ses espérances, à des principes de rigorisme exagérés peut-être, mais respectables, elle eût craint de donner un mauvais exemple à son élève en se laissant aller à tous les sentiments qui oppressaient son cœur.

Toutefois, un héroïsme trop longtemps soutenu est au-dessus des forces de la nature humaine. De violents sanglots commençaient à secouer la malheureuse. Miss Nelly comprit qu'il était temps de mettre fin à cette scène cruelle, et, moitié par une douce violence, moitié par persuasion, elle réussit à éloigner miss Ross, qui put enfin pleurer sans autres témoins que les deux jeunes filles.

Pour la première fois, miss Nelly venait d'avoir la révélation du vrai caractère de son institutrice. La jeunesse est quelquefois cruelle sans le vouloir et par ignorance. Malgré toute la bonté de son cœur et la véritable affection qu'elle avait pour sa gouvernante, la jeune Anglaise ne s'était pas fait faute de rire quelquefois de ce qu'elle appelait le roman de miss Ross. Que l'on eût son petit roman à vingt ans, c'était à ses yeux très naturel ; mais qu'une femme qui avait plus du double de son âge voulût aussi avoir le sien, cela ne lui semblait pas devoir exister. Elle comprenait maintenant qu'au seuil de l'âge mûr, l'amitié basée sur de véritables sympathies et sur l'estime réciproque peut tenir autant de place dans la vie qu'à vingt ans un sentiment plus romanesque et plus tendre. Celle que les circonstances avaient fait naître entre miss Ross et Flatnose, et qui devait avoir pour dénouement le mariage de la vieille fille et du vieux garçon, méritait le respect et non la raillerie.

Miss Nelly se promit de réparer ses torts et d'adoucir la douleur de la pauvre désolée en lui faisant sentir qu'elle la comprenait. Fatma, qui, de son côté, avait pas mal d'espiègleries sur la conscience par rapport à l'institutrice, lui montrait une sympathie naïve. Elle aussi avait le cœur bien gros en pensant qu'elle ne reverrait plus jamais son bon ami Flatnose, et, sans analyser les sentiments de miss Ross, elle pleurait avec elle.

Cependant, les deux bandits blessés gisaient sur le sentier. On envoya des soldats s'informer de leur état. Quelques minutes après, on les amenait devant Badger, les mains solidement liées derrière le dos. L'un avait une jambe cassée, l'autre une épaule fracassée. Malgré leurs souffrances, qui devaient être intolérables, aucune plainte ne s'échappait de leurs lèvres serrées, et ils regardaient insolemment toute l'assistance. Badger donna l'ordre de bander leurs blessures et de les lier sur des chevaux. Il se proposait de les livrer à la justice turque.

Avant de se remettre en marche, il restait un pénible devoir à accomplir : confier à la terre le corps de leur malheureux compagnon. Chacun vint dire un dernier adieu au journaliste. Miss Ross voulut aussi accomplir ce pieux devoir.

— Allons-nous donc l'abandonner ainsi ? s'écria-t-elle dans un sanglot déchirant.

Badger comprit la pensée de la pauvre fille.

— Non, miss Ross, lui dit-il en lui serrant la main dans une chaleureuse étreinte ; rapportez-vous-en à moi. Nous allons déposer la dépouille de notre ami dans un endroit où elle sera à l'abri de l'attaque des hommes et des animaux, et, à mon retour à Londres, je m'engage à faire tout ce qui sera nécessaire pour l'y faire transporter.

Cette assurance parut soulager un peu la douleur de miss Ross. De son rêve de modeste bonheur, il ne lui restait plus que l'espoir de prier sur un tombeau.

Badger et Jack Adams restèrent seuls pour accomplir les derniers devoirs funèbres. Monaghan, donnant le bras à la gouvernante qui ne pleurait plus et semblait comme pétrifiée, redescendit avec les deux jeunes filles, qui pleuraient à chaudes larmes. Une grosse pierre fut déposée sur la tombe ; elle servirait plus tard à reconnaître l'emplacement quand on pourrait transporter les restes de Flatnose.

Le soleil était sur le point de se coucher quand la caravane se remit en route. Badger ne voulait à aucun prix camper sur le lieu du sinistre événement. On ne ferait que quelques kilomètres, mais au moins on fuirait cet endroit funeste.

On marcha tristement pendant deux heures sans dire un seul mot. Chacun restait absorbé dans ses pensées. Le soleil était couché depuis une heure quand Badger donna le signal de la halte. Les tentes furent dressées et le campement établi pour la nuit. Des milliers d'étoiles étincelaient au firmament. On sentait que l'on se rapprochait de nouveau de la plaine de sable. Le vent de l'ouest apportait avec lui des bouffées de chaleur.

— C'est le vent de Babylone, mes amis, dit Badger, quand tout le monde fut réuni autour du souper. Que la grandeur de notre œuvre nous fasse oublier notre tristesse. Si l'homme veut vaincre, il faut qu'il sache se mettre au-dessus des misères de l'humanité.

Ces paroles détendirent les esprits. Oui, l'avenir était là, et, quelque triste que pût être le présent, il ne fallait pas regarder en arrière, mais toujours devant soi. Une étoile brillait d'un éclat plus vif que les autres : c'était celle de la science, du progrès, de la civilisation. Tous, la main dans la main, ils marcheraient guidés par elle. Peut-être bien peu d'entre eux verraient le terme de leurs fatigues. Peut-être aussi le but était-il trop loin, et nul ne pourrait l'atteindre...

Pour faire quelque diversion au chagrin de miss Ross, Badger lui demanda le récit de ses aventures.

Elle s'était un peu écartée de l'entrée de la grotte, lorsqu'elle vit tout à coup accourir vers elle trois cavaliers au galop. Elle chercha à s'enfuir et à revenir vers le souterrain; mais les brigands s'emparèrent d'elle en un instant; ses cris furent étouffés à l'aide d'un foulard qu'on lui mit sur la bouche. Un des bandits l'attacha à la croupe de son cheval; puis elle perdit connaissance, pendant un temps assez long sans doute.

Quand elle reprit ses sens, elle était enfermée seule dans une chambre aux murs délabrés. Elle voulut s'enfuir; mais portes et fenêtres étaient solidement barricadées. Au bord d'un tapis sordide se trouvaient une cruche pleine d'eau, un grossier morceau de galette, quelques tranches de viande séchée. Ce fut toute sa nourriture pendant trois jours. Le quatrième jour la porte s'ouvrit : un homme entra qui lui fit signe de le suivre. On l'attacha de nouveau sur la croupe d'un cheval et l'on reprit la campagne.

Pendant toute une journée, on suivit des défilés et des sentiers à peine tracés au milieu des montagnes. Enfin, à la tombée du jour, on arriva dans un village. L'homme la détacha et la porta dans une maison de meilleure apparence que la première. Une vieille femme la reçut et lui fit comprendre par signes ce qu'elle aurait à faire pour l'aider dans les soins du ménage. Bref, elle était devenue l'esclave des Kurdes.

Elle espérait toujours qu'une occasion favorable se présenterait pour faire savoir à Badger ce qu'elle était devenue.

Son maître, qui était précisément l'un des deux prisonniers blessés, celui qui avait eu l'épaule fracassée, s'était montré relativement doux à son égard : elle priait Badger d'en avoir pitié.

L'histoire de Cahuzac était plus simple, — du moins dans ses rapports avec ses ravisseurs, — car, s'il fallait l'en croire, ce n'était qu'après une longue série d'événements extraordinaires qu'il avait fini par échouer au milieu des peuplades sauvages du Kurdistan. Passionné pour les voyages et les aventures, mais sans autre ressource que son métier de photographe, il avait parcouru une bonne partie du globe en compagnie de son appareil.

Bientôt fatigué par la monotonie des grandes villes européennes, il n'avait pas craint, comptant sans doute sur les vertus civilisatrices de l'objectif et du collodion, d'affronter les pays les plus barbares : Cafres et Patagons, Lapons et Canaques, tous les types de l'univers avaient entendu le sacramentel « Ne bougeons plus ! » qu'il savait, affirmait-il, dire dans toutes les langues connues et inconnues.

Si, à ce métier, il n'avait pas amassé de fortune, il avait du moins risqué plus d'une fois sa vie. A toute manifestation d'étonnement de la part de ses interlocuteurs, il coupait court par un : « J'en ai vu bien d'autres! » qui semblait indiquer un homme peu facile à déconcerter.

Après un rapide récit de ses premières aventures, récit souligné par une mimique toute gasconne qui ne laissait pas d'étonner un peu ses audi-

teurs anglais, mais qui faisait ouvrir à Fatma des yeux émerveillés, Cahuzac raconta comment il avait été fait prisonnier par les Kurdes. Bien accueilli au début, il avait fini par ne plus prendre aucune précaution quand il passait d'un village à un autre. Il cheminait paisiblement le long du torrent du Petit Zab, fredonnant la valse de la *Mère Angot,* quand il se vit entouré par une bande de maraudeurs. Il fut garrotté et chargé, lui et son instrument, sur un cheval, derrière le dos d'un Kurde farouche. Cet événement n'avait pas troublé sa bonne humeur. Il avait achevé la valse interrompue par son enlèvement. Puis, il avait chanté aux oreilles de son compagnon ahuri l'air de la *Dispute,* enfin celui des *Conjurés.* Il en était au second couplet, quand la troupe s'arrêta à l'endroit où on l'avait délivré. Cahuzac était d'ailleurs sans inquiétude sur son sort et faisait preuve de la plus joviale tranquillité. Il comptait montrer ses talents de photographe à ses ravisseurs et obtenir rapidement sa liberté. Qu'auraient-ils fait d'un pauvre hère comme lui ?

— Les fous ont droit de cité partout, aussi bien chez les rois que chez les peuples les plus sauvages, dit-il en forme de conclusion.

Le récit du photographe fit quelque diversion à la tristesse de la soirée. Rien ne s'opposait en effet à ce que l'on s'attachât un nouveau compagnon, qui semblait d'ailleurs rempli de bonne humeur. Badger proposa donc à Cahuzac de demeurer avec lui jusqu'à Bagdad. Celui-ci ne se fit pas prier et accepta l'offre de bon cœur.

Le surlendemain, la caravane arrivait sans encombre à Altin-Kiopru et campait dans le voisinage de la ville.

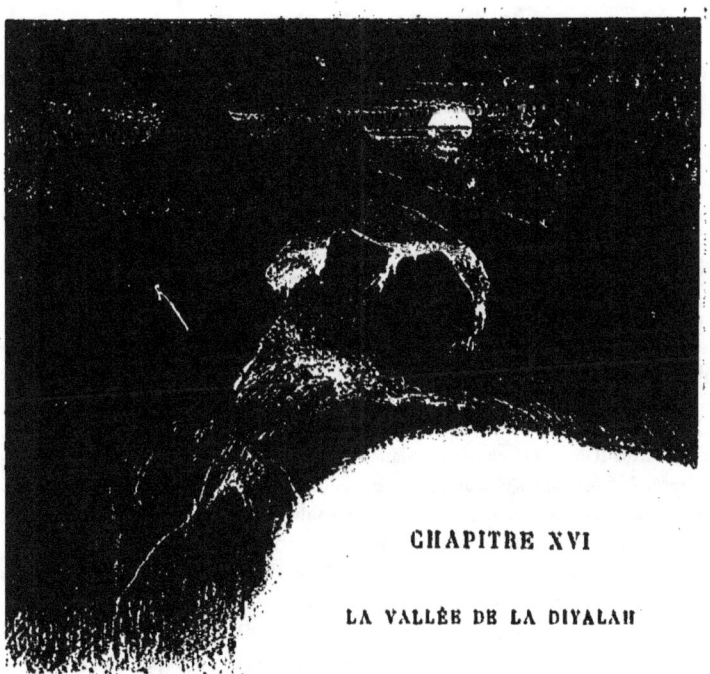

CHAPITRE XVI

LA VALLÉE DE LA DIYALAH

Badger, qui avait d'abord voulu livrer à la justice turque les deux Kurdes blessés, avait changé d'avis.

En somme, quoique pillards et voleurs, ils n'étaient pas assassins. En réalité, Flatnose avait été l'agresseur. Il est plus que probable que si, au lieu de tirer sur eux, on avait essayé d'entrer en négociation, ils n'auraient pas mieux demandé que de rendre leurs prisonniers moyennant rançon.

Bandits, les Kurdes le sont par nature; la justice turque trouverait-elle le méfait suffisant pour mériter une punition sévère? Si les deux prisonniers étaient relâchés, c'en était fait de l'influence de Badger sur les peuplades du Kurdistan, tandis que, s'il prenait lui-même l'initiative du pardon, cet acte de clémence de sa part produirait le meilleur effet.

Le lord se rendit donc auprès des deux blessés, auxquels il fit expliquer qu'il leur rendait la liberté. En même temps, il donna l'ordre de les conduire à Altin-Kiôpru, où ils seraient soignés.

Quand la civière passa près des Européens, le ravisseur de miss Ross montra le poing à Badger, en prononçant quelques paroles qu'on ne put comprendre.

— Qu'a-t-il dit? demanda Badger au guide.

— Je n'ose vous le répéter.

— Dis toujours, je le veux, commanda Badger.

— Il a dit : « Chien de chrétien, je me vengerai ! »

— Il sera mort demain, dit Badger pour toute réponse.

Cette scène se passait le matin du jour qui suivit l'arrivée de l'expédition près des murs d'Altin-Kiôpru. Quelques heures plus tard, Badger et ses compagnons se remettaient en marche.

La caravane continua à suivre les bords du Petit Zab et passa devant la ville. Altin-Kiôpru est construite dans une île, aux rives rongées par les eaux du torrent. Les maisons s'étagent pittoresquement sur une succession de larges terrasses, dont la première commence au-dessus des falaises qui plongent à pic dans le Petit Zab. Un pont, de forme ogivale, passe majestueusement sur le torrent. Au-dessous, les eaux rapides mugissent à une grande profondeur entre deux rangées de hautes murailles calcaires.

A partir de ce pont, la caravane cessa de suivre le cours du Petit Zab. Elle s'engagea dans un chemin perpendiculaire à la rivière, s'avançant dans la direction du sud. La route était maintenant plus facile. Les montagnes moins abruptes, les vallées moins accidentées livraient un passage plus commode aux hommes et aux animaux.

Deux jours après, on arriva sans encombre à Kerkourk, situé aux sources de l'Adhim, l'un des tributaires du Tigre. Jack Adams reconnut la possibilité d'établir une usine sur le torrent. Les eaux étaient abondantes et l'inclinaison du sol suffisante.

Kerkourk avait un autre attrait pour la caravane. On y trouve d'abondantes sources de naphte. Badger et ses compagnons se rendirent auprès de la plus célèbre de ces sources. Monaghan désirait vivement étudier ces gisements sur place. Il serait possible d'utiliser plus tard ces richesses naturelles, encore aujourd'hui complètement inexploitées dans cette partie de la Mésopotamie.

— Le naphte n'est-il pas la même chose que le pétrole? demanda miss Nelly au géologue, quand on fut arrivé devant la source.

— A peu près, mademoiselle, répondit Monaghan. Quand c'est un liquide visqueux, d'une odeur forte, on l'appelle du pétrole, et quand c'est un liquide transparent, d'une odeur presque agréable, on le désigne sous le nom de naphte...

Ce disant, Monaghan recueillit dans un verre une petite quantité du liquide qui coulait au fond de la source. Il versa le contenu sur une pierre creuse et approcha une allumette enflammée. Aussitôt une grande flamme jaillit.

— Vous voyez, messieurs, dit le géologue, que c'est bien une source de naphte.

— Ce pays est plein de naphte, alors, dit Cahuzac. J'ai déjà parcouru cette région dans tous les sens, et j'ai rencontré partout des sources semblables à celles-ci. Puisque vous passez à Kifri pour gagner la vallée de la Diyalah, je vous conduirai auprès d'autres sources beaucoup plus abondantes que celles-ci.

— Volontiers, répondit Monaghan. Ce que vous me dites là ne me surprend pas. On trouve près d'ici, au Caucase et en Perse, de nombreuses sources de pétrole. Les environs de Bakou et la presqu'île d'Apchéron, dans le Schirwan, si célèbres par leurs feux perpétuels, abondent en sources de ce genre.

Trois jours après la conversation que nous venons de rapporter, nous retrouvons nos voyageurs à Thouz-Khourmatli. Là, ils durent s'arrêter pendant quelques jours pour laisser à Jack Adams et à Monaghan le temps de reconnaître le pays. Plusieurs affluents torrentueux de l'Adhim prennent naissance dans ces parages. Il était probable qu'on y trouverait un emplacement favorable pour une grande usine hydraulique.

Entre Thouz-Khourmatli et Kifri, Monaghan fit une découverte des plus importantes. En remontant le cours d'un ruisseau profondément encaissé, il trouva un gisement de houille. Les gens du pays n'avaient aucune connaissance de l'existence de cette mine, tellement elle était cachée à tous les yeux.

Cependant le hasard seul n'avait pas aidé les hommes dans la découverte. En étudiant les roches de la contrée, Monaghan avait reconnu la présence des couches carbonifères. De proche en proche, d'après l'inclinaison des couches composant le sol, il avait été amené à remonter le cours du torrent, dont les eaux, en dénudant les roches, avaient permis de suivre la transformation des terrains. Enfin, à sa grande joie, Monaghan parvint à un endroit où de larges bandes noires affleurant le sol ne laissaient plus aucun doute sur l'existence du charbon de terre. Les filons paraissaient nombreux et épais; leur peu de profondeur permettrait de les exploiter facilement.

Monaghan revint au campement les poches pleines d'échantillons. Badger éprouva une vive satisfaction de cette découverte. Le charbon de terre était un auxiliaire sur lequel on n'avait pas compté, mais qui ne rendrait pas moins d'importants services. S'il était vrai que l'on pût utiliser les rayons solaires en les transformant en forces au service de l'homme, ce n'était pas une raison pour dédaigner les ressources naturelles qui s'offraient comme d'elles-mêmes.

Badger fit appeler Jack Adams pour lui annoncer la bonne nouvelle. Il recommanda à l'ingénieur et au géologue de garder le plus complet silence sur l'existence de ce gisement houiller. Si le bruit de la découverte se répandait, il était à craindre que des aventuriers, comme il s'en trouve partout en si grand nombre, ne vinssent faire des fouilles dans cette contrée. On perdrait ainsi le bénéfice de la découverte de Monaghan, et il était juste qu'on conservât pour soi le monopole de ce combustible si précieux.

— La consommation de la houille doit être énorme? demanda miss Nelly à Monaghan. Pour se chauffer, on en brûle déjà beaucoup; mais on doit en consommer encore plus avec les usines à gaz et les machines à vapeur.

— Certainement, mademoiselle, répondit le géologue. Savez-vous quel est le nombre des machines à vapeur qui existent sur la surface de la terre?

— Je ne m'en doute pas.

— Il y a cent cinquante mille locomotives, dont la puissance totale est de trente millions de chevaux-vapeur. Quant au nombre des machines fixes, il est encore plus considérable, et leur puissance dépasse quarante-six millions de chevaux.

— Ces nombres sont effrayants, dit la jeune fille.

— Or, reprit le géologue, en admettant, ce qui est sensiblement vrai, que treize hommes équivalent à un cheval-vapeur, on arrive à ce nombre gigantesque de un millard d'hommes remplacés par les machines à vapeur répandues chez les nations civilisées. Ce nombre de un millard de travailleurs, créés par le génie de l'homme, n'a-t-il pas quelque chose de gigantesque? N'explique-t-il pas à lui seul toute la supériorité des peuples civilisés sur la masse des peuples encore plongés dans la barbarie? La force sauvage des barbares ne peut plus entamer notre civilisation comme à la fin de l'empire romain. Contre la force brutale de l'homme, nous pouvons opposer une force encore plus brutale, celle de nos machines de fer. Nous avons maintenant le nombre pour nous, car le milliard de travailleurs que nous avons créés, tiendra toujours en respect les barbares qui pourraient encore vouloir se précipiter sur nos contrées. Le monde est aujourd'hui envahi par les Européens ;

les races inférieures reculent et disparaissent devant les races supérieures et intelligentes, subissant la loi naturelle des plus faibles. Mais, ne l'oublions pas, nous ne pouvons vaincre qu'avec l'aide de nos machines, avec nos ouvriers de fer. Pour faire la mitraille qui anéantit toute résistance, il faut des machines à vapeur. Il faut encore des machines à vapeur pour forer les canons, préparer la poudre, conduire les hommes et les engins de guerre jusqu'aux ports, et, de là, les navires jusque dans les pays ennemis.

— Les machines à vapeur sont aussi des instruments de progrès, mon cher Monaghan, interrompit Badger. Ce sont les chemins de fer qui ont donné au commerce un si grand essor. Ce sont aussi les machines à vapeur qui créent les mille objets nécessaires à la vie de l'homme. Loin de n'être que des engins de destruction, je pense, au contraire, que les machines à vapeur sont avant tout des objets utiles, pacifiques et civilisateurs.

— Vous avez raison, mylord, répondit le géologue. Je n'avais envisagé qu'une partie de leur utilité, mais je suis le premier à reconnaître que ce sont avant tout des instruments de paix et de travail.

Quelques jours après, la caravane passa à Kifri, puis atteignit la vallée de la Diyalah, le plus important des tributaires du Tigre. Elle rencontra sur tout son parcours un grand nombre de sources de naphte, comme l'avait annoncé Cahuzac.

Le photographe était décidément un aimable et gai compagnon. Cet homme, au regard mobile et intelligent, avait toujours le sourire sur les lèvres et la chanson prête à s'envoler dans l'air. D'une simplicité qui frisait souvent l'abandon, il n'imposait jamais sa personne. Aimable, franc, serviable, il sut rapidement s'attirer les sympathies de tout le monde.

— Bonne acquisition, dit un jour Badger à Jack Adams.

— Ces Français sont tous les mêmes, répondit l'ingénieur avec une pointe d'amertume.

On mit une dizaine de jours pour descendre la vallée de la Diyalah. Jack Adams trouva, près de Kisil-Robat, dans les gorges du Hamrin, un excellent emplacement pour une usine hydraulique.

La caravane se retrouvait maintenant dans un pays de plaines ; on avait définitivement quitté la montagne. On traversait un véritable jardin, coupé par des myriades de ruisseaux qui répandaient autour d'eux la fraîcheur et la fertilité. On quittait à peine les frimas de l'hiver et voilà que, brusquement, on se trouvait au milieu des splendeurs de l'été, avec un soleil de feu au-dessus de la tête. Cette transition subite ne fut pas sans inconvénient. Les deux jeunes filles eurent quelque peine à la supporter. On dut voyager plus lentement et à petites journées.

A partir de Bakoubah, on cessa de suivre la rivière, pour couper au plus court jusqu'à Bagdad. Les ruines de Dastaghad, encore inexplorées, attirèrent, pendant toute une journée, l'attention de Grim-

mitschoffer. Le savant y découvrit une colossale tête de pierre, — pesant au moins vingt kilogrammes, — qu'il empaqueta avec les plus grandes précautions, afin de pouvoir l'étudier à loisir dès son retour à Babylone, car, selon lui, cette trouvaille était de nature à éclairer tout un côté de ces contrées.

— Pas plus de cervelle dans l'un que dans l'autre, murmura Jack Adams entre ses dents.

Singulier contraste entre ces deux hommes : l'un regardant toujours devant lui, espérant tout de l'avenir ; l'autre constamment tourné vers le passé et y cherchant le secret des destinées de l'humanité.

Le 10 avril, la caravane était de retour à Bagdad. Ce fut une grande joie pour tout le monde de se retrouver en pays connu.

Le lendemain, avant le déjeuner, lord Badger prit miss Ross à part :

— Ces déplacements continuels vous fatiguent, lui dit-il avec bonté. Il en était déjà ainsi depuis quelque temps ; ce serait bien pire à présent que vous trouveriez partout des souvenirs douloureux. Retournez en Angleterre. J'ai pris les mesures nécessaires pour vous y assurer une existence honorable. L'institutrice de ma fille pourra toujours compter sur moi.

Miss Ross remercia le lord de sa bonté. Il lui en coûtait de se séparer de son élève ; mais, au fond, elle comprenait que Badger avait raison. Institutrice depuis l'âge de dix-huit-ans, l'heure où le repos devient indispensable avait sonné pour elle ; la dernière épreuve qu'elle venait de subir avait achevé de la briser.

Elle fut donc laissée chez le consul anglais, qui avait mission de la rapatrier. La séparation fut pénible ; on se promit de s'écrire et de se revoir à Londres.

L'expédition, réduite d'un tiers, reprit le chemin du désert. Cette fois, on se dirigeait vers le repos final, vers Babylone.

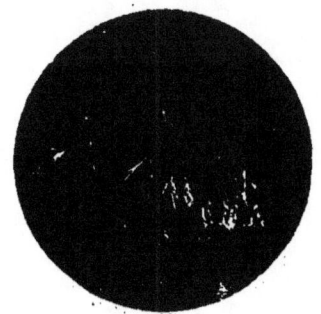

SECONDE PARTIE

L'USINE ÉLECTRIQUE

CHAPITRE PREMIER

LIBERTY

Voici donc de nouveau nos voyageurs suivant, à travers le désert, le chemin qui conduit de Bagdad à Babylone. Cette fois, en arrivant dans cette dernière ville, ils éprouvaient l'agréable sensation que les plus déterminés explorateurs, les plus invétérés touristes éprouvent en rentrant au logis. On n'allait plus camper sous la tente ou loger dans de précaires abris, on serait chez soi, dans des demeures à soi, pourvues de tout le confortable européen. On allait retrouver le *home*, le *sweet home* que les Anglais savent si bien transporter partout avec eux.

A cette impression de bien-être se joignait, chez miss Nelly, une joie plus grande et plus intime : elle allait retrouver Cornillé. Et, en admettant qu'elle ne

22

se fût pas encore prononcé à elle-même qu'elle aimait l'ingénieur français, une séparation de trois mois avait dû lui faire comprendre quelle grande place il tenait désormais dans sa vie. Soucieuse de sa dignité, fière du nom de son père, qu'elle n'eût voulu échanger que contre un nom également honorable et également glorieux, elle ne se laissait point aller mollement au sentiment qu'elle sentait naître en elle, et voulait avant tout s'assurer que celui qui l'inspirait en était digne. Cette fille du Nord n'avait jamais pensé que la raison et le devoir n'eussent rien à démêler avec la passion, et que l'amour, l'amour aveugle est à lui-même sa propre loi. Entre Cornillé et miss Nelly, il y avait comme un accord secret, une convention tacite, de se mériter avant de s'aimer.

Ceci n'avait pas empêché miss Nelly de trouver l'allure de son cheval bien lente, et Cornillé de monter plus de vingt fois au sommet du Kasr et d'interroger tous les points de l'horizon dans l'espérance d'apercevoir la caravane.

En raison de la chaleur qui commençait à être excessive en plaine, il supposait que l'on voyagerait une partie de la nuit pour se reposer pendant le jour. Il était donc, dès avant l'aurore, à son poste d'observation, lorsqu'un nuage de poussière, aperçu dans le lointain, lui annonça l'approche de la troupe tant désirée.

Aussitôt, ce fut un branle-bas dans toute l'usine. Chacun se prépara à recevoir dignement le chef. Blacton et Cornillé montèrent à cheval et allèrent au-devant de Badger.

La rencontre eut lieu à trois kilomètres en avant de l'usine. On échangea de cordiales poignées de main. D'un coup d'œil, Cornillé constata combien miss Nelly avait gagné en beauté.

— Je vous retrouve toujours la même, mademoiselle, lui dit-il ; ce long voyage ne vous a pas fatiguée ; à part votre teint qui s'est légèrement doré au soleil d'Orient, on dirait que vous n'avez jamais quitté Londres.

— Le fait est, affirma Badger, que ma fille n'a jamais eu si bonne mine qu'aujourd'hui. Quel œil brillant, quel teint frais et rose !

Cependant Cornillé inspectait de l'œil tous les rangs et constatait l'absence de deux de ses anciens compagnons et la présence d'un nouveau venu.

— Où sont donc notre gros Flatnose et la grave miss Ross? interrogea-t-il.

— Flatnose est mort, répondit tristement Badger. Quant à miss Ross, elle doit être en ce moment en route pour l'Angleterre. Et il raconta en peu de mots les événements que nous connaissons déjà.

— Pauvre Flatnose! dit l'ingénieur avec attendrissement, c'était un cœur délicat sous une enveloppe grossière.

— Nous avons été vivement peinés de cette fin tragique, reprit Badger; toutefois nous avons eu une diversion à notre chagrin dans la rencontre que nous avons faite d'un nouveau compagnon qu'il me reste à vous présenter : M. Cahuzac, photographe et français.

Puis se retournant du côté de Cahuzac : — Je vous présente M. Cornillé, ingénieur français dont vous nous avez si souvent entendu parler.

Les deux compatriotes se serrèrent vigoureusement la main.

La caravane se remit en marche vers l'usine qui apparaissait pour la première fois aux yeux des voyageurs.

Le spectacle était admirable et bien fait pour remplir de joie et d'orgueil le cœur de Badger. Les deux monticules du Kasr et de Babel s'élevaient majestueusement à l'horizon. Leurs pentes inclinées, ravinées par les eaux du ciel, avaient été remplacées, sur une grande partie de leur contour, par d'épaisses murailles verticales en briques. Des contre-forts en forme de tours servaient de points d'appui. Le Kasr et Babel représentaient maintenant, à s'y méprendre, des forteresses moyen âge. Badger fut le premier à en faire l'observation.

— Votre usine, mon cher Cornillé, ressemble à un château fort.

— Et c'en est un, en effet, mylord, répondit l'ingénieur. Qui sait si nous n'aurons pas un jour à soutenir un siège ? Il ne faut jamais se fier aux Arabes. Nous saurons résister de là-haut à toute une armée.

— Vous serez vainqueurs, interrompit Cahuzac, n'avez-vous pas la foudre à votre disposition pour pulvériser les barbares ?

— Ce ne serait pas la première fois que l'électricité aurait rempli ce rôle, dit à demi-voix Grimm, comme se parlant à lui-même.

A mesure qu'on se rapprochait des usines ou des forteresses, car jamais usines ne s'étaient présentées sous un aspect pareil, on se rendait mieux compte des détails. Babel avait à sa partie supérieure la forme d'une vaste terrasse. On se rappelle que le monticule, — alors à la droite des voyageurs, — supportait les piles thermo-électriques de Cornillé. Or, pour laisser aux rayons du soleil toute leur puissance d'action, il n'avait fallu construire aucun obstacle élevé sur la surface supérieure du plateau. Il n'en était pas de même du Kasr où se trouvait l'usine proprement dite, c'est-à-dire un grand nombre de bâtiments affectés à différents services. D'où une multiplicité de formes, des toits aigus, des tours, des cheminées, offrant aux regards l'aspect le plus étrange et en même temps le plus pittoresque.

—. Que le capitaine Laycock n'est-il ici ? s'écria Badger; il verrait la réalisation de son œuvre. Et quelle œuvre gigantesque! Honneur à ceux qui ont contribué à édifier ce temple de la science et du progrès. Honneur à vous, mon cher Cornillé, mon cher Adams, mon brave Blacton; honneur à tous, car tous ont fait leur devoir.

Badger achevait à peine ces mots, qu'on vit accourir à toute bride un nouveau cavalier. Quelques minutes plus tard, le capitaine Laycock descendait de cheval et se jetait dans les bras du lord.

— A présent la fête est complète, dit Badger; il ne manquait que vous, j'en faisais à l'instant la remarque et j'en exprimais mes regrets.

— Je connaissais le jour de votre retour, répondit Laycock. Pour rien au monde je n'aurais voulu manquer à l'appel. Mon navire est à Babylone depuis une heure. J'ai pris juste le temps de tout mettre en ordre à bord, et d'arriver ventre à terre jusqu'ici.

— Merci, mon brave ami, répondit Badger, fortement ému par ces marques réitérées de sympathie.

— C'est mon dernier voyage jusqu'au retour des navires qui sont allés chercher un nouveau chargement en Angleterre. Tout est maintenant à sa place. J'ai droit à un repos de quelques semaines.

— On ne vous le marchandera pas, soyez-en sûr; mais je vous connais : avant trois jours, nouveau Nemrod, vous aurez fait retentir tous les échos d'alentour de vos exploits de chasseur. Est-ce que le capitaine Laycock s'est jamais reposé?

Un pli de terrain avait empêché jusque-là d'apercevoir la base des deux monticules. La caravane étant parvenue au sommet d'une haute dune de sable, une ville, une vraie ville apparut aux yeux émerveillés des voyageurs. Plus de trois cents maisons aux toits plats et entourées de petits jardins s'étendaient dans l'espace compris entre le Kasr et Babel.

A cette vue l'enthousiasme fut à son comble. Aux hourrahs, aux cris répétés d'admiration des nouveaux arrivants, aux battements de mains de miss Nelly et de Fatma, Cornillé et Blacton purent juger que leur triomphe était complet.

— Comment s'appelle cette ville, demanda en souriant miss Nelly?

— Badger-City, répondit Cornillé.

— Non, mes amis, dit Badger; je ne puis accepter cet honneur, quelque sensible qu'il soit à mon amour-propre. Si vous m'en croyez même, aucun de nous n'attachera son nom à une partie quelconque de l'œuvre que nous avons poursuivie en commun. La science est notre seul maître et doit toujours rester le seul.

— Cependant, interrompit Cornillé, il ne serait que juste de donner votre nom à la partie de la ville qui servira de berceau à la nouvelle Babylone. Vous êtes notre chef, cet honneur vous revient de droit.

— C'est juste, crièrent en chœur tous les assistants.

— Non, reprit Badger, mais puisque vous voulez bien m'accorder un privilège, je réclame celui de choisir moi-même le nom de la nouvelle cité. Je désire qu'elle s'appelle Liberty, afin d'indiquer qu'elle doit être le point de départ d'une civilisation nouvelle se développant librement par le travail, la paix et l'union de tous.

— Adopté à l'unanimité, répondit Cornillé.

— Plus ma voix, reprit le photographe, tandis que Grimmitschoffer secouait la tête d'un air de doute et de tristesse.

Dix minutes plus tard, la caravane faisait son entrée à Liberty, puisque tel devait être maintenant le nom de la ville surgie comme par enchantement du milieu d'un aride désert.

Tous les ouvriers, ingénieurs et directeurs de travaux en tête, réunis pour acclamer Badger et ses compagnons, firent retentir les airs de vivats enthousiastes et mille fois répétés. Le lord descendit de cheval, serra cordialement la main des chefs et remercia les ouvriers en quelques paroles pleines de sympathie.

On se dirigea ensuite vers le centre de la ville où étaient construites les maisons d'habitation destinées à Badger et aux membres de l'expédition. Liberty avait une physionomie tout à fait originale : la régularité du plan, l'alignement des rues, le soin du détail dans tout ce qui pouvait assurer la propreté et la salubrité de la cité annonçaient la ville européenne. Mais toutes les dispositions indiquées par le climat et que l'on avait eu le bon sens et le bon goût de conserver, les toits en terrasses, les nombreux jardins arrosés par des ruisseaux d'eau vive, les galeries couvertes, les places ornées de fontaines au-dessus desquelles d'immenses velums en toile donnaient l'ombre que l'on ne pouvait encore attendre des récentes plantations, lui gardaient son gracieux cachet de ville orientale. A l'intérieur des maisons on retrouvait, — dans tous les détails de distribution et d'ameublement, — la même intelligente application des usages locaux aux exigences de la vie civilisée.

Un grand nombre de marchands européens et indigènes étaient déjà installés dans la ville nouvelle, où toutes les branches de commerce et d'industrie se trouvaient représentées. Il en résultait la plus amusante variété. Miss Nelly et Fatma n'en pouvaient croire leurs yeux. Quoi ! Cette terre qu'elles avaient quittée trois mois auparavant à l'état de désert s'était à ce point transformée ! C'était un nouveau conte des *Mille et une Nuits* à ajouter à ceux du poète arabe.

Les plus prodigieuses merveilles rêvées par l'imagination au temps où elle régnait sans partage sur une jeune humanité, la science peut les réaliser aujourd'hui quand elle se met au service d'une grande idée.

Il était à peine sept heures du matin. Les voyageurs se dirigèrent chacun vers la demeure qui lui était destinée, pour goûter quelques heures de sommeil. Quelle joie de s'étendre enfin dans de vrais lits, entre des draps de fine toile; de reprendre les habitudes si douces, l'existence capitonnée de bien-être des riches européens! Miss Nelly était impatiente de connaître sa nouvelle habitation. Une agréable surprise, qu'elle était loin de prévoir, l'y attendait. Son père avait voulu qu'elle y retrouvât sa chambre de jeune fille, son petit salon de travail, son piano, ses crayons, ses livres et tous ses bibelots familiers. Elle crut d'abord à une hallucination. Mais non, c'était bien son joli bureau en bois de rose, sa bibliothèque, ses armoires, son fauteuil, ses chaises, jusqu'à son encrier et à son papier. Aux murs étaient suspendus ses tableaux et parmi eux le plus cher de tous : le portrait de sa mère.

D'un bond elle courut à son père qui restait sur le seuil, souriant et aussi heureux que sa fille. Et, entourant la tête de Badger de ses deux bras :

— Vraiment, cher père, lui dit-elle, je commence à croire que vous me gâtez trop, vous me traitez comme les petites princesses des contes de fées.

— Et qui donc pourrais-je aimer trop, si ce n'est vous, ma chère Nelly? N'êtes-vous pas ma seule joie et mon unique bonheur? C'est vous la fée charmante qui met son empreinte sur toute chose et dont sa seule présence embellit tout ce qu'elle approche.

La chambre de Fatma se trouvait près de celle de sa maîtresse. Elle était plus modeste, mais cependant meublée avec goût. Sans vouloir faire de la jeune Grecque l'égale de sa fille, Badger désirait qu'on la regardât comme sa compagne et non comme une subalterne.

Il avait été convenu qu'à midi chacun serait debout pour le déjeuner. Mais, bien avant l'heure fixée, tout le monde était déjà réuni dans le grand salon. Personne n'avait pu fermer l'œil. Les esprits étaient trop surexcités par l'attente de l'inconnu. La visite projetée aux travaux de l'usine électrique était la grande *attraction* de la journée.

Ces masses imposantes du Kasr et de Babel, qui écrasaient la ville et bornaient l'horizon, que renfermaient-elles entre leurs murailles abruptes? Qu'allait-on voir?

A midi sonnant, les lourdes portières d'étoffe, qui en Orient sont les seules séparations qui existent entre les diverses pièces d'un appartement, glissèrent sur leurs tringles, et un domestique arabe, faisant fonction de majordome, vint annoncer que le déjeuner était servi. Badger avait prévenu que l'on continuerait à faire table commune, aussi bien à *Liberty* que sur l'*Electricity* et dans le désert. Si chacun avait sa maison, tous se retrouveraient au moins ensemble à l'heure des repas. C'était le moyen le plus sûr de conserver cette précieuse camaraderie qui, depuis le départ de Londres, n'avait encore reçu aucune atteinte.

Cornillé fit placer Cahuzac à côté de lui. Il voulait parler de la patrie, de la chère France. Il se trouva qu'ils étaient nés dans le même département et qu'ils avaient une foule de relations communes. Peut-être même étaient-ils cousins... à la mode de Bretagne, comme le dit en riant le photographe. Du moins, s'ils n'étaient pas cousins, ils connaissaient des personnes alliées de loin à leurs deux familles. Malheureusement, à ce repas, Cornillé ne fut guère laissé en repos. Il était le héros du jour, on l'accablait de questions, on voulait tout savoir.

— Vous verrez tout à l'heure, répondait l'ingénieur.

— Au moins dites-nous où en sont vos travaux.

— Pour cela oui. Je vous assure que ce brave Blacton a bien travaillé. Quel entrain! Quelle dévorante activité! La grande usine du Kasr est presque terminée; les machines dynamo-électriques et les accumulateurs sont complètement installés. Quant à ma pile thermo-électrique de Babel, elle est en bonne voie d'avancement. Vous savez que nous n'avons pu prendre avec nous qu'une très minime partie de l'immense matériel que nécessitera une installation complète. Ce que j'en possède dès maintenant m'a déjà donné d'excellents résultats. J'attends, sans trop d'impatience, l'arrivée des navires qui, dans deux ou trois mois d'ici, m'apporteront le reste de ma pile. Son installation complète exigera au moins quatre mois. Les mauvais jours seront revenus; le soleil ne sera plus assez chaud. La pile thermo-électrique ne fonctionnera donc sérieusement que dans un an.

Le café pris, tous les convives se levèrent de table avec empressement. Chacun courut s'équiper de façon à pouvoir braver impunément les ardentes morsures du soleil d'Asie, puis on se dirigea vers le Kasr. La chaleur était intense; mais nul ne la sentait, tellement l'impatience était grande de visiter les constructions. Les chapeaux en moelle de sureau, les voiles opaques, les larges parasols devaient mettre à l'abri des insolations.

CHAPITRE II

LE KASR ET BABEL

En quelques minutes la troupe joyeuse eut atteint la base du Kasr. La colline primitive n'était plus reconnaissable. Ses talus gazonnés avaient fait place à une longue suite de terrasses, destinées à retenir les terres et les briques, et surtout à augmenter la surface de l'usine.

Au premier coup d'œil il était impossible de saisir l'ensemble du plan. Aussi Cornillé, afin de donner à ses compagnons une idée de l'unité de son œuvre, les conduisit-il de suite au sommet du Kasr. On y arrivait par une longue rampe qui permettait aux voitures d'atteindre le plateau supérieur.

La vue s'étendait au loin. L'horizon s'élargissait à mesure que l'on avançait sur ce chemin circulaire. Liberty apparut avec ses rues croisées à angle droit et ses maisons uniformes. Puis, de l'autre côté, l'Euphrate au lit large et aux eaux lumineuses; plus loin, la ville arabe de Hillah au-dessus de laquelle les palmiers plaquaient des taches d'un vert sombre tranchant sur la blancheur des constructions. Enfin, à l'extrême horizon, la colline de Birs-Nimrod, théâtre de la mésaventure du pauvre Grimmitschoffer. La petite espiègle de Fatma, — cet âge est sans pitié, — l'appela:

— Hé! monsieur Grimm, ne voyez-vous donc pas, là-bas, la tour où vous étiez niché comme un hibou?

Hélas! Grimm ne la voyait que trop, cette tour de malheur qui avait si bien failli devenir pour lui la tour de la faim. Il fit semblant de ne pas avoir entendu et se dirigea d'un autre côté.

— Les savants n'aiment pas la raillerie, dit Cornillé à l'oreille de Cahuzac, lequel ignorait par suite de quelles circonstances Grimm faisait partie de l'expédition; et, en trois mots, il mit le photographe au courant des incidents qui avaient amené la découverte de l'illustre archéologue.

La troupe atteignit le plateau supérieur du Kasr, élevé de cinquante mètres environ au-dessus de la plaine. Successivement rétréci par les terrasses en retrait qui flanquaient ses quatre côtés, le monticule n'avait plus, au sommet, qu'une surface rectangulaire de cent mètres de largeur sur cent cinquante de longueur.

Une tour, de quinze mètres environ de hauteur, s'élevait au centre du plateau. Elle devait servir, dans la suite, à l'installation d'un phare gigantesque destiné à éclairer l'usine et la ville. Pour l'instant, ce n'était encore qu'un observatoire.

Quand tout le monde fut réuni sur la plate-forme de cette tour, Cornillé prit la parole:

— Maintenant, *mesdemoiselles* et messieurs, vous pouvez vous rendre compte de l'ensemble des constructions.

— Ne dirait-on pas le mont Saint-Michel, observa miss Nelly qui avait visité la célèbre abbaye des côtes normandes.

— C'est parfaitement exact, mademoiselle, reprit l'ingénieur. En somme, vous voyez que le plan est fort simple: un plateau supérieur, et tout autour une large ceinture de terrasses à des niveaux médiocrement élevés au-dessus les uns des autres. Sur le plateau supérieur, nous avons placé les accumulateurs. Ils

recueilleront l'électricité fournie par les piles de Babel et par les usines hydrauliques que mon ami Jack Adams a construites sur les rivières et les torrents du
bassin du Haut-Tigre et de la chaîne bordière de Perse. Quant aux étages infé-
rieurs, ils soutiennent les moteurs dynamo-électriques. Ceux-ci sont de deux
sortes : les moteurs destinés à marcher par la combustion de la houille et du
pétrole sont renfermés dans les bâtiments que vous voyez à votre droite ; à votre
gauche nous avons placé ceux, beaucoup plus nombreux, qui recevront leur mouvement de l'électricité puisée directement aux accumulateurs.

— C'est parfait, dit Jack Adams.

— Admirable, reprit Badger, ravi de l'habileté de ses ingénieurs. Recevez
toutes mes félicitations, mon cher Cornillé.

— Pardon, reprit celui-ci ; vous savez, mylord, que cette œuvre ne m'appartient pas en propre. Jack Adams et moi, nous avons dressé les plans ensemble
avant notre départ de Londres. Quant aux constructions de l'usine, c'est à ce
modeste Blacton, qui se cache là-bas derrière les autres, qu'en revient le principal mérite. Allons, mon brave collaborateur, avancez donc et venez recevoir les
éloges dus à vos travaux.

— Mes amis, dit Badger, tout le monde a fait son devoir et tient ses pro-
messes. Merci à tous et au nom de tous.

Il fut décidé que l'on commencerait par visiter les bâtiments réservés aux
machines dynamo-électriques. De la plate-forme de la tour on descendit jusqu'aux
terrasses inférieures par un escalier plus rapide que le grand chemin à plan
incliné.

Cornillé ouvrit une porte, et les visiteurs se trouvèrent dans une immense
salle construite moitié en bois, moitié en briques. Le jour entrait à flots par des
croisées largement ouvertes.

— Nous voici dans la grande galerie des moteurs dynamo électriques, dit l'ingénieur.

— Lesquels ? demanda Monaghan.

— Ceux qui fonctionnent à l'aide des machines à vapeur.

— Et où sont-elles donc, ces machines à vapeur, demanda à son tour le
capitaine Laycock, je n'en aperçois aucune ?

— Elles sont dans un bâtiment parallèle à celui-ci. Vous voyez cet arbre
de couche qui traverse la salle en son milieu depuis un bout jusqu'à l'autre ?

— Oui.

— Eh bien, cet arbre reçoit son mouvement de rotation par une suite d'engrenages mis eux-mêmes en mouvement par les machines à vapeur de l'autre bâtiment.

— Et les moteurs dynamo-électriques sont actionnés eux-mêmes par l'arbre de couche, dit Monaghan?

— Parfaitement.

— Ces messieurs verraient peut-être volontiers en premier lieu le bâtiment des machines à vapeur, dit à son tour Jack Adams.

— Oh! oui, s'écria miss Nelly, c'est curieux à voir marcher, ces grands monstres de fer.

L'attraction exercée par les machines à vapeur se conçoit facilement. Elles semblent douées de vie, et quelle vie! Aucun être vivant, aucun monstre marin ne possède un souffle aussi puissant. Quelle régularité dans le fonctionnement de leurs énormes muscles! Les tiges puissantes que font osciller les cylindres, les balanciers qui montent et descendent donnent une idée terrifiante de leur puissance. Et quand elles crachent le feu et vomissent des torrents de fumée, comme prêtes à tout pulvériser sur leur passage, l'homme, créateur pourtant de ces engins terribles, se prend à en avoir peur. Il appréhende les effets des redoutables forces qu'il a lui-même mises en œuvre.

Le bâtiment des machines était beaucoup moins vaste que le premier. Il ne contenait que deux machines à vapeur. Mais qu'elles paraissaient puissantes!

— Ces deux machines nous suffiront pour nos premiers essais, dit l'ingénieur. La première aura ses chaudières chauffées avec du charbon de terre; l'autre avec du pétrole. Et ni l'un ni l'autre ne nous manqueront, si j'en crois les indications que M. Monaghan m'a déjà données au sujet des gisements découverts par lui au cours de votre voyage.

On examina les chaudières, les machines à vapeur. Tout était établi dans les meilleures conditions. On revint ensuite dans le premier bâtiment, celui des moteurs électriques.

— Monsieur Cornillé, dit miss Nelly, seriez-vous assez aimable pour me donner quelques explications sur ces moteurs électriques.

— Avec bien du plaisir, mademoiselle, dit Cornillé, heureux de saisir cette occasion de se rapprocher de son idole.

— Moi, reprit miss Nelly, ce qui m'intéresse le plus, c'est l'électricité. La vapeur est déjà trop connue. A Djezireh, j'ai vu fonctionner le moteur de l'usine hydraulique. M. Adams m'a enseigné les premières notions, vous voyez donc que je suis une savante!

Pendant que le reste de la troupe continuait de visiter les machines, Cornillé resta en arrière avec miss Nelly et Fatma, aussi désireuse de s'instruire que

sa maîtresse. Ils s'arrêtèrent devant un premier groupe de cinq moteurs :

— Ce sont cinq machines Gramme, du nom de leur célèbre inventeur, dit l'ingénieur aux deux jeunes filles.

— Un de vos compatriotes, je crois? demanda miss Nelly.

— Un Français, oui, mademoiselle. Cette machine se compose de deux gros électro-aimants, placés horizontalement l'un au-dessus de l'autre. Les deux milieux constituent des pôles aimantés d'une énergie considérable. Un anneau tourne entre ses deux pôles dans un plan perpendiculaire à celui des deux électro-aimants.

— Cet anneau est curieux, interrompit la jeune fille, je voudrais bien savoir comment il est construit.

— C'est un disque en fer qui porte un grand nombre de petites bobines. Cette disposition particulière est la partie véritablement nouvelle des machines de Gramme.

— Je comprends, dit miss Nelly. Je vois parfaitement les divers enroulements des petites bobines. Mais, mon Dieu! que c'est donc compliqué, une machine électrique!

— Moi, déclara Fatma, je n'y ai rien compris du tout.

— Ce n'est pas ma faute, dit en riant Cornillé; pour y comprendre quelque chose, il faut être déjà une savante comme miss Nelly.

— Ces cinq moteurs, continua l'ingénieur, servent à produire la lumière électrique. Ce soir vous verrez nos ateliers éclairés comme en plein jour. Les lampes recevront leur électricité des machines qui sont devant vous.

— Nous viendrons les voir fonctionner, dit miss Nelly.

— Oh! oui, s'écria Fatma, transportée de joie à la pensée de voir une illumination.

En ce moment, la voix de Badger se fit entendre au bout de la salle :

— Nous allons visiter la seconde galerie des machines, vous nous y retrouverez tout à l heure.

— Dans cinq minutes, répondit Cornillé, nous vous rejoindrons.

L'ingénieur conduisit les deux jeunes filles devant une série de nouveaux moteurs.

— Ces machines, dit-il, ont été imaginées par Heffner Von Alteneck, et sont plus souvent désignées sous le nom de machines Siemens, du nom de leur constructeur. Ce moteur se compose, comme la machine Gramme, de deux électro-aimants formés de plusieurs barres de fer doux. Ces barres sont courbées en arc de cercle dans leur partie moyenne, laissant un vide entre chacune d'elles et englobant le plus étroitement possible un anneau en forme de tambour... Si vous voulez passer de l'autre côté, mademoiselle, je vais vous décrire ce tambour... Il est constitué par des rondelles de bois, enfilées sur l'axe de rotation. Des fils de métal sont d'abord enroulés sur ce tambour, de façon à le recouvrir d'une armature de fer doux. Puis on recouvre cette première enveloppe avec du taffetas gommé remplissant l'office d'*isolateur*. Enfin, sur ce cylindre ainsi disposé, on enroule les fils de cuivre...

Cornillé s'arrêta net dans son explication. Miss Nelly, qui était passée de l'autre côté de la machine, se trouvait en face de l'ingénieur. Le buste penché en avant, elle regardait attentivement ce que lui montrait Cornillé, lorsque sa petite tête se relevant effleura presque celle du jeune homme, et par un hasard involontaire leurs mains se touchèrent.

Les deux amoureux faillirent se trahir. Grâce à l'empire que les femmes possèdent sur elles-mêmes, ce fut miss Nelly qui se remit la première :

— Allons voir les autres machines, dit-elle d'un air parfaitement calme en se dirigeant du côté de la porte par où son père venait de sortir.

— Allons voir les autre machines! s'écria à son tour Fatma, en parodiant sa maîtresse de son air le plus malin.

Quand celle-ci eut rejoint le reste de la compagnie, elle avait recouvré son sang-froid et personne n'eût pu se douter de l'émotion qu'elle venait d'éprouver.

« Quelle force de volonté dans une si jeune tête, se disait l'ingénieur; m'aime t-elle réellement? »

La nouvelle salle aux machines, dans laquelle venaient de pénétrer les deux jeunes filles suivies de leur *cicerone*, était beaucoup plus vaste que la première. Elle s'étendait sur deux des côtés du parallélogramme formé par le Kasr.

On avait placé dans cette salle un spécimen de chacun des moteurs dynamo-électriques construits jusqu'à ce jour. Et il y en avait! Ces moteurs n'ont rien de bien nouveau quant à leur principe. Ce sont simplement des combinaisons plus ou moins ingénieuses des moteurs de Gramme et de Siemens. Cependant, comme il ne faut jamais rien négliger en matière de progrès, même les détails en apparence les plus futiles, Cornillé et Jack Adams avaient décidé de soumettre à un contrôle sévère les principales machines d'innovation récente. Grâce à cette sage manière de procéder, on devait se trouver à même de n'employer que les engins les plus perfectionnés quand viendrait le moment de construire les usines définitives.

— Ce moteur, disait en ce moment Jack Adams en désignant une des machines, ce moteur servira à éclairer nos appartements avec les lampes à incandescence. C'est celui de Maxim.

Un peu plus loin, un autre moteur se faisait remarquer par ses proportions considérables. Il était le géant de l'endroit.

— Ce que vous voyez là, continua l'ingénieur, c'est le moteur Edison. Son poids est de vingt mille kilos. Il pourra alimenter deux mille lampes.

— De quoi éclairer tout Liberty, dit Monaghan.

— Il servira à éclairer le phare qui domine le Kasr, répondit Adams.

— Un joli bec de gaz, observa Cahuzac. Vous pourrez éclairer Bagdad depuis Babylone.

— Non, dit Cornillé revenu de son trouble de tout à l'heure. Mais, du moins, notre phare sera visible de Bagdad.

— N'existe-t-il pas une autre salle? dit Badger au moment de sortir du bâtiment.

— Oui, dit Cornillé, nous avons une autre salle plus petite qui occupe le quatrième coté du Kasr. Mais elle est vide en ce moment.

— A quoi la destinez-vous? demanda Monaghan.

— Elle contiendra des électro-moteurs, c'est-à-dire des machines qui, à l'inverse des précédentes, recevront leur mouvement d'un courant électrique. Les machines que vous venez de voir transformeront le mouvement en électricité; celles que nous attendons transformeront au contraire l'électricité en mouvement.

— Alors, à plus tard, dit le géologue.

On reprit l'escalier qui conduisait à la plate-forme supérieure; puis on pénétra dans une salle immense, de forme carrée, recouvrant à elle seule les trois quarts de la terrasse.

Ici plus de machines, plus de moteurs. Seulement une multitude de vases en verre de forme cubique. Au-dessus de chacun de ces vases, une plaque de bois peinte en noir; sur chaque côté de ces plaques, deux énormes bornes en cuivre jaune. Ces accumulateurs, — car les vases de verre n'étaient autre chose que des accumulateurs, — étaient partagés en six séries de six modèles différents. On aurait ainsi toute facilité pour comparer et juger lequel de ces modèles devrait être adopté dans les expériences définitives.

La salle, dont la forme était celle d'un long rectangle, avait donc été divisée en six compartiments. Un large couloir permettait de circuler facilement autour de chacun d'eux.

Cornillé et Jack Adams donnèrent un grand nombre d'explications. Ils montrèrent en quoi consistaient les différences dans chaque système d'accumulateur.

Il ne restait plus rien à voir dans les galeries où la chaleur concentrée deve-

nait étouffante ; miss Nelly proposa de remonter sur la plate-forme où des rafraî-
chissements et des sièges avaient été apportés, et de se reposer quelques instants
à l'ombre de la tour avant de se rendre à Babel.

La proposition fut acceptée d'enthousiasme, et au bout de quelques instants
toute la société était réunie autour du *lunch* improvisé.

— Monsieur Adams, dit miss Nelly tout en faisant honneur à la collation, je

voudrais bien savoir à présent comment vous allez vous servir de l'immense matériel que nous venons de voir. Pour moi qui ne suis pas aussi savante que ces messieurs, ce qu.. i m'importe le plus de connaître, ce sont les résultats.

— Vous avez raison, mademoiselle, répondit l'ingénieur, et je puis vous satisfaire à l'instant : les accumulateurs sont destinés à recevoir l'électricité de plusieurs sources et à la condenser. Quand ils seront chargés, il nous sera possible
d'adapter l'électricité à un grand nombre d'usages. Maintenant, quelles seront
les sources qui chargeront les accumulateurs ? Elles auront quatre origines bien
distinctes : premièrement, les usines hydrauliques que j'ai installées sur le haut Tigre
et celles que j'installerai plus tard sur ses affluents. Le fluide électrique arrivera
de ces régions éloignées par des câbles qui traverseront souterrainement les plaines
de sable, ainsi que j'ai déjà eu l'avantage de vous l'expliquer durant notre voyage.

24

— J'ai encore toutes vos explications présentes à l'esprit.

— Secondement, reprit Jack Adams, les moteurs que nous avons visités, il y
a un instant. Nous utiliserons dans ce but le charbon et le pétrole que nous possédons en grande quantité. Car, quoique nous cherchions dès aujourd'hui à créer de
nouvelles forces, nous ne prétendons pas nous priver de celles que la nature nous
donne si largement à l'heure actuelle. Troisièmement, la puissante pile thermo-
électrique construite par mon ami Cornillé au sommet de Babel...

— Et que nous allons visiter tout à l'heure, dit miss Nelly en jetant un
coup d'œil à la dérobée sur Cornillé qui, un peu à l'écart du groupe formé par
miss Nelly, Jack Adams, Cahuzac et Fatma, semblait sérieux et préoccupé.

— La pile thermo-électrique transformera directement en électricité les rayons
solaires. Enfin, quatrièmement, des appareils hydrauliques que j'irai, dans quelques
semaines, établir sur les bords du golfe Persique, seront également mis en communication avec les accumulateurs au moyen d'un câble souterrain.

— Pourquoi ces nouveaux appareils hydrauliques, ceux du Tigre ne vous
suffisent donc pas?

— Ceux du Tigre n'utilisent que les chutes d'eau des rivières, ceux du golfe
Persique utiliseront les vagues de la mer, les marées et les vents.

— Étonnant ! dit Cahuzac, qui avait écouté les paroles de l'ingénieur, ces
gens-là ne doutent plus de rien. Ils finiront par aller décrocher la lune, le soleil
et les étoiles pour en faire de l'électricité.

Tout le monde se mit à rire. Ce fut le signal du départ, et l'on se mit en route
pour Babel.

Vue d'un peu loin, Babel différait d'aspect avec le Kasr. Ici plus de constructions à des étages différents, plus de bâtiments aux formes variées et étranges.
Le revêtement extérieur était le même, mais comme il eût été trop difficile et
trop long de construire des murs de quarante mètres d'élévation, la muraille d'enceinte commençait seulement à moitié de la pente, ce qui en réduisait la hauteur à
vingt mètres. On avait remblayé avec des terres et des briques tout l'espace compris entre le mur d'enceinte et le plateau supérieur. Mais alors, il avait été nécessaire de renforcer la muraille avec de puissants contreforts ; faute de quoi,
la poussée des matériaux l'eût vite ébranlée.

Si le Kasr ressemblait à un château fort, Babel offrait, à s'y méprendre, l'aspect d'une citadelle. On arrivait à l'immense terrasse qui lui servait de couronne-
ment par un large escalier d'une centaine de marches.

— Je me propose plus tard, dit Cornillé au moment où la petite troupe longeait la rampe qui conduisait aux premières marches de l'escalier, de couvrir les décombres qui forment le talus avec de la terre végétale et d'y planter des arbres. Babel sera ainsi entourée d'une ceinture de végétation.

— Excellente idée, dit Badger; on ne sera plus exposé, comme nous le sommes dans ce moment, à recevoir en plein la réverbération du soleil sur les briques.

La montée en effet était rude, surtout pour miss Nelly et Fatma.

— Encore un peu de courage, mesdemoiselles, disait Cornillé; vous aurez de l'ombre là-haut, j'ai fait disposer une toile exprès.

— C'est à croire, dit Cahuzac, que le soleil veut nous prouver que nous entrons sur ses domaines. Quelle chaleur ici! Si vous convertissez tout cela en électricité, il y aura de quoi éclairer la terre entière.

— Pas tant que vous croyez, répondit l'ingénieur en riant.

Enfin, tout le monde arriva sur la terrasse supérieure. On alla vite se réfugier sous la tente où l'on jouit d'une fraîcheur relative.

Il est à remarquer en effet que, dans les pays où le soleil darde ses rayons avec le plus d'intensité, on a frais aussitôt qu'on se trouve hors de leur portée; tandis que, sous les climats humides, la différence entre le soleil et l'ombre est à peine sensible.

Quelques instants après leur arrivée, les visiteurs se dirigèrent vers les portions de la pile thermo-solaire déjà installée. Ce qui était là avait peu d'importance en comparaison du reste. Cinquante éléments à peine, sur les dix mille dont devait être composée la pile totale, s'y trouvaient réunis. Ce n'était donc encore qu'un simple essai, suffisant cependant pour permettre de juger le résultat final.

Ces éléments de la pile thermo-solaire avaient un aspect singulier. C'étaient de longues plaques métalliques noirâtres, présentant leur surface aux rayons du soleil. Toutes ces plaques communiquaient ensemble au moyen de fils de cuivre.

Mais, ce qui était le plus étrange, c'était la longue cuve qui s'étendait au-dessous de cette couverture métallique.

— C'est du pétrole qu'il y a là-dedans, dit Cahuzac, après avoir trempé son doigt dans le liquide contenu dans la cuve.

— Oui, répondit Cornillé. Je me sers de ce liquide pour isoler les éléments de ma pile thermo-électrique et, en même temps, pour refroidir le pôle opposé à celui qui reçoit la chaleur du soleil.

On examina longuement la pile de Cornillé. Cet agent était nouveau. On attendait de lui les résultats les plus considérables. Personne n'avait le droit de monter au sommet de Babel que les membres de l'association et quelques ouvriers sur le silence desquels on pouvait absolument compter. Pour y être admis, Cahuzac et Grimmitschoffer avaient dû prêter serment tout comme les autres, de ne rien révéler de ce qu'ils auraient vu.

— Qu'est-ce donc que ces immenses cônes de fer-blanc que je vois reluire là-bas au soleil, demanda tout à coup Cahuzac; est-ce encore une pile thermo-électrique?

— Non, dit Cornillé. Dans un moment vous serez renseigné, mon cher Cahuzac, je vais justement vous conduire tous de ce côté-là.

On se dirigea vers ces grands cônes que venait de désigner le photographe. Ils reluisaient au soleil comme des phares, et l'œil en supportait difficilement certaines réflexions trop vives. Il y avait sur une même ligne trois appareils semblables.

— Je vous présente les appareils solaires de MM. Mouchot et Pifre, dit Cornillé.

— A quoi servent-ils? demanda miss Nelly.

— A faire bouillir de l'eau dans une chaudière. Avec cette eau bouillante on peut mettre en mouvement une machine à vapeur.

— J'étais à Paris, dit Cahuzac, le jour où M. Pifre avait installé un de ces appareils dans le jardin des Tuileries. La chaudière servait à alimenter une petite machine à vapeur qui, à son tour, mettait en mouvement une petite presse Marinoni. La presse fonctionna régulièrement depuis une heure jusqu'à cinq heures du soir.

— J'ai vu moi-même ces expériences si intéressantes, reprit l'ingénieur. Ici, avec le soleil de la Mésopotamie, nous arriverons à des résultats bien meilleurs.

— Quels avantages pensez-vous qu'on retirera un jour de ces appareils plus perfectionnés, demanda Laycock. Quand le charbon fera défaut, sera-t-il possible de le remplacer par les appareils Mouchot?

— On aura d'abord les piles thermo-solaires, répondit Cornillé. Mais, de plus, les appareils Mouchot pourront rendre de signalés services dans un grand nombre de cas. Les récepteurs solaires pourront être utilisés autrement que pour porter de l'eau à l'ébullition dans des chaudières. Salomon de Caux, en 1615,

construisit une machine thermique fonctionnant à l'aide du soleil. Bélidor ima-
gina aussi une pompe du même genre. M. Mouchot est parvenu à produire un
grand nombre de réactions chimiques. Vous voyez donc qu'il est possible d'obtenir avec le soleil une infinité d'opérations industrielles.

CHAPITRE III

LE SAM

Lord Badger avait eu raison de prédire que le capitaine Laycock ne pourrait rester longtemps en repos. On menait depuis une quinzaine la vie agréablement et intelligemment occupée que nous venons de décrire lorsqu'un soir, à dîner, l'intrépide marin mit à l'ordre du jour la proposition d'une grande partie de chasse, pour le lendemain.

Cette motion fut accueillie avec joie par les assistants. Il fut décidé que tout le monde serait de la fête, les travaux ne devant pas souffrir de quelques heures d'absence des chefs. Grimm fut le seul à déclarer qu'il lui serait impossible d'être de la chasse, à cause des fouilles qu'il ne pouvait délaisser un seul jour. Personne ne lui demanda de changer d'avis.

Le lendemain, à la première lueur vague de l'aube, tout le monde était à cheval. La matinée s'annonçait superbe, quoique l'atmosphère fut un peu lourde. La chaleur avait été accablante pendant les jours précédents.

On avait décidé de se diriger vers le nord en remontant la rive gauche de l'Euphrate. Là se trouvaient de larges espaces, recouverts de hautes herbes, où le capitaine avait reconnu la présence d'un grand nombre d'animaux. A six heures, la petite troupe avait franchi une dizaine de kilomètres. On fit halte. Les chevaux furent attachés au tronc de quelques palmiers rabougris, poussés là par hasard, et la chasse commença.

Dix minutes après, la fusillade éclatait de tous les côtés. A la rapidité avec laquelle les coups de fusil se succédaient, il était facile de deviner que le gibier abondait. En effet, les carnassières se remplissaient à vue d'œil. On fut impitoyable, et le nombre des victimes fut considérable.

A dix heures, ainsi qu'il avait été convenu, chacun se trouva au lieu du rendez-vous : un palmier un peu mieux garni de feuillage que les autres. Contrairement aux prévisions, le soleil était moins ardent qu'on ne l'avait craint. Son disque rougeâtre semblait obscurci par une vapeur invisible. Monaghan manifesta une certaine inquiétude.

— Ceci n'est pas naturel, dit-il aux chasseurs ; il se prépare quelque orage qui ne tardera guère à éclater. Disons-nous, ces météores sont à craindre dans ces régions.

Le capitaine Laycock insista au contraire pour qu'on reprît la chasse interrompue.

— Nous avons le temps, dit-il, le soleil nous a fait la gracieuseté de se cacher, profitons-en. Quand nous verrons l'orage approcher, nous reprendrons le chemin de Babylone. Avec nos chevaux nous irons plus vite que lui.

La chasse recommença donc de plus belle.

Pendant ce temps, Green préparait un de ces excellents dîners dont il avait le secret. Les vins de Bourgogne et du Rhin n'y feraient pas défaut et donneraient de nouvelles forces pour les exploits de l'après-midi.

A leur retour, les chasseurs trouvèrent la table mise. La course à cheval du matin et quatre heures de chasse au milieu de la prairie avaient aiguisé les appétits. On mangea avec acharnement et on parla peu pendant la première partie du repas.

Peu à peu les langues se délièrent. Cornillé et Cahuzac, en vrais Français, tinrent le dé de la conversation sans toutefois l'accaparer à eux seuls. Chacun put dire son mot, émettre ses idées. C'était un entrain charmant, une causerie éblouissante et fine. Sur ce terrain, ce n'était plus en Angleterre que l'on se trouvait, mais bien en France, à Paris ! Monaghan seul était distrait et paraissait préoccupé. Deux ou trois fois il se leva de table pour aller observer l'état du ciel vers l'horizon.

Le repas cependant s'était passé sans encombre et il touchait à sa fin quand il se produisit brusquement un changement dans l'état de l'atmosphère. Des bouffées d'air chaud se succédaient à de courts intervalles. De petits tourbillons soulevaient des colonnes de poussière. Il semblait que le jour baissait tout à coup.

— C'est l'orage, dit Monaghan. Nous n'avons pas une minute à perdre. Vite à cheval et regagnons au grand galop Liberty.

On se leva précipitamment. Le café, immédiatement apporté, fut avalé brûlant. Cinq minutes après, les bagages étaient rechargés et tout le monde en selle, prêt à partir. Mais au moment où Badger donnait un coup d'éperon à son cheval, celui-ci, au lieu d'avancer, se mit à tourner sur lui-même en donnant les signes d'une grande frayeur. Rien n'y fit, ni caresses, ni menaces, ni coups de cravache et d'éperon. Les autres chevaux suivirent l'exemple de celui de Badger et refusèrent d'avancer. Miss Nelly et Fatma eussent été désarçonnées si elles eussent été moins habiles écuyères. Il fallut en prendre son parti et mettre pied à terre.

Mais que faire? Le ciel se couvrait d'un voile jaune. Au zénith, il était encore libre de nuages ; mais la transparente vapeur observée le matin prenait l'opacité d'un gros nuage noir grandissant à vue d'œil et derrière lequel le soleil n'apparaissait plus que comme une tache pâle et ronde s'effaçant rapidement. L'air devenait suffocant; des raffales d'un vent brûlant soulevaient à chaque minute des tourbillons de sable. Il était urgent de prendre une décision.

Impossible de songer à rester dans la plaine où pas un abri ne s'offrait et où nul obstacle ne viendrait arrêter la violence de la tempête.

25

Monaghan proposa de prendre une direction perpendiculaire à celle du fleuve et de remonter dans les terres. On apercevait quelques tells à un kilomètre de distance. Il serait peut-être possible d'y trouver un abri contre le vent.

On n'avait pas le temps de délibérer; l'avis de Monaghan paraissait bon, on se mit en marche en tournant le dos à l'Euphrate.

Les chevaux, tirés par la bride, avançaient lentement.

— Ils regardent vers l'Ouest, dit le géologue, la tempête arrivera par là.

En effet, les pauvres animaux, l'oreille basse, le regard morne, et sous l'impression évidente d'une insurmontable terreur, tournaient la tête dans la direction indiquée. On commençait à voir apparaître, à l'horizon, une large bande d'un rouge écarlate.

Un quart d'heure, qui parut un siècle, s'écoula avant qu'on pût atteindre la limite de la prairie. Les tempêtes de la mer ne sont rien en comparaison de ces effroyables tempêtes de poussière impalpable, brûlante et suffocante. Qui n'a entendu parler des caravanes ensevelies dans les sables soulevés par le *simoun* au milieu du Sahara africain? Or c'était précisément le simoun qui s'avançait, balayant tout sur son passage, tordant tout; le terrible simoun connu sous le nom de *Sam* dans la Mésopotamie.

— Dépêchons-nous, s'écria Monaghan, voilà le cyclone qui arrive, ne perdons pas une seconde!

Malheureusement on n'avançait plus qu'avec des difficultés extrêmes.

— Je cours chercher un refuge, s'écria Cornillé, et je reviens vous prendre.

Et il s'élança en avant. On le vit disparaître derrière un monticule, puis reparaître peu après en faisant signe d'avancer. Mais les chevaux s'y refusèrent absolument.

— Abandonnons-les, dit Badger.

— Essayez de leur bander les yeux, dit Cahuzac.

Le moyen réussit à souhait et l'on put, en quelques minutes, rejoindre Cornillé.

— Qu'avez-vous trouvé? dit miss Nelly que, en dépit de toute son énergie, la frayeur commençait à troubler.

— Rendons grâce à Grimmitschoffer, répondit Cornillé. Une fois dans sa vie, il aura été utile à ses chétifs contemporains. Grâce à sa manie de pratiquer des fouilles partout, il nous a préparé une vaste grotte où nous pourrons être à l'abri aussi longtemps que durera la tempête. ,

En effet, après avoir contourné une série de tells plus ou moins élevés, on arriva devant une large excavation creusée à la base de l'un deux. Il était temps. La bande rouge s'était considérablement élargie ; semblable à un immense cercle, elle montait rapidement au-dessus de l'horizon et allait atteindre le zénith. Derrière elle, le ciel prenait une couleur livide qui se teintait de plus en plus pour

devenir tout à fait noire. Ce spectacle avait quelque chose de terrible, presque d'infernal. Il semblait que le jour allait s'éteindre et la nature entière retomber dans le chaos.

On pénétra dans l'excavation. La voûte paraissait solide. Ce devait être une ancienne galerie à demi ruinée que les fouilles avaient mise à découvert.

— Quelle chance ! fit remarquer Jack Adams. Cette anfractuosité est précisément orientée vers l'est. Nous aurons donc le vent en arrière.

— Pourvu qu'elle ne s'écroule pas sur nos têtes, dit miss Nelly en regardant avec inquiétude une profonde lézarde entr'ouvrant la voûte.

— Il n'y a aucune crainte à avoir, mademoiselle, répondit Cornillé. Ces murs sont dans cet état depuis des siècles, et ils résisteront encore aujou..d'hui à la tempête qui va bientôt faire rage.

— Et les chevaux, dit Badger, nous ne pouvons les faire entrer ici avec nous.

— Il ne courent plus aucun danger, dit Laycock ; nous allons les lier ensemble, précaution d'ailleurs superflue, car ils ne songent guère à s'enfuir dans ce moment. Voyez-les plutôt.

En effet, ces animaux, absolument terrifiés, s'étaient couchés sur le sable, tremblants, pressés les uns contre les autres ; chacun cachait sa tête sous le ventre de son voisin.

— N'importe, il faut les attacher quand même, continua le capitaine, car ils pourraient bien s'enfuir quand la tempête se sera apaisée.

Au même instant, le soleil disparut tout à fait derrière le sombre nuage et l'obscurité se fit. Laycock, Jack Adams et Cornillé se hâtèrent de lier les chevaux par leurs brides. Ils étaient à peine rentrés dans l'excavation que la tempête se mit à hurler, terrifiante, horrible. Les rafales se succédaient presque sans interruption. L'air, devenu irrespirable, avait des émanations sulfureuses ; il était comme empesté par une matière inconnue.

A l'intérieur de la grotte le silence était complet. Ces hardis compagnons, habitués à lutter gaiement contre le danger et à le braver, sentaient, à cette heure, l'inanité de leurs efforts.

En présence des effroyables convulsions de la nature, l'homme sent son impuissance et sa faiblesse ; désarmé dans la lutte des forces inconscientes qui l'écrasent, il ne peut leur opposer qu'un front impassible et une résignation stoïque. Badger et ses compagnons, debout, la tête haute, acceptaient d'avance l'arrêt du destin. Fatma, à demi pâmée de frayeur, s'était blottie contre sa maîtresse qui, assise sur un quartier de roc, les deux mains jointes sur la belle tête de l'enfant, semblait invoquer l'intervention d'une puissance supérieure et bienveillante.

On voyait au loin les broussailles, arrachées au flanc des monticules, voltiger dans toutes les directions ; d'immenses colonnes de sable apportées des déserts de l'Arabie passaient avec une rapidité vertigineuse, s'écrasant avec fracas sur le sol et s'éparpillant au loin. Une poussière impalpable pénétrait partout. Malgré les voiles, les mouchoirs appliqués sur la bouche et sur le nez, elle entrait dans les poumons et suffoquait. Les oreilles et les yeux en étaient remplis, les cheveux en étaient poudrés.

La tourmente dura ainsi une grande heure. Puis les rafales diminuèrent d'intensité : le jour reparut lentement, moins livide. L'air se fit moins chaud et moins irrespirable.

— C'est la fin, dit Monaghan d'une voix enrouée par le sable.

Chacun sortit alors de sa torpeur. Miss Nelly et Fatma allèrent à l'entrée de la grotte assister aux dernières fureurs de l'ouragan. Cahuzac se faufila en rampant autour des chevaux et revint en poussant devant lui un panier qui contenait encore quelques bouteilles de vin ayant conservé leur cachet intact. On put boire quelque chose de limpide et apaiser l'intolérable malaise causé par la soif et par le sable.

Du coup, tout le monde recouvra la parole. On se congratula d'avoir échappé

au péril et à une mort presque inévitable si, au lieu de pouvoir se mettre à l'abri au fond d'une excavation, on eût été obligé de subir la tempête en rase campagne. Peut-être serait-on à cette heure enseveli sous une épaisse couche de sable.

A cinq heures le ciel avait repris sa limpidité et sa transparence. On remonta à cheval et une heure après on était à Liberty. Chacun avait hâte d'être chez soi, pour se dépouiller de ses vêtements qui étaient devenus de vrais cilices, et se plonger dans un bain tiède.

Quand on se retrouva réuni pour le dîner, quelqu'un manquait à l'appel : c'était Grimmitschoffer. On s'enquit de lui auprès des domestiques, personne ne l'avait vu revenir. Plus de doute, lui aussi avait été assailli par l'ouragan, il fallait aller à son secours.

Par un hasard heureux et contrairement à ses habitudes, Grimm avait indiqué, la veille, de quel côté il comptait diriger ses recherches. C'était un tell situé à environ trois kilomètres de Liberty. Laycock, Jack Adams, Cornillé et Cahuzac, munis chacun d'une lanterne, se dirigèrent en toute hâte de ce côté. Pour plus de précaution, ils avaient également emporté une civière.

Arrivés à l'emplacement indiqué, les sauveteurs improvisés commencèrent immédiatement leurs recherches. Plusieurs tells s'élevaient au même endroit et formaient une sorte de labyrinthe. Chacun prit une direction différente. Un quart d'heure se passa sans que l'on entendît d'autre bruit que celui du tassement du sable sous les pas des chercheurs. Enfin la voix de Jack Adams retentit dans le lointain :

— Par ici ! Venez par ici !

Tous se dirigèrent vers le point d'où partaient ces appels, et bientôt ils aperçurent Jack Adams penché sur un corps étendu tout de son long et ne donnant plus aucun signe de vie.

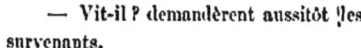

— Vit-il ? demandèrent aussitôt les survenants.

— Oui, répondit l'ingénieur ; mais les mouvements du cœur sont faibles.

Cornillé redressa la tête du moribond et réussit à introduire dans sa gorge quelques gouttes d'eau-de-vie. Au contact du brûlant liquide, Grimm fit un mouvement, un léger afflux de sang monta à ses joues, il respira plusieurs fois avec effort. Cornillé lui fit avaler une nouvelle gorgée. La respiration devint alors plus régulière. Quelques secondes après, Grimm ouvrit les yeux. Il regarda avec stupeur autour de lui ; puis, fermant de nouveau les paupières, il retomba lourdement sur le sol et s'évanouit.

Le cas était grave sans être désespéré. Avant tout, il fallait transporter Grimm à Liberty. On le plaça sur la civière, — toujours évanoui, — et l'on reprit doucement le chemin de la ville.

En arrivant, Grimm fut déposé sur son lit et saigné. Ce traitement énergique produisit bientôt son effet. Le lendemain matin il avait repris complètement ses sens et put se lever. Mais sa faiblesse était grande et il lui fallut garder des ménagements pendant quelques jours.

A part l'accident arrivé à l'antiquaire, le sam ne fit aucune autre victime. Il n'y eut à Liberty que des dégâts insignifiants. Le centre du cyclone avait passé assez loin, précisément du côté vers lequel les chasseurs s'étaient dirigés. Le Kasr et Babel n'avaient pas souffert.

Grimmitschoffer garda, dès ce jour, une profonde reconnaissance à ses

amis. Sans eux, il serait mort au milieu des sables. Il eut plus d'indulgence pour
la faiblesse de leurs cerveaux rétrécis par les procédés mesquins de la critique
moderne. Il prit en plus grande considération leur œuvre, malgré tout ce qu'elle
avait d'incomplet, et reconnut que l'homme moderne, en somme, avait du bon.
Au fond, Grimm valait infiniment mieux que ce qu'il paraissait être. Maniaque,
comme tous ceux qui font de l'antiquité une étude trop exclusive, dédaigneux
des choses du présent pour avoir trop vécu dans la poussière des bibliothèques et
en compagnie des vieux livres, son cœur était resté confiant et bon comme celui
d'un enfant. Enfin, il possédait une vertu qui, probablement, a été fort rare
à toutes les époques : la reconnaissance pour les services rendus.

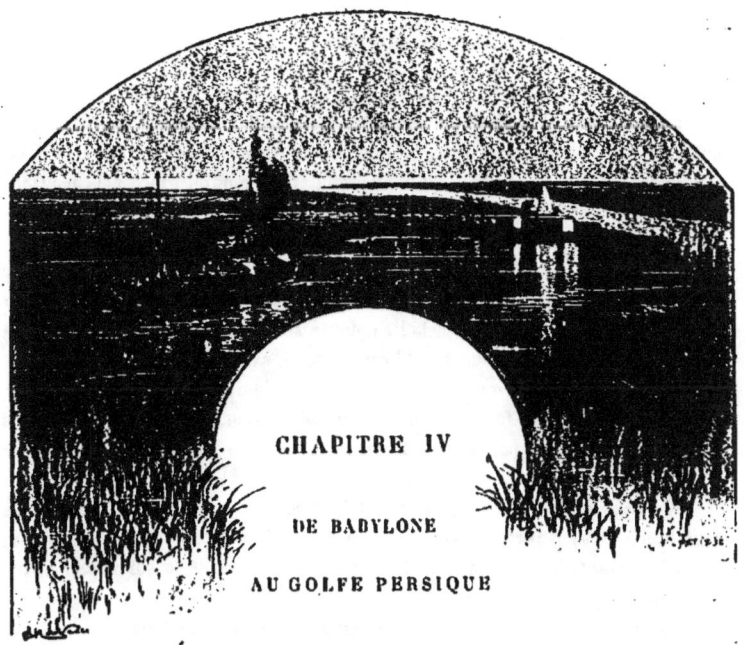

CHAPITRE IV

DE BABYLONE

AU GOLFE PERSIQUE

Il avait été décidé qu'en attendant la fin des travaux on irait étudier, sur les bords du golfe Persique, l'installation des nouvelles usines destinées, si le besoin s'en faisait sentir, à transformer en électricité la force des marées, des vagues de la mer et des vents.

Jack Adams et Monaghan eussent pu se charger de faire seuls cette enquête ; mais lord Badger et miss Nelly tenaient essentiellement à descendre l'Euphrate, ou pour mieux dire le Chat-el-Arab, jusqu'à son embouchure dans la mer. Leur voyage en Orient leur eût semblé incomplet s'il ne se fût pas continué jusqu'au golfe célèbre qui a joué un si grand rôle dans toutes les relations internationales de l'ancien monde, et sur les rives duquel des savants très autorisés placent le véritable berceau de la civilisation arabe.

Quant à Cahuzac, il préféra rester avec son ami Cornillé, soit qu'il sentît instinctivement que celui-ci allait avoir besoin de distractions en l'absence de lord Badger et de sa fille, soit qu'il eût, pour le moment, réellement assez des voyages. Fait plus extraordinaire, Grimm lui-même déclara vouloir rester à Babylone. En vain, miss Nelly ui fit valoir qu'on allait cotoyer les bords de l'ancienne Chaldée et que probablement il ferait d'intéressantes découvertes. Grimm prit son air le plus solennel et le plus énigmatique, affirma que la Chaldée n'avait plus rien à lui apprendre, et que les fouilles qu'il avait pu entreprendre, grâce à la magnificence de lord Badger, ajouta-t-il en s'inclinant gracieusement, étaient trop importantes pour qu'il lui fût possible de les abandonner. Au jour fixé pour le départ, Badger, sa fille, Fatma, Jack Adams et Monaghan montèrent donc seuls sur l'*Electricity*. Le capitaine Laycock avait insisté pour que l'on se hâtat de profiter des derniers jours pendant lesquels l'Euphrate serait encore navigable jusqu'à sa jonction avec le premier affluent qu'il rencontre en aval de Hillah.

Quand le petit navire leva l'ancre, les mouchoirs furent agités de part et d'autre, comme s'il se fût agi d'une longue séparation. Un quart d'heure après le départ, miss Nelly pouvait encore entrevoir dans le lointain un drapeau qui s'agitait au sommet de la tour du Kasr.

De Babylone à Divanieh, l'Euphrate n'offre rien de remarquable. Les rives sont très basses ; à perte de vue des rizières où de temps en temps un Arabe, penché en avant, les jambes nues à moitié enfoncées dans le sol vaseux, s'occupait à repiquer péniblement des tiges de riz.

Le courant, d'abord rapide, permettait à l'*Electricity* de descendre le fleuve bon train ; mais, peu à peu, les eaux diminuaient de largeur et de profondeur. Pour peu que cela continuât, on pouvait se demander s'il resterait un chenal de navigation suffisant. Debout, au milieu de la passerelle, le capitaine Laycock suivait attentivement la marche du navire au milieu de ces passes étroites.

— C'est singulier, lui dit miss Nelly au dîner, l'Euphrate va en se rétrécissant à mesure qu'il approche de la mer. Il est donc l'opposé des autres fleuves qui sont presque des bras de mer à leur embouchure. Voyez plutôt la Tamise, la Seine, la Gironde, l'Escaut, le Danube.

— Patience, mademoiselle, l'Euphrate fera bientôt comme les autres fleuves et portera fièrement le tribut de ses eaux abondantes à l'océan Indien. La cause de son rétrécissement actuel est accidentelle. Vous avez donc oublié que le canal de Hindieh, dont l'amorce se fait en amont de Babylone, détourne une partie de ses eaux pour alimenter la mer de Nedjef? Mais laissez revenir ce même Hindieh et vous verrez l'Euphrate reprendre sa largeur normale.

En attendant, le fleuve s'étanchait de plus en plus. Aux environs de Lamloun, les marais commencèrent. Les rives, des deux côtés, n'étaient plus que des plaines immenses de roseaux, du milieu desquels le bruit de la vapeur s'échappant avec fracas de la chaudière faisait s'envoler des myriades d'oiseaux aquatiques. Le capitaine était furieux de ne pouvoir leur envoyer quelques bons coups de fusil. Son instinct de chasseur se réveillait à la vue de ces innombrables volatiles. Mais il ne s'agissait pas de s'attarder, plus une minute n'était à perdre, si l'on ne voulait courir le risque de voir le navire échouer. C'est au milieu de ces marais que se trouve le point où l'Euphrate est le plus étroit : soixante-quinze mètres de large à peine. La profondeur diminuait également à vue d'œil. On avait déjà entendu plusieurs fois, sous la coque, un bruit singulier qui remplissait le capitaine d'inquiétude.

— Le bateau rase le fond de la vase, dit-il. Si le niveau de l'Euphrate baisse encore de quelques centimètres, nous ne pourrons plus avancer.

Précisément l'Euphrate baissa de vingt centimètres ce jour-là.

A quatre heures du soir, une violente secousse ébranla le navire dont la coque venait de s'enfoncer profondément dans un banc de sable. Miss Nelly et Fatma, qui se trouvaient dans le salon, furent brusquement projetées contre le plancher. Le tapis fort épais amortit leur chute, en sorte qu'elles ne se firent que de légères contusions. Les autres passagers furent plus ou moins atteints; mais aucun sérieusement. Un matelot seul, lancé la tête en avant contre un angle de l'escalier de la machine, fut relevé sans connaissance.

En un instant, tout le monde fut sur le pont.

— Qu'y a-t-il? Qu'est-il arrivé? demandaient les deux jeunes filles, tandis que les hommes restaient silencieux et impassibles.

Le capitaine ne s'arrêtait pas à répondre à ses passagères, il avait d'autres soucis, dans le moment, que de se montrer gracieux avec les dames. Il fallait s'assurer avant tout que la machine n'était pas en péril et qu'il ne s'était déclaré aucune voie d'eau. L'*Electricity* était solidement construit et n'avait pas souffert. Ce résultat constaté, mais alors seulement, le capitaine revint auprès de ses compagnons et leur expliqua ce qui venait d'arriver inopinément.

— Le navire a échoué sur un banc de sable. N'ayez aucune crainte, vous ne courez aucun danger. Personne n'est-il blessé?

On lui montra le matelot, toujours sans connaissance. Il l'examina et reconnut que l'évanouissement était causé par une simple commotion cérébrale un peu forte. Sur son ordre, le blessé fut transporté dans la chambre des matelots et on lui fit respirer des sels. Un quart d'heure plus tard il reparaissait sur le pont, encore un peu étourdi, mais en bonne voie de guérison.

Maintenant, qu'allait-on devenir? Serait-il possible de se tirer de là? Le capitaine fit faire machine en arrière. Le navire tressaillit, mais ne recula pas d'un pouce. Après une heure d'efforts, il ne resta plus qu'à se croiser les bras. La nuit était venue. Le meilleur était d'attendre au lendemain pour prendre un parti. On descendit au salon, on soupa comme si rien d'extraordinaire n'était survenu, et l'on alla tranquillement se coucher.

Cependant la situation pouvait devenir critique; on était enfoncé dans la vase, au milieu d'une inextricable forêt de roseaux, et éloignés de tout secours. Mais la caractéristique du courage anglais, c'est le calme. Nous autres Français, nous ne le cédons à personne en fait d'intrépidité. Seulement, cette intrépidité, nous avons besoin d'en jouer en virtuoses. Notre courage est expansif, parleur, exagéré au besoin. Mourir en chantant est une devise essentiellement française. Si un Anglais devait en trouver le pendant, c'est mourir en se taisant qu'il inscrirait probablement sur son écusson. Suivant ses aptitudes, ou peut-être aussi suivant les circonstances, on est libre de donner la préférence au courage anglais ou à la bravoure française; ce qui est hors de doute, c'est que les deux peuples ont toujours trouvé leur avantage à réunir et à employer dans un but commun leurs qualités différemment semblables.

Le lendemain à son réveil, miss Nelly fut agréablement surprise de sentir le navire en mouvement. Elle regarda par la fenêtre de la cabine; il n'y avait pas à le nier, l'*Electricity* filait à toute vapeur sur l'Euphrate : roseaux et marais avaient disparu.

« J'ai donc rêvé cette nuit, » se dit-elle.

Elle s'habilla à la hâte sans réveiller Fatma, qui dormait encore, et monta sur le pont où son père se trouvait seul avec le capitaine. Ce dernier disait au lord :

— Nous avons éprouvé une nouvelle montée d'eau cette nuit. Grâce à cette heureuse circonstance, le navire a pu se renflouer et sortir des sables. Nous avons passé le point dangereux, et maintenant nous n'avons rien à craindre de semblable.

— Je n'ai jamais eu d'inquiétude, répondit Badger. Et vous, ma fille?

— Ni moi non plus. Vous savez bien, mon père, qu'avec vous j'irais sans crainte au bout du monde.

— Vous voyez, miss Nelly, que j'avais raison, dit le capitaine à la jeune fille, l'Euphrate a repris sa largeur primitive.

— Le Hindich est donc revenu?

— Oui, nous avons passé devant son embouchure à six heures du matin. Vous dormiez encore. Mais attendez un peu, nous allons bientôt passer devant une branche du Tigre.

— Comment, une branche du Tigre?

— Oui, n'est-ce pas, cela est étrange. En amont de Babylone, c'est l'Euphrate qui verse une partie de ses eaux dans le Tigre. En aval, c'est le Tigre qui se jette en partie dans l'Euphrate; ces alternances prouvent le peu de différence de niveau qui existe entre les bassins des deux fleuves.

Une demi-heure s'était à peine écoulée que l'*Electricity* passait devant la dérivation annoncée par le capitaine. Ce n'était du reste qu'un large canal n'offrant rien de remarquable. L'abondance de ses eaux était cependant suffisante pour élargir sensiblement le lit du fleuve et, à partir de ce moment, la navigation devint beaucoup plus facile.

La région que l'on traversait avait un aspect moins sauvage. Les cultures prenaient de l'importance; on passa devant des villes. Nazrich, bâtie à la jonction du Chat-el-Haï, — la nouvelle dérivation du Tigre et de l'Euphrate, — attira au plus haut point l'attention des voyageurs.

— Mais nous voici revenus en Europe, s'écria miss Nelly, voici des maisons comme en Angleterre.

— Nous sommes cependant encore en Mésopotamie, répondit Jack Adams; seulement, Nazrich a été bâtie par un ingénieur belge, qui n'a rien trouvé de mieux — les conditions de climat étant diamétralement opposées, — que de construire, au bord du Tigre et de l'Euphrate, une ville qui fut la copie exacte de celles des bords de la Meuse ou de l'Escaut. A Liberty nous avons été mieux inspirés.

Cependant il fut décidé qu'on visiterait la ville autant par intérêt que par curiosité. Nazrich pouvait offrir des particularités utiles à imiter à Liberty. Il est toujours bon de consulter l'expérience d'autrui.

Le navire traversait l'antique Chaldée, la contrée du monde peut-être qui a exercé l'influence la plus décisive sur les destinées de l'humanité depuis les temps que l'on peut appeler historiques. C'est ici que l'on place généralement l'invention de l'écriture phonétique. Il est vrai qu'on l'attribue aussi quelquefois aux Phéniciens et aux Égyptiens. Ceux-ci s'en servaient pour les usages vulgaires, tandis que l'écriture hiéroglyphique était réservée aux usages sacrés. Ces différentes attributions d'une même découverte sont peut-être toutes exactes. A un certain point du développement intellectuel, il peut arriver que des peuples, parvenus au même degré de civilisation, trouvent simultanément les mêmes inventions.

Quoi qu'il en soit de la priorité qui revient ou non à la Chaldée dans la plus merveilleuse des découvertes de l'homme, il est un autre genre de gloire qu'on ne peut lui dénier : celle d'avoir été l'initiatrice religieuse de la race blanche, sémitique et japhétique. Patrie d'origine des trois grandes religions monothéistes : judaïsme, christianisme et islamisme, nos traditions, nos légendes nous viennent d'elle et, grâce à l'esprit d'initiative et de propagande des Européens, elles auront bientôt fait le tour du monde.

Hélas ! la Chaldée est bien déchue de son antique splendeur. Des villes entières y sont construites en roseaux. Nos voyageurs en virent un exemple en passant devant Souk-ech-Chiokh.

Les successeurs de ceux qui instruisirent le monde n'ont plus que de faibles branchages pour se mettre à l'abri des intempéries des saisons. Cela tient à la différence des races. Si le sol est moins fertile, si les marais pestilentiels et les sables arides ont remplacé les champs bien cultivés et les campagnes fertiles, la faute en doit être imputée à l'incurie des habitants actuels. Les anciens Chaldéens étaient des hommes courageux et travailleurs, l'Arabe moderne retourne à la vie nomade.

Après plusieurs jours de navigation, l'*Electricity* arriva au confluent des deux fleuves. Un gros village, Korna, est assis à l'extrémité même de la pointe.

L'aspect des deux fleuves diffère complètement.

— On se croirait à Lyon, dit miss Nelly, à la jonction du Rhône et de la Saône. Tandis que le Tigre, c'est le Rhône avec son impétuosité et sa rapidité vertigineuse, l'Euphrate représente le cours lent et majestueux de la Saône.

— Connaissez-vous la signification du mot Tigre ? demanda Monaghan à la jeune fille.

— En aucune façon.

— Tigre signifie flèche.

— Alors il est très bien nommé. Vous me rappelez que, d'après mon vieux professeur de géographie, Rhône vient du celtique et signifie rivière rapide, mais *flèche* me paraît mieux trouvé.

Le cours d'eau formé par la réunion du Tigre et de l'Euphrate et qui porte le nom de Chat-el-Arab, présente un coup d'œil magnifique. Sa large nappe semble sans limite. Les rives sont basses ; fleuve, plaine et ciel se confondent dans une ligne indécise. Le bleu du firmament colore les vagues ; les rayons du soleil font étinceler au loin les sables du désert, tout n'est que gerbe de lumière et immense embrasement.

— Que c'est beau ! ne cessait de murmurer miss Nelly accoudée à la balustrade du navire. Je n'ai encore rien vu de pareil.

Aux environs de Bassorah, le paysage ne fut plus le même. Les plantations de dattiers formaient de véritables forêts. La vue, au lieu de s'étendre à l'infini vers tous les points de l'horizon, fut bornée à droite et à gauche par un rideau de verdure.

On approchait rapidement de la mer. Les marées commençaient à se faire sentir.

Ces marées ne sont pas très fortes, car le golfe Persique, qui est comme le pendant de la mer Rouge, ou golfe Arabique, est, comme ce dernier, profondément encaissé dans les terres, et ne communique avec l'océan Indien que par l'étroit goulet du détroit d'Ormuz. Cependant, en raison du peu d'élévation des berges du fleuve, ses eaux, mélangées aux flots de la mer, inondent, deux fois par jour, à la marée haute, les forêts de palmiers.

Sous l'influence de cette constante humidité, et du sel marin qui constitue pour eux un excellent engrais, les dattiers de Bassorah donnent les meilleures dattes du monde entier.

On séjourna un jour entier à Bassorah. Badger tenait à rendre visite à quelques-uns de ses compatriotes qui ont établi dans cette ville d'importantes maisons de banque et de commerce. Cette fois, on était complètement rentré dans la civilisation. La nouvelle ville, construite sur les bords du fleuve, est entièrement européenne d'aspect, de mœurs et de langage.

Malgré cela ou peut-être même à cause de cela, elle eut peu d'attraits pour nos voyageurs. Preuve frappante de la facilité avec laquelle on se déshabitue de la civilisation des villes pour peu que l'on ait goûté de la vie indépendante et libre.

La vieille Bassorah les intéressa davantage. Elle est construite comme Venise sur des canaux, les murs de ses maisons plongeant directement dans les eaux.

On reprit avec plaisir la navigation interrompue. On avait hâte de gagner les bords de la mer. Jusqu'à Fao, petite ville située à l'embouchure même du fleuve, le panorama resta le même : des forêts de dattiers, des arbres fruitiers en abondance, des champs bien cultivés et qui semblaient d'une extraordinaire fertilité ; parfois d'immenses surfaces couvertes de blé.

— On ne peut se figurer, disait Monaghan, la fécondité de ce sol. Il y a des années où l'abondance des récoltes est telle que les indigènes nourrissent leurs bestiaux avec du blé, et les bestiaux ne pouvant encore le consommer entièrement, on est réduit à s'en servir comme combustible.

— Et dire que dans le même temps, fit observer Jack Adams, des villages entiers meurent de faim dans l'Inde. Il serait facile cependant d'y transporter cet excédent de blé.

— Oui, mais l'inertie et le fatalisme des populations s'y opposent. Plutôt mourir de faim que d'aller chercher sa nourriture au loin.

— Comptez aussi pour quelque chose l'indifférence et la dureté des administrations européennes. Quand on se pose comme les tuteurs et les protecteurs des populations qu'on asservit soi-disant dans leur intérêt, on prend charge d'âmes et l'on doit accomplir tous les devoirs d'un bon père de famille envers ses enfants mineurs.

A Fao, l'expédition quitta l'*Electricity* pour se rendre en caravane à l'extrémité sud-ouest du golfe Persique.

A mesure qu'on s'éloignait du Chat-el-Arab, toute trace de végétation disparaissait et l'on se trouvait de nouveau en face du désert aride et désolé.

Enfin on aperçut dans le lointain le grand océan Indien dont les flots bleus venaient mourir sur l'or des sables.

Le campement, qui devait durer cinq à six jours à peine, fut établi à peu de distance du rivage.

En face et séparée de la terre ferme par un étroit bras de mer, se trouvait une petite île sablonneuse, l'île de Waraba et, plus loin, au large, une autre île plus grande que la première, celle de Bubiyan. C'était sur ces deux îlots que Jack Adams avait jugé qu'il pourrait établir les appareils destinés à convertir en électricité les vagues, les marées et les vents.

..... La journée a été chaude et le voyage fatigant. La soirée est superbe. Le ciel est troué par des milliers d'étoiles au milieu desquelles brillent d'un vif éclat quelques constellations inconnues au ciel du Nord.

Les feux de bivouac ont été allumés. Les vagues reflètent la flamme en longues colonnes rouges qui semblent se répéter à l'infini. Les tcharvadars allongés sur le sable dans une complète immobilité, dorment entièrement enveloppés dans leurs burnous blancs. Seuls Badger et ses compagnons causent encore du but qui les a amenés si loin de leur pays.

Ces hommes qui paraissent si petits et si chétifs en présence de l'immensité qui les environne de toutes parts, ces hommes possèdent le levier qui soulève le monde : ils ont la foi. Ils croient à la puissance presque illimitée de la science. Ils ont confiance dans la parole qui a promis à l'homme l'empire du monde : « Dominez la terre et vous l'assujettirez. » C'est-à-dire, servez-vous des forces mêmes de la nature pour la dompter et la contraindre à exécuter les ordres de l'intelligence et de la pensée. Un jour viendrait où le vent qui ne faisait que soulever inutilement les sables du désert servirait à éclairer les villes reconstruites ; où les vagues qui venaient expirer aux pieds de Badger et de Jack Adams serviraient à faire mouvoir les railways qui mettraient en communication la Méditerranée et les Indes.

Le lendemain matin on fit les préparatifs nécessaires pour passer dans les deux îles. On avait apporté une petite chaloupe démontable, en acier, très suffisante pour traverser sans danger de faibles bras de mer.

En une demi-heure, toutes les pièces de la chaloupe dispersées sur le sable furent agencées, et la petite embarcation prête à prendre la mer. Dirigée par le capitaine Laycock, qui tenait le gouvernail, et enlevée par deux vigoureux rameurs, elle eut vivement franchi le détroit qui sépare l'île de Waraba de la côte.

Après un minutieux examen de la part de Jack Adams et de Monaghan, on rejoignit l'embarcation qui avait contourné l'île et se trouvait sur le bord opposé à celui du débarquement.

Le bras de mer qui sépare les deux îles fut également franchi sans difficulté et l'on mit pied à terre sur le sol de Bubiyan.

Waraba n'est qu'un îlot ; Bubiyan est beaucoup plus étendue et sa hauteur au-dessus du niveau de la mer beaucoup plus considérable.

Après avoir reconnu la constitution géologique et relevé le plan topographique des deux îles, Monaghan et Jack Adams voulurent sonder la profondeur du bras de mer qui sépare Waraba de la terre ferme et Bubiyan de Waraba.

L'opération terminée, on remonta dans la chaloupe pour regagner le campe-

27

ment. Le soir même, après dîner, Monaghan et Jack Adams, ayant rédigé leurs notes et vérifié leurs calculs, purent faire connaître à lord Badger le résultat de leur enquête.

Voici, en peu de mots, les conclusions auxquelles ils étaient arrivés : l'île de Bubiyan était plus étendue et plus élevée au-dessus du niveau de la mer qu'on ne l'avait supposé. Elle suffirait à elle seule pour établir les appareils. Waraba, beaucoup plus petite, serait en partie sacrifiée. On construirait deux barrages à chacune de ses extrémités, destinés à la relier d'un côté à la terre ferme et de l'autre à Bubiyan.

— De cette façon, continua Jack Adams, j'obtiendrai un lac dont Waraba sera le centre. Cette île disparaîtra presque complètement sous les eaux, car je me servirai de ses sables pour construire les digues.

— La mer ne vous suffit donc plus, observa miss Nelly, à présent voici qu'il vous faut un lac?

— Certainement. Je remplirai ce lac au moment de la haute mer en ouvrant des écluses et, à la marée basse, j'ouvrirai de nouvelles écluses pour précipiter les eaux du lac dans la mer.

— Je comprends maintenant, vous ferez tomber l'eau sur des turbines qui mettront en mouvement des machines dynamo-électriques.

— C'est cela même, mademoiselle. Non seulement les turbines tourneront quand le lac se videra; mais il sera encore possible de les mettre en rotation quand le lac se remplira. De cette manière, il n'y aura jamais que fort peu de temps de perdu pendant la journée.

— Il me semble, dit Monaghan, qu'on a préconisé un autre moyen pour utiliser les marées.

— Oui, mais il me paraît beaucoup moins pratique que le premier. Il consiste à se servir de la montée des eaux pour comprimer l'air dans une cloche.

— Quel est l'inconvénient de ce système?

— Il exige des appareils trop compliqués et trop coûteux.

— Mais, dit à son tour lord Badger, ne craignez-vous pas que la construction de vos digues n'exige des travaux considérables et par conséquent fort dispendieux?

— Je ne le pense pas. Le résultat des sondages a été que, dans aucun endroit, la profondeur des eaux ne dépasse cinq mètres.

— C'est peu en effet. Et vos moulins, où comptez-vous les placer?

— Sur une série de buttes isolées formées de sable résistant, et qui s'étendront non loin du rivage vers la partie orientale de l'île. Sur ces hauteurs, rien n'arrêtera l'action du vent. De plus, elles auront l'avantage de se trouver à proximité de l'emplacement désigné pour la construction de l'usine hydraulique.

Quatre jours avaient suffi pour terminer les études qui étaient le but du voyage. On reprit la route précédemment suivie et l'on se rembarqua de nouveau sur l'*Electricity* à Fao.

A Bassorah, on eut des nouvelles de Londres. Le *Davy* et le *Faraday* avaient terminé leur chargement et étaient sur le point de reprendre la mer.

Tout alla bien jusqu'à Kornah, point de jonction des deux fleuves. Au-dessus de Kornah, la navigation sur l'Euphrate devint difficile. A Samava, il fallut renoncer à remonter plus haut. On dit adieu au capitaine Laycock qui retourna à Bassorah pour y attendre l'arrivée des deux transports et l'on se procura les chevaux et les mulets nécessaires pour revenir à Liberty par voie de terre.

Cette dernière partie du voyage fut marquée par un événement qui aurait pu avoir de tragiques conséquences. Le chemin suivi par la caravane longeait de près les rives du fleuve. Au moment d'une halte, miss Nelly et Fatma s'étaient un peu écartées du reste de leurs compagnons pour cueillir quelques fleurs qui crois-

saient au milieu des roseaux. Le silence était profond autour d'elles et, tout à leur
amusement, les malheureuses enfants ne se doutaient guère qu'un ennemi terrible
les guettait depuis quelques instants. Tandis que joyeuses elles s'avançaient jusqu'au bord de l'eau pour attirer les tiges des fleurs et riaient quand une de ces
tiges s'échappait de leurs mains, un énorme crocodile qui dormait étendu sur le
sable s'était réveillé et suivait avec attention tous leurs mouvements. Tout à coup,
il s'élance dans leur direction, ouvrant sa large gueule et prêt à les dévorer.

Au bruit que firent les larges pattes du monstre en écrasant le sable, les deux
jeunes filles se retournèrent et poussèrent des cris de terreur. Elles cherchèrent
à s'enfuir. Le chemin leur était fermé de tous les côtés. A droite et à gauche, un
inextricable fouillis de roseaux ; au milieu du chemin laissé libre, le crocodile qui
avançait lentement.

Comme assuré que sa proie ne pouvait lui échapper, il s'était arrêté quelques
secondes. Ce court espace avait suffi à Fatma pour prendre une résolution
suprême. Se sentant perdue, elle et sa maîtresse, la pauvre fille voulut sauver sa
compagne au péril de sa propre vie.

S'avançant au devant du crocodile qui la regardait de ses yeux glauques :

— Adieu chère Nelly, dit-elle, sauvez-vous !

Comprenant l'admirable dévouement de Fatma, miss Nelly s'élança à son
tour pour retenir son amie. Il était trop tard. Le crocodile avait déjà saisi le bord
de la robe de l'infortunée qui, renversée par le choc, avait roulé sur le gazon.
Tout à coup au moment où le monstre se précipitait encore une fois sur sa victime
pour la saisir au milieu du corps, un coup de fusil retentit et le crocodile s'affaissa
lourdement sur le sol. Trois secondes après, Monaghan, son fusil encore fumant à
la main, relevait Fatma évanouie, tandis que miss Nelly, arrivée auprès d'elle,
cherchait à lui faire reprendre ses sens. Quant au crocodile, comme il donnait
encore quelques signes de vie, Monaghan lui déchargea à bout portant un second
coup de fusil qui lui fracassa la tête.

Lorsque Badger et Jack Adams, attirés par le bruit des deux coups de fusil
du géologue et les cris de détresse de miss Nelly arrivèrent, ils trouvèrent Fatma
revenue de son évanouissement et sanglotant, en proie à une crise nerveuse, suite
bien naturelle de la commotion terrible qu'elle venait de recevoir.

— Que s'est-il passé? demanda lord Badger avec anxiété.

Monaghan lui raconta comme quoi, chassant des canards sauvages à peu de
distance, il avait entendu les cris des deux jeunes filles et était accouru à leur

secours. Il était grand temps, car il avait trouvé Fatma renversée et le crocodile s'apprêtait à la dévorer.

Quant à miss Nelly, elle s'était jetée encore toute tremblante au cou de son père. Dès que l'émotion lui permit de parler, elle lui dit comment Fatma avait voulu se dévouer pour la sauver.

— Chère, chère Fatma! s'écria Badger, les larmes aux yeux en serrant la jeune fille dans ses bras, brave et généreux cœur! A partir d'aujourd'hui, j'ai une fille de plus. Sans ton admirable sacrifice, c'en était fait de ma Nelly — Et vous, mon cher Monaghan, ajouta-t-il au bout d'un instant, en serrant la main du géologue, vous avez vaillamment fait votre devoir, comptez sur moi en toute occasion.

— Mylord, répondit simplement celui-ci, ce que j'ai fait, tout autre l'eût fait à ma place. D'ailleurs, je suis amplement récompensé par le service même que j'ai pu rendre à nos deux compagnes.

On reprit à pas lents le chemin du campement. Fatma, appuyée d'un côté sur le bras de lord Badger, de l'autre sur celui de miss Nelly, se remettait peu à peu. Elle raconta qu'à partir du moment où elle s'était avancée vers le monstre, elle ne savait plus ce qui s'était passé. Étourdie par le choc, elle avait immédiatement perdu connaissance, et n'avait même pas entendu les deux coups de feu tirés par Monaghan.

— Je croyais, dit Badger à ce dernier, qu'il n'existait pas de crocodile en Mésopotamie, pas plus dans l'Euphrate que dans le Tigre.

— Les opinions sont partagées à ce sujet, répondit le géologue. Des naturalistes prétendent qu'il s'en rencontre, d'autres le nient formellement. En tout cas, il est certain que ces animaux y sont extrêmement rares. Mais nous avons acquis aujourd'hui la preuve qu'il en existe encore, et que cette espèce malfaisante n'est pas complètement détruite.

De retour au campement, Badger proposa de remettre le départ au lendemain et de se reposer le reste du jour et la nuit suivante, afin de donner le temps à Fatma de se remettre complètement. Mais Monaghan fut d'avis que la distraction et la fatigue du voyage ne pouvaient qu'être favorables à la convalescente, en opérant une heureuse diversion sur ses nerfs.

On reprit donc le soir le chemin de Babylone, et, quelques jours plus tard, la caravane se retrouvait avec joie à Liberty. Non, décidément, les voyages n'étaient pas agréables pendant l'été. Il fut décidé que l'on attendrait tranquillement le

retour des journées moins chaudes de l'automne pour entreprendre de nouvelles
expéditions. La vie que l'on menait à Liberty reprit donc extérieurement son
train accoutumé ; en apparence rien ne fut changé. Cependant, quelqu'un qui
aurait possédé le don de lire dans les cœurs aurait pu pronostiquer, sans crainte
de se tromper, que c'en était fait de l'intimité douce et paisible d'autrefois. Déjà
il devenait facile de prévoir que bien des orages étaient sur le point d'éclater, dont
les conséquences compromettraient non seulement le bonheur des intéressés, mais
l'avenir même de l'œuvre.

Le succès de cette œuvre avait été dû en grande partie à la parfaite entente
qui, jusque-là, n'avait cessé de régner entre tous les membres de l'association.
Sous l'inévitable poussée des passions humaines, cette entente était sur le point
de disparaître.

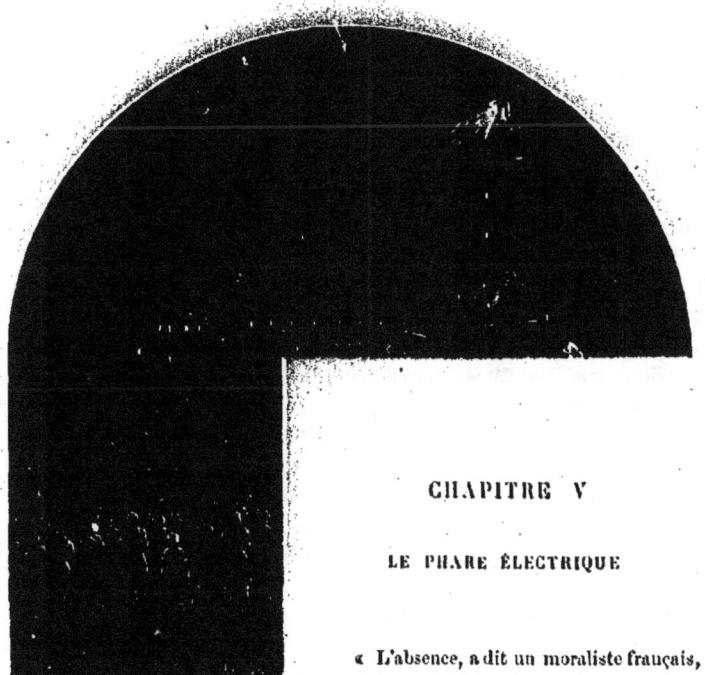

CHAPITRE V

LE PHARE ÉLECTRIQUE

« L'absence, a dit un moraliste français, nourrit les grandes passions et fait mourir les petites, comme le vent éteint les bougies et allume le feu. »

Pendant les quelques semaines que miss Nelly et Cornillé venaient de passer éloignés l'un de l'autre, ils avaient eu tout loisir de faire un minutieux examen de conscience et de reconnaître si le sentiment qu'ils éprouvaient l'un pour l'autre était une simple surprise du cœur, une fantaisie de l'imagination née des circonstances qui les avaient rapprochés pendant de longs mois, ou s'il avait le caractère définitif et sérieux d'une affection capable d'orienter toute une vie.

Le résultat de cette enquête intime fut le même pour les deux intéressés. Cornillé se prononça qu'il n'aimerait jamais une autre femme que miss Nelly ; elle, de son côté, après s'être bien interrogée, se sentit toute prête à faire le sacrifice des préjugés du rang et de la fortune à l'homme dont elle jugeait, avec raison, qu'elle serait un jour non seulement heureuse, mais fière de porter le nom.

Les femmes possèdent sur les hommes un grand avantage : il est rare qu'elles se trompent sur les sentiments qu'elles inspirent. Miss Nelly était donc plus avancée que Cornillé en ce qu'elle était absolument certaine de l'amour du jeune Français, tandis que celui-ci en était encore à se demander s'il était réellement le préféré.

Depuis la scène de la galerie des moteurs électriques, il n'y avait pas eu d'incident particulier entre les deux jeunes gens. Miss Nelly semblait même éviter de se trouver seule avec Cornillé, et rechercher de préférence la société de Jack Adams. C'était à lui qu'elle s'adressait maintenant quand elle avait un renseignement ou une explication à demander. C'était sa société qu'elle réclamait quand il s'agissait d'une visite au Kasr ou à Babel.

Novice encore dans l'étude du cœur humain, Cornillé fut froissé de cette conduite. « N'est-elle pas libre, se disait-il en lui-même, de choisir qui elle voudra ; pourquoi ce manège de paraître tenir la balance égale entre deux hommes qui sont encore amis aujourd'hui, comme si elle en voulait faire les rivaux de demain ? » Et il était presque tenté d'accuser miss Nelly de coquetterie.

En ceci il se trompait de la façon la plus complète. La jeune Anglaise était trop fière, elle avait trop le juste sentiment de sa valeur pour prendre une semblable attitude. En essayant de réagir contre le sentiment qui l'entraînait vers Cornillé et qu'elle sentait très dominateur, elle obéissait au contraire aux plus nobles sentiments.

En raison même de sa nature plus affinée et de l'idée plus élevée peut-être qu'elle se forme du devoir, les conséquences d'un mauvais choix sont bien plus à redouter encore pour la femme que pour l'homme. Cette vérité, toute jeune fille la sent instinctivement, même avant que sa raison suffisamment développée lui permette de s'en rendre compte. De là, quand il s'agit de faire un choix, des hésitations qui n'existent presque jamais chez le jeune homme, et qui ont souvent les apparences du caprice et de la coquetterie.

A ces apparences, notre ami Cornillé s'était laissé prendre comme le plus ordinaire des mortels. Il n'avait pas tardé à être détrompé.

Peu de jours avant le départ pour le golfe Persique, Jack Adams, miss Nelly et Fatma se dirigeaient un après-midi vers le Kasr, lorsque, à un détour de la rue, ils rencontrèrent Cornillé qui se rendait de son côté à l'usine de Babel. Cornillé les salua poliment ; mais son visage prit aussitôt une expression si triste que miss Nelly en ressentit comme un remords. Elle pria le jeune homme de les accompagner au sommet de la tour. Cornillé hésita un moment.

Les yeux de la jeune fille étaient en ce moment fixés sur lui. Ils exprimaient un étonnement si sincère et un reproche si éloquent qu'il y eût bien mauvaise grâce à vouloir bouder quand même. On reprit donc à quatre le chemin du Kasr.

— Ce pauvre Cornillé, dit Fatma à sa maîtresse, à un moment où elles s'étaient laissé distancer par les deux ingénieurs, il avait les larmes aux yeux en vous voyant passer avec M. Jack Adams.

— Il a tort, répondit simplement miss Nelly, car il m'aime et je l'aime, moi aussi.

La visite au Kasr se passa le plus uniment du monde : on causa machines, électricité ; on parla de la nouvelle Babylone et de ses destinées futures. L'entretien se maintint sur un terrain sérieux, sans dévier vers aucun de ces sujets qui arrivent comme naturellement dans une conversation entre jeunes gens et jeunes filles : — les goûts, les prédilections de chacun, l'appréciation d'un livre, d'un morceau de musique, — et où, la personnalité de chacun se trouvant forcément en cause, il devient facile de faire entendre ce que l'on ne veut pas clairement exprimer. Cependant, Cornillé paraissait complètement rasséréné. C'est qu'une personne réellement sincère possède un ascendant moral auquel il est impossible de se soustraire. Il avait suffi du regard de miss Nelly, — ce regard empreint d'une irrécusable honnêteté, — pour que Cornillé, surpris en flagrant délit d'injustice, fût pénétré jusqu'au fond du cœur du regret d'avoir pu même la soupçonner.

Toutefois, depuis ce jour jusqu'à celui fixé pour le départ, miss Nelly, sous prétexte des préparatifs à faire, resta presque toujours enfermée dans son appartement, excepté aux heures des repas et le soir où, toute la société étant réunie, elle était sûre de n'être jamais exposée à se trouver seule avec Cornillé ou Jack Adams. Elle ne venait guère au salon et ne sortait qu'accompagnée de son père. Un incident nouveau, qu'il est temps de mentionner, lui imposait cette rigoureuse circonspection.

Absorbée par un autre sentiment et peu vaniteuse de sa nature, la charmante fille de lord Badger ne s'était jamais dit que Cornillé n'était pas le seul à vivre dans une intimité de tous les jours avec elle, et que, jeune aussi, bien de sa personne et également appelé à un brillant avenir, Jack Adams pouvait se croire, — au même titre que son collègue français, — le droit de l'aimer et se flatter de l'espoir d'être aimé d'elle.

Ce fut pendant la visite au Kasr qu'elle eut, pour la première fois, comme une intuition subite de la situation. Rappelant alors à son esprit bien des circon-

28

stances futiles en apparence et auxquelles elle n'avait attaché aucune importance, et observant attentivement l'attitude de Jack Adams, elle ne conserva plus aucun doute : Cornillé n'était pas le seul qui l'aimât ; Jack Adams et lui étaient rivaux et rivaux sans le savoir.

Cette découverte, qui eût peut-être exalté d'orgueil une femme ordinaire, remplit au contraire miss Nelly de tristesse. Elle comprit immédiatement la gravité de la situation, se reprocha son innocent machiavélisme, qui avait peut-être encouragé les espérances de Jack Adams, qu'elle estimait, tout en ayant peu de sympathie pour lui. En un instant, son parti fut pris. Elle allait pendant quelques semaines se trouver éloignée de Cornillé et en rapports constants avec Jack Adams : il fallait que ce dernier comprît à son attitude qu'il lui était interdit d'espérer.

Quant au premier, il s'agissait de s'interroger sérieusement à son sujet et, si elle se sentait résolue à tout sacrifier pour être sa femme, ne pas hésiter à lui engager sa foi. Dans le cas contraire, elle devait, dût-elle s'exposer à être mal jugée, lui avouer loyalement qu'elle s'était trompée sur la nature du sentiment qu'elle éprouvait pour lui, et lui enjoindre de renoncer à obtenir jamais sa main.

Ce fut dans ces dispositions qu'elle partit. La poignée de main d'adieu qu'elle donna à Cornillé exprimait une affection à la fois si grave et si émue, que le jeune homme comprit que son sort allait se décider sans retour. Il y avait entre ces deux êtres une telle entente, une estime si complète et si absolue, que Cornillé ne douta pas que, quelle que fût la décision de son amie, elle serait digne d'elle et de lui. Il se sentit la force d'attendre l'arrêt qui devait décider de son sort, sinon sans anxiété, du moins avec une résignation calme et virile.

Cette digression, absolument indispensable pour comprendre la suite des événements, nous a fait retourner de quelques semaines en arrière. Revenons à présent au point où nous avons laissé notre récit, c'est-à-dire au retour de la caravane à Liberty.

— Comment se porte votre pile thermo-solaire? demanda en souriant miss Nelly à Cornillé, lorsque, le lendemain après déjeuner, elle se trouva un moment seule avec lui.

— Très bien. Mes prévisions se réalisent : au mois de novembre, elle sera terminée, et au printemps elle pourra fonctionner.

— Hé bien! jusque-là il ne faudra pas songer à autre chose. Vous vous devez avant tout à votre œuvre ; tant qu'elle n'est pas achevée, aucune distraction n'est permise.

— Vous comptez beaucoup sur mon courage, mademoiselle?

— Je compte bien sur le mien. Ainsi, c'est convenu?

— Vos désirs sont des ordres.

— Merci.

Elle lui tendit sa main qu'il retint un instant entre les siennes.

— Miss Nelly! chère miss Nelly!

— Chut, dit-elle en se dégageant, tandis que l'heureux Cornillé, immobile à la même place, ressemblait à un homme qui verrait tout d'un coup le ciel s'entr'ouvrir au-dessus de sa tête.

En ajournant ainsi le moment où elle autoriserait Cornillé à se déclarer officiellement, miss Nelly n'avait pas eu l'intention de lui imposer une épreuve qu'elle jugeait inutile, car elle était bien sûre de l'amour de l'ingénieur. Elle redoutait les conséquences d'une rivalité avouée entre lui et Jack Adams et espérait, en gagnant du temps, voir disparaître toute trace de cette rivalité. Déjà Jack Adams semblait avoir compris la signification de sa réserve plus accentuée à son égard ; dans quelques mois, pensait-elle, il serait complètement guéri d'une passion sans issue possible, et prendrait philosophiquement son parti du bonheur de son ami.

Miss Nelly avait jugé que la passion dominante de Jack Adams était l'orgueil, et elle le croyait peu accessible au sentiment. En cela elle ne se trompait pas ; mais ce qu'elle ignorait, ce sont les extrémités auxquelles l'orgueil blessé peut porter une nature violente et une âme vindicative.

Pour le moment, tout était encore au calme. Les travaux se poursuivaient sans relâche aux usines du Kasr et de Babel. Jack Adams et Cornillé unissaient leurs efforts pour que tout fût achevé au commencement de la saison pluvieuse. Le travail ne leur manquait pas.

Le *Davy* et le *Faraday* étaient arrivés à Bassorah dans les premiers jours du mois de juillet. Il n'y avait aucune possibilité de transporter le nouveau matériel à Babylone par la voie fluviale. On s'était donc vu dans la nécessité de faire tout porter à dos de chameau. Moyen long, dispendieux et incommode ; mais il n'y avait pas à prendre d'autre parti.

Les usines hydrauliques du haut Tigre étaient maintenues en communication électrique régulière avec Liberty. Au milieu du mois d'août, toutes étaient définitivement achevées. Les câbles souterrains les unissaient à l'usine centrale du Kasr. On n'attendait plus que les premières pluies de l'automne et la crue du Tigre pour envoyer à Babylone des torrents d'électricité et charger jusqu'à refus les accumulateurs.

Pendant les mois d'août et de septembre, le temps demeura sec. Mais, dès les premiers jours d'octobre, le télégraphe signala des pluies abondantes dans le bassin du haut Tigre et, le 17, le directeur de l'usine de Djézireh télégraphia à lord Badger que les eaux du Tigre étaient hautes et les machines prêtes à fonctionner.

A midi précis, le fluide électrique arriva comme un flot impétueux à l'extré-mité des câbles. Des câbles on le fit passer dans les accumulateurs, qui devaient se charger successivement.

Réunis dans la galerie des accumulateurs, Badger et ses collaborateurs sui-vent avec anxiété la marche des appareils. Les ingénieurs, les constructeurs, les contremaîtres sont là pour suivre les progrès de l'expérience finale. Tout va à souhait. Le premier accumulateur a été seul mis en communication avec les câbles. Au bout de huit minutes, on entend le bouillonnement produit par le dégage-ment tumultueux d'oxygène et d'hydrogène qui annonce le chargement complet de l'accumulateur.

Jack Adams prend son carnet et son crayon, et pose quelques chiffres. Ses calculs terminés :

— Messieurs, dit-il, dans vingt-quatre heures, nous aurons chargé deux cents éléments ; c'est-à-dire de quoi commencer l'éclairage électrique de Liberty. Demain soir, Babylone sera éclairée avec la force puisée aux sources du Tigre.

L'ingénieur mit ensuite les câbles en communication avec la première série des accumulateurs. Tous les assistants le regardaient faire avec curiosité. Les personnes de l'usine, moins familiarisées que les chefs avec les théories de la science et les abstractions mathématiques, exprimaient tout haut leur étonne-nement à la vue de ces longs fils de cuivre recouverts de soie et de gutta-percha se dirigeant dans toutes les directions avec un désordre apparent. Ce qui semblait le plus extraordinaire, c'était de se persuader que ces fils étaient réellement tra-versés par des torrents d'électricité.

— Il est certain, disait Badger, que tout ceci trouble étrangement l'imagi-nation. L'intelligence se refuse à croire à de telles merveilles.

— Je l'avoue, répondit Jack Adams, c'est renversant. Plus d'une fois, moi aussi, je me suis arrêté tout pensif devant les fils de fer d'un télégraphe. Eh ! quoi, me disais-je, est-il possible qu'à ce moment circulent dans ce fil des mots, des paroles ? Je suis à Londres et là, dans ce vil métal, dans cette matière inerte, il vient de Calcutta l'annonce d'un brillant héritage, d'une naissance, d'une mort. Tout est muet autour de moi, et c'est ici cependant que passe le message qui, rapide comme la foudre, traverse les continents et les mers.

— Quand un navire, ajouta Cornillé, comme l'a fait notre *Electricity*, tra-verse la Méditerranée depuis Gibraltar jusqu'aux rivages de l'Asie Mineure, les passagers naviguent plus d'une fois au-dessus des câbles qui relient les contineuts entre eux, sans se rendre compte que la pensée humaine passe à quelques mètres au-dessous de leurs pieds. Oui, mon cher ami, vous avez raison, il y a là de quoi étonner même ceux qui sont les auteurs de ces merveilles.

— Pour moi, dit miss Nelly, il me semble que je suis le jouet d'un rêve. Je ne puis m'imaginer que ce fil inerte, n'ayant absolument rien d'extraordinaire ni à la vue ni au toucher, soit en ce moment le siège d'un courant de force parti de mille kilomètres d'ici, il y a un millième de seconde. Je ne puis croire que cette force s'amasse dans ces morceaux de plomb également inertes.

— Cependant, mademoiselle, demain soir, vous serez bien obligée d'y croire, quand vous serez éclairée comme en plein jour.

A l'appui de ses paroles, Jack Adams montra dans tous ses détails la lampe électrique destinée à lancer des feux éclatants sur toute la région.

— Votre lampe, fit remarquer Cornillé, est vraiment d'une proportion gigantesque. Je n'en avais jamais vu de pareille.

— C'est vrai. Il était nécessaire d'avoir en notre possession une source lumineuse d'une intensité considérable. L'électricité ne doit pas nous faire défaut, et il s'agit d'éclairer une très grande superficie.

— Quelle est la puissance de cette lampe?

— Je l'évalue au moins à trente mille carcels. Cette intensité de lumière correspond à cent cinquante chevaux de force, dépensés en ce moment dans une quelconque des usines du haut Tigre. C'est environ le cinquième de la force totale dont nous disposons là-bas. Vous voyez donc, mon cher Cornillé, que ce phare, malgré toute sa puissance, n'absorbera pour lui que la cinquième partie de l'électricité que les usines hydrauliques envoient à Babylone.

Pendant tout l'après-midi du jour suivant, Liberty fut envahie par une foule nombreuse arrivée de tous côtés. Le bruit de l'expérience du soir s'était vite répandu depuis la veille à Hillah et dans les bourgades voisines. Malgré leur superbe affectation d'indifférence pour tout ce qui vient de l'occident, les indigènes n'avaient pu résister à la tentation de voir un nouveau soleil allumé par la puissance de l'homme.

Les rues de Liberty offraient un spectacle des plus pittoresques. Des groupes d'Arabes, accroupis par terre à la mode orientale, prenaient leur frugal repas à l'ombre des maisons et attendaient patiemment la nuit. Des cheiks arrivaient magnifiquement drapés dans leurs burnous blancs, leurs belles armes étincelant au soleil, et montés sur de fringants chevaux richement harnachés. Des curieux de moins haute lignée s'étaient réunis pour voyager en caravane. Les tentes dressées autour de la ville, les chameaux et les ânes attachés à des pieux fixés en terre, donnaient à Liberty l'apparence d'une sorte de camp retranché. Du reste, dans cette multitude variée, rien de l'étourdissant tumulte et l'assourdissant tapage des foules européennes. Cette réunion, uniquement composée d'hommes, et où ne se faisaient entendre ni les voix argentines des femmes, ni les cris joyeux des enfants, restait, malgré une fiévreuse attente, impassible et calme, au moins en apparence.

Badger reçut la visite de quelques cheiks et caïds des oasis, dont quelques-uns, déjà connus de lui, lui présentèrent leurs amis et parents, désireux de voir à leur tour « le grand chef chrétien ». Il causa longuement avec eux et leur parla des expériences qu'il allait tenter. De retour au milieu de la foule, ces cheiks racontèrent à leur tour ce que le lord anglais venait de leur dire. Aussi la curiosité ne fit-elle que s'accroître, et ce fut avec une vive impatience que l'on attendit la fin du jour.

A sept heures, le dernier accumulateur était chargé. On dut télégraphier sur le haut Tigre d'arrêter la marche des turbines. Le courant étant interrompu, il était inutile de laisser marcher les appareils en pure perte. Dès le lendemain matin, on devait remettre les turbines en marche et charger de nouveau les accumulateurs pour l'éclairement du phare.

Enfin, le soleil se coucha. Badger et tous ses compagnons se dirigèrent vers la plaine qui s'étendait au pied du Kasr, de façon à se trouver bien en face de la projection des rayons lumineux. Il était suivi du personnel de l'usine et de la foule des indigènes. Pas un cri ne fut poussé. Un silence presque religieux régnait. Tous, civilisés et primitifs, rassemblés au milieu de ces déserts, se sentaient sous l'impression de l'étrange, de l'inexplicable. Pour la première fois, la lumière électrique allait jaillir dans ces solitudes et éclairer les ruines de la plus fameuse des cités antiques.

Le crépuscule dure peu sous ces basses latitudes; cependant on voulait attendre que la nuit fût complète depuis quelque temps déjà, afin que le brusque passage des ténèbres à la lumière fût plus saisissant.

Le temps s'écoulait lentement; les étoiles, de plus en plus brillantes, étincelaient par myriades au firmament, où la Voie lactée s'étendait comme une large ceinture phosphorescente.

— Quelle belle nuit! murmura miss Nelly à l'oreille de son père.

— Oui, chère enfant, le ciel favorise nos tentatives. Il aime les audacieux qui s'efforcent de lui arracher ses secrets pour le bien de l'humanité.

— N'est-il pas étrange que l'on accuse parfois la science d'impiété!

— Bien étrange, en effet, dit Badger avec une certaine solennité, car la science, c'est Dieu lui-même.

En ce moment, on entendit sonner neuf heures à l'église de Liberty. Badger, se levant aussitôt, mit le feu à une fusée plantée en terre devant lui. La fusée décrivit une courbe dans les airs et, au même instant, le phare de Liberty s'illumina en une immense gerbe de lumière.

Surpris et comme aveuglés, les Arabes restèrent un moment muets de saisissement. Puis tout à coup l'air retentit de leurs cris. Amoureux par-dessus tout du merveilleux, ce spectacle les transportait jusqu'au délire, et leur enthousiasme ne connut plus de bornes. Allah! Allah! Allah! répétaient-ils en se prosternant et levant les bras au ciel. Puis ce fut un brouhaha de voix confuses, d'exclamations de toute sorte. Une chose paraissait beaucoup les étonner, c'était de voir les ombres démesurément grandies et d'un noir intense que leurs corps projetaient derrière eux. Comme de grands enfants, ils s'amusaient à faire les plus grotesques contorsions, pour rire des images qu'ils obtenaient ainsi sur le sable.

Brusquement, le phare s'éteignit. L'obscurité se fit noire, épaisse, d'autant plus intense que la transition avait été plus rapide. Par un effet de contraste dû à la fatigue de la rétine sous l'impression trop éclatante de la lumière électrique, le ciel, tout à l'heure diaphane, paraissait maintenant noir comme de l'encre. Instantanément, les cris cessèrent. Au bout de trois secondes, le phare se rallumait définitivement.

— Pourquoi cette interruption? demanda miss Nelly à son père.

— C'était dans le programme, Jack Adams a voulu surprendre les curieux.

— Il a bien réussi alors, dit en riant la jeune fille.

Il était minuit quand le phare cessa de briller. On avait prévenu les assistants de l'heure à laquelle il éteindrait ses feux, afin que chacun pût regagner sa tente ou son hôtellerie aussi facilement qu'en plein jour.

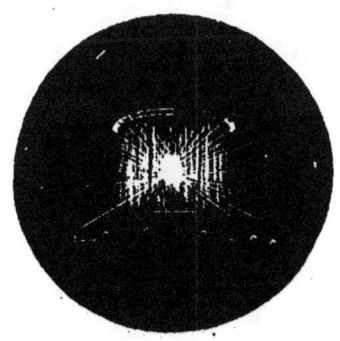

CHAPITRE VI

L'ÉCLAIRAGE DE LIBERTY

La journée du lendemain fut encore plus fertile en étonnements que la précédente. Le phare, malgré toute sa puissance, n'était que jeu d'enfant pour des ingénieurs tels que Jack Adams et Cornillé. Il s'agissait maintenant d'éclairer les rues et les maisons de Liberty. Il fallait aussi éclairer les deux usines du Kasr et de Babel, afin de pouvoir continuer les travaux pendant la nuit.

Deux systèmes différents devaient y être employés : l'arc voltaïque, obtenu avec des lampes Jablockhof, devait servir pour l'éclairage des rues et des galeries du Kasr et de Babel ; quant aux maisons, il convenait de se servir de la lumière par incandescence, plus douce et plus facile à manier que l'arc voltaïque.

Pendant toute la journée, le personnel fut en mouvement. Il fallait mettre les lampes à leurs places, s'assurer du contact des fils, en un mot ne rien laisser à l'imprévu, afin d'être certain du succès.

Vers trois heures, l'animation recommença à devenir très grande dans les rues de Liberty. La foule des curieux s'était encore accrue depuis la veille.

Le reste de la soirée se passa dans le plus grand calme. A l'heure du souper cette foule se dispersa pour prendre quelque nourriture, soit sous les tentes, soit dans les auberges de la ville ou tout simplement en plein air, sur le sable ou le gazon des prairies. Liberty était abondamment pourvue de victuailles de toute sorte. Badger avait donné des ordres pour que l'on distribuât gratuitement des vivres à tout le monde. Les populations orientales sont d'une remarquable sobriété. Une poignée de farine, un peu d'eau, quelques dattes ou quelques figues sèches, voilà, pour un Arabe, de quoi constituer un excellent repas. Les largesses du richissime lord ne devaient donc pas l'entraîner très loin.

Comme la veille, on attendit que l'obscurité fût complète, avant de donner le signal de l'illumination.

Cette fois, l'effet fut encore plus saisissant. Aussi vite que l'éclair, toutes les rues, toutes les maisons, toutes les boutiques se trouvèrent merveilleusement éclairées. Les foyers électriques se trouvaient partout répandus à profusion.

L'enthousiasme de la veille avait été grand ; celui de cette soirée fut indescriptible. Ce fut du délire, ce fut de la folie. Les indigènes pénétraient dans toutes les boutiques, dans toutes les maisons, et trouvaient partout de nouveaux sujets d'ébahissement. Les cafés surtout, étincelant sous la lumière de mille feux, excitaient leur admiration.

Cependant le cri : « Au feu ! au feu ! » retentit vers une des extrémités de la ville.

Immédiatement la foule se précipita du côté de l'incendie. Quand elle arriva, tout danger avait déjà disparu. Il n'y avait qu'une planche embrasée sur laquelle il avait suffi de jeter un grand seau d'eau.

Jack Adams, qui se promenait avec Cahuzac dans le voisinage de la maison où le feu s'était déclaré, au moment où l'on avait aperçu les premières flammes, avait deviné immédiatement la cause de l'incendie, tandis que Cahuzac éteignait la planche en combustion. Tous les deux revinrent aussitôt du côté où se trouvaient leurs amis pour les rassurer sur les suites de l'accident.

— Comment cela est-il arrivé ? demanda Badger à Jack Adams.

— C'est bien simple. Nous sommes éclairés en ce moment par plus de six mille lampes. Les conducteurs, d'un fort diamètre au sortir de l'usine, vont en s'amincissant peu à peu, au point de se trouver convertis en simples fils au moment où ils pénètrent dans les maisons. Ces conducteurs sont en cuivre et enfermés dans des tuyaux de fer dont ils sont isolés avec du chanvre et du pétrole. Or, la chaleur développée dans les fils de cuivre par le courant électrique étant d'autant plus grande qu'ils sont plus minces, il est arrivé que le courant a été assez intense pour faire rougir un des fils et enflammer la planche contre laquelle il était fixé. Il m'a suffi de couper ce fil pour détruire l'origine du mal. Notre ami Cahuzac a fait le reste en jetant de l'eau sur la planche en combustion.

— N'existe-t-il donc aucun moyen de prévenir cet accident, qui peut devenir fort grave dans un grand nombre de cas, et menacer d'incendie toute une ville?

— Mais si, et ce moyen est partout employé à Liberty. Au point d'entrée des fils dans une maison, on intercale un fil en métal fusible destiné à fondre et à interrompre le courant dans le cas possible où ce courant deviendrait assez fort pour détériorer les lampes ou faire rougir les fils intérieurs.

— Mais alors?... observa Cahuzac.

— Alors, poursuivit Jack Adams, il est probable que l'on a oublié de mettre ce fil fusible. J'irai m'en assurer dès demain matin. A ce propos, remarquez la grande supériorité de l'électricité sur le gaz comme moyen d'éclairage public. Que de précautions à prendre pour le gaz quand il s'agit de rompre la communication avec le tuyau de la rue! Si l'on coupe ce tuyau, il faut le fermer hermétiquement pour empêcher la fuite du gaz. Que de dangers alors sont à craindre! Avec l'électricité rien de pareil. On coupe le fil, et c'est tout : l'électricité ne peut s'écouler par la coupure.

Revenue de la courte panique causée par la menace d'incendie, la foule s'était remise à circuler, moins houleuse toutefois, plus calmée, car on se blase sur tout, même sur les merveilles et les miracles de la science. On s'attendait d'ailleurs à une nouvelle surprise, et tout le monde se dirigeait du côté du Kasr qui, — à onze heures précises, — devait s'illuminer à son tour. Les groupes se massaient sur les vastes prairies qui séparent la ville des usines.

Onze heures sonnèrent : instantanément, comme par un coup de baguette magique, le dernier vestige de celle qui fut la grande Babylone, s'enflamma de la base au sommet.

Ce fut une gigantesque pyramide de feu, un amoncellement formidable de foyers électriques. Tous les détails de l'usine apparaissaient comme en plein jour. Au sommet de la tour, le phare lançait au loin ses feux sur la plaine. Cette fois, le spectacle touchait vraiment au sublime.

— Les larmes m'en sont venues aux yeux, disait naïvement le bon Monaghau à Badger.

Les barrières furent ouvertes, et le public fut admis à circuler dans toutes
les parties du Kasr. On voyait la foule mon-
ter la route en spirale, et envahir les derniers
étages de l'usine. Dix minutes après, on
pouvait voir s'agiter au-dessus de la plate-
forme et sous l'éclatante lumière du phare
des milliers de têtes coiffées du haïk blanc
enroulé par la corde en poil de chameau.

Ce soir-là, les machines à vapeur et à
pétrole furent également mises à contribution.
Les accumulateurs, chargés au moyen des
usines du Tigre, fournissaient la lumière du
phare et de Liberty ; les machines dynamo,
actionnées par le charbon et le pétrole, servaient à l'éclairage des bâtiments du Kasr.

Du phare, Jack Adams promena les puissants rayons sur les ruines dont la plaine de
Babylone est parsemée. Quelques-unes de ces
ruines présentaient un aspect étrange et vraiment fantastique : sous l'ardente clarté de la
lumière électrique qui efface les pénombres,
les tells ressemblaient à des vagues en furie
sur une mer orageuse. Au pied d'un de ces
monticules, situé à un mille environ de
Liberty, on aperçut un homme armé d'une
pioche creusant fiévreusement le sol. Il était
éclairé dans son travail par une lanterne sus-
pendue au bout d'un bâton. Il fut facile de
reconnaître Grimm, qui, depuis que les expé-
riences d'électricité étaient commencées, s'acharnait plus que jamais à ses
fouilles. Il releva un instant la tête, regarda du côté du phare et se remit à
piocher.

Après les ruines, ce fut le tour des rives de l'Euphrate. On put faire étinceler sous les gerbes lumineuses, se reflétant dans les eaux du fleuve, la ville de Hillah et ses oasis de palmiers.

On vit alors un curieux spectacle : les terrasses de toutes les maisons étaient occupées par la population féminine de la ville attirée par la beauté du spectacle. Se croyant bien à l'abri des regards indiscrets, les jeunes comme les vieilles se montraient sans voile et dans la riche variété de leurs beaux cos-

tumes d'intérieur. Les Européens purent ainsi apercevoir plusieurs jolis visages qui, sans cette bienheureuse circonstance, leur fussent demeurés tout à fait inconnus. L'incident fut-il du goût de tous les maris présents à Liberty? c'est ce qu'il serait téméraire d'affirmer ; mais on peut du moins être certain que, selon l'usage de tous les pays du monde, il n'y eut pas une seule femme qui, au retour de son seigneur et maître, ne sut lui persuader qu'elle avait agi pour le mieux.

Les pauvres recluses paraissaient d'ailleurs prendre un si grand plaisir au féerique tableau qu'elles avaient sous les yeux, qu'il eût fallu être plus qu'impitoyable pour le leur reprocher. Les gestes, les attitudes, les signes d'appel qui se faisaient d'une terrasse à l'autre, étaient si expressifs, que l'on pouvait deviner les exclamations et les paroles dont ils devaient être accompagnés, et que l'on croyait entendre presque les éclats de rire sortant de toutes les bouches entr'ouvertes.

Un certain nombre de femmes appartenant à la classe ouvrière ou pauvre, et que leur grandeur n'attachait pas aux murs de leur demeure, s'étaient même aventurées, mais rigoureusement voilées celles-ci, jusque sur le chemin de Hillah à Liberty. Les enfants, qui, en Orient quittent peu la mère, les accompagnaient. Cette soirée eut ainsi une animation et un pittoresque que les plus brillantes fêtes ont rarement dans les pays musulmans, où l'absence de l'élément féminin et enfantin met une note de gravité jusque sur la joie et le plaisir.

La fête ne se termina que fort tard dans la nuit. Ce fut seulement vers deux heures du matin que les visiteurs, ivres de lumière et d'étonnement, se retirèrent vers leurs tentes et dans les auberges.

Le lendemain matin, Liberty avait repris son aspect accoutumé. Dès la pointe du jour, les Arabes avaient tous regagné leurs demeures.

Les expériences avaient, en somme, parfaitement réussi. Sauf quelques petits accidents sans importance, tel que celui du commencement d'incendie, tout avait marché à souhait.

Il y avait bien eu, par-ci, par-là, quelques extinctions momentanées, quelques défectuosités dans la conductibilité des fils ; un accumulateur avait subi une avarie. Mais ce sont là choses inévitables dans toute usine et surtout au début d'une expérience aussi considérable.

— Nous allons remédier aux quelques points défectueux, disait Jack Adams à Badger. A présent que nous voilà débarrassés de la foule, nous serons plus à notre aise pour continuer nos essais.

— Si la foule vous incommode, répondit Badger, il sera facile de la maintenir à distance.

— Vous comptez donc qu'il y aura toujours affluence de visiteurs?

— Je suis persuadé qu'il va nous arriver un nombre de curieux plus considérable encore que pendant ces deux derniers jours. Ces populations orientales sont lentes à se déclarer ; mais quand une fois on a su les mettre en mouvement, c'est une véritable invasion.

Dès le jour même, on eut la preuve que les prévisions du lord étaient justes. Le capitaine Laycock et Monaghan se promenaient sur les terrasses supérieures du Kasr, quand ils aperçurent dans le lointain, sur la route de Bagdad, une immense caravane qui s'avançait rapidement vers Liberty.

Ils coururent avertir Badger, qui remonta avec eux au sommet de la tour, et tous les trois braquèrent leurs lorguettes dans la direction indiquée.

La caravane était encore trop loin pour que l'on pût rien distinguer, si ce n'est qu'elle était de cinq cents à six cents personnes au moins, et composée en majeure partie d'Arabes, lesquels formaient une multitude de points blancs sur lesquels se détachaient quelques points noirs.

Ces points noirs indiquaient qu'il se trouvait plusieurs Européens avec les Arabes. Du coup, Badger et ses compagnons attendirent avec impatience l'arrivée de la caravane. Peut-être amenait-elle des connaissances de Londres, qui sait ? même des amis.

La caravane ne fit son entrée à Liberty que trois heures plus tard. Badger et le capitaine Laycock allèrent à sa rencontre. On ne s'était pas trompé : en tête de la troupe marchaient une quinzaine d'Européens dont cinq ou six de connaissance, le consul anglais à Bagdad, le consul français, sir Edward Barthing, un des meilleurs amis de Badger, le capitaine James Colson, une vieille connaissance de Laycock, deux journalistes, dont un rédacteur du *Times*.

Sir Edward Barthing et Badger, le capitaine Colson et Laycock se jetèrent avec transport dans les bras l'un de l'autre. Le consul anglais présenta au lord son collègue le consul français et une dizaine des principaux habitants et des autorités indigènes de Bagdad. Ces derniers, montés sur de superbes chevaux, avaient revêtu, pour la circonstance, leurs plus beaux costumes. Le lord souhaita la bienvenue à ses nouveaux hôtes et les conduisit à sa demeure. Quant à la multitude qui suivait les Européens et les chefs arabes, elle se dispersa bientôt dans les cafés de la ville et dans les environs.

— Expliquez-moi donc comment s'est formée cette caravane ? demanda lord Badger, quand tout le monde fut réuni au salon, en face d'un lunch qui, pour avoir été improvisé, n'en était pas moins luxueux. Comment avez-vous pu savoir si promptement que nous avions commencé nos expériences ? J'avais cependant expressément défendu de télégraphier la nouvelle à Bagdad pour éviter l'encombrement.

— Ce sont vos expériences elles-mêmes qui ont averti les habitants de Bagdad, répondit Barthing. Avant-hier, à dix heures du soir, la nouvelle se répandit brusquement qu'un phénomène étrange se montrait à l'horizon, du côté du sud-ouest. La population se portait en masse vers un tertre qui s'élève au sommet de la ville et d'où la vue domine le désert. J'y courus aussi et je vis une vive lumière étinceler au-dessus de l'horizon, en jetant comme des gerbes d'or sur les sables. Je reconnus immédiatement un phare électrique, et le consul, qui se trouvait avec moi, déclara que vous aviez commencé vos expériences. Alors, sans perdre de temps, nous avertîmes quelques amis et connaissances et, montant à cheval, nous prîmes le chemin de Babylone. Nous fûmes suivis par une grande foule, avide de voir, qui nous a accompagné jusqu'ici.

La conversation continua avec animation. Badger et sa fille étaient heureux d'avoir des nouvelles fraîches de Londres, que sir Edward Barthing avait quitté depuis peu. Les journaux et les revues arrivaient régulièrement à Liberty, et on y recevait une volumineuse correspondance; mais sur ces mille riens qui seuls peuvent bien rendre la physionomie de la patrie absente, Barthing, fort répandu dans tous les mondes, put fournir des détails inédits et piquants par leur nouveauté.

Les expériences de la veille furent reprises de nouveau pendant la nuit. Après avoir visité la ville, les galeries, les mille merveilles du Kasr, Badger fit monter les Européens et les chefs indigènes au sommet de la tour du phare pour assister aux expériences d'éclairage.

Liberty fut éclairée jusqu'en ses réduits les plus obscurs. Le Kasr étincela de mille feux, et à une heure du matin, on redescendit dans Liberty, chacun absolument ravi par la beauté du spectacle qu'il avait eu sous les yeux.

CHAPITRE VII

LES GRANDS TRAVAUX

Le 17 novembre, toutes les expériences d'éclairage électrique étaient terminées. Les usines du haut Tigre fonctionnaient avec la plus grande régularité. On se trouvait en possession d'une immense quantité d'électricité chaque jour renouvelée.

Il était donc temps de commencer les grands travaux projetés. C'est ce que Badger était en train de démontrer à ses collaborateurs réunis autour de lui dans la salle à manger commune, après les fatigues d'une journée bien remplie.

— Jusqu'ici, tout a favorisé notre entreprise, disait-il. La mort de notre pauvre Flatnose est le seul malheur que nous ayons eu à déplorer. Les résultats obtenus ont été satisfaisants; les populations arabes, kurdes et turques, ne se montrent point hostiles à nos expériences. Leur curiosité, vivement excitée, tient en quelque sorte leur jugement en suspens. Si elles doivent se montrer hostiles, ce ne sera que plus tard; profitons du moment où tout est calme et où rien ne semble encore nous menacer pour pousser vigoureusement nos travaux. Nous ne savons pas ce que l'avenir nous réserve. Plus notre œuvre sera avancée, moins il deviendra facile de la détruire.

« Nous possédons une source d'électricité telle, que personne avant nous n'en avait en une telle quantité. L'admirable découverte d'un Français, M. Marcel Desprez, nous permet de transmettre le fluide électrique à de grandes distances et de le faire servir à mettre des machines en mouvement. Ce que nous avons déjà fait et ce que nous allons faire à Babylone ne sera que le point de départ d'une suite d'entreprises destinées, grâce à l'invention de votre compatriote et à la vôtre, mon cher Cornillé, à transformer complètement la surface de la planète. Ce que la vapeur avait déjà commencé pour le rapprochement des peuples et la fusion des races, l'électricité l'achèvera bientôt.

« Hâtons-nous donc de sortir des voies battues et de nous engager dans de nouveaux essais. Avec l'électricité venue des turbines de nos usines du haut Tigre, mettons en mouvement les machines dynamo-électriques qui nous serviront à creuser des canaux et à dessécher une grande partie de la mer de Nedjef.

— Ainsi, remarqua miss Nelly, ce sont les chutes du Tigre qui vont travailler à creuser les canaux et à dessécher la mer de Nedjef.

— C'est merveilleux! s'écria Cahuzac enthousiasmé.

— Non, dit Jack Adams, ce n'est que naturel. Pour la science, il n'y pas de merveilleux. L'homme est entouré de force débordante inutilement dépensée. La loi du progrès consiste à utiliser de mieux en mieux cette force. Ce qui est merveilleux pour le vulgaire n'est que très naturel pour le savant.

— Vous avez raison, évidemment, mon cher Adams. Permettez-moi cependant de vous faire remarquer qu'il y a une chose merveilleuse, car elle n'est pas naturelle.

— Laquelle?

— C'est le savant lui-même.

Sur ce, tout le monde se mit à rire, et on monta fumer des cigares sur la terrasse...

C'est le 10 décembre que les travaux furent inaugurés. Il fallait profiter de l'hiver, car, pendant la saison chaude, ces travaux seraient impossibles. Badger ne voulait pas construire sa ville au milieu d'un désert. Personne ne serait venu l'habiter. Avant tout, il fallait rendre le sol productif, le couvrir de riches moissons. Il fallait qu'en arrivant, les nouveaux colons trouvassent d'immenses champs de blé, de riants vergers, des forêts de dattiers et de cocotiers. Babylone devait être construite au milieu d'une verdoyante oasis, surgie presque subitement de l'aridité des sables.

En raisonnant ainsi, Badger voyait juste : l'avenir de la civilisation résidait dans la zône de chaleur et de lumière. Mais, pour y vivre, il fallait modifier la nature et transformer le désert en un vaste jardin avant d'y fonder les cités.

Voici comment on s'était distribué la besogne : Jack Adams était chargé du dessèchement du lac de Nedjef; Cornillé prenait plus particulièrement la direction des travaux dans la plaine de Babylone.

Au sujet de ce choix, il s'était passé un petit incident qui avait bien sa valeur et avait jeté un nouveau jour sur la situation de trois de nos principaux personnages. Les deux ingénieurs désiraient rester à Babylone. Mais, comme il était impossible de les satisfaire ensemble, on eut recours au sort. Badger écrivit sur deux billets, qui furent ensuite soigneusement pliés et placés au fond d'un chapeau, les noms de Jack Adams et de Cornillé. Fatma tira un de ces billets; ce fut le nom de Jack Adams qui sortit. On inscrivit sur deux nouveaux billets les noms de Babylone et de Nedjef, et Jack Adams fut invité à en tirer un.

Malheureusement pour lui, la fortune, qui l'avait favorisé au premier tour, voulut sans doute justifier son renom de déesse inconstante, car elle l'abandonna au moment décisif, et il tira le nom de Nedjef.

Quand miss Nelly entendit ce résultat, elle ne put réprimer un mouvement de joie qui, si imperceptible et fugitif qu'il eût été, n'avait point échappé à son père dont les yeux étaient en ce moment fixés sur elle.

Depuis quelque temps déjà, Badger avait acquis la certitude que sa fille aimait l'un des deux ingénieurs; mais lequel? Il n'aurait pu l'affirmer au juste. Le tirage au sort lui avait paru un excellent moyen de s'en assurer; c'est pourquoi tout le temps qu'avait duré l'opération il n'avait guère quitté sa fille du regard.

L'éclair de joie qui avait traversé les yeux de miss Nelly, quand Jack Adams avait lu le nom de Nedjef, lui avait appris ce qu'il désirait savoir. Maintenant il était fixé : sa fille aimait Cornillé.

Cette découverte ne lui déplut pas. Jack Adams et Cornillé étaient tous deux de parfaits gentlemen, aussi distingués, aussi intelligents, aussi travailleurs l'un que l'autre. Si l'on eût demandé à lord Badger lequel des deux lui paraissait le plus digne d'estime, il eût été fort embarrassé de répondre. Cependant, si sa fille eût aimé Jack Adams, sa tendresse, aux intuitions quasi maternelles, eût ressenti des alarmes qu'il n'éprouvait nullement au sujet de Cornillé. Optimiste par nature et aussi un peu par raison, il avait toutefois trop de pénétration et d'expérience des hommes pour ne pas avoir deviné chez Jack Adams le germe, sinon d'un brutal et vulgaire égoïsme, au moins d'une immense personnalité que les années et les succès ne feraient que développer. Cornillé, au contraire, lui paraissait doué à un degré plus qu'ordinaire de cette heureuse aptitude à laquelle on est convenu de donner le nom un peu bizarre peut-être, mais après tout expressif et bien trouvé, d'altruisme. Bref, il semblait au lord que le bonheur de sa fille serait mieux assuré avec le *Français*, et pour son cœur de père, c'était là surtout le point important.

Jack Adams accepta de bonne grâce son exil relatif.

— Le sort a été juste, dit-il à Cornillé en lui tendant la main. Quand je suis allé sur les frontières de la Perse ou sur les bords du golfe Persique, vous êtes resté seul ; c'est maintenant à mon tour de m'exiler un peu.

— Exil bien doux, mon cher Adams, répondit Cornillé ; de la mer de Nedjef à Babylone il n'y a qu'un pas ; vous saurez le franchir souvent.

— Soyez sûr que je n'y manquerai pas, répondit Jack Adams.

En effet, pendant les quatre mois que dura sa mission, on peut dire que Jack Adams ne resta pas une semaine sans venir passer un jour à Liberty.

Vers le milieu du mois de janvier, un mois environ après le commencement des travaux, on pouvait déjà se rendre un compte exact du plan d'ensemble. Il était du reste d'une extrême simplicité. Sur l'emplacement de l'ancienne Babylone, on avait délimité un immense carré de quatre kilomètres de côté. Là devait s'élever la nouvelle ville, parsemée de verdoyants bouquets d'arbres, sillonnée de canaux d'eaux vives et au-dessus de laquelle les dômes des palmiers-dattiers s'agiteraient comme de gigantesques éventails destinés à rafraîchir l'atmosphère.

Le carré primitif avait été divisé en seize cents autres carrés au moyen de quarante lignes parallèles tirées dans le sens du fleuve et de quarante autres lignes perpendiculaires aux premières. On avait obtenu ainsi un vaste damier dont chaque carré avait un hectare de surface, c'est-à-dire cent mètres de côté.

Babylone devant être une ville gigantesque, les rues auraient une largeur de cent mètres pour une longueur de quatre kilomètres. Cahuzac avait fait, à ce propos, une remarque non dépourvue d'un certain intérêt : c'est que les habitants d'un des côtés de la rue ne seraient pas gênés chez eux par la curiosité des habitants du côté opposé. De plus, ajoutait-il, les commères ne pourraient bavarder et dire du mal des voisines à travers la rue.

De larges galeries couvertes, s'étendant à droite et gauche, sur toute la longueur de la rue, mettraient, durant le jour, les piétons à l'abri de l'ardeur du soleil, déjà tempérée par les ruisseaux d'eaux courantes et une double rangée d'arbres. Par un système ingénieusement combiné, on pourrait aussi couvrir la partie de la chaussée laissée à ciel ouvert avec des toiles tendues d'un toit à l'autre des galeries couvertes.

On aurait pu reprocher à la moderne Babylone d'être bien monotone et de ressembler aux villes des États-Unis sur lesquelles, — selon l'expression d'un auteur américain, — le dieu de l'architecture semble avoir jeté une malédiction.

Pour éviter une semblable disgrâce et ne pas infliger à la vieille terre qui avait vu s'élever tant de merveilleuses cités, la vulgarité prétentieuse et agaçante de nos villes modernes, Badger avait résolu d'emprunter d'abord tous ses effets à la source constante de toute beauté : la nature. Et, certes, il était dans un milieu où il pourrait puiser à pleines mains dans ses trésors. En faisant circuler l'eau à profusion au milieu de sa ville naissante, il pourrait par cela même faire d'elle une féerique cité d'arbres et de fleurs. Sous les luxuriantes frondaisons, sous la variété des feuillages, disparaîtraient les inévitables pauvretés.

Pour rompre la monotonie, on avait imaginé de vastes places dont la moitié serait convertie en parcs, dans lesquels on tâcherait de réunir les essences appartenant à différentes zones de cultures, et dont l'autre moitié serait réservée aux marchés, aux lieux de réunion, aux grands monuments publics. Il eût été injuste de demander davantage, le reste était l'affaire des architectes. On espérait qu'ils viendraient, comme le reste, quand le moment serait venu. Ah ! si seulement le génie arabe avait pu sortir de sa torpeur !

« Les temps ne sont pas encore mûrs, » murmurait mystérieusement Grimm en posant sur son front l'index de sa main droite.

Assister à la naissance d'une ville est à coup sûr un des spectacles les plus curieux et les plus attrayants qui se puissent rêver. Pour mener à bien une telle entreprise, il n'est peut-être pas une seule branche de l'activité humaine qu'il ne soit nécessaire de mettre à contribution. C'est une œuvre complexe à laquelle chacun s'intéresse selon ses aptitudes : le poète comme l'artiste, l'artisan comme l'homme du monde, l'illettré aussi bien que le savant. Qu'est-ce donc lorsque, — comme

pour la nouvelle Babylone, — il s'agit
de la faire sortir tout d'une pièce et munie
de l'organisme compliqué de la vie moderne, d'un sol désolé et abandonné depuis une longue suite de siècles !

Le creusement des canaux intéressait beaucoup miss Nelly et Fatma. Il ne se passait pas de jour où on ne les vît dans un endroit quelconque des chantiers. Badger les accompagnait souvent ; mais souvent aussi il lui arrivait de les laisser seules sous la conduite de Cornillé. Il les savait en sûreté et parfaitement gardées. Il avait une confiance absolue dans le caractère de sa fille et dans l'honnêteté de l'ingénieur. Quand les deux jeunes gens seraient fiancés, il savait qu'il en serait le premier instruit.

Les canaux n'avaient pas seulement pour but d'amener l'eau dans la ville ; ils devaient servir à arroser les plantations et les cultures qui s'étendaient tout autour sur un vaste périmètre. Aussi, dans un rayon de plusieurs kilomètres, voyait-on s'allonger d'interminables lignes jalonnées représentant les futures rigoles d'arrosement.

Ce qui attirait le plus vivement la curiosité des jeunes filles, c'était surtout le jeu des machines en train d'entraîner le limon et le sable. Disons un mot de la méthode employée par Cornillé.

Les canaux à creuser avaient peu de profondeur et peu de largeur, car ils ne devaient servir qu'à l'irrigation et non au transport des navires ou même des simples bateaux. Les machines à creuser le sol étaient semblables à celles qui ont servi à percer l'isthme de Suez et celui de Panama. Mais, au lieu de marcher à l'aide de la vapeur ou de l'air comprimé, elles recevaient leur mouvement de l'électricité.

Pour cela, de grands câbles, tendus sur le sol, mettaient en communication électrique l'usine du Kasr avec les appareils d'extraction. C'était un bien curieux spectacle que celui de ces puissants engins qui fonctionnaient sans que l'œil pût soupçonner où était le moteur. Pas de feu, pas de fumée, rien qu'un fluide silencieux, circulant à torrent dans des fils de cuivre.

Le plus heureux pendant ces travaux était certainement notre archéologue Grimmitschoffer. Il abandonna ses singulières fouilles en forme de fossés, car elles devenaient inutiles : le creusement des canaux les remplaçait avec avantage.

— Que cherchez-vous donc de la sorte? lui demanda Monaghan, un jour qu'il voyait l'archéologue inspecter avec soin le fond d'un fossé, qu'on venait de creuser. Il me semble que, jusqu'ici, les archéologues se contentaient de pratiquer des tranchées sur les ruines des anciens monuments, et non de faire des fossés à travers les plaines.

— Vous avez raison, lui répondit Grimm. Mais, si mes collègues agissent ainsi, c'est qu'ils se contentent de rechercher les vulgaires restes des palais ou des temples. Moi, j'ai un but plus noble auquel nul n'a songé jusqu'ici.

— Et quel est ce but? monsieur Grimm.

— Chut! répondit le savant. Je l'aurai bientôt atteint, et vous serez étonné de la hardiesse de mes recherches.

— Soit, dit le géologue ; je respecte trop les secrets d'autrui pour vous en demander davantage.

Les travaux mirent à découvert un grand nombre d'objets curieux, des pierres avec inscriptions, des fondations qui jetaient un nouveau jour sur les palais de

51

Babylone, des statuettes, une foule d'objets qui feraient du musée de Badger le plus riche du monde entier par rapport à l'ancienne civilisation orientale.

Les objets trouvés appartenaient de droit au lord. Si Badger abandonnait en toute propriété ses trouvailles à Grimmitschoffer, celles de l'association étaient légitimement à lui. Le savant se contentait de glaner. Son ambition n'était plus là : il cherchait la pierre philosophale de l'archéologie.

Qu'était-elle? Nul ne le savait, sinon Grimmitschoffer. Le savait-il lui-même? L'avenir nous l'apprendra bientôt.

CHAPITRE VIII

LABOUR ET CUISINE ÉLECTRIQUES

En même temps qu'on commençait les travaux du creusement des canaux, on effectuait une autre opération plus vulgaire, mais non moins utile. On labourait le sol compris entre deux canaux et on l'ensemençait, au moyen de machines électriques. Charrues et semoirs étaient mûs à l'aide de moteurs semblables à ceux qui servaient au creusement.

On se rappelle combien le sol de la Mésopotamie devient fertile dès qu'on lui fournit un peu d'eau. Or, maintenant, on n'en manquerait pas, et l'on pourrait s'attendre à de magnifiques récoltes. On ensemença donc, pour la première année une centaine d'hectares, à deux kilomètres environ de Liberty.

Le labour électrique ne présentait d'ailleurs aucune difficulté. Cornillé, qui était l'organisateur de ce travail, n'avait eu qu'à copier plusieurs expériences célèbres, déjà faites en France, à Sermaize principalement.

La terre labourée et ensemencée, il était encore nécessaire de songer à l'avenir. Les grains, confiés à la terre, devaient germer et donner naissance à de nombreux épis. L'essentiel était d'arroser les plantations. Or, l'eau n'était pas loin, puisque les champs avaient une ceinture de fossés en communication avec l'Euphrate. Mais, des fossés, il fallait conduire le liquide jusqu'aux racines des tiges de blé. Pour arriver à ce résultat, on dut installer des pompes.

Cet arrosage exigeait une nouvelle application de l'électricité. Chaque pompe fut munie d'un petit moteur électrique, et chaque moteur électrique dut être relié par un fil spécial avec les accumulateurs de l'usine du Kasr. On eut donc ce spectacle étrange de pompes solitaires, marchant toutes seules, sans force motrice apparente.

Cornillé eut encore à s'occuper de l'utilisation de l'électricité à un usage domestique d'un grand intérêt. Il ne s'agissait de rien moins que de la cuisine et du chauffage électriques à Liberty.

Maître Green était au comble de la joie. Pensez donc! Green devait être le premier à chauffer ses marmites, à rôtir ses poulets à l'aide de l'électricité. Avouez qu'il y avait bien là de quoi faire tourner la tête, même à un cuisinier.

— Potage à l'électricité!

— Rôti de chevreuil, mode électrique!

— Asperges, sauce électrique!

— Crème vanille électrique!

Tel était le menu que Green apercevait maintenant chaque nuit au milieu de ses rêves. Cornillé, en quelques jours, transforma ce rêve en réalité. Le 5 février, à quatre heures du soir, la cuisine de Green fut exclusivement chauffée et éclairée avec l'électricité. A partir de ce jour, plus une seule parcelle de charbon ne parut à l'office.

Aussi, quelle propreté! Ce n'était plus une cuisine, c'était un salon. Plus de cet affreux charbon qui noircissait les murs, plus de fumée, plus de four répandant à tort et à travers chaleur et mauvaise odeur autour de lui.

Cuisine étrange, en vérité, où les appareils les plus fantastiques remplaçaient les vulgaires fourneaux.

— Voyez, mademoiselle, disait Green à miss Nelly qui était venue assister aux premières expériences de la cuisine électrique; je presse ce bouton, et voilà l'eau qui bout dans la marmite. Je pousse cet autre bouton, et voilà le poulet qui tourne lentement devant la rôtissoire ardente.

Au moment où Green parlait ainsi, il était debout devant un tableau armé de boutons, semblable à ceux dont on se sert dans les sonneries électriques. Devant chaque bouton, une plaque en cuivre contenait l'indication de l'appareil correspondant et son usage.

Eau chaude, pot-au-feu, gril, rôtissoire, fourneau n° 1, fourneau n° 2, etc.

Il suffisait de pousser le bouton pour mettre l'appareil correspondant en activité. En poussant un autre bouton, situé un peu au-dessous du premier, on interrompait le courant électrique et on mettait fin à l'opération. Plusieurs appareils étaient même automatiques. C'est ainsi que le courant cessait spontanément, dès que la température de l'eau devenait celle de l'ébullition, et se rétablissait de lui-même quand la température s'abaissait trop.

Il est intéressant de savoir comment Cornillé avait résolu le problème du chauffage électrique.

Autant l'éclairage électrique a été un problème étudié sous toutes ses faces, autant celui du chauffage électrique a été négligé. Ce fait s'explique facilement : les moyens de chauffage économique abondent autour de nous. Le charbon de terre, le bois, le pétrole sont à des prix peu élevés, et nous obtenons grâce à eux un chauffage régulier. Le besoin de chaleur, empruntée à l'électricité, ne se fait donc pas encore sentir.

Mais, à Liberty, le problème méritait la peine d'être examiné de près. La quantité d'électricité dont on disposait était tellement considérable, qu'il devenait possible de remplacer le chauffage au charbon par le chauffage électrique.

Cornillé s'était trouvé dans l'obligation de créer lui-même les appareils nécessaires. Il s'était uniquement servi de la propriété que possède le courant électrique de faire rougir un fil de platine fin.

Chaque fois que l'électricité circule dans un fil métallique, elle développe plus ou moins de chaleur. La température est d'autant plus élevée que le diamètre du fil est plus petit.

Cornillé avait choisi le platine malgré son prix élevé, compris entre celui de l'or et celui de l'argent. Mais le platine avait un immense avantage, celui de n'être fusible qu'à une température excessive, et surtout d'être inattaquable par les substances qui entreraient dans la composition de la nourriture.

Ce dernier point était de toute nécessité. Un fil de cuivre, par exemple, se serait peu à peu dissous dans les aliments et aurait fini par empoisonner les convives.

— Or, disait Cahuzac, Green nous empoisonne déjà suffisamment, sans que l'électricité vienne à la rescousse.

Simple plaisanterie, n'ayant que la portée d'un bon mot, car maître Green était réellement un cuisinier modèle, n'ayant jamais troublé la digestion de personne.

Les instruments culinaires se divisaient en deux catégories : les rôtissoires et les bouilleurs. Les premiers devaient être portés à haute température, au rouge vif, rayonner et faire rôtir les viandes tournant dans leur voisinage. Les seconds avaient pour but de chauffer l'eau et de la porter à l'ébullition.

Les rôtissoires se composaient de fils de platine portés à l'incandescence par le courant électrique. Quant aux bouilleurs, c'étaient des spirales de platine, plongeant dans le liquide qu'elles devaient faire bouillir. La spirale de platine rougissait dans l'air. Mais, dans la masse d'eau, elle communiquait sa chaleur au liquide, qui entrait rapidement en ébullition.

Le 5 février fut une fête pour Badger et ses compagnons. Un grand banquet réunit à la même table les principaux collaborateurs du lord. Jack Adams y assista et rendit compte à ses collègues de l'état des travaux dans le lac de Nedjef. Ils avançaient rapidement et seraient bientôt terminés.

Le repas fut gai, et un nombre considérable de toasts acclamèrent la nouvelle cuisine électrique. Un seul, Cahuzac, trouva à redire. A chaque nouveau plat, on lui voyait faire la grimace.

— Qu'avez-vous donc à reprocher à cette cuisine? lui demanda enfin Cornillé, impatienté.

— Je trouve, répondit le photographe, en faisant claquer sa langue contre son palais, je trouve qu'elle a une légère odeur d'électricité.

Après la cuisine électrique, Cornillé ne se reposa pas encore. Il installa deux ascenseurs électriques, l'un au Kasr, l'autre à Babel. C'est aussi de la même époque que data l'apparition du premier journal à Liberty. Ce journal, qui porta le titre de *la Babylone électrique,* et auquel nous avons emprunté la majeure partie de ce récit, ne parut qu'une fois par semaine. Le journal était imprimé sur une presse rotative, mise en mouvement par l'électricité. La pensée fut donc fixée à Babylone en caractères indélébiles au moyen des chutes du Tigre. Fait unique dans les annales du journalisme: *la Babylone électrique* fut distribuée gratuitement à tous ses abonnés.

On réunit encore par des fils téléphoniques les usines du Kasr et de Babel avec les demeures des ingénieurs à Babylone. Les principales maisons de la ville furent également reliées entre elles.

Cornillé fit la joie des habitants de Liberty en installant dans les rues des horloges électriques. Enfin, un accident vint encore donner à Monaghan l'occa-

sion de montrer une nouvelle et originale application de l'électricité. On vint, un jour, le prévenir qu'un des ouvriers du Kasr avait eu un doigt arraché. Le malheureux avait eu la main prise dans un des engrenages de la machine à vapeur. Heureusement pour lui que l'accident n'avait pas eu de conséquences plus fâcheuses. Il avait couru le risque de perdre la main, le bras et peut-être même d'être broyé tout entier entre les roues.

Monaghan alla sur le lieu de l'accident. L'amputation du doigt fut reconnue nécessaire. C'est alors qu'il lui vint l'idée d'utiliser le courant électrique pour couper la partie écrasée.

Monaghan prit un long fil de platine et le fit rougir au blanc par le passage de l'électricité. Se servant alors de ce fil en guise de couteau, il coupa le
doigt du patient en quelques secondes. L'opération réussit parfaitement et le
malade, malgré la perte de son doigt, se trouva tout de suite soulagé.

On parla naturellement de cette opération dans la soirée, à la table commune.

— Comment se fait-il, demanda Cornillé, qui avait assisté à l'opération du
géologue-docteur, qu'il n'y ait pas en perte d'une seule goutte de sang, et que le
patient n'ait pas manifesté les signes d'une douleur trop vive ? Il me semble cependant que l'artère coupée par le fil devait laisser couler le sang, et que la section
des nerfs devait entraîner la sensation d'une douleur aiguë. Ajoutez à cela qu'une
brûlure n'est pas sans être très douloureuse.

— Vous oubliez une chose, mon cher Cornillé, répondit Monaghan ; c'est
que le fil de platine était porté à la température du rouge blanc. Or, à cette température, les coupures sont cautérisées, les artères et les veines fermées, et les
nerfs si instantanément détruits que toute douleur est supprimée.

— C'est juste, répondit Cornillé. Cela me rappelle même certaine aventure
dont j'ai été la victime tout récemment. Je voulais montrer à quelques personnes
avec quelle facilité le courant électrique rougissait les fils de platine. Or, par oubli,
j'avais gardé entre les doigts l'une des extrémités du fil de platine au moment
où il était traversé par le courant. Je ne ressentis aucune douleur, et ce fut seulement par l'odeur de la chair grillée que je fus averti de la pénétration du fil dans
ma peau.

On s'entretint ensuite des autres applications de l'électricité à la médecine
et surtout à la chirurgie. Monaghan rappela qu'on construisait, à l'usage des
malades un grand nombre de machines dynamo-électriques, à courants alternatifs
faibles. On fait traverser par ces courants la partie malade, et l'on obtient parfois
des soulagements réels.

Cornillé raconta une autre application chirurgicale fort curieuse dont il avait
été témoin. Il s'agissait de l'extraction d'un petit éclat de fer dans l'œil d'un for-
geron. Une pince en fer fut disposée de façon à servir de noyau magnétique à un
fort électro-aimant. L'éclat de fer s'attacha alors fortement à la pince, et on put
le retirer.

Comme on était en verve de racontars, le capitaine Laycock signala un fait
curieux qui s'était passé au Brésil pendant un court séjour qu'il avait fait récem-

ment dans ce pays. Un malade était atteint d'éléphantiasis. Un médecin soumit l'excroissance de chair à un courant électrique, qui finit par diminuer l'enflure et la liquéfier pour ainsi dire.

— J'ai aussi entendu raconter, dit miss Nelly, qu'on pouvait éclairer l'intérieur du corps humain, et apercevoir directement la place où un projectile s'est logé.

— C'est parfaitement exact, mademoiselle, répondit Monaghan. Malheureusement, ce procédé si simple et si ingénieux ne peut s'appliquer qu'au cas où le projectile est situé dans le voisinage de l'estomac ou des poumons. On introduit une petite lampe électrique dans l'estomac du blessé. On éclaire ainsi fortement l'intérieur du corps, et il devient possible d'entrevoir la position du projectile opaque.

— Que tout cela est ingénieux ! dit miss Nelly. Que l'électricité est commode et comme elle s'applique à une foule d'usages !

— Oui, mademoiselle, répondit Cornillé. L'électricité est certainement la forme la plus commode sous laquelle la force peut être utilisée, car nous la transformons à notre volonté en mouvement, en chaleur et en lumière.

CHAPITRE IX

LA FIN D'UN ARCHÉOLOGUE

Grimmitschoffer donnait depuis quelques mois des signes certains d'aliénation mentale. Sa folie avait commencé le jour où il était revenu à Babylone, après son excursion sur le haut Tigre et les frontières de la Perse.

Ce qui caractérisait son état maladif, c'est qu'il ne semblait avoir aucun but défini dans ses fouilles. Il dédaignait les trouvailles véritablement intéressantes, qui cependant ne manquaient pas, pour s'acharner à la recherche de « quelque chose » qu'il ne voulait pas dire.

La conclusion, c'est qu'il ne savait pas lui-même ce qu'il cherchait, indice caractéristique de la folie.

Jusque-là, on pouvait cependant encore douter. Mais, où le doute ne fut plus permis, c'est quand on le vit abandonner les monticules et tracer ces fossés interminables au milieu de la plaine.

Cette fois, il n'y avait plus à nier, le pauvre savant était complètement fou. Chacun le prit en pitié, le laissa faire, et ne s'occupa plus de lui que de loin en loin. En somme, sa folie était douce; c'était un grand enfant, incapable de faire le moindre mal.

Le 18 mars, Grimmitschoffer vint à Liberty dans une agitation impossible à décrire. Tête nue, les vêtements en désordre, les yeux hors de leurs orbites, il pénétra bruyamment dans la salle à manger de Badger. Tout le monde était réuni en ce moment, et l'on causait tranquillement des travaux qu'on exécutait à cette heure et de ceux qu'on devrait bientôt entreprendre.

Jack Adams avait quitté le lac de Nedjef la veille au soir et passait sa journée à Liberty.

Une bombe, éclatant brusquement au milieu des convives, n'aurait pas produit plus de surprise. Miss Nelly et Fatma poussèrent chacune un cri de frayeur et quittèrent leur siège, prêtes à s'enfuir. Tout le monde se leva, croyant à une attaque et à un accès de folie furieuse.

Mais Grimm, arrivé au milieu de la pièce, s'arrêta brusquement ; puis, regardant autour de lui d'un air air triomphateur, il laissa tomber ces mots :

— J'ai trouvé !

Et comme chacun gardait le silence :

— Oui, messieurs, j'ai trouvé ce que je cherchais depuis si longtemps... Maintenant, je puis vous le dire en face, vous m'avez cru fou. Vous avez plaint ce pauvre Grimmitschoffer.

Comme plusieurs faisaient un signe négatif :

— Ne niez pas, continua Grimm, sans leur laisser le temps de parler : je le voyais bien à vos regards. Mais aujourd'hui, j'arrive ici le front haut et je ne crains plus vos railleries, car j'ai trouvé.

— Qu'avez-vous donc trouvé ? demanda Badger quand Grimm se fut calmé.

— Ce que j'ai trouvé ? mylord, s'écria le savant, en levant les yeux au ciel... Ce que j'ai trouvé ?... J'aime mieux ne pas vous le dire et vous laisser la joie de la surprise. Venez avec moi, et vous verrez.

— Où faut-il aller ? demanda Jack Adams.

— Est-ce au bout du monde ? dit Caluzac.

— Non, monsieur le beau railleur, répondit Grimm au photographe. Même je vous conseille d'emporter avec vous votre appareil, car ce que vous allez voir est si merveilleux que vous devez en laisser l'image à l'admiration de la postérité.

— Où faut-il aller ? demanda une seconde fois Jack Adams.

— Au septième tell, sur la route de Liberty à Bagdad, répondit Grimm, à trois kilomètres d'ici.

— Marchons, dit Badger, je vous suis. Le temps est agréable aujourd'hui ; il fait bon se promener. Messieurs, êtes-vous de mon avis ?

Tout le monde répondit affirmativement, et l'on se mit en route à la suite de Grimmitschoffer.

— Encore un accès de folie, plus violent cette fois que les autres, fit remarquer Cornillé.

— C'est à craindre, répondit miss Nelly. On devra, si cela continue, le renvoyer en Europe dans une camisole de force.

Il fut bientôt impossible de suivre Grimm. Il marchait en avant, bondissant tous les dix pas, allant tantôt à droite, tantôt à gauche, comme un homme ivre. On l'entendait parler entre ses dents, pousser parfois des cris rauques. On le rappelait quand il était trop loin ; alors il revenait sur ses pas avec la même allure désordonnée.

Il ne devait plus rien voir devant lui, car il manquait à chaque instant de tomber. Il buttait aux pierres du sentier ; il s'embarrassait dans les broussailles, il descendait dans les fossés et escaladait les tas de sable.

— Il marche comme un somnambule, dit Monaghau.

En effet, son regard était fixe et vitreux.

A quatre heures, on était arrivé près du tell indiqué par Grimmitschoffer. Tout à coup, celui-ci s'arrêta et dit :

— N'avancez pas plus loin ! Je vais vous dire ce que vous allez voir.

On s'arrêta et on entoura l'archéologue.

— Messieurs, commença celui-ci, il n'y a rien de nouveau sous le soleil.

— *Nil novi sub sole* dit Cahuzac, qui avait fait ses humanités.

— Tout a été inventé dans l'antiquité, continua Grimm, sans se laisser déconcerter.

— Pas les chemins de fer et les télégraphes du moins, interrompit encore une fois Cahuzac.

— C'est justement là ce qui vous trompe, monsieur, s'écria l'archéologue. J'ai la prétention de vous prouver, aujourd'hui même, que les chemins de fer étaient connus et exploités par les Babyloniens.

Du coup, on ne put plus se contenir. Chacun s'éloigna, cherchant à cacher son fou rire au malheureux qui en était la cause.

Dix minutes après, on entendait encore les petits cris étouffés que poussaient les deux jeunes filles. Enfin, après s'être calmé, chacun revint auprès de Grimmitschoffer, qui était resté impassible à la même place.

— Je comprends votre émotion à cette nouvelle, reprit le pauvre fou. Je comprends que les larmes vous soient montées aux yeux devant cette merveilleuse révélation.

— Allons voir votre découverte, dit enfin Badger, pour couper court à cette situation qui finissait par devenir pénible.

— Pas encore, mylord, s'écria Grimmitschoffer, toujours aussi impassible. Auparavant, laissez-moi vous raconter comment je suis arrivé à ma découverte.

Au fou rire, succéda la pitié. On écouta donc en silence les explications de Grimm.

— Messieurs, continua celui-ci, il y a une parole qui m'a frappé, au cours de notre voyage sur le Tigre. C'était dans les ruines de Khorsabad, après la découverte que je fis d'un magasin d'ustensiles en fer.

— Ah! oui, je me rappelle, dit Jack Adams, le lendemain de votre mésaventure dans un souterrain du Kouyoundjick.

— Hélas! répondit Grimmitschoffer, pâlissant au souvenir de sa déconvenue. Notre regretté Flatnose, me prenant à part, me dit : « Lord Badger est jaloux de vous. Si vous découvriez une machine dynamo-électrique dans les ruines de Ninive ou de Babylone, il ne serait plus qu'un plagiaire. »

— Alors? dit Badger.

— Alors, mylord, j'ai cherché. Plus j'ai réfléchi, plus j'ai cru à l'existence de ces machines du temps de Babylone.

— Et vous avez trouvé une machine électrique? demanda Badger avec anxiété.

— Non, répondit Grimmitschoffer. Je n'ai pas trouvé de machine électrique, mais j'ai trouvé aussi important que cela.

Le savant s'interrompit un instant. Puis, après avoir poussé quelques soupirs :

— J'ai bien travaillé, messieurs, continua-t-il. J'ai épuisé ma santé, j'ai abrégé ma vie, et je sens que je ne survivrai pas longtemps à ma découverte. Mon nom deviendra immortel : ce sera ma consolation. J'aurai rendu service à l'univers, qui s'honorera d'avoir donné le jour à un savant tel que moi.

— Quelle modestie! ne put s'empêcher de dire Cahuzac.

Mais Grimmitschoffer n'entendait plus rien. Il continua :

— Messieurs, ne trouvant pas de machine électrique, je me suis tourné du côté des machines à vapeur. Je me suis dit : il y avait une gare à Babylone.

Personne n'eut le courage d'interrompre l'infortuné. Rien n'est pénible comme d'assister au naufrage d'une intelligence.

— Oui, j'ai cherché cette gare au milieu des tells de Babylone. Ne la découvrant pas, j'ai résolu de fouiller le sol dans toutes les directions : je devais ainsi rencontrer les anciennes voies ferrées. C'est pour cela que vous m'avez vu creuser des fossés à travers la plaine. Je n'ai encore rien trouvé. Le découragement m'a pris, et j'ai été sur le point d'abandonner mon idée. Enfin, un hasard m'a mis avant-hier sur la voie.

— Sur la voie ferrée? demanda Cahuzac.

— J'ai découvert une locomotive!!! s'écria Grimmitschoffer de toute la

force de ses poumons. Messieurs, ma locomotive est là, sous ce monticule. J'ai découvert la gare de Babylone!!!

L'archéologue se précipita vers le tell. Tout le monde le suivit en courant.

Étrange! oui, on apercevait quelque chose qui ressemblait à une machine à vapeur. Couchée sur le sable, au milieu d'un tas de briques, aux trois quarts rouillée, une chaudière se montra aux regards étonnés de Badger et de ses compagnons.

Grimmitschoffer était rayonnant. Les bras croisés sur sa poitrine, il ressemblait à un dieu vainqueur. Il jouissait de son triomphe; il était à l'apogée de sa gloire.

Cahuzac s'approcha de la chaudière et tourna tout autour. On le vit se pencher un instant, comme pour lire une inscription, puis revint vers Grimmitschoffer d'un air railleur :

— Mon cher savant et ami Grimmitschoffer, dit-il à l'archéologue, permettez-moi de vous féliciter de votre découverte. Approchez : vous pourrez lire sur l'un des flancs de votre locomotive le nom de son constructeur.

Tout le monde s'avança vers la chaudière, Grimm en avant avec Cahuzac.

— Penchez-vous, dit ce dernier. Tenez, là, lisez :

CAIL et Cie — PARIS.

Grimmitschoffer ne prononça pas un seul mot. Le sang lui monta brusquement au visage ; il tourna deux ou trois fois sur lui-même et tomba lourdement sur le sol, contre la chaudière qu'il venait de découvrir.

On le releva de suite et on lui prodigua tous les soins nécessaires. C'était inutile ; l'apoplexie avait été foudroyante.

Grimm était mort !..

La perte de Grimmitschoffer ne devait sans doute pas causer autant de regrets que celle du bon Flatnose ; mais bien que l'archéologue n'attirât que fort peu la sympathie, et que, gonflé de vanité, il n'eût pas su se faire aimer de ses compagnons, cette mort inattendue n'en jeta pas moins la consternation parmi les membres de l'expédition.

— Voilà déjà deux victimes en moins d'un an, dit Badger, le lendemain de l'accident ; si cela continue, qui de nous restera pour assister à l'achèvement de l'œuvre?

— C'est vrai, mylord, répondit Monaghan. Mais, il faut remarquer que les deux victimes ont été elles-mêmes l'instrument de leur mort. Flatnose serait encore vivant sans sa témérité et sa bravoure aveugles. Quant à Grimmitschoffer il est mort d'orgueil. Il n'aurait jamais survécu à son déshonneur de savant.

— A propos, demanda Badger, comment expliquez-vous la présence de cette chaudière, construite chez Cail, au milieu des décombres d'un tell?

— J'ai pris des renseignements, répondit Monaghan ; en voici les résultats : il y a quelque vingt ans, un bateau à vapeur a tenté de remonter l'Euphrate au-dessus de Babylone. Le petit navire s'ensabla. L'équipage, après de vains efforts pour le remettre à flot, dut l'abandonner pour aller chercher des moyens plus puissants de sauvetage à l'embouchure du fleuve. Mais, quand il revint, le navire avait complètement disparu. Une bande de pillards arabes avait emporté tout ce qu'il était possible de prendre, puis achevé de détruire le reste en y mettant le feu. La machine à vapeur fut elle-même enlevée. Mais, ne pouvant emporter un poids si considérable, les pillards l'enfouirent dans le tell, où elle a été retrouvée malheureusement par Grimmitschoffer.

— Je ne comprends pas, dit Bedger, comment Grimm n'avait pas lu l'inscription, pourtant assez visible, qui a été cause de sa mort.

— Pardon, répondit Monaghan, cela se comprend facilement. Grimm, tout entier à la joie de sa découverte, n'a pas pris le temps de l'examiner. Entièrement aveuglé par son idée fixe qu'il existait des locomotives à Babylone, il a cru que sa trouvaille était réelle. Au milieu d'une ruine, il ne devait s'attendre à trouver que des objets ayant appartenu à l'âge même de cette ruine. Il faut avouer que, pour un esprit préoccupé comme le sien, la méprise était facile.

CHAPITRE X

UNE RÉVOLTE

Tout en installant autour de Liberty et dans la ville même les nombreux appareils électriques que nous venons de décrire, Cornillé n'avait eu garde de négliger sa pile thermo-solaire. Elle était terminée et le moment approchait où il deviendrait nécessaire de s'en servir.

On était en plein mois de mai et les turbines du Haut-Tigre commençaient à ralentir leur marche. Les eaux, de plus en plus décroissantes depuis une quinzaine de jours, avaient subitement baissé de plus d'un mètre.

C'était la fin de la saison d'hiver pour les usines hydrauliques ; la saison d'été allait commencer pour Babel. Après l'électricité produite par les chutes d'eau, l'électricité produite par les rayons du soleil.

— Après la pluie, le beau temps, comme disait Cahuzac.

En effet, le moment approchait où les turbines cessant complètement de fonctionner, il faudrait renouveler la provision d'électricité avec la pile thermo-solaire. Cornillé attendait, avec une impatience facile à concevoir, ce jour qui devait décider de son avenir, lorsque de graves événements survinrent, qui faillirent compromettre l'avenir de l'œuvre et retarder indéfiniment le bonheur de notre héros.

Le 21 mai, dans la soirée, le phare et toute la ville de Liberty furent plongés dans la plus profonde obscurité. Voici ce qui s'était passé.

Depuis quelque temps déjà, une sourde agitation régnait dans les usines. Huit jours auparavant, Badger avait reçu une députation des ouvriers européens réclamant une augmentation de salaire, en raison de l'approche des chaleurs qui allaient rendre les travaux plus pénibles. D'autres, se disant fatigués, désiraient retourner en Angleterre.

En apparence, les demandes des ouvriers étaient justes ; en réalité, elles ne l'étaient pas. La vie, à Liberty, était pour eux d'un extrême bon marché. Ils avaient pour rien l'habitation, l'éclairage, le chauffage. L'ouvrier le plus modeste ne gagnait pas moins de cinq à six francs par jour. Pour les vivres, ils devaient les payer, c'était justice ; mais il y avait une taxe sur chaque marchandise et cette taxe représentait certainement le minimum du prix de revient. Leur sort était donc, en fait, préférable à celui des ouvriers en Europe, sans même tenir compte des facilités qui seraient données à ceux qui désireraient devenir colons, et des perspectives d'avenir qui s'ouvraient devant eux.

Quant au rapatriement, il était accordé sans difficulté à tout ouvrier qui en faisait la demande. Badger lui fournissait alors la somme nécessaire pour gagner Bagdad, et de là tel port de l'Europe qu'il désignait.

Mais ici, il ne s'agissait plus d'un ou de deux ouvriers demandant à retourner au pays : c'en était toute une bande, et il était déraisonnable d'exiger que Badger payât les frais d'une désertion en masse dont les conséquences pouvaient être désastreuses pour ses intérêts.

Badger ne douta donc pas, un seul instant, qu'il n'existât à Liberty un ferment de discorde et que les ouvriers ne fussent poussés par quelque meneur. Mais ce meneur, où le trouver? ce ferment, comment l'extirper?

Il était nécessaire d'agir avec une extrême prudence. Sans s'engager en quoi que ce soit, Badger congédia l'ambassade, en disant qu'avant tout il devait consulter ses associés.

Dès le soir même, en effet, Badger rendit compte à ses amis de ce qui s'était passé dans la journée et leur exposa la situation. Tous furent convaincus, comme lui, qu'il se trouvait parmi les ouvriers, — comme il arrive presque toujours en pareil cas, — un boute-feu qui les poussait à la révolte.

L'essentiel était de gagner du temps.

Le lendemain, Badger reçut de nouveau les délégués. Il leur démontra le peu de valeur de leurs réclamations, leur injustice même ; leur parla longuement de la situation exceptionnelle qui leur était faite par l'association dont il était le chef, et conclut en leur déclarant qu'il ne croyait pas à la sincérité de leurs réclamations. Il pensait qu'on lui cachait la vérité.

Les députés cherchèrent d'abord à nier qu'il y eût chez eux préméditation ou un mobile secret à leur démarche. Mais, poussés dans leurs derniers retranchements et mis au pied du mur par la logique inflexible du lord, ils confessèrent enfin la vérité.

La vérité, c'était que les ouvriers européens avaient cédé à la peur. La population indigène de la ville et de l'usine, si paisible jusque-là, s'agitait beaucoup depuis quelque temps. Les ouvriers arabes se réunissaient souvent entre eux, et les résolutions qu'ils prenaient dans ces conciliabules, d'où les ouvriers étrangers étaient écartés avec soin, étaient toujours tenues secrètes.

Un beau jour cependant, quelques ouvriers européens furent invités à assister à une de ces réunions. Là, on leur déclara que les ouvriers indigènes, mécontents de leurs salaires, étaient résolus à réclamer une augmentation. Et comme lord Badger leur eût sans doute répondu que les ouvriers européens se montraient moins exigeants, ceux-ci furent mis en demeure de demander immédiatement une augmentation pour eux-mêmes.

Les Européens, qui trouvaient leurs salaires suffisants, déclarèrent ne pas vouloir obéir à cette injonction. A cette réponse, grande fut la colère des ouvriers arabes. Ils déclarèrent catégoriquement qu'ils allaient chasser les étrangers, les mettre tous à mort et détruire l'usine de fond en comble.

C'est alors que les Européens, effrayés, promirent aux Arabes de leur obéir et de demander une forte augmentation de salaire à lord Badger. Quelques-uns, plus timorés que les autres, résolurent même de réclamer leur départ immédiat.

Ces révélations étaient graves. Il fallait agir avec énergie. Le capitaine Laycock ne proposait rien moins que de fusiller tous les ouvriers arabes.

— Non, répondit Badger, il faut être prudent. Il est peut-être encore temps de ramener les mutins à la raison. Avant de recourir à la force, je veux épuiser la persuasion. Mais, si j'échoue, je n'hésiterai pas à briser tous les obstacles !

— Encore un qui croit à l'efficacité de la bonté et de la clémence, dit à part soi Cahuzac. Si c'était moi, je mettrais tous ces moricauds sur une même ligne et vlan ! ils seraient fondroyés par l'électricité qui ferait ici merveille.

Après une courte délibération, on s'en remit à l'habileté de Badger pour mettre fin au conflit. Les ouvriers européens furent convoqués. Le lord leur assura qu'il ne leur arriverait aucun mal tant qu'il serait là et les engagea à reprendre paisiblement leur travail. D'autre part, il convoqua les ouvriers arabes, leur promit une petite augmentation de salaire et les menaça de la colère du padischah s'ils persistaient dans leur mutinerie.

Pendant quelques jours, tout sembla rentré dans l'ordre. Mais, le 21, tous les ouvriers, indigènes et étrangers, refusèrent de monter à l'usine du Kasr.

Et voilà pourquoi la ville de Liberty fut plongée toute une nuit dans une obscurité complète.

CHAPITRE XI

LA PILE THERMO-SOLAIRE

Cette fois, il n'y avait pas hésiter : le moindre semblant de faiblesse eût été la ruine de l'expédition, l'avortement des rêves de l'avenir et peut-être le signal d'un massacre général des Européens présents à Liberty. Mais, avec des hommes de la trempe de Badger et de ses associés, rien de pareil n'était à craindre.

Sans perdre une minute, Badger télégraphia au consul d'Angleterre à Bagdad, annonçant ce qui venait de se passer et lui demandant, en toute hâte, l'envoi de troupes turques. En même temps, il le priait d'avertir le gouverneur de sa ferme intention d'arrêter les principaux coupables et de les faire conduire à Bagdad, sous bonne escorte, pour y passer en jugement.

Deux heures après, le consul répondait que le gouverneur laissait carte blanche à Badger pour punir les coupables. Il le prévenait, en outre, de l'arrivée prochaine d'une centaine de soldats turcs.

Badger se rendit aussitôt au milieu des mutins, armé de son revolver. Il était accompagné du capitaine Laycock, des deux ingénieurs et de Blacton, également armés ; Monaghan et Cabuzac étaient restés auprès des jeunes filles, prêts à tout événement.

— Ne quittez pas mon père, avait supplié miss Nelly à l'oreille de Cornillé.

Badger fit connaître aux Arabes son intention d'arrêter les coupables et la prochaine arrivée des soldats turcs. Comme il finissait de parler, un des Arabes s'approcha de lui, l'œil en feu, brandissant un long couteau. D'un coup de revolver, Badger l'étendit à ses pieds.

A ce spectacle, ce fut, dans le groupe des indigènes, une débandade générale. Ce n'est pas que les Arabes manquent de courage, mais tout emploi énergique de la force exerce sur eux une sorte de fascination. L'action de Badger l'avait revêtu à leurs yeux d'un prestige qu'ils subissaient sans même essayer de réagir.

Restaient les ouvriers européens. Ils assurèrent à Badger qu'ils n'avaient agi que sous la menace des Arabes et qu'ils étaient disposés à reprendre leur travail. Badger jugea prudent de les armer dans la crainte d'un soulèvement plus général de la part des Arabes. Ceux d'entre ces derniers qui avaient ouvertement pris part à la révolte ne reparurent plus ni ce jour-là ni les jours suivants. Quelques-uns revinrent à Liberty et demandèrent humblement à rentrer à l'usine. Badger, jugeant la révolte apaisée, se rendit à leur demande.

L'un d'eux se fit remarquer par ses supplications et ses assurances de repentir. C'était un ouvrier installé depuis peu à Liberty. Habillé comme un Arabe, sa tournure et son langage le faisaient plutôt reconnaître pour un Kurde. Badger lui donna l'autorisation de rentrer à l'usine comme les autres. Mais s'il avait aperçu le coup d'œil chargé de haine que le Kurde lui lança quand il eut franchi la porte, Badger aurait compris que l'homme qu'il avait tué n'était ni le principal ni le plus dangereux coupable.

Quand les soldats turcs arrivèrent trois jours après, l'apaisement était complet à Liberty. Toutefois, comme on pouvait craindre le retour de semblables événements, il fut décidé qu'ils séjourneraient dans la ville.

Le départ d'une partie des ouvriers n'avait heureusement apporté aucune perturbation sérieuse aux travaux de l'usine. Le 25 mai, on fut en mesure de mettre en marche la pile thermo-solaire.

Pour commencer le fonctionnement des appareils, il avait été décidé que l'on attendrait le moment où le soleil serait déjà haut sur l'horizon. A dix heures, les rayons seraient dans une direction presque perpendiculaire, et l'on obtiendrait le maximum de rendement.

Dès neuf heures, Cornillé était à son poste sur la plate-forme de Babel. Il n'avait aucun doute sur le résultat. Il avait fait tant d'expériences préliminaires qu'il se croyait à même de prédire avec certitude la quantité d'électricité qui pourrait être recueillie dans les accumulateurs. Cependant, depuis le matin, il était en proie à une vive émotion.

Si le jour qui se levait, au lieu d'éclairer son triomphe, allait éclairer sa défaite? Ce ne serait que partie remise, après tout; il recommencerait; il était sûr de ses calculs. Mais ce n'était pas seulement d'une question de succès qu'il s'agissait; ce n'était pas sa fortune, son ambition qui étaient en jeu, c'était son amour, son bonheur. Miss Nelly lui avait dit : « Jusque-là, ne pensez pas à autre chose. » A partir de ce jour, il lui serait donc permis d'aspirer ouvertement à sa main, de ne pas passer un seul jour sans lui prouver son affection, sans tâcher de mériter la sienne. Ils allaient donc faire en commun des projets d'avenir. Était-ce bien possible, un tel rêve? Quelque mauvais génie ne veillait-il pas dans l'ombre pour lui préparer un réveil terrible.

Mais non, tout le favorisait, le ciel était splendide; pas un nuage, si léger qu'il fût, pour voiler les rayons du soleil. Pas d'humidité dans l'air pour diminuer l'intensité de ses rayons. Une chaleur torride, qui se déversait sur les plaques de cuivre de la pile, et toute prête à se transformer en électricité.

Cornillé mit en communication les deux pôles de la pile avec les câbles qui se rendaient aux accumulateurs de l'usine du Kasr. Il examina soigneusement les fils qui reliaient les éléments de la pile, de manière à éviter toute interruption de courant. Il avait tenu à mettre lui-même la main aux derniers préparatifs et à ne rien laisser à l'imprévu, afin de pouvoir, quoi qu'il arrivât, se rendre le témoignage qu'il avait tenu la parole donnée à son amie de ne penser qu'au succès final. Ah! si seulement elle avait été là.

L'aiguille du cadran de Babel approchait de dix heures lorsque deux personnes, qui n'étaient autres que miss Nelly et Fatma, apparurent à l'extrémité de la terrasse.

Pour ceux qui croient aux effets de la suggestion, cette apparition n'aura rien de surprenant. Depuis le matin, miss Nelly aussi était tourmentée par une attente angoissante. Elle aussi avait voulu être seule. Elle s'était enfermée dans son appartement et avait refusé d'accompagner son père et ses amis, qui s'étaient rendus auprès des accumulateurs pour être à même de constater immédiatement le résultat obtenu.

Elle regardait fièvreusement la pendule marquant lentement les minutes, lorsque, mue par une résolution subite, elle prit son chapeau, son ombrelle, ses gants, et, appuyée sur le bras de sa fidèle compagne, elle se dirigea vers le Kasr.

Un peu essoufflées par une montée rapide, les deux jeunes filles s'arrêtèrent un moment avant de s'avancer vers l'ingénieur qui, absorbé par son travail, ne les avait pas entendues venir. Miss Nelly s'avança seule et se trouva en face de Cornillé juste au moment où il relevait la tête, après avoir terminé son inspection.

— Vous ici, mademoiselle! s'écria-t-il au comble de la joie et de la surprise.

— J'ai voulu venir moi-même vous inspirer courage et confiance, répondit la fille du lord. Ai-je eu tort d'enfreindre la consigne?

— Pouvez-vous parler ainsi? dit aussitôt l'ingénieur. Je n'ai jamais manqué de courage ni de confiance; mais à présent que vous êtes là, mon bon génie, ma fée protectrice, j'ai la certitude du succès. Merci, miss Nelly, merci.

Ces paroles firent tressaillir la jeune fille. Mais, surmontant son émotion, elle dit à l'ingénieur, d'une voix encore hésitante :

— Et, à présent, attention à vos calculs ; vous risquez d'être en retard et mon père est l'exactitude même. Il n'y a plus personne ici : Fatma et moi, nous allons attendre dans un petit coin.

Quelque rapide qu'eût été cette scène, elle avait duré quelques minutes. De violents coups de marteau retentirent sur le timbre du téléphone qui mettait en communication Babel et le Kasr.

Cornillé se précipita et appliqua l'instrument à son oreille.

— Qu'est-il arrivé ? demandait Badger ; l'heure est passée depuis cinq minutes et il n'y a rien encore.

Cornillé tira sa montre, un excellent chronomètre ; elle marquait en effet dix heures cinq.

— Retard involontaire, répondit-il aussitôt, je mets en marche.

Et, courant vers les extrémités du câble, il les mit en communication avec les pôles de la pile.

Ceci fait, il revint au téléphone, attendit cinq minutes et demanda :

— Quel résultat ?

— Parfait, répondit une minute après Badger, dont Cornillé répétait anxieusement toutes les paroles. Le chiffre annoncé est même dépassé de cinq unités.

— Toutes mes félicitations, monsieur l'ingénieur, dit alors miss Nelly en s'avançant et ébauchant malicieusement une cérémonieuse révérence. Puis, serrant les mains de Cornillé, d'abord avec la tendresse grave d'une sœur, puis ensuite avec l'affection émue et douce d'une fiancée : « Pierre, lui dit-elle, — c'était la première fois qu'elle l'appelait ainsi par son prénom, — Pierre, je vous autorise à demander aujourd'hui même ma main à mon père.

Avant même qu'il eût trouvé la force, dans l'extase de son bonheur, de balbutier un remerciement ou de tomber au moins à genoux, comme un fiancé bien appris n'eût pas manqué de le faire, miss Nelly avait repris le bras de Fatma et descendait en courant l'escalier.

Cornillé la vit descendre la rampe, légère comme l'oiseau, et bientôt disparaître du côté du Kasr.

— Je ne sais ce que j'aurais fait, murmura-t-il, si elle eût épousé un autre que moi.

En un moment, son imagination le transporta à Londres ; il se vit occupant un rang considérable dans la société anglaise, mari de la plus jolie et de la plus riche héritière des trois royaumes. Sa figure se rembrunit.

Et si lord Badger lui refusait la main de sa fille? Ne pouvait-il pas avoir de hautes prétentions pour elle, vouloir un gendre noble, riche, porteur d'un nom illustre?

Illustre, son nom ne l'était-il pas à présent? Demain il serait dans toutes les bouches; bientôt il aurait fait le tour du monde. La gloire d'aujourd'hui ne vaut-elle pas celle du passé? L'illustration qu'on se doit à soi-même n'est-elle pas supérieure à celle qu'on a reçue de ses aïeux? Non, il était fier d'avoir été choisi par miss Nelly; mais miss Nelly pouvait être fière d'être sa femme.

Cornillé se devait à lui-même, aussi bien qu'à miss Nelly, de faire sa demande le jour même.

A la fin du déjeuner, quand les convives se furent retirés l'un après l'autre, Cornillé s'approcha de lord Badger et sollicita de lui un moment d'entretien. Le lord le fit aussitôt entrer dans son salon particulier. Dès qu'ils furent seuls:

— Je vous attendais, mon cher Cornillé, dit Badger simplement. Ma fille m'a tout raconté. Vous l'aimez, elle vous aime. Vous venez me demander sa main?

— Oui, mylord, répondit l'ingénieur, surpris, malgré tout, par cette brusque entrée en matière, — car les Français ont toujours quelque difficulté à se faire à la façon simple dont la question du mariage, si compliquée en France, se traite en Angleterre, — oui, milord, je viens vous demander la main de miss Nelly.

— Ma fille vous a choisi. Je souscris à son choix. Dès aujourd'hui, considérez-vous comme le fiancé de ma chère enfant.

Cornillé n'avait jamais vu le lord aussi ému. Des larmes coulaient malgré lui de ses yeux. Ces hommes de fer, qui ne reculent devant rien, sont les cœurs les plus sensibles. Badger aimait passionnément sa fille, l'image vivante de sa femme bien-aimée et il se disait qu'il n'était plus le premier dans son affection.

Devant l'expansion de cette douleur paternelle, Cornillé eût voulu s'excuser de son bonheur. Badger ne lui laissa pas le temps de parler, il entra précipitamment dans la chambre de sa fille et revint bientôt en la tenant par la main; puis plaçant cette main entre celles de Cornillé:

— Ma fille, lui dit-il, voici ton fiancé. Dès aujourd'hui, tu es à lui. Aime-le, comme ta mère m'a aimé.

Les deux fiancés s'agenouillèrent alors devant le lord qui les bénit et, les ayant relevés, serra leurs deux têtes sur sa poitrine.

Fatma fut invitée à venir partager l'allégresse de cette scène de famille. N'était-elle pas devenue la seconde fille de Badger?

— Mes enfants, dit ensuite lord Badger, j'exige maintenant de vous une promesse. Votre mariage se célébrera dans un an, à Londres. Dans un an, nos expériences seront terminées à Babylone et nous retournerons en Angleterre. D'ici là, je tiens absolument que personne ne puisse même se douter de ce qui vient de se passer ici. Pour tout le monde, ma fille et l'ingénieur Cornillé sont l'un à l'autre ce qu'ils étaient les jours précédents, et rien de plus. J'ai, pour agir ainsi, de sérieux motifs que vous connaîtrez quand il en sera temps.

— Vous le voulez, mon père, répondit Cornillé; sans essayer de pénétrer quelles sont les raisons de votre conduite, je m'engage sur l'honneur à me conformer à vos intentions.

— Quant à ma fille, je réponds d'elle, reprit Badger. Elle a fait ses preuves en fait de dissimulation, ajouta-t-il en riant, et je sais que je puis également compter sur Fatma.

— Vous savez que je me ferais tuer plutôt que de parler, dit résolument Fatma.

On pouvait compter sur elle, en effet; pour éviter l'ombre d'un souci à ceux qu'elle appelait ses sauveurs, la pauvre fille eût consenti à passer à travers les flammes.

Le dîner qui termina cette mémorable journée fut plein d'entrain et de gaîté. La joie des résultats auxquels on était arrivé était tellement exubérante qu'elle voilait les points noirs qui se montraient encore à l'horizon. On faisait des rêves d'avenir, alors que le présent était à peine assuré.

Jack Adams, aussi ardent dans son enthousiasme pour l'époque actuelle et son culte pour la science que feu Grimmitschoffer avait pu l'être à l'égard du passé, exaltait outre mesure les triomphes de l'intelligence sur la matière.

— Voyez si l'homme a raison de maîtriser la nature, s'écriait-il avec force. Que serait-elle sans lui? un amas de forces incohérentes ou nuisibles. La force que nous avons empruntée aux eaux du Tigre et que nous avons utilisée ici, à quoi servirait-elle sans nous? Tout simplement à arrondir les cailloux du lit du fleuve et à user les arêtes des rochers de ses rives. Et le soleil à présent, au lieu de brûler les sables du désert et d'incendier la terre de ses feux, il faudra qu'il travaille plus utilement.

— Vous avez raison, mon cher Adams, dit Badger; mais n'oubliez pas que si l'homme maîtrise la nature, c'est en se servant de la nature elle-même. L'homme n'est qu'un merveilleux organisateur, un admirable metteur en œuvre, et c'est assez pour sa gloire. Heureux quand il reste fidèle au rôle que la volonté créatrice lui assigne et qu'il ne devient pas lui-même une puissance dévastatrice.

Il était tard lorsqu'on se sépara. Cornillé se retira le dernier, encore bercé dans son rêve de bonheur. Il venait d'atteindre ce sommet de la destinée qu'il est donné à si peu d'hommes d'atteindre une fois seulement dans leur vie. Une même journée l'avait fait heureux et célèbre. Il lui restait maintenant à épuiser la série de déceptions et d'épreuves par lesquelles la fortune fait payer ses faveurs à ses élus. C'est justice après tout, autrement l'homme ne serait-il pas tenté de se croire dieu.

CHAPITRE XII

LE CALME AVANT LA TEMPÊTE

Le jour suivant, 20 mai, la pile thermo-électrique fut mise en activité dès six heures du matin.

A trois heures du soir, on vint prévenir Cornillé qu'il devenait nécessaire de rompre le courant. Tous les accumulateurs étaient déjà chargés à refus.

On avait trop d'électricité !

A cette nouvelle, Badger réunit ses collaborateurs. Il leur demanda ce qu'il était possible de faire pour ne·pas perdre cette force précieuse. Il était regrettable de se voir dans l'obligation de ne laisser fonctionner la pile que pendant une partie de la journée, alors qu'on pouvait recueillir un grand tiers en plus d'électricité.

— Abondance de biens ne nuit pas, fit remarquer Monaghan. Vous en serez quitte pour perdre l'excès de fluide.

— Ne pourrait-on pas construire de nouveaux accumulateurs? dit à son tour Blacton.

— Non, répondit Badger, ce moyen est impossible ; nous ne pouvons construire ici des accumulateurs. Il faudrait les faire venir d'Angleterre, installer de nouveaux bâtiments dans le Kasr, qui est déjà bien étroit.

— Je connais un moyen bien simple, dit Jack Adams. Il a été indiqué par un ingénieur de mes amis, M. Ayrton. Il s'agirait de décomposer de l'eau sous très haute pression au moyen des courants électriques. Il serait possible de condenser ainsi, dans un pied et demi cube d'un mélange d'oxygène et d'hydrogène, la force capable de produire un travail d'un cheval pendant soixante heures.

— Mais c'est magnifique, cela! s'écria Badger. Est-il maintenant possible d'installer cet appareil ici? Avons-nous les moyens de construire une cuve pour recevoir ce mélange gazeux?

— Parfaitement, mylord, répondit Jack Adams. Je me charge d'installer moi-même cette cuve et dans une semaine de la faire fonctionner.

— Soit, dit Badger. Monsieur Jack Adams, je compte sur votre adresse et sur votre dévouement.

Malgré lui, Badger souligna un peu ce dernier mot de dévouement.

C'est qu'il est temps de dire pourquoi le lord avait exigé de Cornillé et de sa fille le serment de tenir secrète leur promesse de mariage.

Badger avait remarqué un peu de froideur de la part de Jack Adams depuis trois mois. La cause lui avait échappé dans le commencement; mais la scène qui s'était produite à propos du tirage au sort pour la répartition des travaux à Babylone et sur le lac de Nedjef, lui avait complètement ouvert les yeux.

Oui, à n'en pas douter, il y avait rivalité entre Jack Adams et Cornillé, rivalité de science et rivalité d'amour.

Jack Adams était jaloux de l'invention des piles thermo-électriques faite par Cornillé. Il était jaloux de l'amour de Cornillé pour miss Nelly.

Badger, qui était fin observateur, en avait acquis un grand nombre de preuves. Tout dernièrement, lors de la révolte des Arabes, il avait remarqué avec tristesse l'effacement voulu de Jack Adams. Il n'avait rien dit, rien fait; mais on sentait que ce fâcheux contre-temps ne lui déplaisait pas trop. Cette révolte des Arabes, qui avait retardé le fonctionnement de la pile de Cornillé, servait sa jalousie.

Puis, la veille encore, quand le succès de Cornillé avait été si complet et si éclatant, Jack Adams ne s'était que mollement associé aux félicitations générales.

D'autre part, Badger avait remarqué les assiduités de Jack Adams auprès de miss Nelly. Pendant quelques semaines, il avait même cru que sa fille avait un penchant secret pour l'ingénieur. Elle avait recherché de préférence sa compagnie, évitant celle de Cornillé. Mais il avait vite reconnu son erreur. « Dis-moi qui tu fuis, se disait-il en lui-même en pensant à sa fille, et je te dirai qui tu aimes ».

Badger avait donc acquis la certitude que Jack Adams aimait sa fille, mais que sa fille ne l'aimait pas.

Or, avant tont, il fallait éviter un éclat. Il y allait du succès de sa tentative. Il lui était impossible de se priver des services de Jack Adams, savant de premier ordre et ingénieur d'une habileté consommée.

Ce n'est pas qu'il crût Jack Adams capable d'une lâcheté. Certes non; pour lui, l'ingénieur avait l'âme trop haut placée et le cœur trop peu vulgaire. Qu'un être vil cédât à son animosité, c'était à craindre; mais pour Badger, cet homme héroïque et fier, qui mesurait ses semblables à sa propre taille, il ne pouvait supposer qu'un autre fût capable de faire ce qu'il n'aurait pas fait lui-même.

En somme, le meilleur était d'éviter toute surprise. Il croyait donc agir sagement en cachant avec soin les fiançailles de sa fille avec Cornillé.

Jack Adams travailla avec ardeur à la construction de la cuve qui devait contenir le mélange d'oxygène et d'hydrogène. Les matériaux ne lui manquaient pas, ni les moyens de les mettre en œuvre.

Pour résister à une pression de plusieurs dizaines d'atmosphères, il fallait employer une épaisse tôle de fer. Or on avait justement apporté d'Angleterre toute une collection de plaques d'acier coupées et disposées pour construire une cuve à gaz. Il est vrai que cette cuve, semblable au gazomètre des usines à gaz, avait été primitivement destinée à un autre usage.

On se rappelle, en effet, qu'on voulait établir sur les bords du golfe Persique une usine pour utiliser les vagues de la mer. Le système consistait à se servir des vagues pour mettre en mouvement une puissante pompe qui comprimerait de l'air dans un réservoir.

Or c'était ce réservoir que Jack Adams voulait faire servir à la décomposition de l'eau par la pile thermo-solaire. Du moment où la pile de Cornillé fournissait de telles quantités d'électricité, il devenait inutile d'aller recueillir au loin les forces naturelles du vent, de la marée et des vagues de la mer.

Badger, consulté à propos de l'abandon de cette partie du programme, fut le premier à le conseiller. Pour lui, les expériences d'essai avaient donné des résultats tels, qu'il était utile de les terminer au plus vite, de les publier, de fonder une vaste société pour la construction de la nouvelle Babylone et de faire appel aux capitaux.

Puis, à vrai dire, l'utilisation du vent, des marées et des vagues de la mer

35

lui semblait encore trop dans l'enfance. Avec les chutes d'eau, et surtout avec les rayons du soleil, il y avait de quoi fournir suffisamment d'électricité à la future colonie. Il serait toujours temps de compléter les expériences avec le reste.

La cuve construite, il fallait lui trouver un emplacement convenable. On décida de la placer sur le sommet de Babel, dans le voisinage de la pile. Là, elle serait à proximité de la source électrique et sous la surveillance immédiate de Cornillé.

Dix jours après les événements que nous venons de raconter, la nouvelle installation était complètement terminée. Cela ressemblait vaguement à une usine à gaz. Au moyen de gros fils de platine, l'eau était décomposée en ses deux éléments par le courant électrique. L'oxygène et l'hydrogène, soumis à une pression de trente atmosphères, étaient accumulés dans la cuve.

Grâce à ce dispositif, on possédait une source considérable de chaleur : car on sait qu'on obtient une température excessivement élevée par la combinaison de l'oxygène avec l'hydrogène.

Un mois s'est écoulé depuis la révolte des Arabes. L'usine du Kasr a maintenant repris son aspect ordinaire; la ville de Liberty est calme. Sans la présence des soldats turcs, rien n'aurait rappelé les pénibles scènes de la journée du 21 mai.

Babel, qui semblait sommeiller depuis de si longs mois, est devenue à son tour un centre d'activité. A cette heure, c'est elle qui est l'âme de l'entreprise de Badger, car à son sommet se produit l'électricité, source de tout mouvement.

On se rappelle qu'un des grands projets de lord Badger était la construction de chemins de fer électriques. Puisque la pile thermo-solaire de Cornillé fournissait des torrents d'électricité, il était maintenant possible de songer à la construction de la voie ferrée la plus utile.

Or cette dernière était tout naturellement indiquée parmi les trois lignes principales qui devaient partir de Babylone. Ces trois lignes étaient : celle de Bagdad, celle du golfe Persique, enfin celle de la Méditerranée. La ligne de Bagdad offrait de graves inconvénients si on la construisait la première, car elle permettrait aux populations hostiles de l'Est de venir facilement dans la nouvelle cité. Badger voulait, au contraire, isoler le plus longtemps possible Babylone du reste de la Mésopotamie qui est baigné par le Tigre. La ligne du golfe Persique ne serait utile que plus tard. Restait donc seule la voie ferrée qui, remontant l'Euphrate, irait rejoindre la Méditerranée à travers la Syrie.

Pour cette année, on voulait simplement construire un tronçon de vingt kilomètres environ, bien suffisant pour les épreuves préparatoires. Les travaux avançaient rapidement, surtout pour les remblais qui devaient mettre le chemin de fer à l'abri des inondations du fleuve.

Ainsi, tout semblait marcher à souhait. Et pourtant l'inquiétude régnait dans tous les cœurs.

Quelle est l'angoisse qui vous saisit brusquement au milieu d'une belle journée d'été, à l'approche d'un violent orage? Rien, en apparence, ne trouble la pureté du ciel, et, cependant, chacun a le pressentiment d'un danger inconnu. L'oiseau se tait dans les branches, les insectes rentrent sous terre, l'herbe elle-même frissonne et se fane. L'homme, inquiet, interroge l'horizon, et cherche au loin le nuage qui doit apporter la foudre.

Ainsi Cornillé, nature peut-être plus sensible que les autres, sentait plus particulièrement l'orage approcher. Deux choses l'inquiétaient surtout : la révolte des Arabes et le soin qu'avait pris Badger de cacher ses fiançailles avec miss Nelly.

Il est vrai que les Arabes étaient maintenant tranquilles. Mais, il semblait à Cornillé que ce calme ressemblait beaucoup à celui qui précède la tempête. Il ne trouvait plus parmi ces ouvriers la même sympathie qu'autrefois.

Toujours avares de paroles, ils travaillaient silencieusement, concentrés en eux-mêmes, comme attendant avec impatience un prochain événement très désiré.

Cornillé avait cherché à les faire parler. On lui avait répondu que personne n'en voulait ni à Badger ni à lui, que tous aimaient leurs chefs, qu'ils trouvaient bons et généreux.

Ce qui leur déplaisait, c'était l'œuvre accomplie par le lord. Ils prévoyaient qu'ils seraient chassés de la Mésopotamie dans un avenir peu éloigné. On leur avait dit que Badger voulait fonder une grande ville sur l'emplacement de Babylone, la peupler d'Européens, c'est-à-dire de chrétiens. Eux, les Arabes et les mahométans, ils seraient donc obligés de fuir et de retourner dans l'Arabie, où la vie était si dure et le sol peu fertile.

Puis, il apprit encore que les prêtres voyaient d'un mauvais œil les travaux exécutés dans leur pays. Tout ce qu'on faisait à Babylone était l'œuvre du mau-

vais génie. On ne pouvait expliquer que par son intervention les merveilles dont
on avait été témoin. De retour chez eux, après avoir vu l'éclairage électrique de
Liberty et le phare du Kasr, les Arabes avaient manifesté moins
d'ardeur religieuse qu'auparavant. Il fallait donc extirper au plus
vite ce ferment d'indiscipline et de relâchement aux croyances.
Si l'on n'y prenait garde, le christianisme remplacerait bientôt la religion de Mahomet.

— Mort à ces chiens de chrétiens ! avaient dit les marabouts dans les mosquées.

Tôt ou tard, il fallait s'attendre à une explosion de colère et de haine de la part de la
populace contre l'entreprise de Badger. La
seule chose qui pouvait encore sauver
Badger et ses compagnons, c'était l'appui
du sultan et de la force armée. Mais on
sait combien l'influence du sultan
est faible en Mésopotamie.
Chaque année voit éclore
des révoltes considéra-
bles où le Turc n'a qu'à
grand'peine le dessus.
Si le fanatisme religieux
s'en mêlait, il y avait tout
à craindre.

Le commandeur des croyants lui-
même semblait écouter favorable-
ment les plaintes qu'on lui adressait
contre Badger. C'était donc qu'il redoutait aussi l'influence du puissant
lord anglais sur les populations de
l'Asie Mineure.

Nous avons dit également qu'une des choses qui préoccupaient Cornillé,
c'était le silence que Badger voulait garder relativement aux fiançailles de sa fille
et dont il lui était impossible de pénétrer le motif.

Un moment inquiet de la faveur où Jack Adams paraissait être auprès de miss Nelly, il y avait longtemps que Cornillé était revenu de ses velléités de jalousie et avait cessé de voir dans son collègue un rival. Encore moins l'eût-il soupçonné d'une basse envie. Il avait toujours considéré Jack Adams comme son ami dévoué et continuait à l'estimer comme tel.

L'homme est ingénieux à se tourmenter lui-même. Cornillé en vint à penser que sa fiancée avait déjà été promise à quelqu'un en Angleterre et que, pour cette raison, Badger ne voulait pas divulguer ses engagements envers un autre. Il en parla à miss Nelly, qui lui affirma que son cœur avait toujours été libre et qu'elle n'avait jamais été promise à personne.

— Mon père a voulu tout simplement savoir si vous êtes capable de garder un secret, disait-elle quelquefois en riant.

Au fond, elle ne savait que trop à quoi s'en tenir sur la sagesse des recommandations du lord. Autant que lui, plus que lui peut-être, elle redoutait les terribles conséquences d'une rivalité déclarée entre les deux jeunes gens. Toutefois le bonheur rend aveugle, et miss Nelly en était encore à l'âge où la confiance dans l'avenir est assez robuste pour contre-balancer et faire taire les noirs pressentiments.

Malgré les inquiétudes que lui causait ce sujet de préoccupations, le sentiment qui dominait chez elle était la joie de savoir sa destinée liée à tout jamais à celle de Cornillé.

Que de doux projets d'avenir échangés avec Fatma.

— Tu resteras avec nous, disait-elle à sa compagne, tu verras comme je serai heureuse avec lui.

— Bah ! répondait Fatma, une fois mariée vous ne vous soucierez plus de ma société.

— Méchante. C'est-à-dire que c'est toi qui me quitteras pour te marier à ton tour.

— Ah ! pour cela, je ne dis pas, répondit la jeune fille en rougissant.

— Tiens! mais j'y pense, tu épouseras Jack Adams.

— Jamais, s'écria Fatma avec une force qui surprit miss Nelly.

— Pourquoi ? N'est-il pas jeune, beau, aimable ?

— Je ne l'aime pas, reprit Fatma. Il se peut qu'il soit bon, mais il a l'air dur. Il a les yeux d'un sévère ! J'aurais peur de lui s'il était mon mari. Oh ! je vous en prie, ma chère Nelly, ne pensez pas à me le faire épouser. J'aimerais mieux mourir que de devenir sa femme.

— Ne crains rien, ma chère Fatma, dit miss Nelly en l'embrassant, ce n'est jamais moi qui te conseillerai d'épouser quelqu'un que tu n'aimes pas. Nous tâcherons de te trouver un mari qui te plaira mieux que Jack Adams.

C'est ainsi que devisaient les deux jeunes filles. Pendant que l'orage montait au-dessus de l'horizon et menaçait de tout engloutir, les deux frêles créatures, confiantes dans l'avenir, dormaient en paix, paisibles et souriantes.

CHAPITRE XIII

NOUVEAUX SUJETS D'INQUIÉTUDE

Les craintes de Cornillé semblaient chimériques, car tout demeura tranquille pendant les mois de juin, juillet et août. Les fortes chaleurs qui eurent lieu à cette époque ralentirent considérablement l'activité des travaux. Aucun Européen n'eût pu supporter une fatigue excessive avec une température qui dépassa souvent quarante-cinq degrés centigrades. On travaillait seulement quelques heures par jour, le matin au lever du soleil, et le soir à son coucher.

Jack Adams avait pris la direction de la construction de la voie ferrée ; Cornillé continuait à creuser des canaux tout autour de la future Babylone.

Badger visitait souvent les travaux, emmenant avec lui miss Nelly et Fatma. Autant que possible, il ne laissait plus les jeunes filles sortir seules. Pour écarter les soupçons de Jack Adams, et en même temps pour ne pas mécontenter Cornillé, il avait soin d'aller un jour visiter les chantiers des canaux et le lendemain ceux de la ligne ferrée. Il espérait ainsi gagner du temps et éviter tout ennui jusqu'au moment de son retour à Londres, qui devait avoir lieu pendant l'été prochain.

La construction de la voie ferrée était un spectacle digne d'attirer l'attention. Les terrassements étaient exécutés au moyen de l'électricité. Il s'agissait de creuser le sol pour en retirer de la terre, qu'on entassait ensuite de manière à former un talus sur lequel on posait les rails. La voie ferrée se trouvait ainsi à l'abri des inondations de l'Euphrate dont elle suivait les sinuosités.

Les machines servant à l'extraction des terres avaient déjà fonctionné sur les bords du lac de Nedjef pour creuser un port. Les puissants moteurs dynamo-électriques recevaient leur mouvement au moyen de câbles posés depuis l'usine du Kasr jusqu'au point où l'on travaillait.

Mais le plus intéressant était la pose des rails. Il fallait à chaque instant se servir de la forge pour les river et souder le fer contre le fer, afin d'établir la communication électrique d'un bout à l'autre de la ligne. Jack Adams avait inventé des forges portatives, avec lesquelles il utilisait le mélange d'oxygène et d'hydrogène produit par l'excès d'électricité de la pile thermo-solaire.

La chose avait été facile. On sait que le mélange d'oxygène et d'hydrogène, dans la proportion de deux litres d'hydrogène pour un litre d'oxygène, donne, en brûlant, une chaleur capable de fondre les métaux les plus réfractaires, même le platine.

Jack Adams recueillait donc, dans des boîtes très résistantes, une certaine portion de ce mélange, comprimé à la pression de trente atmosphères. On apportait ensuite sur le lieu des travaux ces boîtes qui servaient à faire marcher les forges. Pour cela, il suffisait de faire arriver le mélange gazeux, au moyen d'un tube en caoutchouc, jusqu'à des chalumeaux construits d'une façon spéciale. Là, on enflammait le mélange ; on obtenait ainsi une longue flamme qui portait en un instant les plus grosses barres de fer jusqu'à la température du rouge blanc.

Nous venons de dire qu'on enflammait le mélange d'oxygène et d'hydrogène à l'extrémité du chalumeau. Cela n'était possible qu'à la condition d'avoir un chalumeau construit spécialement pour cet usage. On va voir pourquoi.

Quand on enflamme un mélange d'oxygène et d'hydrogène, il se produit une effroyable détonation. Si donc on avait simplement allumé ce mélange à l'extrémité du chalumeau, sans prendre aucune précaution spéciale, on aurait fait éclater la boîte qui contenait les gaz.

Heureusement, il existe un moyen, déjà employé par Davy dans sa lampe de sûreté des mineurs, permettant d'enflammer un mélange détonant à l'extrémité d'un chalumeau, sans provoquer du même coup l'explosion de la masse totale. Il suffit d'intercaler, le long du tube qui amène les gaz, un grand nombre de fines toiles métalliques en platine. Dans ces conditions, il n'y a plus à craindre d'explosions : le feu ne peut se communiquer de la flamme du chalumeau au mélange explosif contenu dans le réservoir.

Les travaux du chemin de fer électrique n'avançaient que fort lentement. A la fin du mois d'août, on n'avait encore posé que huit kilomètres de rails.

Il était inutile de se presser. On aurait tout l'hiver pour hâter l'achèvement de la ligne. On manquait d'ailleurs de rails, dont il n'arriverait une provision nouvelle qu'au commencement de l'automne.

. Cependant, dans les derniers jours du mois d'août, les événements redevinrent graves. Les Arabes, jusque-là fort tranquilles, manifestèrent encore des intentions hostiles. Il arrivait chaque jour à Liberty des émissaires, envoyés par les ennemis des projets de Badger, qui endoctrinaient les ouvriers arabes, les poussant à la révolte ou à la désertion. Les murmures allaient chaque jour en augmentant.

Badger perdit enfin patience. Rien n'irrite les hommes intrépides comme ces tracasseries journalières, qu'on sent devoir devenir dangereuses avec le temps, et contre lesquelles on est désarmé. L'homme courageux aime à se trouver loyalement en face du danger. L'ayant devant lui, il ne le craint plus et se sent de force à le braver.

Badger résolut donc de brusquer les choses. Il décida de renvoyer les ouvriers arabes de l'usine, et de les chasser également de Liberty et même de l'enceinte concédée par le sultan sur l'emplacement de Babylone. Il ne conserverait que les Européens.

L'ennemi ne serait plus chez lui, c'est vrai mais il fallait s'attendre à ce que cet acte hostile lui attirât l'animosité des populations arabes du voisinage. Le péril deviendrait peut-être plus grand ; mais il aurait l'avantage de savoir au juste où se trouverait l'ennemi et comment il faudrait le combattre. On élèverait des fortifications autour de Babylone, on les armerait de canons, on y installerait des troupes turques, résolues à défendre l'œuvre de Badger.

Il fallait, pour cela, s'entendre avec les autorités de Bagdad et de Constantinople. Il était nécessaire d'entamer des négociations qui allaient demander du temps et de l'adresse. Badger réunit ses compagnons. Il leur annonça qu'il partait le soir même pour Bagdad. Il s'entendrait avec le gouverneur et serait de

36

retour aussitôt après. Dans le cas où cela deviendrait nécessaire, il demanda à Laycock s'il acceptait de se rendre à Constantinople pour voir le sultan, de manière à obtenir toutes les autorisations indispensables. Inutile de dire que Laycock accepta et se tint à l'entière disposition du lord.

On était alors au 2 septembre. Badger partit le soir même pour Bagdad, accompagné seulement de quatre serviteurs dévoués, courageux et capables de résister à une attaque de pillards. Montés sur d'excellents chevaux, ils pourraient facilement faire en deux jours le trajet qui sépare Babylone de la capitale de la Mésopotamie. Miss Nelly eût volontiers accompagné son père; mais cela était impossible. Badger était obligé de doubler les étapes; à cette époque de l'année, la jeune fille n'eût pu supporter une aussi grande fatigue.

Les adieux du père et de la fille ne se firent pas sans une certaine émotion de part et d'autre. Heureusement, miss Nelly ignorait encore les dangers qui les menaçaient tous; sinon son chagrin eût été beaucoup plus grand en se voyant séparée de son père. C'était donc Badger qui était le plus ému, mais il se garda bien d'en rien laisser paraître. Qu'allait-il survenir à Liberty pendant son absence? Il recommanda du calme et du sang-froid. S'il arrivait quelque chose de grave, il fallait immédiatement le lui télégraphier à Bagdad.

Trois jours après son départ, c'est-à-dire le 5, on reçut, à huit heures du soir, une dépêche de Bagdad; le lord annonçait que tout marchait bien, et que le capitaine Laycock devait se tenir prêt à partir pour Constantinople aussitôt après son retour. Badger annonçait en même temps qu'il quittait Bagdad le surlendemain et qu'il arriverait à Liberty le 8 pendant la nuit.

Badger avait, en effet, besoin du lendemain pour revoir le gouverneur et se concerter avec le consul d'Angleterre. Le gouvernement anglais aurait à agir auprès du sultan, à Constantinople, et à exercer son influence pour faire obtenir au lord les autorisations qui lui étaient nécessaires.

Tout étant terminé et en bonne voie à Bagdad, Badger reprit le chemin de Babylone au jour fixé par sa dépêche. Il revenait plein de confiance dans l'avenir et se croyait certain de surmonter avec avantage le mauvais vouloir des indigènes et des marabouts. La petite troupe n'était plus qu'à quelques kilomètres de Liberty, dans la nuit du 8, quand elle aperçut devant elle une autre troupe de quelques cavaliers. Ignorant les intentions des nouveaux venus, on arma les carabines et on mit les revolvers au poing.

Les deux troupes n'étaient plus qu'à une distance de quelques dizaines de mètres, quand Badger entendit une voix qui s'écriait : « Ami ! Je suis le capitaine Laycock. »

C'était, en effet, le capitaine qui venait au-devant du lord.

— Qu'y a-t-il ? demanda vivement Badger, quand il fut en présence de Laycock.

— Mauvaises nouvelles, mylord, répondit le capitaine. On nous annonce de l'usine de Djezireh que les Kurdes de la montagne se sont révoltés, qu'ils descendent en masse vers le Tigre et menacent de détruire nos établissements.

— Malédiction ! s'écria Badger. Les misérables ne pouvant nous atteindre à Liberty, portent maintenant leurs coups sur nos usines hydrauliques du haut Tigre !

On se dirigea au grand galop vers Liberty qu'on atteignit une heure après.

Immédiatement et sans prendre une minute de repos, Badger se mit en communication télégraphique avec le directeur de l'usine de Djezireh. Celui-ci répondit qu'il n'y avait rien de nouveau, mais qu'on s'attendait d'un instant à l'autre aux plus graves événements. Il demandait en même temps des secours.

Badger réunit ses collaborateurs. Il fut décidé, séance tenante, que le capitaine Laycock et Monaghan partiraient immédiatement pour le haut Tigre. Leur arrivée pouvait peut-être sauver les usines d'une destruction complète. Quant à Laycock, qui devait aller à Constantinople, il se rendrait dans cette ville après avoir pacifié les Kurdes révoltés.

Le lendemain matin, le capitaine et le géologue prirent le chemin de Bagdad. Ils étaient munis des pleins pouvoirs du lord, et amplement fournis du nerf de la guerre, c'est-à-dire d'or.

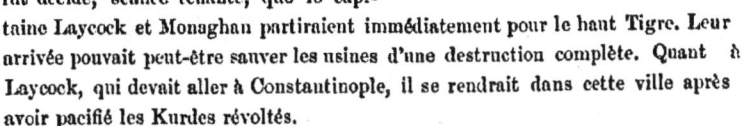

— Je me confie à vous, leur dit Badger en pressant avec effusion les mains de Laycock et de Monaghan. Votre mission n'est pas sans péril. Tâchez de ramener à la raison des esprits égarés par la superstition et l'ignorance. Ne combattez pas leurs croyances, mais prouvez-leur que nous ne sommes pas les ennemis de Dieu, mais au contraire les apôtres du progrès.

Hélas ! Badger lui-même n'avait pas entièrement foi dans l'efficacité de ces moyens. Il sentait bien que l'humanité n'était pas mûre pour le progrès pacifique et que, pendant longtemps encore peut-être, il serait nécessaire de l'imposer par la force.

CHAPITRE XIV

JACK ADAMS

Pendant toute la semaine, il y eut — entre Liberty et le haut Tigre — un incessant échange de dépêches. L'agitation continuait parmi les populations du Kurdistan. Les usines étaient à chaque instant visitées par de nombreuses bandes de rebelles. Jusqu'ici, ils n'avaient tenté aucune attaque à main armée et se contentaient de proférer des menaces.

Badger avait averti les directeurs des usines de l'arrivée de Laycock et de Monaghan. Le tout était de gagner du temps ; de prévenir les chefs kurdes qui avaient promis leur alliance et, avec leur aide, de tâcher d'apaiser les plus exaltés. L'or de Laycock et de Monaghan ferait le reste.

On aurait donc pu espérer que tout rentrerait bientôt dans l'ordre, si une nouvelle complication n'était venue s'adjoindre à toutes celles d'une situation déjà si périlleuse. Aux dangers du dehors, allait s'ajouter la discorde intérieure. De ce jour, les heures d'existence de l'œuvre de Badger étaient comptées.

Le pauvre être humain, en grande partie par sa faute, sans doute, est tellement peu accoutumé sur cette terre à se sentir en possession d'une pure félicité, que, si pareil bonheur lui arrive, il est toujours en grand danger de se laisser deviner, quelque intérêt qu'il puisse avoir à dissimuler son précieux secret. Malgré les efforts qu'il s'impose pour se confondre avec la foule, un heureux ne ressemble pas aux autres hommes : un contentement naïf de soi-même et des autres, une bienveillance et un optimisme universels lui font une sorte d'auréole qui le trahit sans qu'il s'en doute. Si les yeux distraits d'un indifférent se trompent rarement à ces indices, que sera-ce des regards envieux et constamment en éveil d'un rival jaloux et orgueilleux?

A l'air de satisfaction de son rival, même au milieu des préoccupations auxquelles il était en proie; au rayonnement de bonheur qui transfigurait miss Nelly, Jack Adams ne pouvait se tromper longtemps, et il arriva bientôt à cette conviction que les deux jeunes gens s'étaient engagé mutuellement leur foi.

Dans le paroxysme d'agitation et de fureur où cette découverte le poussa, il résolut de ne pas s'en tenir au soupçon et d'en avoir, comme on dit, le cœur net. Tout plein de cette pensée, il se dirigea une après-midi vers la demeure de Badger, bien décidé à lui demander une explication.

A mesure qu'il avançait cependant, l'inutilité et même le ridicule de sa démarche lui apparaissaient. Exiger du lord une explication? à quoi bon? — Lui exprimer son ressentiment? de quel droit? — Est-ce que Badger et miss Nelly n'avaient pas agi dans la plénitude de leur liberté? — Est-ce qu'il y avait jamais en aucune promesse d'échangée entre la jeune fille et lui?

Que faire donc? — Il voulait provoquer son rival, se battre avec lui et le tuer. Il voulait poignarder miss Nelly. Il voulait... tout ce que veut un homme aveuglé par la colère, c'est-à-dire qu'il ne le savait pas exactement lui-même. Il ne pensait plus, ne se connaissait plus.

Livré au tumulte de mille passions contradictoires, il errait comme une bête fauve autour de la maison de Badger, l'œil hagard, la figure bouleversée, lorsqu'il vit Fatma sortir seule et se diriger vers la droite, comme pour aller du côté de Babel.

Dans les dispositions où il se trouvait, rien n'était plus propre à exaspérer

Jack Adams, car il ne douta pas un seul instant que Fatma ne fût chargée de porter à Cornillé un message de sa maîtresse. Il se contint cependant et, tâchant de s'imposer un visage calme, il aborda la jeune fille.

— Mademoiselle, lui dit-il, j'ai à vous entretenir de choses sérieuses. Nous sommes seuls ici, personne ne peut nous entendre. Il s'agit de miss Nelly.

— Je vous écoute, monsieur, répondit Fatma.

— Votre maîtresse est-elle fiancée à Cornillé? demanda l'ingénieur.

En entendant ces paroles, Fatma n'avait pu s'empêcher de tressaillir. Mais se remettant, comme s'il se fût agi de la chose du monde la plus simple :

— Vous croyez? dit-elle. Eh bien! en quoi cela vous intéresse-t-il? miss Nelly n'a-t-elle pas le droit de se fiancer à qui bon lui semble?

— Misérable! s'écria Jack Adams en saisissant avec force les poignets de la jeune fille, vous ne savez donc pas que j'aime votre maîtresse et que, si elle épouse Cornillé, je les tuerai tous les deux!

— Lâchez-moi, dit Fatma, que cette colère subite épouvantait. Lâchez-moi, vous me faites mal.

— Réponds-moi, poursuivit Jack Adams, ne se connaissant plus, ta maîtresse est-elle, oui ou non, la fiancée de Cornillé?

— Je n'en sais rien.

— Tu mens, ta maîtresse ne te cache rien.

— Monsieur Jack Adams, répondit la jeune fille qui avait réussi à se dégager de l'étreinte de l'ingénieur, si celle qu'il vous plaît d'appeler ma maîtresse et qui me traite comme une sœur ne me cache rien, même ses plus intimes secrets, c'est sans doute qu'elle a en moi une confiance absolue, et ce n'est pas vous, un gentleman, qui voudriez me forcer à trahir cette confiance.

En s'entendant ainsi rappeler au respect de lui-même et au sentiment de l'honneur par cette fillette qui le regardait en face, Jack Adams ne put se défendre d'un profond sentiment de honte; peu s'en fallut que, cachant son front dans ses mains, il ne s'enfuit, loin, bien loin de toute tentation mauvaise. Mais depuis qu'il se laissait aller aux pervers instincts de sa nature, sa conscience perdait pied chaque jour davantage.

— Je ne suis pas ici pour écouter des dissertations morales, ricana-t-il ; il m'importe peu d'être gentleman ou de ne l'être pas. Je descends d'une race violente et vindicative. J'ai juré la vengeance, je me vengerai. Je serai là-haut plus vite que vous et si je trouve Cornillé, malheur à lui!... je le tuerai !

— Vous ne ferez pas cela, dit Fatma, qui, croyant au contraire l'ingénieur capable de tout dans l'état d'exaspération où il se trouvait,. était déterminée à l'apaiser à tout prix.

— Non, vous ne ferez pas cela, reprit-elle d'une voix suppliante en se rapprochant. Cornillé est votre ami, et il serait disposé à braver la mort la plus cruelle, lui, pour vous arracher à n'importe quel péril. Miss Nelly l'aime, dites-vous? Admettons que ce soit vrai, puisque vous y tenez. Mais, miss Nelly n'est pas seule ici, moi aussi je suis belle et... je vous aime !

— Vous m'aimez, vous, Fatma? s'écria Jack Adams au comble de la surprise.

— Oui, reprit la pauvre fille d'une voix presque défaillante. Mais... vous me faisiez peur et je n'osais pas vous le dire. Vous m'avez fait bien de la peine, allez, quand vous vous occupiez sans cesse de miss Nelly sans avoir l'air de faire attention à moi. Et... tout à l'heure encore... quand vous m'avez dit que vous l'aimiez... Ah! je comprends la jalousie, moi aussi, maintenant.

— Dites-vous vrai, Fatma, reprit Jack Adams d'une voix sourde, n'est-ce point un généreux mensonge en faveur de celle que vous appelez votre sœur?

— Pour vous prouver que je dis vrai, demandez ma main à lord Badger demain, ce soir même, quand vous voudrez...

Suffoquée par l'émotion, la jeune fille chancelait et semblait prête à s'évanouir.

— Fatma! s'écria Jack Adams en la soutenant. Oui, vous êtes belle et vous méritez aussi d'être aimée.

— Maintenant, laissez-moi, dit tout à coup la jeune fille en se dégageant. J'entends quelqu'un...

— Au revoir, Fatma!

Incertain, troublé malgré lui par ce qui venait de se passer, Jack Adams redescendit vers Liberty, tandis que Fatma disparaissait du côté de Babel.

Dès qu'elle se sentit seule, la pauvrette s'assit sur un talus de gazon et, comprimant son cœur à deux mains comme pour l'empêcher d'éclater, elle se dit que c'était fini, fini. Fini le bonheur et les doux rêves d'avenir. Elle serait la femme de Jack Adams qu'elle n'aimait pas et qui en aimait une autre. Et pourtant, elle serait pour lui une épouse dévouée. Elle s'efforcerait de le rendre meilleur.

Le dévouement de Fatma était d'autant plus héroïque, que Jack Adams lui inspirait une véritable terreur. Mais, chez les natures un peu sauvages, la reconnaissance — si rare chez les civilisés → est un sentiment absolu, presque religieux, duquel on peut attendre tous les sacrifices. Sans une hésitation, sans un regard en arrière, Fatma avait inventé ce généreux subterfuge : pour sauvegarder le bonheur de sa bienfaitrice, elle avait immolé son cœur en offrant sa main à l'homme qu'elle détestait, tout comme, pour lui sauver la vie, elle s'était, peu de mois auparavant, jetée au-devant du monstre prêt à la dévorer.

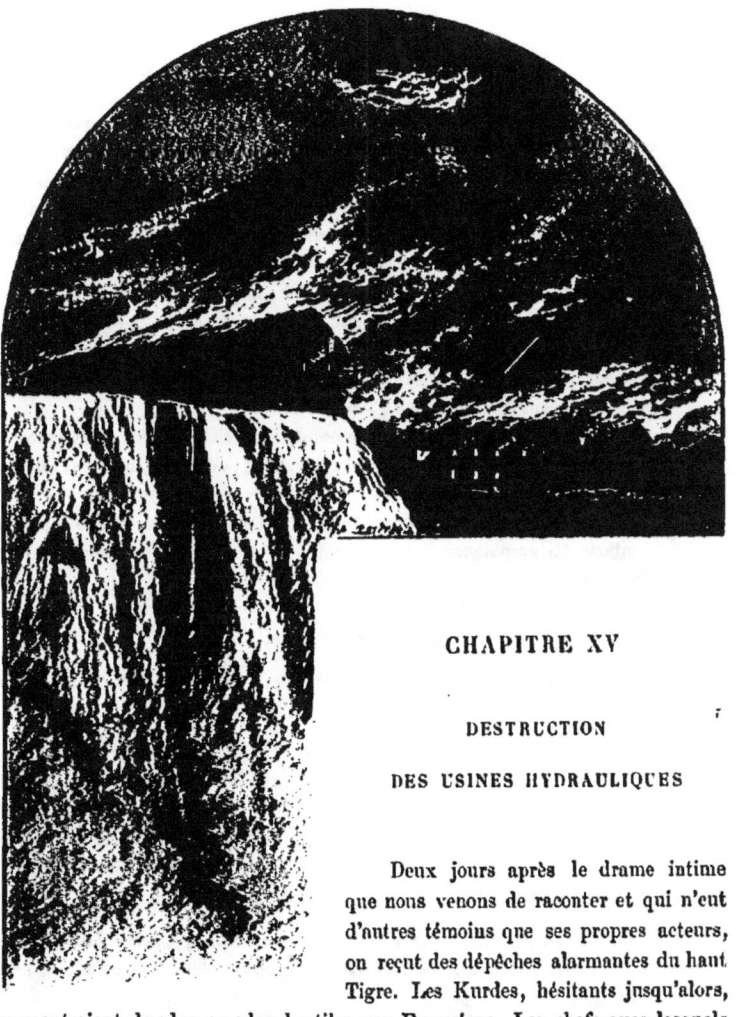

CHAPITRE XV

DESTRUCTION

DES USINES HYDRAULIQUES

Deux jours après le drame intime que nous venons de raconter et qui n'eut d'autres témoins que ses propres acteurs, on reçut des dépêches alarmantes du haut Tigre. Les Kurdes, hésitants jusqu'alors, se montraient de plus en plus hostiles aux Européens. Les chefs avec lesquels Badger avait fait alliance à Djoulamerk, sur le grand Zab, étaient impuissants à contenir les populations fanatisées. De nombreux émissaires, venus du sud de la Mésopotamie, prêchaient la destruction des œuvres sacrilèges des infidèles.

Le patriarche des Chaldéens, à El Koch, avait vainement essayé d'intervenir. Ses efforts avaient échoué devant une hostilité que rien ne pouvait plus arrêter.

Badger désespérait. Laycock et Monaghan, partis depuis une semaine seulement, ne pouvaient arriver à Djézireh avant un mois. Arriveraient-ils avant le commencement des hostilités ? — Tout ne serait-il pas déjà détruit ?

Ce qui irritait le plus le lord et ses compagnons, c'était le sentiment de leur impuissance. Comme par une ironie de la Destinée, ils en arrivaient presque à maudire cette science qui leur permettait de connaître heure par heure les événements qui se précipitaient et entraînaient leur ruine, tandis qu'ils se trouvaient dans l'impossibilité d'y porter remède.

— La science est encore bien incomplète, s'écriait Cornillé au désespoir. Que n'a-t-on des moyens de transport qui suppriment la distance comme le télégraphe supprime le temps !

Le 20 septembre fut une date funeste. On apprit ce jour-là que les communications télégraphiques étaient rompues entre l'usine de Bodia et celle de Djézireh.

On comprend l'émotion ressentie à Liberty au reçu de cette dépêche. Badger demanda sur-le-champ la cause de cette rupture.

« *Nous ignorons. Pas reçu de nouvelles de Bodia et d'Egil avant la rupture du fil.* »

Telle fut la laconique réponse du directeur de l'usine de Djézireh.

Hélas ! cette réponse était suffisamment claire. L'usine de Bodia avait été attaquée à l'improviste par les Kurdes, et le fil télégraphique coupé.

Deux longues journées se passèrent dans l'attente la plus cruelle. A Djézireh on était toujours dans l'ignorance du sort des habitants de Bodia et d'Egil.

Enfin, dans la matinée du 22, on reçut la dépêche suivante :

« *Directeurs et ouvriers de Bodia arrivent sains et saufs à Schebleh. Usine détruite de fond en comble. Kurdes n'en veulent qu'aux bâtiments, non aux personnes.* »

Ainsi les craintes étaient confirmées ; les Kurdes commençaient à mettre leurs menaces à exécution. Heureusement, il n'y avait à déplorer jusqu'ici la perte d'aucune vie humaine.

Badger respira. — « On reconstruit les usines, dit-il à ses compagnons ; on les refait plus belles qu'elles n'étaient, mais on ne rend pas la vie à un homme mort. »

Il était probable que l'usine d'Egil avait subi le même sort que celle de Bodia ; mais, à cause de la distance qui exigeait trois journées de marche, on n'en eut la certitude que quelques jours après.

Badger eut encore une lueur d'espoir. — « Il est possible, disait-il à sa fille et à Cornillé qui ne le quittaient guère plus l'un que l'autre pendant ces journées terribles, il est possible que les Kurdes, satisfaits de leur vengeance, s'arrêtent à Bodia et retournent dans leurs montagnes. Les usines de Schebleh et de Djezireh seraient alors épargnées.

— Je ne le pense pas, répondit Cornillé avec tristesse. Celui qui dirige les Kurdes doit nous en vouloir à mort. Soyez persuadé, dès lors, qu'il ne s'arrêtera pas à mi-chemin.

— Pourvu que le capitaine et Monaghan arrivent à temps! reprit Badger.

Il ne finissait pas sa phrase que le timbre du télégraphe retentissait. On se précipita sur les appareils :

« Usine de Schebleh en feu. »

Phrase qui, dans son laconisme, en disait beaucoup.

Cornillé avait raison. L'ennemi poursuivait sans relâche son œuvre de destruction. Redescendant le cours du Tigre, il brûlait tout sur son passage.

On vit alors un spectacle profondément douloureux. Badger, cet homme d'une si mâle énergie, d'une volonté inflexible, Badger pleura. Devant la destruction de son œuvre, devant la ruine de ses espérances, cette âme forte eut un moment de faiblesse.

Cornillé, non moins ému, respecta cette grande douleur. A cette heure solennelle, toute parole de consolation eût été déplacée. Cornillé aussi était atteint dans ses plus légitimes ambitions ; comme Badger, il était sur le point de désespérer de l'avenir.

Bientôt, surmontant son émotion, Badger se dirigea vers l'appareil télégraphique et lança cette dépêche :

« *Mettez vous-même le feu à l'usine et aux habitations de Djézireh. Attendez les camarades d'Egil, de Bodia, de Schebleh ; revenez tous ensemble à Bagdad, où je vous attendrai.* »

— Pourquoi à Bagdad et non point à Liberty ? demanda avec étonnement Cornillé.

— Mon cher Cornillé, dit Badger, en appuyant fortement sa main sur l'épaule de l'ingénieur, dans une semaine il n'y aura plus de Liberty.

CHAPITRE XVI

LA VENGEANCE

L'admirable dévouement de Fatma avait apporté pendant quelques jours une heureuse diversion aux projets de vengeance qui absorbaient toutes les facultés de Jack Adams.

La jeune Grecque était bien belle, en effet. Sa beauté, plus absolue, s'imposait même davantage, à première vue, que celle de miss Nelly. Heureusement partagée du côté des dons de l'esprit, elle était bonne, — tous le savaient, — jusqu'à l'entier oubli d'elle-même. Il était impossible que l'aveu spontané de son amour n'eût pas fait une vive impression sur un homme jeune et porté aux passions extrêmes.

Mais l'orgueil est le grand défaut de l'Anglais, comme il est le grand vice de l'Angleterre. Si Cornillé n'eût pas été épris de la fille de lord Badger, ou si seulement il eût été Anglais lui aussi, il est plus que probable que Jack Adams, — placé entre deux jeunes filles également charmantes, — se fût senti porté de préférence vers la jeune Grecque. Et il est de fait que Fatma, — de quelques années moins âgée que sa compagne, d'un caractère plus souple et plus malléable, par conséquent, disons le mot, d'une supériorité intellectuelle plus contestable, — eût mieux répondu à l'idéal que Jack Adams se faisait de la femme, que la fière miss Nelly, qui avait l'exorbitante prétention de devenir la compagne et l'égale de son mari.

Il est probable aussi que si Jack Adams avait agi autrement, il eût réussi à se faire aimer de la jeune Grecque. L'air despotique et sévère qu'elle lui trouvait n'aurait pas été pour l'effrayer longtemps, habituée qu'elle était dès son enfance à voir la femme accepter sans murmure sa complète sujétion à l'égard de son mari et à reconnaître de bonne grâce l'énorme distance qui les sépare. L'amour de cet homme, en apparence si peu sensible, l'eût touchée et... tout aurait été pour le mieux, car tout le monde aurait été content.

Malheureusement, ce n'était point ainsi que les choses 'devaient se passer. Du moment que Cornillé osait aspirer à se faire aimer de la maîtresse, comment Jack Adams aurait-il pu s'abaisser jusqu'au point de songer à la servante! Non, il y allait de son honneur, de celui de l'Angleterre, de disputer la victoire *au Français* et, finalement, de l'emporter sur lui.

Ces sentiments d'orgueil et d'ambition qui, à l'insu peut-être de Jack Adams, avaient eu, dès le principe, plus de part que l'affection véritable à sa passion pour miss Nelly, à cette heure revenaient plus violemment à la charge pour lui souffler leurs détestables conseils et lui faire repousser dédaigneusement l'adorable enfant qui lui avait engagé sa foi.

Épouser Fatma, une esclave en rupture de chaîne, une fille ramassée au milieu d'un champ; jamais! Il est vrai, Fatma était la fille adoptive de lord Badger, qui la doterait sans doute richement. Raison de plus pour ne pas l'accepter pour femme, car il tiendrait sa fortune du père de miss Nelly, qui l'estimerait sans doute bien heureux, tandis qu'il ne croyait pas trop faire pour Cornillé, — l'odieux rival, — en lui accordant la main de sa propre fille. Il se reprochait même, comme une faiblesse indigne, d'avoir hésité un instant quand Fatma était venue lui offrir sa main.

Tout semblait conspirer, du reste, pour attiser les mauvaises passions qui dévoraient le cœur de Jack Adams et porter à son paroxysme sa haine contre Cornillé. Jusqu'ici, c'était toujours la partie de l'œuvre générale dont il s'était chargé qui avait été sacrifiée : les travaux du golfe Persique, abandonnés; les usines du haut Tigre, détruites par les Kurdes, puis brûlées, sur l'ordre même de Badger.

Il avait été le premier à reconnaître la nécessité de ces sacrifices et à les conseiller. Il n'en était pas moins vrai que c'était Cornillé qui triomphait, que c'était à lui que la victoire définitive appartiendrait ; à lui, par conséquent, l'honneur et la gloire de la réussite, car les contemporains, aussi bien que la postérité, ne se souviennent guère que du succès.

Ce fut le 22 septembre que la destruction des usines du haut Tigre fut entièrement consommée. Après avoir lancé sa dépêche, Badger avait réuni tous ceux de ses compagnons restés à Liberty ; il leur fit savoir qu'il avait lui-même donné l'ordre de brûler l'usine de Djézireh.

— Et maintenant, demanda-t-il, que nous reste-t-il à faire?

— Cela va dépendre de notre situation à Babylone, dit Cornillé, qui prit le premier la parole. Si nous pouvons encore compter sur une année de tranquillité ici, rien ne nous empêchera de terminer nos expériences. La destruction des usines hydrauliques est certainement un grand désastre pour nous; mais, à l'heure actuelle, toutes nos expériences sont terminées et les résultats parfaitement acquis quant à l'utilisation possible des chutes d'eau. L'important aujourd'hui est de construire, le long de l'Euphrate, un chemin de fer électrique qui mette en communication Babylone avec la Méditerranée et le golfe Persique. Or, les piles thermo-électriques nous suffiront amplement. Elles nous fourniront assez d'électricité pour

38

faire fonctionner notre chemin de fer pendant la première période des essais.

— Toujours sa pile ! murmura Jack Adams avec un mauvais sourire.

— Vous avez raison, mon cher Cornillé, répondit le lord. Toute la question est, en effet, de savoir quelle sera notre situation à Liberty. Que va-t-il arriver quand les ouvriers arabes connaîtront la révolte des Kurdes et la destruction des usines ? J'espère que la présence des soldats turcs suffira pour les maintenir en respect. Je suis d'ailleurs résolu à brûler la cervelle au premier qui osera nous menacer.

— Quel malheur que le capitaine Laycock et Monaghan ne soient point ici, dit Jack Adams.

— Oui, répondit Badger. J'ai envoyé une dépêche à Bagdad, pour les avertir des événements dès leur arrivée à Mossoul, et leur dire de revenir de suite à Liberty où leur présence est devenue nécessaire.

— Ils ne pourront être ici que dans trois semaines au plus tôt, fit observer Cornillé.

— Et d'ici là que d'événements peuvent arriver ! Enfin, messieurs, le meilleur est d'espérer en Dieu et en notre fermeté. Il est peut-être encore possible de mener à bonne fin notre entreprise. Dans l'espace d'une année, nous pouvons tout terminer ici et alors retourner en Angleterre préparer l'œuvre finale. On n'arrive jamais au but qu'au prix de longs efforts et de durs sacrifices. Nous n'avons pas trop à nous plaindre jusqu'ici.

— Assurément non, répondit Cornillé. Nos expériences ont été satisfaisantes sur tous les points. Quoi qu'il arrive, nous pouvons être fiers des résultats obtenus. Nous voulions prouver qu'on peut transformer les forces naturelles en électricité, conduire ensuite cette électricité sur un point donné et l'adapter à tous les usages journaliers. Eh bien, je crois que cette vérité est désormais un fait acquis.

— Et tout cela a été fait par vous, messieurs, dit Badger en s'adressant à Jack Adams et à Cornillé : l'un en amenant jusqu'à Babylone la force motrice des chutes du Tigre, l'autre en saisissant la force des rayons solaires au milieu du désert. Vous avez bien mérité de la science et de l'humanité. Quand, plus tard, la nouvelle Babylone aura reparu sur les ruines de l'ancienne, on gravera vos noms en lettres d'or sur une colonne triomphale, car vous en aurez été les nouveaux fondateurs.

— Vous montrez trop de modestie, mylord, répondit Cornillé. Nous avons travaillé sous vos ordres. C'est vous qui avez réuni en un seul faisceau tant d'intelligences séparées. L'union seule fait la force. Celui qui groupe les différentes capacités de façon à faire jaillir, de l'effort commun, une œuvre grande et durable, celui-là a plus de mérite que les autres et son nom doit demeurer célèbre et honoré.

— La conclusion de tout ceci, mes chers collaborateurs, dit en souriant Badger, c'est que chacun de nous, comme les ouvriers dont parle l'Évangile, a fait tout ce qu'il était en son pouvoir de faire et par conséquent mérite sa récompense. Mais, avant de nous combler mutuellement d'éloges, songeons aux difficultés du présent. Quand nous aurons définitivement triomphé, nous attendrons avec patience qu'on nous couronne de lauriers.

— En ce cas, dit Cornillé, nous risquons d'attendre longtemps. La reconnaissance est une vertu fort longue à venir chez les hommes.

— Elle ne vient jamais pour les contemporains, reprit le lord; trop de passions s'y opposent. Faire du bien aux hommes, c'est faire un placement à longue échéance. Heureusement, la véritable récompense d'avoir été utile à ses semblables ne dépend pas des autres. On hérite soi-même du bien qu'on fait, par la satisfaction même qu'on en éprouve. Avoir fait partie de l'esprit créateur et bienfaisant, n'est-ce point assez pour un mortel?

Il y eut un moment de silence.

— Assez de philosophie comme cela, messieurs, dit Badger en se levant. Je m'aperçois que rien ne rend philosophe comme le malheur. Que chacun retourne à ses travaux. Ayons en nous une confiance réciproque. Comptez sur moi comme je compte sur chacun et sur tous.

Tous les assistants vinrent tour à tour serrer la main que tendait Badger et sortirent emportant un peu plus de confiance dans l'avenir.

Cornillé passa le dernier. Badger lui fit comprendre qu'il avait à lui parler en particulier.

— Mon pauvre ami, lui dit-il dès qu'ils furent seuls, j'ai besoin de vous parler à cœur ouvert. J'ai peur, reprit-il d'un ton grave; oui, peur. Il me semble que nous sommes à deux doigts de notre perte.

— Qu'y a-t-il donc, mylord, tout à l'heure vous sembliez espérer?

— Nous sommes entourés d'ennemis implacables qui veulent notre perte. Ne me demandez pas où ni qui ils sont, je n'en sais rien. Si je le savais, je n'aurais pas peur. Nous nous débattons depuis quelque temps dans un filet dont les mailles se resserrent à chaque instant.

— Ne voyez-vous pas le danger plus grand qu'il ne l'est ? Il y a loin d'ici au pays des Kurdes. Ici, les soldats du sultan nous protègent.

— Hélas ! je voudrais me tromper ; mais j'aperçois des signes certains qui me font tout redouter... Cornillé, j'ai un service à vous demander.

— Quel qu'il soit, comptez sur moi.

— Si je meurs, continua Badger en proie à une violente émotion, promettez-moi de veiller sur ma fille et de la sauver.

Puis allant à son secrétaire et en retirant une enveloppe cachetée qu'il remit à Cornillé :

— Ceci est mon testament, lui dit-il. A votre retour en Angleterre, vous épouserez ma Nelly, ma chère enfant, le seul être que...

— Mon père, je vous en conjure, quittez ces sombres pensées. Pourquoi parler déjà de votre mort ? Ne suis-je pas là pour vous défendre ? Si vous succombez, soyez sûr que je serai mort le premier.

- Je vous le défends, reprit vivement Badger, en serrant d'une forte étreinte Cornillé sur sa poitrine. Vous n'avez pas le droit de mourir, ma fille n'est-elle pas votre fiancée ? Pour moi, je dois être le premier dans la lutte qui s'apprête. Je suis votre chef, mon devoir est de vous défendre.

En ce moment, le timbre retentit avec violence.

— Entrez, dit Badger avec un grand calme.

Blacton entra le visage consterné :

— Tous les Arabes connaissent déjà la destruction des usines du Tigre, dit-il.

— Vous le voyez, Cornillé ! s'écria Badger, j'avais raison de dire qu'il y a un traître parmi nous. Le mot d'ordre était donné à l'avance. Les Kurdes de Liberty sont au courant de la révolte des Kurdes de la montagne. Et que font les Arabes ? ajouta-t-il en s'adressant à Blacton.

— Ils sont impassibles et travaillent comme à l'ordinaire.

— Mauvais signe. Cela n'est pas naturel. S'ils sont tranquilles, c'est qu'ils s'apprêtent à agir. Mais où saisir leur chef ?...

Badger fit aussitôt appeler de nouveau tous ses compagnons. Il leur communiqua la nouvelle que venait de lui apprendre Blacton. Leur étonnement fut à son comble.

— C'est inexplicable, s'écria Jack Adams, nous sommes les seuls ici à savoir ce qui s'est passé sur le haut Tigre ; comment les Arabes le savent-ils déjà ?

— Il n'y a que deux explications possibles, répliqua froidement Badger, ou il se trouve un traître parmi nous...

— Non ! s'écrièrent d'une seule voix tous les assistants.

— Je vous crois, messieurs, dit Badger, soulagé néanmoins d'un grand poids par la spontanéité de cette protestation. Il n'y a point de traître parmi nous, mais alors il y a, parmi les Arabes, un chef qui conduit tout. C'est lui qui a soulevé les Kurdes. J'ajoute que ce traître est ici, car lui seul a pu apprendre aux ouvriers indigènes la destruction de nos usines.

— Ceci n'est que trop évident, dit Cornillé.

— Messieurs, continua Badger, ayons la plus grande vigilance. Que les abords de Babel et du Kasr soient gardés nuit et jour par les soldats. Quant à nous, que chacun soit à son poste, armé et prêt à brûler la cervelle au premier qui se révoltera.

La soirée de cette journée du 22 se passa sans incident. Tout resta parfaitement tranquille à Liberty et aux usines. On ne remarqua aucune des fréquentes allées et venues des jours précédents.

— C'est le calme qui précède la tempête, répéta plusieurs fois lord Badger.

Pour plus de sécurité, on alluma toutes les lampes. Comme au jour de l'inauguration de l'éclairage électrique, on voyait aussi bien qu'en plein jour à plus de cinq kilomètres de Liberty ; mais que les sentiments et les circonstances étaient changés ! Plus de brillantes cavalcades et de foules bariolées, plus de femmes sur les terrasses et par les chemins. Partout la morne solitude. Au lieu de la joie du triomphe, la tristesse et l'inquiétude peintes sur tous les visages. A la place de l'admiration et de l'enthousiasme expansifs, la défiance et la menace couvant silencieusement. Cependant, le phare eut beau fouiller toute la nuit les recoins les plus reculés de la ville, du Kasr et de Babel, on ne découvrit rien d'insolite. Les Arabes dormaient plus calmes que d'ordinaire.

Le lendemain matin, pas un homme ne manquait à l'appel.

Dix heures venaient de sonner. Badger et Jack Adams se promenaient sur la terrasse de Babel. On avait choisi Babel pour point de réunion et de défense, à cause de la position plus élevée et plus isolée du monticule. De la terrasse, on dominait Liberty et ses environs.

— A propos, dit tout à coup Badger à son compagnon, où sont donc allés Cornillé et les deux jeunes filles qui étaient là il n'y a qu'un moment?

— Oh ! vous savez, dit Jack Adams, que Cornillé aime assez à s'isoler avec miss Nelly. Ils sont sans doute à roucouler sur une des terrasses inférieures.

En entendant ces paroles inconvenantes, Badger s'était arrêté soudain. Il allait répliquer vertement, quand un incident aussi subit qu'imprévu l'en empêcha.

Un homme à demi nu, venait de sortir en rampant de dessous les plaques de cuivre de la pile thermo-solaire. D'un seul bond, il se trouva en face de Badger et Jack Adams.

— Le ravisseur de miss Ross ! s'écria Badger.

— J'ai juré de me venger ! dit le Kurde. Chiens de chrétiens, vous allez tous mourir !

C'était bien lui, en effet, le ravisseur de miss Ross, ce Kurde qui avait été blessé au moment même où Flatnose tombait, victime de son courage. C'était lui dont le visage avait exprimé tant de haine lorsque, — à l'époque de la révolte des ouvriers indigènes, — il sortait du cabinet de travail où Badger, ne l'ayant pas reconnu alors, venait de lui accorder la permission de rentrer à l'usine.

A cette apparition inattendue, une lumière terrible s'était faite dans l'esprit de Jack Adams.

— C'est moi seul le vrai coupable, s'écria-t-il en mettant le pistolet au poing et se précipitant sur le Kurde ; ce misérable a surpris mes menaces insensées, il ne doit périr que de ma main.

Pour comprendre le sens de ces paroles, il est nécessaire de retourner un peu en arrière.

On se rappelle que, la veille, Badger avait réuni, deux fois dans la même journée, ses collaborateurs. En sortant de la première de ces séances dans laquelle l'abandon des usines hydrauliques avait été décidé à l'unanimité comme un sacrifice absolument nécessaire, Jack Adams, en proie à une agitation impossible à décrire, s'était rendu dans la galerie des accumulateurs du Kasr.

Le sang bouillonnait dans ses artères ; il arpentait la longue salle à grands pas, ne voyant et n'entendant rien autour de lui. Il murmurait des mots incohérents, tels qu'on en peut proférer dans le délire de la fièvre. La haine qu'il ressentait pour Cornillé s'étendait maintenant sur tous ses compagnons et jusqu'à Badger lui-même.

— Mes usines sont détruites!... Malédiction!... Cornillé est un scélérat. Il m'a enlevé le cœur de miss Nelly. Non, il ne l'épousera pas, je le tuerai plutôt!... Les misérables! Ils ont anéanti mon œuvre... Et ce Cornillé qui est victorieux. Sa pile marche toujours, à lui... Dire qu'il suffirait d'approcher une allumette du robinet qui ferme ce réservoir pour tout détruire... Oui, une allumette ferait détoner le mélange d'oxygène et d'hydrogène et quelques secondes après, tout ne serait plus ici que ruines et décombres!... Faire périr du même coup tous ceux qui m'ont méprisé et se sont joués de moi!... Oh! quelle horrible tentation!... Mais aussi pourquoi Cornillé s'est-il trouvé sur mon chemin?...

Jack Adams était tellement absorbé dans ses pensées, qu'il ne s'aperçut pas que quelqu'un l'épiait depuis quelques instants. Un Arabe s'était caché au milieu des accumulateurs. Il écoutait les paroles décousues que l'ingénieur proférait dans sa marche saccadée.

Au moment où Jack Adams évoquait l'épouvantable catastrophe que causerait la détonation du réservoir, le hideux sourire d'une joie féroce crispa le visage de l'Arabe. Il se glissa comme une couleuvre à travers les accumulateurs et disparut.

C'était lui qui, surgissant tout à coup, venait de prononcer des menaces de mort. A sa vue, à ses paroles non ambiguës, Jack Adams avait tout compris.

Le misérable était là caché, pendant son monologue insensé, et le crime, c'était lui qui se chargeait de le commettre. Cependant Badger, pétrifié par les paroles qu'avait prononcées Jack Adams en s'élançant sur le Kurde, demeurait immobile comme une statue.

Cette scène, du reste, n'avait pas duré dix secondes.

Le Kurde, rapide comme l'éclair, se dirigeait en courant du côté du réservoir d'oxygène et d'hydrogène.

Jack Adams le poursuivit, essayant de lui plonger son poignard dans le corps; puis, voyant qu'il allait lui échapper, il déchargea coup sur coup son revolver dans la direction du fuyard.

Au dernier coup, le Kurde s'affaissa tout sanglant sur le sol et roula jusqu'au pied de la cuve. Alors, faisant un suprême effort et poussant un cri effroyable, il bondit jusqu'au robinet qu'il ouvrit.

Jack Adams, comprenant l'intention du misérable, se précipita sur le Kurde; mais, au moment où il se baissait pour le saisir, d'un coup de pied dans la poitrine, celui-ci l'envoya rouler à dix pas devant lui, puis, ayant ouvert le robinet, il enflamma une allumette, et l'approcha du gaz qui s'échappait avec violence...

CHAPITRE XVII

RUINE ET DÉSOLATION

Une effroyable détonation déchira l'air. On eût dit cent coups de foudre tombant au même instant sur Babel.

La foudre elle-même, d'ailleurs, n'eût pu produire plus de dégâts que cette explosion de mille mètres cubes d'un mélange d'oxygène et d'hydrogène à la pression de trente atmosphères.

Cornillé et les deux jeunes filles, en train de causer sur une terrasse inférieure, étaient loin de se douter du drame terrible qui se déroulait au-dessus d'eux. Depuis longtemps, miss Nelly ne se faisait plus d'illusion sur la gravité de la situation. La sachant forte et courageuse, son père, pas plus que son fiancé, n'avait essayé de l'endormir dans une sécurité trompeuse. Puisque l'épreuve devait venir, mieux valait qu'elle y fût préparée. Eux-mêmes, du reste, ne pouvaient se douter à quelles horribles extrémités devait aller cette épreuve. Fatma, minée par une peine cuisante qu'elle ne pouvait, qu'elle ne voulait confier à personne, était tombée dans une mélancolie sombre qu'elle s'efforçait en vain de dissimuler à son frère et à sa sœur, ainsi qu'elle appelait les deux jeunes gens. Ceux-ci, inquiets de ce changement si subit, essayaient de faire reparaître le sourire sur ses lèvres, d'ouvrir de nouveau cette jeune âme aux riantes perspectives d'avenir. « Vous me croyez inquiète de mon sort? répondit-elle en secouant tristement la tête. Vous vous trompez : pourvu que vous soyez heureux et qu'il ne vous arrive aucun malheur, que m'importe ce qu'il adviendra de moi! Je sais bien que je ne suis pas née pour le bonheur. »

Étonnés de ces étranges paroles et du ton dont elles étaient dites, les deux fiancés allaient protester, quand le bruit des deux coups de feu tirés par Jack Adams leur fit comprendre que quelque chose d'extraordinaire avait lieu à peu de distance.

— Mon Dieu! s'écria miss Nelly toute tremblante, que se passe-t-il là-haut? Courons au secours de mon père!

Tous trois s'élançaient vers l'escalier qui conduisait à la terrasse supérieure; mais, au moment même où ils allaient atteindre la première marche, l'explosion avait lieu.

Une lumière plus intense que celle du jour les illumina. Au même instant un bruit épouvantable retentissait et une violente secousse les renversait. Le massif de briques tout entier, qui soutenait Babel, avait oscillé sur sa base comme dans un violent tremblement de terre.

Ils se relevèrent aussitôt.

Un silence de mort succédait à l'explosion. Ils se précipitèrent dans l'escalier et arrivèrent sur la plate-forme.

Impossible de décrire l'aspect de ce plateau. De la pile thermo-électrique, il ne restait que des débris informes, disséminés dans tous les sens. Les plaques de cuivre, tordues sous l'action de l'explosion, gisaient à terre dans le pêle-mêle le plus effroyable.

A tout autre moment, la destruction de sa pile aurait arraché à Cornillé des cris de douleur. Dans les circonstances actuelles, il n'y fit même pas attention. Qu'étaient devenus le lord et Jack Adams?

L'ingénieur, miss Nelly et Fatma se dirigèrent du côté où ils avaient laissé leurs compagnons un quart d'heure auparavant.

— Mon Dieu! mon Dieu! s'écriait miss Nelly, n'apercevant plus personne, mon père est mort, il a été tué par l'explosion!

— Nelly, ma chère Nelly, du courage, disait Cornillé, soutenant la jeune fille prête à s'évanouir. Restez ici, je vous en conjure, je vais continuer les recherches.

Puis, laissant sa fiancée aux soins de Fatma, il explora la terrasse dans tous les sens. Ne voyant personne, il courut vers la cuve, supposant que ses compagnons se trouvaient là au moment de l'explosion.

En effet, il aperçut un corps horriblement mutilé, dans lequel cependant on pouvait encore reconnaître Jack Adams ; la figure avait été plus préservée que le reste du corps. Il est probable que, dans sa chute, l'ingénieur avait roulé sous une plaque de cuivre et sa tête avait évité le contact de la flamme.

Jack Adams n'étant plus qu'un cadavre, il était inutile de chercher à lui porter secours. Cornillé appuya ses pitoyables restes le long du mur.

Badger avait-il partagé le sort de Jack Adams? Cornillé fouilla des regards les environs de la cuve, il ne vit rien. Il se disposait à continuer ses recherches sous un grand amas de décombres, quand une immense clameur s'éleva au-dessous de lui. Il se précipita vers le parapet. Il eut alors sous les yeux un spectacle digne de l'enfer. Les Arabes, — complètement révoltés, — avaient mis le feu à Liberty. Toute la ville était en flammes, et les forcenés, dansant et hurlant de joie, continuaient à propager l'incendie avec des torches. Impassibles, l'arme au bras, les soldats du sultan laissaient faire.

Cornillé détourna la tête. Ce qu'il voyait dépassait les horreurs précédentes. Le Kasr, à son tour, commençait à brûler. Du haut en bas de l'usine, ce n'était qu'un tourbillon de fumée noire qui montait vers le ciel comme une longue colonne.

En ce moment, miss Nelly reprenait tout à fait connaissance. A tout prix, il fallait arracher la jeune fille à cette scène de terreur.

Elle se leva d'un bond et s'élança vers Cornillé. Les flammes, succédant à la fumée, formaient une immense couronne de feu autour du Kasr. Miss Nelly, les poings crispés, les yeux fixes, contemplait en silence ce gigantesque brasier. Sa gorge ne pouvait articuler aucun son. Puis, subitement, elle se précipita sur Cornillé en s'écriant :

— Mon père! où est mon père?

Cornillé, l'âme brisée par tant d'émotions, n'espérait plus retrouver Badger vivant; anéanti par la vue de tant de ruines, il restait immobile et comme pétrifié.

— Mon père ! où est mon père? répéta en sanglotant miss Nelly.

— Je ne l'ai pas encore trouvé, répondit Cornillé. Venez avec moi, Nelly.

Ils se dirigèrent ensemble vers le point où Cornillé avait voulu faire des recherches quand les clameurs avaient commencé. Il était évident que la violence de l'explosion avait été surtout dirigée de ce côté.

Là, tout était brisé et tordu.

Cornillé souleva quelques plaques. Il put alors apercevoir un nouveau cadavre, écrasé sous le poids des débris de la pile. En quelques minutes, aidé dans cette sinistre besogne par les deux jeunes filles, il parvint à dégager le corps. Hélas ! ce ne pouvait être que le cadavre de Badger. Cette nouvelle victime de l'explosion était complètement méconnaissable. Entièrement carbonisé, il ne restait plus rien des traits du visage.

Miss Nelly, en proie à une terrible crise de nerfs, se précipita sur le cadavre et l'enlaça dans ses bras.

— Mon père ! mon pauvre père ! ne cessait de répéter l'infortunée.

Tout à coup, on entendit un gémissement plaintif à quelques mètres vers la droite.

Miss Nelly et Cornillé se levèrent d'un bond. En ce moment, on entendit distinctement un second gémissement, plus prolongé que le premier.

Cornillé se précipita vers l'endroit d'où la plainte était partie. Au moment où il arrivait, on vit une plaque de cuivre se soulever; un bras, enfin une tête apparurent.

— Nelly ! Cornillé ! s'écria une voix bien connue, où êtes-vous?

Il n'y avait pas à s'y méprendre, c'était bien la voix de Badger, mais d'un Badger méconnaissable.

Les cheveux et la barbe étaient brûlés; les vêtements avaient été à moitié arrachés par la violence de l'explosion.

— Mon père ! voici mon père ! s'écria miss Nelly, passant du plus profond désespoir à la joie la plus ardente.

Puis, succombant à cette nouvelle émotion, la jeune fille perdit une seconde fois connaissance.

— Me voici ! mylord, s'écriait en même temps Cornillé, n'en pouvant croire ses yeux et pensant être le jouet d'un rêve.

On ne doit pas oublier que Cornillé et les jeunes filles ignoraient la présence d'un troisième personnage au moment de la catastrophe. Ils croyaient donc avoir retrouvé les cadavres de Jack Adams et de Badger. En réalité, le second n'était autre que celui du Kurde, qui, plus rapproché de la flamme, avait été plus complètement carbonisé.

Quant au lord, ce n'était que par miracle qu'il avait échappé à la mort. La flamme, arrivant jusqu'à lui, avait produit son effet, mais avec une intensité

relativement faible. Il est certain que les éclats de la pile, d'un poids énorme et lancés dans toutes les directions avec une force terrifiante, auraient dû l'atteindre et l'écraser mille fois.

— Où êtes-vous blessé, mylord? demanda Cornillé.

— Je ne ressens aucune douleur, répondit Badger en se tâtant, mais je suis aveuglé. Je crains que la flamme n'ait brûlé mes yeux.

Cinq minutes après, le lord, sa fille, Cornillé et Fatma se trouvaient réunis sur le bord de la terrasse, dans un endroit libre de débris. Miss Nelly, pendue au cou de son père, ne voulait plus le quitter.

Tout à coup, une nouvelle explosion se fit entendre. Une immense gerbe de flammes s'éleva sur le sommet du Kasr, et des débris carbonisés vinrent tomber jusque sur la plate-forme de Babel.

— Qu'arrive-t-il? s'écria Badger.

— Mylord, répondit Cornillé, ce sont les réservoirs de pétrole du Kasr qui viennent de prendre feu. Maintenant, c'est fini ; il n'y a plus ni de Liberty, ni de Kasr, ni de Babel. Notre ruine est consommée !

CHAPITRE XVIII

UN AN APRÈS

Une année s'est écoulée depuis les événements que nous venons de retracer à grands traits. Nous sommes de nouveau à Londres, chez lord Badger.

— Bonjour, mon père, comment allez-vous aujourd'hui?

— Bien, merci, Cornillé, répond Badger à celui qui est devenu son fils depuis six mois.

Au même instant, pénètre dans la chambre une jeune femme dans laquelle nous reconnaissons facilement l'ancienne miss Nelly. Toujours aussi séduisante, sa beauté s'est complétée de ce je ne sais quoi de recueilli et de grave que donne la possession du bonheur réellement digne de ce nom.

— Que vous a dit le docteur, aujourd'hui, père? dit-elle en embrassant Badger sur les deux joues.

— Que je serai complètement guéri dans quelques mois, ma chère Nelly. Je vois mieux de jour en jour. Il m'a encore défendu de lire aujourd'hui, mais il m'a donné l'assurance que je pourrai reprendre mes occupations habituelles dans un mois ou deux... A propos, mes enfants, continua Badger, j'ai reçu ce matin une longue lettre du capitaine Laycock.

— Et que dit-il, ce brave Laycock?

— Lisez vous-même, dit le lord, présentant une lettre à Cornillé. Le capitaine est en ce moment à Bassorah, sur le golfe Persique.

Cornillé prit la lettre et lut ce qui suit :

« Mon cher lord,

« Je reviens à l'instant même de Babylone avec l'*Electricity*. Vous m'aviez chargé de recueillir les derniers débris des machines du Kasr et de Babel.

« Hélas ! il n'y a pas de destructeurs comparables à ces peuples de la Mésopotamie Quand je suis arrivé sur l'emplacement de ce qui avait été Liberty, je n'ai plus retrouvé que le désert, silencieux comme au jour de notre arrivée.

« Le Kasr et Babel ne portent plus aucune trace de notre présence. Après l'incendie, la multitude des pillards a tout enlevé, jusqu'à la moindre parcelle de bois et de fer. Il serait impossible aujourd'hui, même à un nouveau Grimmitschoffer, de retrouver au milieu des briques la carcasse d'une de vos machines.

« Je suis donc revenu les mains vides. De notre expédition à Babylone, il ne reste plus que le souvenir, toute trace matérielle ayant totalement disparu.

« Les éléments eux-mêmes ont voulu s'en mêler. Un typhon, d'une intensité rare dans ces contrées, a soulevé des montagnes de sable et comblé les canaux que Cornillé avait si péniblement creusés..... »

— Cette lettre est navrante, dit l'ingénieur. Elle prouve que la nature, avec l'aide des hommes, a bien vite anéanti ce que nous avions eu tant de peine à constituer.

— C'est vrai, répondit avec calme Badger. Mais elle prouve aussi que nous avons été imprudents.

— Comment cela? demanda Cornillé.

— Nous avons trop compté sur nos forces, mon cher Cornillé, répondit le lord. Nous avons eu le tort de ne pas assez tenir compte de l'hostilité des peuples orientaux pour tout ce qui touche l'Occident.

— Nos efforts n'ont cependant pas été stériles, dit Cornillé, au bout de quelques instants de silence.

— Certes non, répondit le lord. Ils nous ont montré quelle était la véritable voie à suivre. Puis, nous avons pu élucider quelques questions encore non résolues dans la pratique. Nous avons eu surtout le mérite d'agir en grand, de faire sur de vastes espaces des expériences jusqu'ici confinées dans des laboratoires ou des usines isolées.

— Avez-vous toujours l'intention de poursuivre la reconstitution de Babylone au moyen de l'électricité?

— Toujours, répondit Badger. Dès que j'aurai complètement recouvré la vue, je commencerai des démarches pour constituer une puissante association.

— Pensez-vous que vous arriverez rapidement au but?

— Je n'en sais rien, mon cher Cornillé ; il faudra peut-être encore plusieurs années. Mais je compte beaucoup sur les événements pour hâter la solution de mon projet. L'opinion publique est surexcitée en Angleterre contre l'envahissement des Russes en Asie. Une colonie puissante, établie sur les rives de l'Euphrate et du Tigre, serait seule capable de soutenir notre influence dans l'Inde.

— Votre personnel est d'ailleurs tout trouvé, dit Cornillé ; nos directeurs et ouvriers des usines du haut Tigre et de Babylone formeront un excellent noyau pour la future entreprise. Il est vraiment heureux qu'au milieu de notre désastre nous n'ayons pas perdu un seul Européen. Ces fanatiques n'en voulaient décidément qu'à notre œuvre, et nullement à notre vie ; mais quel étrange acharnement contre tout progrès venu de l'Occident!

— D'autant plus étrange, reprit lord Badger, que ces fanatiques d'aujourd'hui furent nos premiers instituteurs. Nos ancêtres des temps préhistoriques n'ont été que de misérables sauvages, tant que l'étincelle sacrée ne leur a pas été apportée d'Orient. Plus tard, lorsque les peuples anciens eurent succombé sous le poids des invasions du Nord, dernier retour offensif de la barbarie, ces Arabes, aujourd'hui si rebelles à tout progrès, n'ont-ils pas su fonder un merveilleux empire où tous les arts et toutes les sciences furent en honneur? Au milieu des ténèbres du moyen âge, alors que les derniers vestiges des civilisations grecque et latine étaient à grand'peine conservés dans les monastères, parfois avec plus de zèle que de discernement, n'ont-ils pas puissamment contribué à nous transmettre ce précieux héritage de l'antiquité? N'ont-ils pas été les premiers commentateurs d'Archimède, d'Euclide, d'Apollonius et de Ptolémée? N'est-ce pas à eux, à leurs écoles, que nous sommes en grande partie redevables d'avoir vu se perpétuer dans l'humanité le génie des découvertes et des inventions?

« Aujourd'hui, l'Europe a un devoir de piété filiale, de reconnaissance, à accomplir envers sa vieille mère l'Asie : elle doit l'arracher à sa torpeur morbide, lui rapporter le flambeau qu'elle en a reçu. Elle doit partager avec elle les dons qui sont le propre de son génie, l'esprit de déduction et d'analyse, l'application au travail, le courage viril, la persévérance qui triomphe de tous les obstacles.

« Dans cette tâche ardue, où nos plus dangereux adversaires seront précisé-

40

ment ceux qui devraient se réjouir le plus de nos succès, prenons pour mot d'ordre la devise de la plus jeune des nations d'origine européenne, de celle qui, placée à l'extrémité même de l'Occident, s'est élancée si rapidement dans les voies du progrès qu'en un siècle à peine elle a depassé ses aînées : « *Go a head!* » En avant, toujours et partout. Nos premiers efforts ne doivent pas rester inutiles, sinon pour nous, du moins pour nos successeurs. Nous ne devons pas abandonner une œuvre dans laquelle les premières tentatives légitiment les plus grandioses espérances. Nous devons, au contraire, persister et renouveler nos efforts, pour qu'un jour les contrées qui ont été le berceau du genre humain assistent, sur les ruines de la Babylone assyrienne, à la définitive et complète résurrection de la *Babylone électrique!* »

TABLE

——

PREMIÈRE PARTIE

LA MÉSOPOTAMIE

SECONDE PARTIE

L'USINE ÉLECTRIQUE

FIN DE LA TABLE